何处家山

——岭南水库移民迁徙实录

朱千华 / 著

中华书局

图书在版编目(CIP)数据

家山何处:岭南水库移民迁徙实录/朱千华著. —北京:中华书局,2014.8
ISBN 978 - 7 - 101 - 10140 - 9

Ⅰ.家… Ⅱ.朱… Ⅲ.纪实文学 - 中国 - 当代 Ⅳ.I25

中国版本图书馆 CIP 数据核字(2014)第 088208 号

书　　名　家山何处——岭南水库移民迁徙实录
著　　者　朱千华
责任编辑　阎海文
出版发行　中华书局
　　　　　(北京市丰台区太平桥西里 38 号　100073)
　　　　　http://www.zhbc.com.cn
　　　　　E-mail:zhbc@zhbc.com.cn
印　　刷　北京瑞古冠中印刷厂
版　　次　2014 年 8 月北京第 1 版
　　　　　2014 年 8 月北京第 1 次印刷
规　　格　开本/700×1000 毫米　1/16
　　　　　印张 21¾　插页 2　字数 345 千字
印　　数　1 - 5000 册
国际书号　ISBN 978 - 7 - 101 - 10140 - 9
定　　价　42.00 元

自序

　　我从未想到，我会和南方的水库移民之间有如此紧密的接触。移民，即迁徙。同是背井离乡，一般来说，移民国外，那是很风光的事；而水库移民，却是艰辛苦涩。他们远离故土，扶老携幼步履蹒跚，或立于夕阳西垂的古道边，或在瑟瑟秋风中徘徊于潮湿幽暗的渡口，遥望茫茫天际，踏上艰辛漂泊的旅程。他们眼前也曾飘忽过梦想和憧憬，背上的行囊，装满了悲壮、欢欣、痛苦与惆怅。

　　2006年6月6日，我离开长期生活的维扬古城，来到陌生的岭南大地。

　　按照我原定的计划，我原准备走遍岭南的江河，写一部关于岭南江河文化的《岭南水道记》。但好几次，我遇到的都是一些水库移民，当我听他们讲述20世纪60年代前后，全家人、全村人，甚至全乡人拖家带口、背井离乡迁往陌生的地方所经历的种种匪夷所思的人生际遇时，我几乎是在听一个个天方夜谭的故事。这让我对这个被称为水库移民的群体产生了极大的兴趣。我决定深入他们中间，写他们的故事。我要让历史记住他们，记住他们当年为国家水利事业所付出的沉重代价，甚至付出了几代人的幸福。

　　接下来的日子里，我和助手曾文凡一起，深入各个水库移民定居点进行

作者在广东雷州市英利镇龙埚村，采访当地的水库移民摄于2010年9月5日

采访。我们先后进入新丰江库区、枫树坝库区、鹤地水库等地进行走访，跑遍湛江、河源、惠州、肇庆等地的水库移民点，和广大水库移民进行了广泛接触，记录他们的生存状态，取得了大量的素材。采访归来之后，有大量的录音要整理，这部作品，一共耗去我四年时间。

就这样，我开始走进粤水，进入从未注意到的一个完全陌生的领域：水库和水库移民。如果江河是自然形成，那么水库则是人类与自然的一场互动。大自然有时风和日丽，但也常常突然变得暴戾——有时翻江倒海，掀翻船只；有时洪浪滔天，淹没城池。自从有了人类，人与水之间的较量就没有停歇过。无论是诺亚方舟还是大禹治水，这些故事的本质，是最终促成人与自然的和谐，而不是比拼谁的力量更为强大。

通过几个月的深入采访，我接触到了大量的水库移民百姓。我听到了一个又一个可歌可泣的传奇故事。在很多不眠之夜，我常常打开中国地图凝神注视。地图上星星点点标示着一些大大小小的天蓝色，那是各地的湖泊、河流、水库。尤其是那些水库，如蓝宝石一样嵌在大地上，熠熠生辉。在本书的写作过程中，我走遍岭南水库，各种类型都有，而且，其中的一些水库，风光绝美，譬如鹤地水库，那简直就是湖光山色，不逊西子。可有谁知道，这样美丽的湖光山色下面，隐藏着怎样鲜为人知的悲壮与泪水？

水库移民是一个特殊群体。他们是中国最善良的一群百姓。当国家利益需要他们作出抉择时，他们义无反顾地放弃自己的家园。然而，等待他们的却是谁也无法预料的茫茫人生。他们就像一只只散落的马铃薯，被散播到各种贫瘠的土地上，而他们的命运，又如同四散飘荡的蒲公英，只有风知道。

根据《河源市省属水库移民志（1958—2008）》记载：新丰江水库蓄水时，共拆除民房18.45万间，团体及学校等公共房屋5.49万平方米，猪栏、厕所4.22万间，清除坟墓13.95万座，清山20.81万亩，淹没耕地17.9万亩、用材林地42.16万亩，10.6万名祖祖辈辈世居于此的村民抛弃祖业、良田，互相扶老携幼，外迁新丰、兴宁、博罗、惠东等地，他们居无定所，忍饥挨饿，在受教育、工作等方面受到诸多歧视与排斥。东源县锡场镇河洞村支书刘金兴说："不说别的，移民老人过世后，连个下葬的墓地都很难找到。"于是，很多移民又被迫回流库区。

除了生活习俗不同之外，更多的是土地纠纷。实际上，这也是水库移民的根本问题。在采访中，我看到了听到了许多水库移民和土地的故事。我感到的震撼和悲哀一样多，我感到的迷茫和愤怒一样真切。他们一次次艰辛的上访，最后，不管多么努力，都被一种巨大无形的力量卷回，被挡在门外。

一个人，在时代洪流中如同一片漂流的树叶，微不足道，他无法看到洪流的峰值、速度、浑浊，也无法避免险滩、暗礁与峡谷，他只能在洪流的裹挟下不断沉浮，挣扎，再身不由己地前行。

岭南山区的百万水库移民，他们的人生如此卑微，并无多少波澜壮阔的画卷，可发生在他们身上一幕幕匪夷所思的人生际遇，却又让人觉得浪花四溅，如奇峰突起，又如峰回路转。

漫漫路途，何处是归程？

（在本书写作过程中，广东省水库移民工作局给予了大力支持，特此致谢！）

目录
Contents

卷一：再也回不去的故乡

1915'，乙卯大水灾
给我一瓢故乡的水
一掬故土酬乡心

1915，乙卯大水灾

一　洪水滔天

民国四年（1915），按干支纪年为乙卯年。

是年，粤东发生大水灾，死伤10万余人。其景之骇人，其状之惨烈，亘古未有，史称"乙卯大水灾"。

乙卯年六月初一至初四日（1915年7月12—15日），粤地连降暴雨，尤以粤北山区和西江四会、广宁、怀集，还有广西梧州等地区降雨量为大。

"乙卯大水灾"中的广州沙面

东江、西江、北江等江河水位暴涨,北江与西江两水争道,再加上洪水受海潮顶托,北江水被迫停留,改道经三水县芦苞、南海县官窑、大坦尾注入广州。

同时,小北江水经赤白坭过石门,注入荔枝湾,形成泮塘、恩洲、荷溪以至广州西关地区(多宝、逢源、宝华等街)尽成泽国。小支流从石井、槎头流入增滘,亦是向着泮塘、西关灌注,当时一片汪洋。

乙卯年发生的大水灾,造成城西积水最深之处达3米左右,难民因住屋被浸或倒塌,被逼上树,小孩子则用绳索系于树上,等候援救。芳村、花地及西关一带地势最低,受灾尤甚。以种植莲藕、马蹄、慈姑、菱角、茭笋所谓"泮塘五秀"的泮塘,屋宇倒塌五六成,死人过百。

当时香港报纸《循环日报》(创刊于1873年)连篇累牍报道了那次特大洪水的实况:

【实录一】:此次之惨象,自昔至今,未有如此之奇。祸遍连数府,能幸免者寂寂无闻。即我敝乡,地处低陷。乡头当西北之冲流,乡尾当东北之涨漫。基围不能支持,以致亦遭崩决。敝乡叠滘分居二十四坊,男女数万口;纵横十余里尽成泽国,高者几及簷楣,低者更为惨剧。一望汪洋,全无山麓,所以比别处更为惨酷。现难民等鹄立屋顶,呜呜待毙,援手难求。我旅港同人,乍闻此耗,哀恸于中……

【实录二】:佛山此次崩缺大富围,所受巨灾为历史上所未有。全镇街道尽皆淹没,其浸剩者只有居仁里、东华里、突岐里、福庆里等三四街而已。其最惨者栅下、铺山、紫村。大基尾村尾一带屋宇冲塌八九,而分水、富民、祖庙、大墟、弼头、舍人、四沙等亦封楣过瓦,百万灾民瓦面树桠风栖露宿。负亲挈子,待哺嗷嗷……

【实录三】:昨有客自顺德龙江镇逃难来港者,言水患来势极速,其猛烈之力较昨年不止十倍。该镇冲塌屋宇极多,妇孺老弱因

"乙卯大水灾"时的广州长堤大马路

而溺毙尚未知确数。现在尸浮水面，满目皆是。惟山边一带哀哭之声，与其惨状之形容，生平所未见。

【实录四】：昨礼拜五晚上省城，到礼拜六早见有火船一艘载米约三十包，及各项粮食等开往盐步散赈。乃开行无几竟在白鹅潭海面全船沉没。船上四十余人，得生者仅三人而已，可谓惨极。所因该船系用坏船临时修饰，又复高索价值一百五十元。减至八十元，只顾图利，不顾他人生命，殊属有乖人道。

【实录五】：十七号晚所演时事惨剧《广东水灾》一出，剧中所写之情形极为惨淡，诚令人见之鼻酸而泪下云。是晚，观剧者人山人海，座无虚位。所入之券费计共三百余元。十八号晚所演《砒霜》观者亦极多。闻将所得之费除院内支用外，尽数购办米石及干粮等赈品，附搭南洋兄弟烟草公司代为施赈云。

真是祸不单行。洪水淹没西关的严重时刻，十三行忽遭大火①，自六月初二日2时起火，燃烧至翌日下午7时，不料隔3个小时后，至晚上10时火灾再降，又燃烧至凌晨1时方止。受灾街道共有25条之多，焚毁商户达2 000家以上。

水灾后从灰烬中发掘出的尸体约有千具。大水来时，十三行九如茶楼有60余人在此避水，不料该楼年久失修，突然倒塌，全部死亡，无一幸免。与此同时，在泮塘、荷溪和各受灾街道捡拾到的尸体，亦有210多具。

据统计，此次水灾的受灾地域，遍及三水、南海、番禺、广州市郊等县市。

以三水县为例，据当年的《三水县调查水灾情形表》（见《三水文史》）记录，倒塌房屋3.778万间，受灾人数35.601 9万人，被淹田地达31万亩，伤亡10万余人。

今高明市海口村，立有石塔一座。此塔建于1932年，其造型为平面三角形，实心塔，塔高12.5米，塔脚每边长3.9米，塔上三面均书"高明海口"字样。海口塔像利剑一样直插云天。塔有碑铭，记载了乙卯大水肆虐的经过："1915年，西江暴涨，高明十三围全溃，水浸明城，祸及新圩，半县泽国，民不聊生，史称乙卯水灾，灾情惨烈……"

二 北江大堤

乙卯特大洪水过后，一些有识之士开始了对珠江流域洪水防治的思考。

---

① 十三行起火原因：据年届98岁的老人梁伯口述，火是由白米街口、十三行尾的连发油烛店引起的。起火地点距梁伯开设在白米街内的泰生海味店只有六间铺位。六月初二日下午2时左右，正当水位最高时刻，连发店是经营煤油、蜡烛的小店，只雇有一名小伙计，是时，伙计因事扒门板出外，店主因点燃灯烛寻找钱物，不慎烧及火油、蜡烛，熊熊烈焰瞬息蔓延起来，店主扒门板向外呼救，又因店内全是易燃物品，火势向上猛蹿，下面的满街大水，无济于事，大火封门，店主只得逃命。邻店南兴商号，是一间较大的油烛店。连发店火舌迅猛，殃及南兴店，因而火势更猛，又遇风大，一发不可收拾。对面是同兴街，全街皆是经营火柴、火水、洋烛、罐头、生油等店号，火势到此更不可遏止，泽国火海，连成一片。各街商店中人，只得携细软从天桥街过街逃生，结果，25条街、2 000多间店铺民房同遭此水火劫难。

然而，新中国成立之前的三十年间，虽然有关方面对珠江流域进行了查勘，但由于种种原因，一直只是处于查勘设计阶段。根治北江水害，构筑珠江流域防洪体系，只是一个梦想。

新中国成立后，为了抵御洪水，国家十分重视堤防建设。1954年冬，对北江进行了大规模联围，把从清远石角到南海沙口的分散堤段，连接成为一体。堤防全长63公里，全面进行加固，正式定名为北江大堤。

1979年，水利部珠江水利委员会成立（以下简称"珠委"）。珠委根据本流域的实际，提出了"堤库结合，以泄为主，泄蓄兼施"的防洪规划，确立了

经历过1915年大水灾、大火灾的广州十三行，现在是岭南著名的服装批发市场

如今的珠江，碧波荡漾，沿江两岸，已是一座高度文明的现代化都市

飞来峡水利枢纽

西江、北江中下游，东江中下游，郁江中下游，柳江中下游等堤库的防洪工程体系。

西江、北江中下游堤库结合防洪工程体系，是在西江上游红水河规划兴建龙滩水利枢纽，在黔江规划兴建大藤峡水利枢纽，在北江中下游兴建飞来峡水利枢纽的基础上，结合修筑加固西江、北江中下游的堤防而构成。

飞来峡是北江三峡之一，古称清远峡、中宿峡或禺峡，是北江水道的重要津口。在这条古津要道上，频繁的洪水灾害，是两岸尤其是下游城乡的心腹之患。从宋代开始，直至明代，这里开始出现防御洪潮的堤防。

初创时期的堤防，没有固定形式和完整的堤系，而是零星分散的堤段，防洪能力很低，难以抗御特大洪水的袭击。

1994年6月，西江、北江同时发生新中国成立以来的特大洪水，军民全力以赴，保住了几百万人口的生命安全，保住了100多万亩农田，但也造成直接经济损失200亿元。国务院、水利部痛下决心：立即修建飞来峡水利枢纽工程。

飞来峡北江秀丽风光

广东水利人历时5年，投入建设资金50亿元，修建了飞来峡水利工程。

1999年10月8日，飞来峡水利枢纽工程四台发电机组全部投入运行，飞来峡水利枢纽工程正式完工。

飞来峡水利枢纽位于清远市东北约40公里的北江河段上，是广东省目前最大的综合性水利枢纽工程，牢牢控制了北江流域约73%的面积。近期首先达到防御1915年特大洪水（200年一遇），远期在北江大堤达到百年一遇加固标准后，飞来峡水利枢纽可达到防御300年一遇的洪水标准。

给我一瓢故乡的水

——1958年，亚婆山筑坝

一　翻山越岭的迁徙

1958年冬至1959年春，新丰江库区移民大搬迁，10.64万移民离开祖祖辈辈安居的故土，分赴各自的安置区，重新开基立业，在陌生的他乡，开始新的人生旅程。

当时的移民安置，主要分成"外迁"与"内置"两种形式。当然还有其他，如投亲靠友等。外迁安置，主要是将水库移民安置到比较远的地方，通常是跨地区安置。内置，主要是在河源县内，重新择地安家。

移民搬迁是一项艰苦而复杂的工程。由于移民固有的家乡观念，要想让他们远离故土、迁移到陌生的他乡，十分困难。但在当时，是以动员、说服、教育为主，让他们明白修水库对于国家和广大人民的意义。

我手上有一份1958年的清库动员报告书，标题是《关于建设新丰江水电站移民清库的动员报告》。报告中详细记载了修建新丰江水电站的意义、全民态度、移民方案、清库标准与要求等内容。这里面牵涉到当时的政治、经济、风俗习惯、个人利益、国家利益等重大问题。

移民工作之所以难度很大，主要表现为：

（1）移民人口数量庞大；（2）没有大规模移民搬迁安置经验；（3）移民搬

新丰江之源

新丰江水库露出半个世纪前被淹没的房屋旧址

迁安置时间短，安置资金不足；（4）任务重，只能边规划，边动员，边搬迁。

新丰江水电站建设时期，正是历史上"大跃进"的特殊年代。工程采取边施工、边清库、边蓄水、边移民的方法建造，要求移民搬迁与电站建设同步进行。

为适应工程进度的要求，新丰江库区的移民搬迁，实行军事化管理。除确实无法长途步行的老弱病残人员、小孩、孕妇及产妇外，其余人员一律按营、连、排、班的建制编排，携带家居物资，县内安置，全部步行，到达县内指定的各个安置区。

搬迁时，统一时间，统一思想，统一行动。

此外，顺便说一下当时的行政区划：1958年10月成立人民公社，初期按行政区划设营、连、排建制。1962年实行"三级（公社、生产大队、生产队）所有，队（生产队）为基础"的体制。

1. 河源的移民安置

根据河源县安置点分布情况及步行路程，确定分成四路行进：

第一路为蓝口、曾田、黄村路；第二路为义合路；第三路为东埔路；第四路为埔前路。

各路沿途设立临时接待站和茶水站，并配备医护人员一路随行，确保移民搬迁顺利进行。

移民需要搬迁的物资数量巨大，有农具、牲畜、家禽、粮食、种子、家具、炊具等。据估算，总载量约19.31万吨。按3吨位卡车计算，需要6.53万车次。

迁出地与安置区之间的距离不等，近则几十公里，远则上百公里。有些移出区地处边远，山高路陡，水陆不通，各种物资要肩挑几十里路才能装车装船。

为加快移民物资的搬迁，广东省委调拨了30辆卡车。其中河源10辆，韶关10辆，广州总站10辆。按每天60车次，运量120吨计算，移民物资要4

在新丰江水库边生活的移民

年多时间才能完成运输任务，这无法适应水库工程的建设速度。

为使移民搬迁物资及时运往安置点，河源县委、县人民委员会和移民办事机构，决定另想办法。除车、船运载外，发动群众扎竹木排，进行水运。交通不便的用手推车和人力运送。

运送移民家什的原则是：远的少运，近的多运；好的搬走，差的卖掉；轻的多搬，重的少搬；可卖的卖掉，能带走的带走。这样的措施取得了明显的效果。移民大搬迁中的人、财、物，基本上按时到达安置区。

但是，由于当时移民政策的变化，缺乏移民搬迁经验，在移民搬迁过程中，也出现了相当多的问题。

曾国军（新丰江水库移民，现居源城区东埔太阳升村）**讲述**（根据录音整理）：

我是河源墩头乡东方红农业社的水库移民。

一开始，按照原来的移民方案，我们的安置点在惠阳的潼湖。于是，在1958年10月份，我们大队先派出了50多人来到惠阳的潼湖，建起了10幢移民房。大的农具和家具，采用木排形式，从水路放运。全部耕牛将近100头，也由陆路赶到了潼湖。

本以为有了新家，我们移民可以过正常生活了。谁知，河源县忽然来了一纸通知，要我们撤回河源，在县内安置。

这样一来，我们辛苦建起的10幢房子怎么办呢，只好送给当地人。那些好不容易运来的大小农具、家具，就地贱卖，一张新的床只卖15元，一个箱子仅售3元钱。

一切都在无序的忙乱之中。我们村有个移民，因为害怕到了新安置区，没有粮食，就把家里的稻谷放在箱子里，用绳扎好了，一起运到了潼湖。后来接到撤回河源的调令，就忘了稻谷的事。那个箱子，委托别的移民卖了。帮他卖箱子的移民，并不知道箱子里还有满满的稻谷，就当成空箱子卖掉了。

东方红农业社的移民，后来分设了两个安置点：一个在双下大队，一个在泥坑大队。其中，双下大队安置312户1 435人，泥坑大队安置242户916人。

1958年12月中旬，东方红农业社的大批移民，开始向泥坑大队安置点正式搬迁。

每天早上7点多钟，被安排当天搬迁的水库移民，吃了早饭，备上当天午餐和干粮，带着日常用品，扶老携幼，有的用谷箩挑着行李和小孩，踏上迁移的路程。

他们当中，多数人没有出过远门。很多人最多只去过县城。现在，他们即将前往一个陌生的土地，一切都是未知，心中茫茫然，机械地听着公社干部的口令。他们离开村口的时候，都忍不住回首，看了看自己祖辈生活的村庄。他们知道，这片土地，将永沉水底，再也回不来了。

从东方红农业社出发，经过碉楼。一路上，政府也设置茶水站，可以稍事休息。然后继续前往河源城，从马草渡（今河源市人民医院侧边的渡口），上渡船，过东江，渡到河对面的麻竹窝，再步行7 500米，才到达安置点泥坑大队安置点。全程25千米，到达安置点时，已是傍晚时分。

安置到泥坑大队的242户移民，足足花了半个月的时间，才全部搬迁到安置点。对一些病、残等无法行走的人，生产队组织劳力，用自制的简便轿

通往泥坑村的道路

子抬到安置点。

农具、家具能带的都是自己带，一些比较笨重的农具、家具、防老用的棺材等，则与拆下房子的旧木料扎成木筏，从新丰江放排，水运到河源县城，再用人力运到安置点。

我呢，去了泥坑移民安置点。泥坑是个很小的村子。全村只有社员600多人。而我们搬来的移民，将近1 000人。这么多移民，让泥坑村的大小干部无计可施。怎么办呢，只好麻烦泥坑村的老百姓了。

泥坑村为了迎接我们的到来，对本村社员作出规定：每家最少要腾出1间房子，有可能的要腾出2间，学校6个教室，腾出3个教室给移民居住。

这样，泥坑村也算是尽了最大的努力。可是，这样的安排，也只能解决一小部分人的临时住房问题。还有大部分移民怎么办呢？

后来，移民安置干部想了一个办法。

在我们东方红农业社来到泥坑之前，还有个地方的移民，也迁移到泥坑来了。也就是说，泥坑这个地方，将由来自两个不同地方的移民组成。另一个地方的移民，是来自灯塔镇洋潭农业社的。他们一共有248户1 000人。

灯塔镇洋潭农业社的移民，先期我们来到了泥坑。他们在泥坑刚刚盖好了房子。但人还没有到。我们东方红农业社正好没房子，只好先借住一阵子了。

就这样，我们向灯塔洋潭农业社的人，暂借了20套住房，作为我们的临时居住点。同时，按迁来的移民生产队为单位，搭起茅草房，作为移民的公共食堂。

房子问题，如同囫囵吞枣，总算临时解决了。可那是一种怎样的拥挤啊——

大户人家，每户分1间房，小户人家，2户合住1间房。每间房子住4人以上，有的大户人家，1间住上10多人。男女混杂而住，邻里之间混杂而居，那种极端拥挤的混乱、无序、尴尬、茫然场面，现在想都不敢想。

在一种强有力的鼓动与号召下，河源县水库移民，绝大部分按时搬出了库区。

当然，还有一部分水库移民不想走，他们故土难离，留恋家乡。他们认为，这是祖宗留下来的土地，死也不肯搬迁。特别是一些乡土观念严重的老人，觉得离开世代生息的土地，就是灵魂漂游，命归他乡，再也回不来了。

还有人心存侥幸，认为水库淹不到自家，不愿搬离。为了不影响工程建设的速度，河源县委、县人民委员会组织强有力的工作组，深入库区的每家每户，动员搬迁。

也有很顽固的"钉子户"不肯搬。在这种情况下，只有采取强制措施。

1959年4月，由河源县领导、县公安局局长、县检察院院长、县法院院长、县公社妇联主任组成工作组，带领武装民兵，来到灯塔公社的到角村，逐家逐户动员，做耐心细致的思想工作。实在不肯搬迁的，由武装民兵强制执行。

到了这时候，到角村的村民们才满含泪水，随手抓几件简单的衣物，依依不舍地告别家园，踏上迁徙之路。

2. 连平的移民安置

连平县县内安置的移民搬迁，由时任县委书记朱远标亲自负责，副县长曾集传、黄腾主抓。当时，很多移民存在故土难离的思想。一部分人不愿意抛弃苦心经营挣下的财产，不愿意离开自己熟悉的家园而迁到一个陌生的地方去安家落户。另一部分人则担心安置点居住、生产条件差而降低生活水平。经反复宣传教育，在"舍小家为大家"、"舍家为国"等强大的思想号召下，大多数移民最终还是同意搬迁。

1958年12月，新丰江水库连平移民开始大搬迁。其具体方案是：

（1）对于迁移到公社以外的地方安置的移民，要求他们事前把日用品、衣服、被帐、家具、农具等物资打好包装，然后在预定的时间内，统一安排

车辆,把移民及其行李一起运送到安置点;

(2)对于在本大队后靠(所谓后靠,就是不需要搬迁到他乡去,而是在本乡村,将地势低凹处的房子,向地势高的地方挪移)安置的移民,由于他们中绝大多数人的安置房是拆旧建新,这些人在入住新居前,需有临时住所。由县、公社、大队派干部动员移民点附近的生产队腾出闲舍、仓库、柴草屋等,作为移民临时的居住房,并要求所在生产队妥善照顾他们的生活。等移民安置房竣工后,再组织人力帮助移民搬迁。

一般来说,水库移民的搬迁工作,在任何时候,都是工作之重,从对移民的宣传、动员,再组织搬迁,再到接受安置点的交接、安排,这是一个复杂的程序。按理说,作为政府部门,在移民过程中,该想到的细节,全部考虑到了。

然后,百密一疏,由于工作安排不够细致,导致移民搬迁工作的失败,也曾发生过很多次。

叶应群(新丰江水库移民,现居连平县隆街镇沐河村)**讲述**(根据录音整理):

我们这里也是移民村。1959年的时候,有个很好听的名字——

隆街公社沐河大队田螺坝生产队。我是当时的生产队长。

新丰江造水库，要我们搬迁。我们生产队的人，都是很乐意的。为什么呢？因为我们这个地方，地处低洼，经常有涝灾。这种日子，我们受够了，总想能换个地方，看看能不能改变我们的穷日子。所以，不要领导来宣传动员，我们生产队的人没有不同意的，恨不能马上就能离开这个穷山沟。

当时沐河大队要搬迁的，有两个村，一个是大小鸭生产队，还有一个就是我们的田螺坝生队。

我们田螺坝村一共48户238人。当我们接到搬迁的具体日子后，全村百姓就像过喜庆（节日）一样，家家户户忙碌，喜笑颜开，都觉得，穷日子过到头了，好日子要正式开始了。所以，我们村的移民，对搬迁安置工作，非常配合，并坚决服从政府安排。

大约是1959年1月的中旬。我们田螺坝的全体村民，扶老携幼，带着行李、物资，乘坐汽车，正式离开沐河村，前往忠信公社的杨塘安置点。一路上，我们村的移民很开心，那个样子，真像是去哪里度假一样高兴。

然而，好不容易到了忠信公社的杨塘安置点后，我们全村人开心的笑容，一下子凝固了。我们发现了一件十二分荒唐的事——

这个杨塘安置点，竟然是一片旷野，房无一间，地无一树，甚至连遮风避雨的草棚都没有，也没有地方可供取水。

我们兴冲冲赶来的几百号人，如同挨了当头一棒，一下子懵了。

要知道，我们刚刚才经历过大办公共食堂，家家户户均无余粮可带。我们一村的人，在这个旷野上，叫天不应，叫地不灵。天已经黑了。我们没有任何办法，只好到附近的农家寻找落脚的地方。

面对我们荒唐又离奇的遭遇，附近的村民给予了无比的同情，他们同意我们在屋檐下、露天的过道上，打地铺睡觉。

第二天，我们饿得不行，就到周围已收获过的红薯田里翻地，捡拾漏收的红薯充饥。

那时候，正值寒冬腊月，年关逼近，我们这批移民，正处在饥寒交迫之中。如此坚持了十来天，仍无人过问。

我们老是打扰附近的村民，也不是个办法。在万般无奈之下，我们抛弃农具，扔掉家具等粗重物品，只拿回了衣服、被帐和简单日用品，再次扶老携幼上路。

我们就像一帮逃难的人，几百号人啊，忍饥挨饿，艰难步行，往连平县城走去。当晚，我们实在走不动了，也正好到了连平县城，我们就露宿在县城的街头。第二天一大早，我们再继续赶路。

经过两天的艰苦跋涉，我们一共走了80多公里，终于返回了隆街公社沐河大队的原居地。

☞ **作者手记**

1959年11月下旬，连平、和平两县合并，称连平县。1960年7月改称和平县。1960年4月，隆街公社划给了新丰县管辖。1962年7月，恢复连平县建制。

当年的隆街公社沐河大队，现在已建制为隆街镇沐河村。

如果不是亲眼所见，很难相信沐河村如此美丽。这是我所见到过的最宁静的山村之一。池塘里鸭子戏水，山坡上黄牛悠闲，真是一幅美丽的山乡景色图。

隆街镇境内属丘陵地带，气候温和，雨量充沛，具有丰富的水力资源和林业资源，是连平县三大中心镇之一。沐河村坐落在省道的公路边。100多户人家依山傍水而居。大部分村民都用上了自来水，使用沼气，村民过着平淡而朴素的生活。

连接公路的小道旁，流淌着清澈的山溪。水边不时传来农妇洗衣的拍打声。

叶应群家种了很多蔬果。哈密瓜、萝卜、玉米尖、番石榴、芦笋和大葱，品种很多。孩子们都外出打工去了。虽然当年他们作为移民，到80公里外的忠信公社转了一圈，后来又回到了原住地，但他们仍能享受移民扶持政策。过去的泥砖房，早就换成了两层小洋楼。村里还建有养老院，这是由国家专项拨款而建，院子坐落在村外不远的竹林旁边，收拾得干干净净，看上去很清爽，村里那些无依无靠的孤寡老人，也能在此安度晚年。

我问叶应群："当年回到这个小山村，这里的自然环境怎么样呢？是不是还有洪水发生？"

叶应群说："那是肯定有的。因为我们这里地势低洼。在2008年6月底，台风'风神'光临，大雨倾盆，引发特大洪水。当时正是半夜，我还在睡梦中。醒来一看，洪水已经进屋了。第二天，村里有许多房子，已经被洪水淹没。

"好在我们有党和政府关心。所以，我们心里一点都不害怕。第二天，河源市委书记陈建华、市长刘小华就来看我们。还有部队，带来了许多冲锋舟。105国道上，从各地赶来的救灾汽车，半天时间就停满了，大概有几百辆吧，怎么也望不到边。

"我们沐河村的灾民，全部安置在沐河小学。镇上的干部，亲自为我们受灾群众生火做饭。政府管吃管住，还为我们检查身体。所以，我要从心里说一句：我们赶上了一个好时代。"

我相信叶老的话发自肺腑。他的往事讲完了，我看到，他的眼里泪光一片。

二 几亩湖山

移民到了新的安置点，最大的一件事，就是土地。土地是农民的命根子。谁给土地？多大面积？土壤肥瘠如何？这是所有移民最关心的事。

新丰江水库外迁移民，国家曾给予经费安置。其中包括建房费、生产费、生活费、损失补助费。

外迁水库移民安置经费中的建房费、生产补助费，不直接发放到人，由农业社（大队）掌握使用。

新丰江水库外迁移民搬迁时，可领取生活补助费每人30元，旅途补助费每人10元，其他经费到了新安置点，再由农业社（生产队）用于建房和生产。

枫树坝水库外迁移民，经费使用包括建房费人均528元、生产补助费人均50元、生活补助费每人50元、医疗补助费每人5元、搬迁费每人110元。此项经费除建房款和搬迁费由安置点统一掌握使用外，其余各项补助均发

东方村位于岩镇西部，是枫树坝水库移民区

放至移民户。

水库移民到了新安置点，其土地由当地政府部门会同移民安置部门共同划拨。

1958年7月22日，河源县人民委员会发布《为配合水电站建设工程的跃进，适应做好移民安置计划的通知（58）源移字第011号》文件中规定：

> 在安置原则上，一般以地多人少为主要条件。如在未移入人口以前，每人平均不足2亩，每个劳动力不足4亩的社，就是没有条件移入。安置条件必须超过上项定额才可安置移民，也就是说，在移入人口以后的总和，平均每人尚有2亩左右，每个劳动力尚有4亩左右才算适当（包括可开荒土地）。

新安置的移民村和原居民之间，不可避免为了土地的划分、归属、面积等发生纠纷。

东莞市黄江镇星光村，是由1972年枫树坝水库赤光公社五星大队的移民组成。当时移民94户。当年，东莞县和黄江公社革委会，对于即将前来安置的枫树坝移民，提前做好了准备。移民搬迁之前，五星大队派出代表，会同移民区和安置区的县、社干部一起，经过12次选点，才确定在黄江公社的梅塘大队作为安置区。

为解决移民的住房和生产、生活问题，安置区派出两名专干驻进移民点，一方面建设移民村，另一方面帮助移民恢复生产。在住房建设方面，东莞县严格按人均12平方米的标准，建设移民新村和基础配套工程。经过3年建设，星光村移民全部搬入新居。

东莞县黄江公社在梅塘大队土地上，划出714亩耕地给星光村移民，并规定以山水为界，水流入谁的地界，山林就归属谁管理。对此，原居民意见很大。因为这样一来，移民的山林土地变多了，原居民的反而减少了。后来黄江公社进行了协调，东莞县用木材指标来补偿原居民，解决了山林土地归属的争议。

袁益明（枫树坝水库移民，现居黄江镇星光村）**讲述**（根据录音整理）：

我们这个移民村，都是姓袁的。我们来到黄江，已经有38年。凭良心说，当初来的时候，东莞各级政府对我们移民很照顾。一开始为了土地的事，闹过一阵子。后来，还曾经出现过"牛吃西瓜"事件。

那时，这一片共有土地1 400多亩，政府划分我们星光移民村714亩，其他700多亩是田心村和别的自然村的耕地。但是，这700多亩地如同夹心面包一样，夹在划给我们的土地之间。当地人叫这块地为"插花地"，也就是说，这块插花地把我们星光移民村的土地分隔开了。这样的划分很不合理，容易引起矛盾。

1981年，我们村的牛，就跑到插花地里去了。插花地里种的是西瓜，那几头牛跑到西瓜地里，猛啃西瓜。等牛吃饱喝足了，那片西瓜地里已是一片狼藉。田心村的村民闻讯后，立即组织村里人前来与我们星光移民村讨要说法，两个村的村民剑拔弩张，开始动起手来。

后来政府及时赶到现场，制止了事态扩大。为彻底解决这里的土地争端，东莞县政府决定将这700多亩"插花地"全部划给我们星光移民，田心村的土地在其他地方另行调整。这样一来，矛盾就化解了。当时，东莞县政府对移民安置工作还是很重视的。

凭良心说，我们刚来的时候，这里一片荒芜，四处荒凉。当地的村民还是对我们表示了欢迎。一开始，没有粮食，地里还没长出来，黄江公社周边的村民，就自发给我们送来大米、番薯、南瓜等物品。县革委会、公社革委会也分别组织慰问团到我们星光移民村慰问，并且给我们移民送来了耕牛、机械和农具。你说我们星光村的移民能不感动吗？

在我们来到黄江公社的两年间，县革委会还给我们移民生活补助。每人每月补助生活费用5元、大米30斤、肉票1斤。我们的生活用水缺乏，黄江公社党委副书记张继雄，亲自用货车为我们移民运水。

在当地政府领导和当地村民的关爱和支持下，我们星光移民秉承客家人勤俭持家、吃苦耐劳的传统，渡过了难关。经过30多年的打拼，当年的荒凉之地，现在已经变成高楼林立、车水马龙的繁华闹市。现在的星光村，已很难看出当年踪迹了。

2007年，我们红星村委会给每个村民发放了2 800元的移民补助款。现在，我们住上了移民公寓。第一期移民公寓约500套，我们移民只要每平方米支付1 500元就可以入住。考虑到红星村均是移民，政府给出了最优惠的价格。我们星光村在2008年就已经奔上了致富路，以前的农民，全部洗脚上田，在村里或附近经商。我们人均住房达60多平方米。多数移民家庭都有房屋出租，单出租房屋收入一项，每户都有将近1 000元的月收入。

三 怅惘的他乡

1. 龙川的移民安置

1972年，龙川县开始了枫树坝水库移民县内安置工作。

水库移民，是个大型工程。其成败最终决定于移民的思想。把移民的思想做通了，就会有事半功倍的效果。无论是移民群众，还是安置点的原居民，他们都会捧出满腔的热情。

岩镇红星队，有个老贫农，叫叶亚忠。他知道修水库，是百年大计的好

龙川县老隆镇红桥村。红桥村是上板桥水库移民组合的村子

事，利国利民。他说："现在国家要求我们搬迁，那是没说的，搬。"他认为能为国家水库而搬迁他乡，是一件很光荣的事。我们可以说是他的思想觉悟高，但更重要的是，他认为这是"国家大事"，没有讨价还价的余地。龙川县的移民干部告诉他，由于时间紧，要先搬迁，后安置。叶亚忠二话没说，把自己的住房主动拆下来，先搬到安置点。他一家三口人，房子拆了，没地方住，就在附近的山洞里生活，他说："今天住山洞，也是为了早日住上安置点的新房。"

在龙川县的县内移民安置工作中，各级干部带头奋战在第一线，即便是在1972年那样狂热的特殊历史时期，龙川的各级干部在工作中，已经开始具有了朴素的以人为本的工作理念。他们首先想到的是，要把移民群众的生活放在第一位。

在搬迁之前，龙川县委调集全县各行各业各部门的力量，来支援移民搬迁：解放军驻军派出40辆军车，积极搬运；交通部门出动大批船只，接转两万多吨移民物资；财贸部门做好住宿生活安排，使移民在搬迁期间住得暖吃得饱；卫生部门派出医务人员沿途护送移民安全到达安置点。

2．龙川县接受安置点

在移民安置地区，存在着原居民与水库移民这两部分人群。原居民有一些排外的情绪，这也在所难免，为了土地，为了各自的利益，少不了磕磕碰碰。好在山村百姓，多数人性格质朴，多以宽宏之心，以邻里之情，热情接纳了远道而来的移民。

因为建水库这样的"国家大事"，这些移民放弃了家园，多么不容易。来到这个陌生的地方，不要冷落了人家。所以，很多原居民都自觉地表现出一种好客的美好风尚，他们要让新来的移民，觉得他们的友善，觉得来到这里有如回归故里之感。很多原居民都会主动地帮助那些新来的移民做点实事，不管怎样，以后就是邻里乡亲了。

车田公社嶂石大队的李和平等20多户原居民，主动让出自己的房子，给移民作临时住房。还有8户人家，将自己刚建好的新房让出来给移民住。有的把已起好墙基的宅基地，让给移民户来建房。

上坪公社茶活大队的村民，在移民到来之前，提前7天做好准备工作，空出10多间房子让给移民居住。不少人为了让移民能在此安心生活，主动把自己最好的房子腾出来给移民住，自己睡厨房。当移民到来的那一天，社员到十几里外去迎接，纷纷把移民领到家中吃住。

当远道而来的移民们看到，当地的社员们在家中早已做好了饭菜，等待他们的到来时，他们当中的很多人，感动得热泪盈眶。

☞ **作者手记**

龙川百姓，何以如此热情？是政府号召宣传的效果吗？不完全是。龙川百姓，都是自发组织起来迎接这些移民的。

龙川这地方，具有深厚的历史文化底蕴。早在新石器时代，已有人类活动。秦始皇三十三年（前214），置龙川县。也就是说，这个古老的小县城已经存在2200多年了，一直未曾改名，是全国保留最古县名的县份之一。更重要的是，龙川是岭南最早由中原人开发的地区，也是岭南百越人接受中原文化最早的地区。被毛泽东誉为"南下干部第一人"的赵佗，曾为龙川县令。今龙川有"佗城"，即赵佗之遗迹。

由此可见，龙川这片土地，自古民风淳朴，百姓热情好客，一直都是有历史渊源的。

这是普通百姓之间最淳朴、最善良的情感，这是一种朴素的情谊和关怀。这种可贵的情谊和关怀在如此发达的现代化社会里渐行渐远，或许会成为遥远的绝响。我觉得要记上一笔，让这个炎凉世界，可以找回一种人性的温暖。

3．移民安置房

河源地区省属两大水库（新丰江、枫树坝）移民搬迁安置，都是在特定的历史条件下进行的。因此，搬迁到安置区后的水库移民，在生产生活方面，普遍存在着不少的实际困难。

首先是住房紧张。1958—1959年，新丰江水库移民到达安置点后，绝大部分没有建房，个别规划较早、行动较快的也只是刚刚开始动工。一个安置点，少则几百人，多则上千人，被安置住在当地群众腾出的房舍、祠堂、学校里。

住在当地老百姓家里的，少则一户4—6人、多则两户10多个人同挤在一间。

住在学校、祠堂、大队部、小队部的，100多人打大地铺，男女老少混住在一起，没有任何的尊严，没有任何隐私，既不卫生，又不文明。

这样的住房情况，持续了很长时间。个别安置点由于建房速度太慢，直到两年后，即1960年春节，每户人家才分到10—20平方米的住房。

原南湖乡光明农业社的水库移民，搬迁到蓝口，直到1978年，房屋一直没有按规定建设。其中一户人家只有一二间，三代同房现象极为普遍。后来，一直到1979年，移民住房建设扫尾时，由移民安置部门下达补建任务，住房问题才得以缓解。

没有分到移民房，让移民很焦急。可是，已经分到移民房的移民，还是焦急。为什么？因为那个房子，还没住几天，就成了危房。

河源县内安置的新丰江水库移民，其建房工作，按规定：一个安置点建设一座新村，施工由安置点负责，平整地基、挖墙沟、砌泥砖、建筑用地均自行解决。建房材料，木材充分利用拆旧建新，不够补足，所缺的石灰、红砖、铁钉和瓦片由县移民办事机构采购供应，运到安置点附近的公路、码头，再由安置点派出劳动力挑回安置点。

黄汉良（新丰江水库移民，现居东源县锡场镇河洞村）**讲述**（根据录音整理）：

我今年75岁。那时候，我是个泥瓦匠。所以我对那时建移民房很清楚。因为我的手艺好，就是大师傅了。我一个人，带十个徒弟。为尽快解决移民的住房，1959年9月，河源县人民委员会作出"苦战一百天，坚决完成移民建房任务"的决定。全县抽调建房民工20多万人。因时间紧、任务重，很多安置点提出"打卫星砖，建卫星房"的口号，有的一人一夜打1 000块泥砖，不等泥砖干燥就上墙，有的不到10天就建好一幢房子。

这批移民房，是"大跃进"时期的产物。当时建移民新村，片面赶时间，片面追求建房数量、面积，仓促施工，限期完成，致使新房成危房。

很多建筑材料，是用旧房材料，有的已变质朽坏。旧房材料不足呢，就增添新材料，木料是用尚未干燥，甚至是刚从山上砍伐的树木制成。砌墙的泥砖多数尚未干透就被砌上墙。特别是在房屋布局方面，那时候讲究军事化，要把房子建成军营那样。统一为走廊在中间，两旁对称排列房间，有的房间为省木料而未安装窗户，采光不足，通风不畅，整座房显得阴暗、潮湿、闭气。

由于上述原因，房子质量差，房屋尚未建好，有的墙壁便已裂缝，甚至开始倾斜，屋内白蚁滋生，渐渐蛀空房梁、门窗、墙壁，以致入住不久，大部分房子变成危房，加重了后期的移民危房改造任务。

4．砍柴割草

由于移民在山地和平原地带生活习性的不同，很多移民在刚落脚的新居住点，存在着不同程度的生活差异。例如，对于从山区搬迁到平原地带生活的移民，他们渴望不但要有一定数量的耕地，以解决生产、生活出路，而且山地也不可缺少。

河源县灯塔公社枫木移民安置点、漳溪公社鹊田移民安置点，因没有山地，移民们没有地方砍柴割草，老人百年之后，连找块埋葬的地方都没有。这个问题后来怎么解决的呢？

最后，还是由移民安置部门出面，为枫木、鹊田两地分别出资30万元、25万元，向当地大队赎买了一定数量的山地，划拨给水库移民，这才解决问题。

有的移民点虽然有山地有草割，但是太远，很不方便，有的来回一趟要1—1.5千米。

安置在埔前南坡的水库移民，割草要走2.5—5千米。砍柴要到9千米外的小坑去。早上去砍柴，晚上才能回来。途中有的还要派人到半路去接。

移民到东埔群丰（今太阳升）的水库移民，附近没有山林，割草砍柴要到新港、新丰江大坝的山上，一天只能砍到一担柴。

搬迁安置到胜利的原墩头乡移民，附近没有山林，只能在荒地、河边、路边割杂草当燃料，烧柴呢，要步行到十几里外的紫金县山林砍伐，这样就是侵犯了人家的地盘。移民与当地群众为地盘发生争执的事，时有发生。

5. 枯竭的水源

有的水库移民安置点，缺少水源。

顺天枫木垅搬迁到灯塔横塘安置的38户157名水库移民，安置点建在山坡边。为解决饮水问题，只好在山坑田边，挖了一口深1米、宽1.5米的"水井"，供移民饮用，既不卫生，又不方便。

埔前大塘是一个干旱地方，不但农田用水靠天，饮用水也极为困难，打井深达10米以上，出水量仍然有限，移民饮水不足，用水只能靠田头地尾水沟里浑浊的水。

安置在仙塘镇木京村黄屋坪自然村146户592人的水库移民，饮水十分困难。井里取出来的水，是咸碱水，人畜饮用均不适合，但又没有其他水源。他们只好到很远的外村，向人家讨点饮水。

6. 争议的土地

水库移民来到了安置点，和原居民之间出现矛盾，可谓家常便饭。其中问题最多的，还是土地问题。关于土地问题的纠纷，长期以来得不到解决。最根本的原因，是当初的安置程序，十分草率，有的关键内容，没有具体落实到文字上，以致现在很多移民的"土地四至"（即一块地四个方位与相邻土地的交接界线）不清。现在很多地方的移民村都面临这个问题。争土地，甚至引发械斗的事件，时有发生。这个问题至今得不到解决，而且越来越复杂。

关于土地纠纷，有时要理解那些划出土地的原居民。由于安置区划给水库移民的山林、土地没有补偿，当地原居民很不理解。因为土地山林划分给水库移民后，原居民本身粮食分配就相应减少了，粮食水平降低，农副业经济减收，这给原居民的生产生活带来不小的影响。因此，多次发生安置点的移民与原居民之间争夺土地山林的现象。

20世纪60年代初，河源县埔前公社的一个大队，就曾发生当地群众与移民因土地问题的争斗事件，结果造成双方人员互伤。

丘云鹤（原水库移民干部，现居东源县仙塘镇木京村）**讲述**（根据录音整理）：

1961年，仙塘木京大队因耕牛损坏庄稼一事，引发新村移民与原居民发生矛盾纠纷。

原居民见庄稼被水库移民的耕牛吃掉了，遂产生报复心理，他们点燃火把，焚烧移民糖寮，捣毁移民的榨糖设备，他们大声呼喊："滚出木京！滚出木京！这里是我们的土地！"他们想通过这种方式，驱赶移民。

而水库移民也不是好惹的，他们远离故土，来到这个陌生的山村，团结在一起，就是当时所有移民的精神力量。于是周边的水库移民几百号人，闻讯赶到现场，他们拿着各种家伙什，来为木京的移民助威撑腰。

这时，水库移民中，有人提出动用民兵连的枪支，来对付原居民。

当时的民兵连长叫黄水泉，他觉得如果动用枪支，肯定会产生严重的后果，甚至原居民与移民之间，就此结下难以解开的仇怨。最后，黄连长拒绝使用枪支。

那一天，水库移民、原居民之间，双方操持工具，剑拔弩张，情绪激愤。

眼看一场大规模的群体性械斗就要发生。好在上级领导及时赶到，这才制止了事态的进一步恶化。

这事虽然平息了，但对于我们水库移民来说，触动很大。毕竟，这里是人家的地盘。我们是外来者，从情理上来讲，我们理亏，说不过去。

通过这一事件，移民们的情绪低落，我们觉得待在这里，心里不踏实。于是，有部分水库移民开始倒流，回到库区——涧头公社龙利大队，那里才是我们的家。

7. 迁移，再次迁移

新丰江水库移民（1959年）、枫树坝水库移民（1973年）搬迁安置结束后，出现了一个特殊情况，谁也没有想到。

当时，约有2万多水库移民，因不满安置点的恶劣环境和无法忍受的生活习性，生产生活无以为继，从而自行搬离了安置区。他们有的回到了库区老家，有的自行迁移他乡，自谋生路。

这其中，安置方面是主要原因。比如，有的地方，选择移民安置点不科学、不准确，未曾认真考察、勘探。移民的生命财产受到地质灾害等方面的威胁，要求重新安置。例如：河源县内安置在双江、仙塘、灯塔公社的个别安置点，房屋建在沼泽地，或地质条件不稳定的坡地上。枫树坝水库移民有130户居住点的房屋，都建在山边或山腰间，每年都出现山石塌方，或泥石流冲垮住房的情况。

一些移民安置点环境容量超负荷，使得移民生产和生活水平降低。

1958年8月，规划县内水库移民安置时，河源县是按移民人口，每人2亩水田，3—4亩山林来规划的。但是到达安置点后，划给水库移民的山林、土地远远达不到规划要求，有相当一部分安置点人均在0.5亩以下，个别安置点甚至在0.3亩以下，移民的生产生活，长期处于贫困落后的状态。

张银波（新丰江水库移民，现居紫金县临江镇澄岭村）**讲述**（根据录音整理）：

我们是回龙公社的水库移民。1958年12月，我们香溪大队33户142名移民，一开始被安置在河源县义合公社香溪大队落户。1960年冬，已建好房屋，并住进新房。1961年6月上旬，当地突发大洪水，我们的房屋被洪水冲毁。

后来，上级来检查，认定房屋崩塌，与当时建房质量有关，决定在原地重建加固。

经过两年的重建，已按计划完成重建任务，移民群众第二次住进新房。

1964年8月中旬，我们再次遇上了特大洪水。这次洪水来得凶猛，洪水已淹过房顶。这样，我们第二次重建的新房，又全部被洪水冲毁，导致移民无处安身。当时移民群众的思想波动很大，强烈要求重迁。

位于东江河畔的移民村：香溪村

紫金县临江镇水库移民住房

河源县移民办同意了我们的要求，并提出：(1)由移民自己找安置点，政府给予补助金；(2)由移民选出代表，到外地寻找新的安置点。

结果呢，我们找到了老祖宗落居的紫金县临江公社澄岭大队，那里有我们的同族人，我们请求亲戚们给予支持。

我们水库移民的遭遇，得到了当地大队干部、群众的同情，同意接受我们迁去定居。

1965年，我们水库移民搬到了紫金县临江公社澄岭大队。起初，我们住祠堂、借房、搭棚临时解决住宿问题。河源县移民办帮助我们解决了粮食和基本生活费用。并与紫金县政府协调，至1967年，临江公社正式同意接受我们。

当时，临江公社的干部刘桂添、临江粮所廖灶仁等人，帮助我们选址定居，划分耕地。

1967年，河源县移民办按水库移民建房补助标准，下拨5.4万元，1975年又下拨3.3万元给我们建房。这样，我们从此在紫金县安居下来。

四　归去来兮

1. 移民倒流

移民倒流，就是搬迁到外地的水库移民，又辗转回到了原来的故乡。如果故乡被水库淹了，他们就在水库边落脚生存。

这是水库移民工作中的一个特有现象。任何时代的水库移民，都会产生。绝大多数是因为生产生活条件的恶劣、土地的稀少、习俗的不同、对环境的无法适应而倒流。

水库移民倒流情况十分复杂：有的几进几出库区，在库内居住了一段时间，感到生产生活十分艰难，又倒流回原安置点；有的倒流回安置点住了一段时间，又自行到外县寻找安置点落脚谋生；有的库内移民，按倒流移民的标准给予安置后，又迁到新的地方，要求当地的移民安置机构给予重新安置工作。还有的移民在安置区内有家，在库内也有家，来回奔波。

刘源海（新丰江水库移民，现居惠东县平山镇）**讲述**（根据录音整理）：

我是因为建新丰江水库，从河源的锡场安置到了惠阳县平山公社。因为对环境不适应，特别是那个大台风，我们受不了，就想倒流回库区。

倒流也不是一件容易的事，那是要经历一番坎坷和磨难的。

首先的问题，就是没钱上路。怎么办？为了筹集倒流回库区的路费，我们就把带到安置点仅有的一点家具，如床、桌椅、橱柜、凳子等，拉到镇上贱价出卖。

1961年春夏间，我们在惠阳县平山圩抛售家具，最多时候一天有好几百件。我记得家里有一张杉木床，七八成新，只卖价15元。一张办公桌2—3元就卖了，一张条凳仅卖2元。

开始的时候，安置点不准移民倒流，晚上大队派出民兵值班，进行管制。可是，我们的心都不在这里了，你又能怎么管呢？

为了能倒流回库区，有的水库移民以探亲为由，先把老弱病残和小孩、妇女送到平山圩乘车先回。年轻力壮的移民，到了三更半夜，偷偷离开。

因怕民兵追赶拦截，我们不敢到平山圩乘车，就一直步行到惠州，有路费的才乘车回库区，没有路费的，走路回库区。路上饿了，吃点备好的干粮，晚上找个能遮雨露的地方，摊开被席露宿。从平山到新丰江库区的距离约150公里，最快也得走3天，有的走了四五天才回到库区。

移民倒流，回到库区后，因为原来的家乡都淹没在水下了，他们就在山沟、库边、深山安营扎寨，一个点多的8—10户，少的2—3户人。根据河源市移民局提供的材料，1965年前，从惠阳县、河源县的埔前公社倒流回库区的原立溪乡移民，共有336户1 384人，分别散落在新回龙公社的各个地方：

（1）十洞大队：上坪、下坪、新田、割毛王、礤下、仙客塘、渔坑；

（2）立溪大队：打洒油、半天山、塘径、石价洞、水头、苦竹坑、上寮、黄泥塘、黄竹庵、招坑、当吊坑、亚公坑、炉下、小羊；

（3）径尾大队（当时是一个后靠安置点）：良坑、高芬、下围、上围、牛径穴、牛栏下、大平嶂、三拢；

（4）七坑大队（当时是一个安置点）：牛营、四方、黄竹塘、三和、四合、庄坑；

（5）留洞大队：甘背塘、石龙坑、小径口、新来庄、冷水坑。

这些地方，都是移民前无人居住的山沟，距离大队所在地，最近的有几公里的山路。半江公社原治溪乡的水库移民，倒流回到原居住的桐坑、樟溪，他们在库边的山旮旯间，搭茅棚居住，用木条拼成床铺。

锡场公社原锡场乡搬迁到惠阳县倒流回来的水库移民，个别选择到有亲戚关系或旁系亲属处暂时落居，绝大部分都在库边的三门、双门、鸟桂、横石、欧洞、石下、长江等村的深山沟里，搭茅屋栖身。

对于这些倒流回到库区的广大移民，政府并没有一味地进行驱赶，或强制遣返，而是尽可能地接纳他们这些回归的"游子"，倾听他们的诉求，关心他们的疾苦。移民工作方针，由过去制定的"多迁少留"，改为"多留少迁"。

虽然"迁"与"留"只是词序上前后变化了一下，但是在那个特殊的年代里，我们仍然看到了可贵的、一种朴素的以人为本的关怀。

2. "野人"刘佰亨

搬迁安置在韶关市乳源县、天井山林场晓洞农业社的原支部书记刘佰亨等，共300多名水库移民，1960年倒流回来后，在晓洞的半山腰里搭茅屋居住，靠耕80多亩山坑田和从事山林副业过日子。因为害怕韶关市来人将他们追回韶关，因此不敢到外面找亲戚或到外地找活干。

河源县副县长张明东知道这个情况后，和陈娘恩等移民干部，带着粮食、红糖及药品去几个移民点慰问。刚刚到晓洞，正在干活的刘佰亨，以为是韶关派人来抓他们回去，急忙通知其他移民，立即跑到山上躲藏起来。

躲在山上的刘佰亨发现，来人不像是韶关方面的干部，这才和群众一起下山。当刘佰亨认出来人正是河源县副县长张明东时，他百感交集，哭诉了他们目前的处境。当躲在山上的移民全部下山时，张明东看到他们狼狈不堪的模样：这些移民，粗看个个像野人，再看像乞丐与囚犯——头发很长，衣服破烂，形容枯槁，其中患水肿病的移民很多。

张明东面对这种情形，当晚就带领移民干部、群众10多人，到20多里外的双田粮站，借出15担稻谷分给移民，以缓解倒流移民的燃眉之急。

3. 倒流移民的苦难历程

更令人感慨唏嘘的是双江镇杨梅水库移民。

他们原居住南湖乡，1958年，按照水库移民的规划方案，他们要被安置到博罗县石凹农场。当时已建好了房屋。

1958年冬天，因撤销惠阳专区，河源县归属韶关地区管辖，为争劳动力，韶关方面将迁往惠阳已经安置、并已定点建房的移民，还有正在迁移途中的移民，全部拉回河源。一部分安置到韶关，大部分留在河源安置。杨梅水库移民又划回到河源，安置在蓝口公社的秀水、乐村大队。

1959年，规划又改变了，杨梅水库移民被安置到韶关乐昌，然后，再转移到乳源天井山。

1961—1962年，因选点不当、水土不服和安置点的部分工业下马等原因，这批疲于奔命的移民又陆续倒流回库区。

1968年冬，杨梅水库移民又被动员，分散到库区外的公社。

1970年，杨梅水库移民再次倒流回库区。

如此往返倒流，前后搬来搬去达七八次之多。10年间，他们成了流浪的一族，他们想寻找一个家，能安居乐业，可是家在哪里？

移民们身心疲惫，苦不堪言。不但物质受到重大损失，精神上也受到严重创伤。移民户温招恒一家，原来五口人。因多次搬迁，造成生活无法维持，被迫将女儿送给别人。后来跟老婆离婚后，他只身一人回到库区。

河源县的水库移民安置，由于新丰江库区内有好几个公社的水库移民加在一起，人口众多，耕地面积稀缺，发展潜力有限，移民生活非常困难，出现了所谓的"七难八难"。简单说，就是问题的难度大，难解决。

在这种情况下，1969年，河源县军管会决定以"知识青年上山下乡"的形式，动员库内的半江、锡场、新回龙公社移民到本县的柳城、东埔、仙塘、埔前、樟溪、蓝口、灯塔、顺天、高埔岗、骆湖、船塘11个公社重新安置，将水库移民一家一户，或几家几户分到各地的生产队插队落户，借以解决库区长期存在的问题。

但是这种"插队落户"的形式，又出现了新的问题。

新回龙镇十洞村村景。图为当年的水库移民房，至今仍在使用

水库移民到了新的生产队落户后，多数移民都有寄人篱下之感。生产、生活、习俗不同，很难融入安置区的集体生活。而且，安置区的原居民对于新来的移民，因为粮食分少了，劳动日分红低了，也逐渐有了怨言。从1970年夏开始，"插队落户"形式的移民，除了集体落户的外，大部分分散安置的移民均倒流回到了新丰江库区。

"插队落户"移民倒流回到水库，小部分移民是倒回原迁出地的生产队，大部分移民则是在水库边安营扎寨。

当时的河源县革命委员会，要求各公社尽可能动员这些倒流移民回到原安置落户的生产队。对不回落户队的倒流移民，政府不给上户口、不供应定销粮指标、不发给布票、不发给购物证（当时凭购物证购买定量煤油、火柴、红糖、肥皂和部分副食品）。这样，倒流移民成了真正的"黑人黑户"。这些"黑户"面临严峻的生活难题：

（1）青年人要结婚，办不了结婚登记；（2）要外出探亲或打工得不到出具证明；（3）小孩子只能偷偷在附近小学读书，没有户口上不了中学，更不可能被"推荐"读大学；（4）移民合作医疗不能加入，有病只能靠自己寻草药医治，或私下找黑诊所救治。

大部分"插队落户"的移民，都怕被赶回安置点，所以，他们变得很敏感，平时很警惕，每当有外人接近他们居住点时，就立即跑到山上躲藏起来。每当听到机船的声音，就立即躲到山上，察看动静。

他们在库边的山沟里搭木棚、茅屋居住。他们没有田，没有山，只靠做零工，到附近山里砍柴，再担到河源城出售，靠买高价粮过日子。

倒流回锡场圩镇的移民，有146户346人，原属非农业户口，倒流回来后，只能摆地摊，编织谷萝、粪箕维持日常生活。

半江公社插队落户移民317户2 163人。由于半江公社大都是高山峻岭，库边没有多少闲地，为了生计，他们只能到山里砍毛竹、芒秆，伐木烧炭，再把木材偷运到新丰、龙门邻县出售。

双江公社插队倒流移民，住在晓洞、杨梅、陂头、龙镇村库边，除了耕作部分山坑田解决口粮外，还开采石灰石，烧石灰，销往库区的其他公社，日子过得十分艰辛。

新回龙镇甘背塘库边，有66户376人，原居住在留洞大队黎屋安置点

深圳罗湖区人大办公室帮助新回龙镇十洞村购买的客货两用船，用于新丰江库区航运

和上洞新村安置点。1969年被动员去骆湖公社"插队落户"，1970年倒流回库区。但又无法回到原来的安置点，他们只能在甘背塘库边安营扎寨，几百人回到水库边，搭茅棚立居，生活甚苦。这里原来地形较陡，没有高程水淹田，山沟里只有10多亩山坑田。移民主要靠捕鱼摸虾，偷砍竹木加工成劳动工具，到龙门县城、平陵圩出售，再购高价粮度日。

棚下就是水库，没路、没船、没艇，移民出门干活、赶圩购粮购物、小孩上学均靠自己扎制的木排代替交通工具，遇上刮风下雨，则险象环生。这样的生活一直到1981年，广东省、地、县政府决定给予安置才告结束。

插队倒流的水库移民，不但生产生活极度困难，连公民的基本权利都没有保障。在水库移民的10年间，他们曾多次努力，不断派人向上级反映情况，要求帮助解决移民的实际困难。

1979年8月间，甘背塘的插队倒流的移民，先给《南方日报》写信，诉说他们的处境。接着又各家各户自筹路费，男女老少近百人到省政府上访。

美丽的径尾村风光

他们在省政府大门前静坐，并写了"新丰江水库移民上访团，还我河山，还我家园"的横幅，准备上街游行，反映他们的遭遇，诉说他们的困难处境。后来，在省府接待信访人员和河源县派出的有关人员说服下，放弃了上街游行。

此后，涧头、双江、半江、锡场公社的移民也派代表到省上访。在大量水库移民上访的情况下，省政府于1980年先后多次组织工作组，深入新丰江库区调查了解移民的安置情况，至此，移民的倒流问题才被政府列入议事日程。

当然，倒流回库区的移民当中，并不全是贫困，也有意外收获的。

1959年冬，外迁到博罗县的水库移民，原住地在甘背塘和小径村。他们从博罗县回到库区小径探亲，看到老居住地的屋迹和大片田地未被淹没，而原来耕种的山坑田也丢荒了。

他们回到博罗附城梅花安置点后，向生产队长讲述了这一情况。生产队长认为，移民回去耕种山坑田和高程水淹田，也是增加集体粮食产量的一个好办法。于是生产队作出决定，派出10多名年壮劳力，带着农具、耕牛回到甘背塘，在水库边搭茅棚居住，耕作高程水淹田和山坑田。

1960年、1961年这两年，粮食获得大丰收。因为当时是国民经济困难时期，粮食黑市价格甚高，所以取得了很好的经济效益。

于是，杨茂和等7户移民，决定从博罗县搬回甘背塘居住，并在老屋旁边115米高程的地方，建起了一座上五下五、左右横屋、三层围龙、占地10 000多平方米的大围屋。

后经河源移民办调查了解，确认了他们的移民身份，同样享受水库移民待遇。

一掬故土酬乡心

一　亚婆山峡谷

1. 亚婆的传说

> 混沌龙蛇天上来，亚婆山下独徘徊。
>
> 一朝降伏水中怪，江河千里归大海。

这是在亚婆山一带广为流传的神话故事。

说那混沌时代，南海龙王敖钦，赴王母瑶池会。归来时，瑶池里的一条青蛇想下凡走一遭，就偷偷地跟在敖钦后面，装成一条小龙。谁知，敖钦一回头，看见了，心想：你也敢装龙子龙孙？追着青蛇，想捉拿。那青蛇滋溜一下，钻入一条小江。也不知潜水多久，后浮出水面，看见一个亚婆（即阿婆，是岭南地区对老年妇人的尊称）在江边打鱼。青蛇就向亚婆求救。那亚婆起了怜悯之心，就把青蛇藏在山洞里。敖钦虽呼风唤雨，却没有找到青蛇——毕竟小事一桩，不值一提，就回他的南海去了。

谁知，青蛇恩将仇报，赖在江里不肯走。要吃要喝。过往船只稍有不敬重，它就摇晃身子，兴风作浪，产生大洪水。

亚婆知道这个妖蛇是害人精，可它赖着不肯走。亚婆心里很自责，

新丰江电站所在地、新丰江最窄的一段：亚婆山峡谷

就在山上修了一座庙，想把这条青蛇镇住。但是，青蛇毕竟不是凡物，身子晃一晃，那江水就会浊浪滔天。过往商船，路过这里时，只得供些钱物，这才暂时风平浪静。但是，要想彻底降伏这条妖蛇，还不知要等到哪一天。

我在河源采访时，不止一次听过这个故事。而且还有其他版本。总之，在这个亚婆山下，有非常怪异之处。

2010年10月12日，为了看新丰江大坝，我特地游览了那座亚婆庙。

在河源，很少人知道天后宫，但一提到亚婆山，只要是土生土长的河源人十之八九都会知道。因为方圆百里地，亚婆山层峦叠嶂，巍峨隽秀，加上飞瀑流泉，显出千姿百态。更重要的是，亚婆山上的这座久负盛名的亚婆庙，引来河源城里的市民以及邻近山村的百姓前来朝拜，他们都信奉亚婆庙娘娘。庙宇位于亚婆山峡谷，当地百姓告诉我，此庙有镇水安澜、赐福百姓的作用，希望我能进去拜一拜。

亚婆庙年年举办庙会，年年兴旺，皆因"娘娘"有求必应，据说灵验异常，信民遍及境内外，香火鼎盛，长久不衰。故此，平时拜谒求签者甚众。

2. 东江水患

亚婆庙门前有一段河道，石多水急，颇为险要，大凡经过这一河道的船只，行经此地，皆要对着亚婆庙焚香朝拜，并向水中丢下一些铜钱，以求平安通过。但是，人们的朝拜与虔诚，并没有真正的效果。因为年年洪涝灾害，已让百姓流离失所，苦不堪言。

这条滩险湍急的江河，叫新丰江。

新丰江发源于新丰县王母点兵山，是东江西岸的一级主支流，今自东向南流入东源县半江镇，进入新丰江水库，出库后流经源城的双下村、庄田村、市区，在尖沙嘴汇入东江。新丰江全长163公里。

东江，发源于江西省赣州市寻乌县桠髻钵山南侧，南流入广东省境内，在黎咀附近与支流定南水汇合后始称东江。东江自黎咀向东南方向流经龙川，在河源城接纳支流新丰江，然后流经惠州博罗、东莞，在石友镇与增江汇合后开始分汊，较大的河汊就有十条之多，浩浩荡荡流经东江三角洲（珠江三角洲的一部分），注入虎门，汇入南海。东江全长582公里，流域面积32 000多平方公里。

东江流域面积广宽，多少年来，东江泛滥成灾，东江一旦发生大水，可使珠江三角洲堤围全部溃决。

新丰江穿过河源市区

新丰江水电站大坝

岁月的时光，倒回到1958年，所有的目光都集中在这样一个小山村：河源城区南郊双下村。

双下村，是新丰江流经的最窄的山口：亚婆山峡谷。饱受洪水泛滥之苦的东江流域的百姓，听到了一个铿锵有力的声音：在亚婆山峡谷，修筑一座拦江大坝，驯服新丰江！

1955年8月，由上海水电设计院勘查并提出建设方案；1956年1月，由华东水电工程广州勘测处开始勘测；1956年6月，中国水利电力工业部成立广州水力发电设计院，其后新丰江水电站的勘测设计工作归广州水力发电设计院负责；1957年9月，确定亚婆山峡谷为新丰江水电站坝址；1958年4月，基本设计完成；1958年7月15日，新丰江水库水电站工程破土动工。

河源百姓和广东各地群众齐心协力，在亚婆山峡谷筑起中国水利史上的一座丰碑，他们用汗水和热血，描绘一幅现代版精卫填海的壮丽画卷。

二　无小江米，饿死槎城仔

任何一个水库工程，都面临一个庞大而沉重的项目：水库移民。

水库移民工程，在当今世界上，仍是一个比纯粹的筑坝技术要复杂得多的难题，更不用说这是发生在半个世纪之前的事。

美丽的新丰江水库。原河源县的回龙、南湖、锡场3个公社和半江林场被淹于水库之下

新丰江水库是广东省目前最大的水库,水库移民之多、库容之大闻名全国。为建设这个华南地区最大的人工湖,河源地区有10.6万群众献出了祖辈栖息的家园。

新丰江水库淹没的陆地面积为600平方公里,淹没高程118米,迁安高程(即需要迁移安置的高程)120米。

新丰江水库淹没的山地村庄,大部分是原河源县及新丰县管辖的区域,部分属连平、龙门县区域。全淹区有原河源县的回龙、南湖、锡场3个公社和半江林场;半淹区和部分受淹区有涧头、双江、顺天、灯塔、船塘等11个大小圩镇,共389个村庄,以及连平县的忠信、大湖、隆街3个公社的部分大队,新丰县的马头、大席两个公社部分大队。

新丰江水库淹没的这些地方,是河源著名的鱼米之乡。这里有肥沃的土地,丰饶的物产,得新丰江灌溉之利,产优质稻谷。

在清代,河源县衙大门两侧,曾有一副对联,道出了这片南越之地的风土人情:

南越启雄风，二千年服教畏诚，朴素尚留秦汉俗；

东江称大邑，百万户耕田凿井，纯良同戴吴羲天。

严定振（新丰江水库移民，现居新回龙镇洞源村，72岁）**讲述**（根据录音整理）：

我们那地方，一般不叫新丰江，而是称小江。我们全村人都这么叫。那是我们的聚宝盆，有柴炭、竹木。此外，蜂糖、草菇、香菇、木耳产量很高，质量也好，河源人都喜欢到我们这里来收购。可能你还不知道，我们那里最为称绝的，还是小江米。你听说过一种稻叫"三枝香"吗？

在我们回龙不远的地方，有一个叫马头的墟镇，属于新丰县的。后来全淹了。

马头墟在我们那一带很有名，因为墟镇的西北有一小山，形似马头而得名。马头墟有一个地方，叫军粮屯，你听听这名字，就知道，这里产粮。听上辈的人说过，军粮屯一直是历朝历代驻军的地方，因为我们这一片是粮仓。河源吃的大米，都是我们这里产的。军粮屯的稻谷不光产量高，那个米很好吃，油光发亮。我们当地叫"三枝香"。为什么叫"三枝香"呢？有这么一句顺口溜："三枝香，一顿粮，油光光，做梦香。"

这个顺口溜的意思是说，军粮屯的稻米，穗长，谷粒饱满，有三枝穗就能够一个人吃一顿饭。吃了油光光的三枝香大米，连做梦都是香的。河源城里的人都喜欢吃，大老远地来军粮屯买米。有时还买不到。所以，我们当地有句俗语："无小江米，饿死槎城（即河源的别称）仔。"

我们那里还出产一种火蒜。所谓火蒜，是暗火熏制的。加工方法也不复杂，家家户户都会。房子中间，用有孔的席子隔两层，上层放上鲜蒜，关好门窗，下层用稻草或蒜苗掺上稻壳，点燃后就可以熏制。然后不停翻均，有半个月就可以了。色泽金黄，也有黑色的，外观有油光。这样的火蒜，可以存放一年时间，随时可以用。

只可惜，那片主要盛产火蒜的地方，后来全部被淹了。

张李安（新丰江水库移民，现居源城区高埔岗农场，退休教师，80岁）**讲述**（根据录音整理）：

我出生在新丰江水库里的东源立溪乡。立溪乡原是一个美丽、富饶的鱼米之乡，是当时一个较大的圩镇，因立溪河流经此地而得名。

1958年7月，新丰江水库水电站工程破土动工后，立溪乡群众也离开了故土，带着祖辈传唱的水路歌，分散移民到高埔岗等地，重新建起家园。

原来的立溪乡还有一个周村水库。1957年冬天，我们全乡出动劳动力，热火朝天搞水利建设，终于建成了周村水库，集雨面积大约5平方公里，库容有16万立方米。令人惋惜的是，来不及发挥效益，水库还没有正常运转，就已经被淹没了。

1958年，为国家的水利建设，我们新丰江的百姓，响应政府号召，无条件放弃自己的家园。可是，我们新丰江移民身离故土，可心里还时时牵系着被沉没在湖水下的故园，我们会经常回忆起那一串串熟悉的地名和姓氏，有时，就唱祖辈留给我们的水路歌，以遣思乡之情——

诸家百姓搭地方，翻天水口近营房；

大水管来上下坝，上坝是谢下坝杨；

如今的立溪乡

铁坑老女莲花嶂，不是翁肖都是黄；

黑潭镰子长江凤，隔壁邻乡是锡场；

……

凡是上了年纪的新丰江移民，都不会忘记这首《新丰江立溪水路歌》。这首清朝时的歌谣，在民间一直流传至今，它现在是新丰江广大移民之间互相牵系的一支精神纽带。这支水路歌里，有以往立溪乡人们生活过的许多地名和许多姓氏，唱起它，立溪乡移民就仿佛触摸到了自己的根。

一晃50多年过去了，当年传唱新丰江立溪水路歌的老人多已离世，而新丰江水库移民的下一代，因早已脱离水路歌的环境，对立溪水路歌印象模糊，或全无印象了。

我原来是高埔岗学校的校长。退休之后，利用自己的空余时间，四处整理搜集这首水路歌。因时间久远，有的内容开始有了不同的版本，为了核实一句词、一个地名、一个姓氏，有时我带上手稿，到新丰江立溪乡移民现在的居住点登门拜访求证，近的地方去过韶关、博罗，远则寻至甘肃、大连，经过苦苦寻访求证。最后，终于将上百个大小地名、35个姓氏分布都弄清楚了。不为别的，我只想让更多的人来传唱，让我们的移民后代，不要忘记我们曾经的故乡。

只要会唱这首歌谣，就能知道立溪河两岸的地名及姓氏分布，就好像一张指路图，知道你姓什么，就知道你生活在什么地方，反之，如果知道你在什么地方住，就知道你姓什么。

三 1958年·新丰江清库

水库在蓄水之前，要进行清库。所谓清库，有两层含义：

第一，迁出高程线（即水库建成后，保持正常水位的等高线，而房屋高程大多采取10—20年一遇。）下的居住者。无论是什么情况，库区高程线下的所有人员必须全部迁出。

第二，主要是针对高程线下的民房建筑、牛猪栏、厕所和竹木杂物，以及坟墓等，在水库下闸蓄水以前，要全部清理干净和消毒，以保证水电站正常运行和水库下游人民的饮用水卫生。

新丰江水电站1958年7月15日破土动工，新丰江水库的清库和移民安置工作几乎同时进行。为使清库和移民搬迁工作有序进行，从1958年6月开始，凡是有清库和移民任务的县以及乡社，都相继成立清库和移民办事机构。

1958年5月，广东省人民委员会成立了广东省新丰江清库工作委员会，这是水库移民的最高指挥机构。

1958年6月，河源县委、县人民委员会成立河源县移民委员会，下设新丰江清库办公室、移民办公室、移民科。凡有清库任务的县、乡、社纷纷成立了领导机构，由县、乡、社的各个部门组成清库移民领导小组，以农业社为单位，建立营、连、排、班清库移民突击队。

☞ **作者手记**

我手上有一份《新丰江亚婆山水库清理方案》原始文件。

此方案系初稿，盖有"广东省建设新丰江清理水库委员会办公室"的公章，是由新丰江清理水库办公室呈送给"惠阳地委、河源县委"，请求指示的一份文件。时间是1958年6月25日。

这份文件，详细地记载了清库的方案与实施细则。我惊异于这个方案的细致入微。其内容细致到关注移民百姓的一草一木。例如，"已劈成柴火的木材"怎么处理等，都有明确规定。

根据广东省委提出1959年底发电的决定和水库移民方案的规定：第一批50米高程以下的移民5 000人，于1958年三季度末前迁完；第二批110米高程以下的移民65 000人，在1959年一季末前迁完；第三批120米高程以下移民16 800人，在1959年夏收后迁完，因此，水库清理工程必须在1959年8月份以前全面完工。

古笠金（新丰江水库移民，现居惠东稔山镇新村村）**讲述**（根据录音整理）：

我的家乡，现在已经淹没在新丰江的水库下面了。那个地方叫锡场。现在的锡场镇是后来搬迁的。真正的锡场已全都沉入湖底。

关于清库，我不知该说什么。那种画面，映在我的脑子里，一辈子忘不掉。你随时可以看到山上山下，一片火光冲天的景象。那不是烧荒，那是烧山。你看过电影里打仗的那些场面吧，到处冒烟，到处火光。

那时候，我们古家是个大家族，住在一所很大的客家围屋里。我们原来的锡场，大多数都是客家人。我们锡场的客家围屋，多数是围龙屋，结构都是"一进三厅两厢一围"。

我家那个围龙屋，占地有十来亩。一座围龙屋就是个大家族的堡垒。屋内卧室、厨房、大小厅堂及水井、猪圈、鸡窝、厕所、仓库等生活设施，一应俱全。

我们整个古氏家族，一共有四五十号人，都是住在那幢围龙屋里。前面有半圆形的水塘，整幢房子东西对称，前低后高，主次分明，坐落有序，布局规整。里面以厅堂、天井为中心，设几十个生活单元。最后面一排为最高，也是半圆形的，和前面的水塘，形成一个大圆圈。

我们古氏家族，世代居住在这幢围龙屋里，安居乐业，从来没有什么事故发生。老人们都说这个地方的风水好。

可是，怎么也没想到，有一天，新丰江要筑坝拦水，我们这幢围龙屋，正好在50米高程以下，属于搬迁的第一批移民。这批移民共有5 000多人。

要说我们客家人，从古到今，祖祖辈辈都信奉着舍小家为大家的思想。更不用说在那个思想淳朴的年代，那时候，一道命令下来，说迁就迁，谁还敢说个不字？但是，思想境界再高，要我们舍弃偌大的、祖祖辈辈生活过的围龙屋，说什么都是不甘心的。我过去这么说过，现在还是这么说。更不用说那个年代，什么补偿都没有。

令人揪心的事发生了。

我们古氏族长作出决定，全体古氏家族，坚守围龙屋，不让人来拆。

其实，我们知道这没有用。因为封江筑坝，这样举世浩大的工程，岂是几户"钉子户"所能阻碍得了的。

那个时候还没有"钉子户"的说法。但是，有几顶帽子扣在了我们古氏家族的身上。一是"封建思想残余"，一是"拖群众后腿"。周围的群众都搬走了，房子也拆了，就剩下我们古氏家族孤零零地立在山脚下。再看山坡上，浓烟滚滚，火光冲天。清库工作正如火如荼地进行。

后来呢，后来我们家族里也发生了不同的意见。一种是早点移开，早点得到安置。另一种是坚守，哪怕坚守到最后一刻。

这样就出现了两种情况：一种是收拾行囊，开始了移民之路；另一种坚守在围屋里，等待着蓄水的那一天。

古老讲述时，满眼泪花。我问："后来呢，后来不肯走的那些人怎么办？"

古老哽咽良久，因年事已高，所述移民清库之事，很多内容无法连贯。我且整理如下：

请原谅那些"顽固不化"的钉子户吧。他们当中，有的年事已高，有的卧病在床，说不定都等不到蓄水的那一天了。他们想把自己埋藏在故地。否则，远离他乡，将会成为无家可归的游魂。

这里是他们世代繁衍、相依为命的家园啊！这里的一沙一石、一草一木、一砖一瓦，都如同不能割舍的血肉之情。

终于有一天，大坝建成，要封江蓄水了，全县干部，进行最后一次清库检查。对于那些钉子户，采取了强制行动——将那些不肯走的人，强行捆绑起来，用担架抬出库区。

大坝放闸蓄水。无情的水在一寸一寸地上涨，淹过了良田，淹过了门槛，淹过了房梁。还有那些"钉子户"来不及收拾的物品、来不及带走的祖宗牌位。

没有拆的房屋，没有砍的树，全部沉入水底之中。

后来，水库建成了，上面可以行船。很多次，那些船被搁在水

家山何处——岭南水库移民迁徙实录

中的树梢上，进退不得。

那些打鱼的渔民，撒下网时，不小心被那些树梢钩住，怎么也扯不上来。

黎伍民（新丰江水库移民，现居紫金古竹镇）**讲述**（根据录音整理）：

我今年83岁。因建设新丰江水库，于1958年从回龙镇移民到埔前镇居住4年，后因婚姻关系，带上家人又迁到紫金古竹镇落户定居。在水库移民前，我是大队的主要负责人之一，为顾全大局，发动组织群众迁居，将小家抛弃的干干净净。然后呢，就是清库。

1958年9月开始大清库的。当时文件写的是1959年5月前蓄水，年底发电。为了工程能如期进行，各级清库领导机构在新丰江清理水库办公室的统一指挥下，以乡、社、队为单位，抽调专门人员，按营、连、排、班、战斗小组的军事化管理形式，组成清库队伍，并划分"战区"，开展大规模的清库工作。那时的场面，真是声势浩大。

我至今记得当时的清库行动，实行的几个方略，有些我记不清了，我记得清楚的有这些——

"三化"：行动军事化，作风战斗化，生活集体化；

"四统一"：统一计划，统一工作，统一行动，统一收工休息；

"七固定"：定领导，定劳力，定战区，定任务，定质量，定时间完成，定评比奖励；

"七先后"：先清干部后清群众房屋，先清河边后清山，先砍大树后砍小树，先清高后清低，先清远后清近，先拆石灰屋后拆泥砖屋，先清难后清易；

"三结合"：把清库工作与夺取农业生产丰收、增加副业收入、材料及时运往安置区安置点结合起来。

从1958年9月开始，各乡社抽调了70%以上的劳动力投入清库工作，每天出动劳动力20 000人以上，最多的时候达到了27 000人。

当时的清库工作，分为拆除、砍伐、消毒三个阶段进行。对不能运走的旧房屋废料和118米高程以下的杂草、竹丛、树枝等一些漂浮物，主要是进行焚烧。竹木砍伐后，要求残头不高于地面30公分，房屋、牛猪栏、厕所拆除后的地基，不得高于地面50公分。

对牛猪栏、厕所消毒：以面积计算，每平方公尺消毒用木柴20斤。例如，面积5平方公尺的猪牛棚，即用木柴100斤，以火焚烧消毒。

挖迁后的墓穴，要放火焚烧，施放石灰进行消毒。其具体方法是：一律于骨骸迁出后，即行以火消毒，每座坟墓用柴200斤，对残留的棺材板，一起焚烧干净。

那段时间，我们主要的工作就是拆屋、焚烧。

这是一种破坏性的劳动，说实话，那时心里很难受。很多漂亮的、古老的客家围屋被拆了。还有大量的竹子、油茶、板栗树被砍伐，能运走的都已运走，不能运走的就地焚烧，一起加起来有3万多棵大树，其他果树就不计其数了。

为了清库彻底，为了不留隐患，为了调动清库大军的积极性，清库工作委员会决定给清库大军一定的经济补助金：

（1）清理1平方公里的杂草、树木，补助1 500元；

（2）迁移5年以上的坟墓，每座补助2.5元，5年以下每座4元；

（3）迁移金埕（按：埕，chéng，即坛子，一种小口大腹的陶制容器，有用于装骨殖的，称金埕；客家人在过去，有二次葬的习俗，先土葬，后挖出骨殖，称捡金，最后放入金埕，重新掩埋），每只补助0.2元；

（4）拆除房屋，每间补助5元；

（5）清理拆除并进行消毒的牛、猪栏、厕所，每间补助0.5元。

清库工作一直到1959年10月才宣告结束。

四　1958年·新丰江大迁徙

在新丰江库区大规模开展清库工作的同时，移民安置工作也同时进行。

1958 年 8 月，中共河源县委、县人委根据《惠阳地委关于新丰江水（库）电站移民工作的决定》和本县以及水库区的实际情况，认为库内淹没耕地 18 万亩，财政收入减少，为减轻县的财政压力，又有利于移民的生产、生活，确定了"多移少留"的移民方针，制订初步移民方案，决定外迁到惠阳、博罗、仁化、乳源等县安置 25 000 人，县内安置到埔前、城镇、东埔、仙塘、蓝口、曾田、灯塔、船塘等 9 个公社 68 000 人。并要求 110 米高程以下的水库移民，在 1959 年春节前迁出库区到达安置区，其余要在 1959 年 2 月迁移，并安置好。

这个方案经报惠阳地委批准实施。后在实施中，出现了两个情况：

（1）河源县于 1958 年 10 月由原管辖的惠阳地区撤销，划归韶关地区管辖。

（2）部分移民不愿到新的安置区。其主要表现为：

① 移民依赖政府，要求按原来的式样建设房屋，要求划给成片耕地和山林，移民搬迁安置全部费用要政府负责，要政府解决搬迁的车辆，要政府在搬迁后一年内发放生活补贴；

② 移民中有封建残余思想，要求建房点风水好、要有龙脉、要能生孩子，将坟墓迁入安置区；

③ 小数移民怕苦。肯移好地方，不愿移差的地方，砍柴、割草、饮用水要方便，要移下游不移上游，要移近不移远，移到安置区不开荒，不搞水利，要交通方便靠近城镇；

④ 怕搬迁后生活水平下降。

但是，移民们出现的这些"落后"思想，很快就被强大的宣传攻势给瓦解了。各县各级党委组织民兵、青年团、公安、妇联等部门，成立工作组，深入移民区，自下而上召开党员、团员、民兵、妇女、贫下中农、老年人各种形式的大小会议。宣讲新社会来之不易，建设新丰江水电站对国民经济建设起重大作用，要移民们相信科学、相信共产党和政府、相信"天下农民一家亲"，消除思想顾虑，树立"听毛主席的话，跟共产党走"的信心，舍小家，顾大家，服从党和政府的安排，完成移民搬迁安置工作。

与此同时，各县委、县人民委员会也切实、认真做好移民安置区的干部、群众思想工作，保证移民到来后有房住、有田耕、有饭吃、有柴烧、有水用、有菜吃，安置区原住民热情迎接水库移民一起建设新家园。

后来，对原先的移民方案作了数次调整，执行结果为：外迁安置到惠阳、博罗、曲江、仁化、乳源5县的水库移民为645户26 381人，分布在13个安置点；县内安置的为9个公社，154个安置点，15 680户67 930人。

连平县委、县人民委员会根据上级关于新丰江水库移民安置的决定，对全县的新丰江水库移民805户3 693人制订了在县内就近安置的方案，并选定了33个安置点，将每个安置点落实到各移民户，并对搬迁具体做法作出了方案。

新丰县的新丰江水库移民1 891户8 433人，根据县内移民区所在的公社耕地和山林资源比较充裕的情况，制订了原则上在本公社、本大队安置的方案，需搬迁的原马头坪也选定了新建地点，划定了建坪范围。

在接受移民安置的地点，也在紧锣密鼓地建筑移民新村。这里有一份当时发布的文件，从中可以看出，当地的党和政府对于移民的安置工作，还是相当重视的，并迅速行动起来——

中共惠东县委员会、惠东县人民委员会：联合指示

《抓紧建筑移民新村》（58）惠东办字第139号

移民乡党委、人委、商业局、木材站、工交科、建筑公司：

为了把泛滥成灾的东江水患驯服起来，为工农业生产服务，省委已决定在东江上游修建新丰江发电站，水库面积达400平方公里。目前已开始动工，明年4月蓄水，8月发电。建成后不但可以基本上在东江流域消灭水灾，并发电量为30万瓩，相当于现在广东省发电量3倍，将来奠定了广东电力网的基础。对于交通运输业也有很大的发展。从河源到广州可以通中型轮船；对农田水利可以扩大灌溉面积 （本书作者注：原文件此处空白）亩。这一社会主义建设工程给我县带来了新的任务：发电站内95 000人口要迁移。地委已决定移到我县8 122名，在广汕公路两侧建设社会主义新农村。但我县明年早造①插秧要求在立春前后进行。今年11

① "早造"是岭南方言，指生长期较短、成熟较早的农作物。

月间就要备耕。这样在时间短、任务重、劳力紧张、材料不足的情况下，就必须立即行动，有领导、有组织地发动群众，妥善安排劳力才能完成这一艰巨而又复杂的移民任务。因此，作如下指示。希即研究贯彻执行。

一、组织领导方面：县成立移民办公室。县长唐治国兼主任，并以县人委办公室主任高式文、民政科长戴文为副主任，由移民乡及有关单位抽调工作人员数名领导移民工作的进行；乡设移民小组，由书记或乡长挂帅，下设专职干部数名，领导建筑及移民安置工作。这是一项政治任务，必须认真做好，任何疏忽不重视是极端错误的。

二、移民安置地点及任务分配：稔山乡白云建一移民新村，安置 1 800 名；吉隆乡石灰头建一移民新村。安置 2 000 名；大岭乡三角店建一移民新村，安置 4 300 名。共 8 100 名。

三、劳力准备：根据地委规定，每一个人（不分老幼），要建个人和公共房子的面积达到 14 平方公尺，每公尺须用 5 个劳动日，由移民乡计算准备进行解决劳动力问题。

四、施工备料：由建筑部门设计规划施工建筑，木材由县统一解决，其余由砖、瓦、沙、石灰等就地取材。水泥、小五金、玻璃等由商业局负责解决。交通运输由工交科解决。劳动力由移民乡自行解决。

五、建房屋的任务必须按时间完成，为了保证不影响明年早造备耕工作，决定于 10 月 15 日移民村建筑完毕。

中共惠东县委员会（章）、惠东县人民委员会（章）

1958 年 9 月 15 日

黎伍民（新丰江水库移民，现居紫金古竹镇）**讲述**（根据录音整理）：

新丰江水库外迁移民工作于 1958 年秋开始。那时，我还是大队干部，主要负责移民的外迁工作。为确保外迁移民按时、按量迁出库区，我们乡干部实行包干责任制，外迁移民按农业社、生产队组建连、排组织，实行军事化管理。那个时候，正处于人民公社化高潮时期，对部分有抗拒心理的移民，实行了命令式的搬迁。

搬迁到外县的河源县南湖、古岭、立溪、锡场4个乡的移民都地处山区，交通极不方便，物质条件很差，运输物资也匮乏，水库移民搬迁行动异常艰辛。

南湖乡搬迁到韶关的移民，要先将家当挑到10多华里①外的新灯线公路边，人员步行到新灯线公路候车。

古岭乡搬迁到博罗县的移民，靠步行肩挑，将物资先送到平陵西门候车，距离平陵近的有8公里，远的达15公里以上。

立溪乡的赤岭、水后、古芬、七坑、径尾村离河源100多华里。因此，搬迁时选择到龙门县的田尾乘车，径尾离田尾20多华里，途中还要翻越佛里凹大山，较远的赤岭到田尾陆路达40华里以上。

锡场乡的治溪、河洞、渔潭村搬迁到惠东的移民，物资要从居住地水运到回龙，人员要徒步到新灯线乘车到惠东。

外迁移民离开居住地时，均带上日常生活用品，挑着锅、水桶、炊具等，扶老携幼，对行动不便的老人，则由亲属背或临时搭成轿子抬着，日夜兼程，艰苦跋涉，到指定的地点候车。

由于车辆不足、运力有限和信息不通，很多水库移民到达了指定的公路边候车时，因车辆没有及时到达，或因物资不能及时运走，只能在公路边风餐露宿。

一个典型的事例：搬迁到惠阳平山大岭安置点的立溪乡水库移民，曾在龙门县田尾的公路边等车，也不知是哪个环节出了差错，怎么也等不来车辆，最后在路边滞留3天，问题才得以解决。

南湖乡部分水库移民，按规划要搬迁到韶关安置。由于移民安置方案几经变更，从库区迁到惠阳秋长的移民，还未到达目的地，便被拦截，通知他们迁到河源蓝口，刚到蓝口稳定下来，又通知他们要安置到韶关。"上屋搬下屋，没了一箩谷。"如此搬来搬去，等

① "华里"即"市里"，旧长度单位。1华里＝500米。

家山何处——岭南水库移民迁徙实录

到了韶关安置点，移民们的家具丢失的丢失，损坏的损坏，所剩无几，给日后的生活增加了很多困难。

☞ **作者手记**

1958年秋天的新丰江大移民，规模庞大，是中国水利史上少有的几次大规模移民之一。

由于当时的生活条件很差，交通运输十分落后，以至于移民主管部门面对如此庞大的移民队伍有措手不及之感，或者说对于移民任务的艰巨性估计不足。这从当时的一份《紧急报告》中可以看出。

由于移民外迁工程启动，最大难题是交通运输。舟船稀少，车辆奇缺。为此，河源县移民委员会不得不紧急上报，并且用了"急件"字样。

河源县移民委员会（急件报告）

请迅速协助解决车船运输问题

（58）源移字第026号

惠阳专员公署：

我县移民基建工作正在全面施工。当前存在最大的问题，是无车船运输材料（木材、石灰、火砖、瓦），总重量26.644吨，其中汽车运输的有12.183吨，木帆船运输的有14.461吨。汽车运输以三个月平均计算，每天需要12.6辆（一天一车周转三次）。木帆船运输以四个月平均计算，每天需船（一艘载重7吨）共92.8艘（五天周转一次），根据现有需要运输的数量，我县车船运输部门无法担当运输任务，的确有实际困难。例如，木帆船我县一共才有170多艘，其中给新丰江水电站抽去80多艘（抽不回来），另载钢铁（包括载炭炼铁的船）50多艘，此外沿江横水渡口10多艘，剩下来的船就极少了。汽车运输亦是非常紧张。全县有可用车16部。国营车站亦不能完全接受任务，为此，特报请你署给予迅速协助解决是荷。

河源县移民委员会（章）

一九五八年十月十四日

不管如何，新丰江水库外迁移民的搬迁工作，虽然条件艰苦、工作量大、涉及人员众多，但是，那个时代却是一个火热的时代。人们相信"人定胜天"，相信"不怕牺牲，排除万难，争取胜利"。在各部门的大力协助和广大移民的积极配合下，从首批外迁移民搬迁，到最后一批搬出库区，仅用了3个多月的时间，就完成了外迁移民的搬迁任务。现在再回头看，这样的移民搬迁速度，简直是一个不可思议的神话。

五　山高水远，随行仅有家乡月

1958年的新丰江大移民，行动军事化。当时对移民的安置方针是"先搬迁，后安置"。外迁的新丰江水库移民到了新的安置区后，所面临的情况十分严峻，他们在生产、生活环境等方面均遇到了极大困难和挑战。

外迁水库移民，在确定安置点后，首先派出移民代表，前往安置点实地确认，有了地方，当地的干部还要告诉他们，给多少山林，给多少土地，四至方位等。有了这些承诺，才通知后面的移民，可以前来。

而住房，却很少有人先行考虑。有的住房根本没有，有的才刚刚动工。这些似乎并不重要。移民们所关心的，是土地和山林。当地的安置干部所承诺的土地，那时候只是口头划分，没用文字记录下来。如果当时用文字写一下，并不难，但是很多地方，只是"口头划分"，并没有落实到文字上。他们怎么也没有想到，当时的这样一个小小的失误，给在这里定居下来的移民和他们的后代，造成了很大的麻烦。后来，许多移民村庄与原居民之间，因为土地纠纷而发生群体性恶斗事件，就是在那时候埋下的隐患。

没有住房，或房子还没有建好，大量的移民就已经到了安置点。这样一来，水库移民到达后所面临的情况，大体上有三种：

（1）自行在安置点搭建临时茅屋居住；（2）由当地干部动员群众腾出房屋或附属房屋给外迁移民居住；（3）安置区政府出面动员当地学校、公共饭堂等公共场所给水库移民临时居住。

1. 博罗县移民安置

根据博罗县移民办公室提供的资料，1958年，新丰江水库的部分移民，

2010年10月29日，作者在博罗龙溪镇岐岗村现场采访水库移民谢镇如老人

被安置到博罗县的一共有1万多人。由于安置点安排的人数较多，移民到达安置点后，最大的难题是没有地方住。博罗县负责移民安置的干部想尽了办法。最后的解决方法是：动员当地群众，发扬共产主义风格，腾出私人的住房、公用的厅堂、公共食堂，让出废弃的房屋、柴草屋等。很多移民到达博罗后，就住在这样的地方。

当然，移民新居也在紧锣密鼓的建设中。一直到3个多月后，移民新居才建成。按照一户人一间新住房的标准，分配给新来的移民居住。

当新丰江水库的1万多移民被安置到博罗县，一开始，他们都以为来到了一个鱼米之乡。因为博罗县有一条著名的河流——沙河。沙河是博罗境内的一条经济大动脉，它可以进入东江。沙河上商埠密布，市肆云集。下游两岸，有湖镇、龙华、龙溪、长宁、九潭、园洲、石湾诸镇。沙河流域不但商业繁荣，还有良田约45万亩，且多数是冲积平原，可谓名副其实的沃土。《博罗县志》有这样的记载："田中之田，素以腴名。"

但是，县志中还记载："多患水而亦苦旱。"博罗西部的平原，本应是鱼米之乡，却因水患不绝，年均亩产只有100公斤。

许多新丰江的水库移民，好不容易在博罗县落脚，还未站稳脚跟，一场大洪水就劈头盖脸冲了过来。1959年6月中旬，惠州遭遇了罕见的特大洪水灾害，博罗县城被淹，东江博罗段水位上升到15.68米，是百年来的最高峰。

当时，博罗段堤围几乎全部漫顶，洪水浸没农田47.6万亩，早稻失收20.4万亩，决口近百处，洪水达到2米多高，房屋倒塌6万间，10万人被迫离家，不得不到高山上躲避洪水。东江的这次大洪灾，终于让博罗县委下定决心，尽快修建显岗水库。

显岗水库建设是博罗县有史以来规模最大的一项水利工程，参与人数众多。很多从新丰江移民过来的水库移民，再次加入了他乡的水库建设之中，其中不少移民再次成为显岗水库的移民。

在那个年代，人们怀着最单纯、最朴素的思想，为了国家的利益奉献自己。为了修建显岗水库，当时罗浮山、新竹塘、龙溪、园洲等公社的农民都积极参与，原计划需要工人3 500人，最终来了6 000多人。他们的理由很简单：多担几方土，就多收几斤粮。

当时工地缺乏施工材料，群众就自发捐献。白观坳移民村的村民，把从旧屋拆下来的800多块大麻石条送到工地。当年光是运送这些麻石条，就动

博罗县龙溪镇岐岗村水库移民文化展览馆

用了好几艘大船。

有这么好的移民群众，什么样的工程不能建成？按照工程计划，七孔泄洪闸的工期为30天，最后，1 400多人苦战9天9夜，顺利建成，创下9天建成1座大闸的奇迹。后来，此闸被命名为"九天闸"。

2. 韶关移民安置

肖时真（新丰江水库移民，现居仁化县董塘镇安岗村）**讲述**（根据录音整理）：

我们这个地方，是个小自然村，叫山背村。

早先，我们是河源回龙镇的移民。原先的回龙镇，那里是个风水宝地。1958年，我们那里要建个大型的水库。可是，我家的祖坟就在库区的中间。我们家以前生活很好，人很勤劳，生活上没有什么难处。大家都说，我家的祖坟在龙脉上。但是，后来要建大水库，你说这事弄得迁又不是，不迁又不是。不迁吧，祖坟长期泡在水底，那也是对祖宗的大不敬啊。可是迁移呢，那就意味着让出龙脉。如果祖坟不在龙脉上，按照我们那里人的说法，那是对我们子孙后代都是不利的。

为了祖坟是否迁移的事，我们整个肖氏家族商量了好几天。最后得出的结论是，国家要求迁坟，不得不迁。当然，那个时候，也有偷偷不肯搬迁的。用个金埕偷偷埋了，也没什么人过问。

不知是什么原因，就在迁坟那天，开挖的时候，天空突然出现异象，下了场倾盆大雨，伴随着电闪雷鸣。大家心里恐慌，以为是祖先冥冥之中不让搬。后来，就草草地装了金埕，另找坟地埋了。也不知是不是祖坟离了龙脉的缘故，从那以后，我们这个肖家村渐渐没落，一蹶不振。

离开肖家村，我们的安置点在韶关。那个地方以前从没去过，也不知怎么走。那么多的家当。最后，韶关那边的安置人员，派了一些人来接我们一起走。

当初，我们不是一下子到韶关的。先从回龙镇，用船运，把我们的家当，还有一村的村民，先送到东莞的石龙圩。

那时，我是第一次到石龙圩。听老辈的人说过，名气很大，是个大商埠。清代的时候，这个石龙圩与江门、佛山、顺德陈村，并列为广东四大商业重镇。然后呢，我们又从石龙圩乘火车到达韶关。当然，不是现在的客运火车，而是装货的那种，就是个铁皮车厢，什么东西都往里面塞。人也不分男女老少，都挤在一起，就像卖猪仔一样。

装着我们移民的货运火车到达韶关后，再转汽车，才到达安置点——董塘镇的一个山村。这里位于仁化县城西南12公里。

我们从回龙镇出发，到安置点安岗村，走了整整五天五夜。

下车之后，拖着身心俱疲的脚步，四周望了望即将在此生活的安岗村，心里不由得倒吸一口凉气。我们面对的是荒野的草坪、灌木丛。

这还不算，当时还发生了一件事，吓得我们都不敢住这里了。

我们刚来时，在安岗村四周查看地形。我很奇怪，这个地方，怎么没什么人呢。有个村民往前走，一不小心，掉进了沼泽地。当时把我们吓坏了，我们村里的人手拉手，总算把他给救了出来。后来我们才知道，那里是一片沼泽地。

那么后来为什么又没人住了呢？当地的一个老乡告诉我，这里曾是血吸虫病的高发地，原来居住的村民，能搬走的早就搬走了。

不仅如此，由于此地荒凉，渐渐成了坟地。在移民迁来之前，已经平了很多土坟。

可想而知，我们全村人是一种怎样纠结的心情。

然而，就在我们对这个地方完全灰心失望之际，没想到，我们的身份在一夜之间，又发生了戏剧性的变化。我们由普通的水库移民，一下子变成了矿上的工人。

原来，1956年，国家冶金部第十六勘查队，在这里发现质量很好的铅锌矿，并在此设厂开采。这个矿叫凡口铅锌矿。

但是，当地群众在了解到矿上的环境后，听说重金属什么的对人体有害，大多数人不愿意到矿上工作。这样一来，矿上急需人手。就在这时，我们新丰江移民正好来到这里，一共有4 600多人。

而且我们对划拨的土地很不满意，正在闹情绪。凡口矿上急需大量矿工的消息，让我们这批水库移民喜出望外。那时候，也不知道什么是环保，没人注意矿上的污染。大家都在想，怎么着也比种地强，由农民升级为工人，这在当时是很有诱惑力的。

就这样，我们从新丰江水库移民而来的这批人，很顺利地成了凡口矿的矿工，并且成为开采铅锌矿的主要劳动力。

由于我们移民人数较多，凡口矿一下子应接不暇。他们手忙脚乱，来不及做好移民的安置工作。怎么办呢，什么办法也没有。人数太多。你想想，4 000多人啊！在这种情况下，矿上只好动员我们广大移民自行砍木，割茅草，给我们在矿区划分了建职工宿舍的地皮。矿上对我们说，一下子来了4 000多人，矿上的准备工作没做好，希望能得到大家的理解。目前，只好在这划分的宿舍地皮上临时搭草棚，作为过渡阶段。并承诺，凡是矿上的职工，将会分到属于自己的房子。

我们呢，也理解矿上的难处。人家没有这么多的职工宿舍，也是实际情况，而且对我们也有了住房的保证，也就不计较那么多了。我们就在矿工宿舍的地皮上搭棚居住。

此后，短的一年多，真的分到了矿上单砖夹墩的瓦房。长的呢，住了两三年的草棚，才住上了砖瓦房。由于种种原因，一直到2008年底，还有相当一部分水库移民仍居住在（20世纪）60年代建设的砖瓦房里。

凡口铅锌矿，位于广东省韶关市北东48公里。矿区开发历史悠久。早在宋朝，这里就有采矿、炼银活动的痕迹。

凡口铅锌矿于1958年建矿，1968年正式投产，是目前亚洲最大的铅锌银矿采选生产基地。这里的职工，大多数都不是本地人，很多都是新丰江移民的后代，也有的是从其他地方分配过来工作的。

到了20世纪80年代后期，凡口矿周围有很多国有企业因开工不足而倒闭，至90年代初，这里除了孤独的铅锌矿外，已是一片荒凉地。很多人，都搬到其他地方去了。

3.惠阳移民安置

新中国成立后,惠阳地区是广东省水库移民安置人数较多的地区。

惠阳地区处东江中上游,自古以来,这里是涝旱严重的地区。新中国成立后,中共各级党委和各级人民政府为了根治东江洪涝和旱灾,在东江上游兴建了新丰江、枫树坝、白盆珠等大型水库和50多座中小型水库。由于这些水库建设而产生的大量水库移民,安置工作十分繁重。后来,一直到1972年9月,惠阳地区开始设立专门的管理移民安置工作的机构:移民办公室。

新丰江水库移民搬迁时,正值历史上的"大跃进"、人民公社化时期。搬迁前是村民,搬迁到达安置区后,成为人民公社的社员。人民公社的特点是"一大二公",那时候最大的特点是大办食堂,这让许多搬迁而来的移民们感到意外。

尽管对安置点划分的土地不甚满意,但这些土地都是属全民所有。特别是大办公共食堂,移民们自然是欢天喜地。他们到达了安置点后,都在公共食堂集体吃饭,甚至洗澡热水都由食堂供应。家家户户没有厨具,属于军事

惠东县稔山镇新村村围屋

化、集体化的生活模式。

杨树民（新丰江水库移民，现居惠东县平山镇）**讲述**（根据录音整理）：

我们来自河源县立溪乡，那里一共迁出4个农业社：赤岭、水唇、七坑、径尾。

从河源辗转来到了惠阳县（即后来的惠东县，惠东县于1965年7月从惠阳县析置，因原属惠阳县东部地区，所以取名惠东），具体的安置点在惠阳县平山公社大岭村。

到了平山镇后，没有地方住，给我们移民居住的房还没有建好。当地接受安置我们移民的干部，实在想不出办法，只好把我们安排在离安置点4公里外的平山镇饭店。但是这个饭店又太小了。你想想，我们这一批共有2 000多个移民，一个小饭店怎么够住呢？

距离饭店不远的地方，有个市场，我们这么多移民，就在那里搭建了棚子临时居住。2 000多号人啊！白天呢，我们有劳力的人就去大岭村新房建设工地，参加劳动。老人和小孩留在饭店和市场那边。晚上呢，我们从工地回来，没有床，就打大地铺。所谓大地铺，就是在平地上把所有的垫子拼接起来，我们2 000多号水库移民，不分男女老少，就挤在那样的大地铺上。

那种局促的情形可想而知。男女老少混住在一起，生活极不方便，卫生设施根本没有。男的可以随地解决，女的比较麻烦，常常要跑到很远的地方，也是随地解决了。所以，那一带的卫生状况很差。

更让人恼火的是，我们移民新居的建房速度跟不上去，一直很慢。这里有个原因。我们从新丰江来的时候，把家里的老房子全拆了，一些好的木料也随车带到这里，希望在建房时能用上。谁知道，我们的很多建筑材料，在夜间被人盗窃，而且数量很大。那些木料，都是很好的松木，一下子失去了大量的建筑材料，移民住房的建设速度，就落下来。断断续续，我们那2 000多号移民，就在那个市场上的临时大地铺上，居住了两个多月。

到了1959年3月，我们2 000多人才住进了大岭新村。由于建筑材料跟不上，建好的移民房还是不够分配。

搬进新村时，不分人口多少，而是按户。一户安排住一间10—12平方米的砖瓦房。吃饭在公共食堂。沐浴的地方，是在屋檐下搭起一个小茅屋，而且是几户人共同使用。

然而，这建好的移民房，设施也不完善。2 000多人，只建了两座公共厕所，挖出两口水井，生活条件十分艰苦。

一直到1960年10月，我们这批外迁的移民，才真正住进当时移民政策所规定的一户一套、面积在45—60平方米的砖瓦房。

六　路漫漫，水茫茫

1958年的"大跃进"风潮，有大干快上的热情，更多的却是走上了急功近利、浮夸、虚假的道路。就拿水库移民的安置房来说，很多移民到达安置点后，就是一片荒废的土地。一切要从头开始，白手起家。当然，也有的是一边移民，一边建房。还有的是先临时安顿，然后再建房。

1958年又是一个"放卫星"的年代。从这一年起，全国各地刮起了一股急于求成的浮夸之风。最典型的是虚报夸大粮食产量。这种浮夸之风已渗入到各行各业之中。比如当时的移民新村建设，由于缺乏科学而规范化的管理，致使很多移民村、移民房建成后，不能正常使用，甚至在很短的时间里成了危房。

这与1958年的"放卫星"风潮有关。一个近2 000人的移民安置新村，大部分是"放卫星"式建筑，一个星期要建起一栋移民房，有的泥砖未干，就砌上墙，这样的房子，基本上都是危房。

古笠金（新丰江水库移民，现居惠东稔山镇新村村）**讲述**（一）：

我们第一次到达稔山镇的时候，当地的移民安置部门，派了一些民工来帮我们建房子。结果呢，所有的房子都建成了工人宿舍那样，一排排，一行行，纵横排开。房与房之间的距离只有3—4米，排水沟不畅，到处污水横流，臭气熏天。近2 000人的移民新村，只建两座厕所，移民收工或休息时，厕所前都能看到男女村民在那里排队。全村只有两口水井，饮水、洗衣、浇菜等都靠它。洗衣服要排队，挑水浇菜近则要走上千米，生活条件十分恶劣。

砍柴割草就更不方便。在安置区内，要打一担柴，要走几十里路，要割一担草，也要大半天时间，烧水煮饭的柴草已成为我们水库移民生活中的一大难题。

还有更差的地方。原来锡场乡渔潭村的水库移民，安置在惠阳县梁化铺仔。安置区划给他们的耕地，大都离移民安置点3—4华里远，而且道路不通，水利不畅，看田灌水、运送肥料极其困难。

"放卫星"式建造的移民房，其质量可想而知。刚建起来的泥砖房，那些泥砖墙在经历一场风雨过后，有的泥砖被雨水侵蚀，就开始腐蚀，留下了斑斑痕迹。那样的房子，我们住在里面，一直担惊受怕。更要命的事，还在后面。

我们来到惠阳县稔山镇之前，一直生活在河源锡场的治溪那一带。我们那里是风水宝地，一年四季都是风调雨顺。在那样的环境里过得很舒服。现在，我们将近2 000人来到了稔山，原以为生活苦点就苦点，手脚勤劳些，总能解决生活的。却没想到，遇上了极其可怕的事。

那是1961年8月31日—9月9日，十天时间，对我们河源的移民们来说，简直是一段黑色的日子。我们每个移民，经过了一场从未遇见过的、如同地狱般的恐怖！那十天时间，我们一直怀着无比的恐惧，天天做着可怕的噩梦。

那是我们河源人从未见过的台风！

在十天时间里，我们稔山镇连续遭受了第21号、22号两次台风暴雨的侵袭。我说过，我们原来的锡场，是个美丽的盆地，一直是风调雨顺，哪里见过那么大的台风。台风来时，除了尖锐的啸叫声，更多的是对我们移民的住房进行"揭盖"式扫荡。第一次台风，把我们的房屋揭去了一小半的屋顶。第二次台风更凶猛，干脆一间不留，把所有的屋顶，全部揭翻。那时还下着暴雨，我们无处躲藏。所有的移民，站在没有屋顶的"房子"里，任暴雨肆虐，亲人之间，抱头痛哭……

稔山镇的这两次台风，把我们河源来的移民吓蒙了。因为我们从来没见过这么疯狂的台风。我们的移民新村，顿时成为一片废墟。面对如此恶劣的环境，我们很多移民欲哭无泪，泣不成声。最后，我们怀着对稔山镇的深深恐惧，选择了离开。

我们绝大多数人，都倒流，回到了锡场的河洞、治溪等地，也有部分移民回到新丰县、龙门县。他们投亲靠友，寻求落脚谋生的地方。还有个别外迁移民户，居无定所，成为流浪人。

☞ **作者手记**

在采访的过程中，我听到了许多老移民的哭诉。新丰江外迁的水库移民，由于当地的生产、生活环境恶劣，又恰逢国民经济三年困难时期，外迁水库移民存在的诸多问题，长期得不到解决，严重地影响了外迁水库移民生命财产的安全。

1961年6月5日，在中共韶关地委、韶关地区行政公署联合发出的《（61）地专联字第001号》文件中称：在1959—1960年期间，移民死亡3 470人。

1961—1962年，新丰江水库外迁移民，大量倒流，回到库区。还有的，流到外县，自行选点落居，自生自灭。

古笠金讲述（二）：

1961年8、9月份的那两次大台风，把我们河源来的移民吓坏了。我们山区人，从来没见过那么可怕的台风。"大跃进"时，"放卫星"建的房子，像工人宿舍。新丰江移民过来的时候，正好是"大跃进"、"放卫星"，建房子也"放卫星"。质量太差，那个大风一吹，泥巴就掉下来，有的连墙都塌了。后来，我们移民房的全部屋顶被掀掉以后，我们就开始了倒流。当时走的人很多。我们来到这里时的水库移民，不到两千人，结果走了一大半，后来只留下了六七百人。

那个时候，我也跟着父母回到了河源。主要原因是生活不习惯，我们山区人，从来没见过那么大的风，那么大的雨。我们一家人和村里的其他移民一起，星夜兼程，离开了稔山公社。

然而，当我们回到河源时，才发现一切都发生了根本的变化。那个时候，水库已经开始蓄水发电。当时的水库水位已经升到了90米。

这么多人回到了河源，那时，那个样子很狼狈，没有地方去，就待在了库边。上千人聚集在库边，也不是办法。因为水库的水位，还要上升。当时确定新丰江水库的移民水位线为120米高程，水库内120米高程以下的群众都要搬迁。

大量移民倒流的现象，引起了河源与惠东两地政府的重视。河源这边，要我们回到稔山。惠东那边呢，吸取了教训，开始建适合我们客家人居住的围屋，告诉我们，这一次，房子很结实，不怕台风了。

但是，我们没有人肯回去，宁愿守在库边。那时也没有地方可去。天天对着湖水，白天还可以劳动，忘掉各种痛苦。晚上呢，大家就来到库边，一边望着水中的月亮，一边怀念水底的村庄。想到现在，我们居无定所，想到那个经常发生台风的地方，我们很多人都是痛哭。

面对我们这倒流回来的1 000多号人，河源政府很着急，不停地派人来催促我们前往稔山。我们又不肯走，怎么办，就开始动用公安抓人。把为首的几个顽固分子抓进去之后，我们这才很不情愿地答应启程。河源和惠东都派了车子，把我们又送到了稔山镇。

这次回来之后，住房上有了很大的改观，再也不是宿舍那样的住房了，而是我们客家风格的围龙屋，上五下五。抗风好。材料不一样。那时我家里四个人：哥，父母，我。我们分的房子很小。四个人一间泥砖房，很矮，大概有30多平方米。回到稔山之后，就住在这样的新的围龙屋里，心想这算是暂时安定下来了。因为这个屋子，不太高，能抗台风。稔山的地理位置，就在大亚湾海边。所以，经常刮台风。

但是，对于台风的恐惧心理，还是让我们无法适应稔山的生活，平常也无心生产，因为害怕台风那个恐怖的声音。怎么办呢，有人就偷偷地再次倒流。那时我们虽然来了，可我们的心还在河源。因为怕我们移民再次倒流，公社就派人来看住我们，不让我们走。

心不在这里了，你看管还有什么用。我们这回的倒流，不是群体行动，而是各自分散了走。今天走一户，明天走两户。就这么零星地走。白天不行，就晚上走。那时候，也没有什么家当。用个布包袱，裹几件衣裳，就可以上路了。

我家呢，也和其他人家一样，在一个月夜，偷偷地离开了稔山镇。我们趁着夜色，走路。那时没有什么交通工具，全部是走路。我们从稔山镇走到了惠东。再从惠东一直往西北，走到梁化镇，经过横沥，这才到了东江河边。我们这一路都是走啊，脚都磨出水泡来了。到了江边，这才可以坐船。一下子坐到河源。

由于倒流的移民太多，河源这边，也开始逐步解决这个现实问题。毕竟，稔山那个地方是个台风多发区，河源人没见过，心理上承受不了。这也是特殊情况。于是，河源那边并没有一味地强行驱赶我们，而是尽量地给予安排，用现在的话讲，就是已经是很人性化了。即使是到了"文化大革命"时期，国家对这些倒回去的移民，还是一村一户地给予了安排。

但是，更多的人还是无可避免地回到了稔山。因为你在河源坚持几天可以，要是坚持几个月你试试看？毕竟，河源那边一无所有，没有地，没有房，而稔山那边，有房有田，相比之下，是去还是留，一清二楚了。

移民古笠金和他的小洋楼

当然，随着时代的进步，到了改革开放之后，我们到稔山的水库移民，生活开始发生新的变化。稔山毕竟也属于海滨小镇，临海而居，和深圳之间，只隔了一个大亚湾。越来越多的开发商开始注意我们这个稔山。移民的生活一天比一天好了。而且，我们的住房，现在能享受移民政策。每个人补助 3 600 元。我这幢小洋楼，一共花了 20 多万元。村里的绝大多数村民，在县移民办的帮助下，家家户户都住上了钢筋混凝土的小洋楼——再大的台风，也不害怕了。

　　而且，随着我们这里生活水平的不断提高，当初死活不肯留下来，倒流到河源的很多移民，他们现在又陆续回到了稔山。不光是移民回来，他们还拖家带口，一家老小，想找回在稔山的旧房子。真是三十年河东，三十年河西。当初，谁能想到稔山的经济发展会如此之快呢？我们河源的这批移民，来回折腾了若干趟，最终还是爱上了稔山，你现在要他们回到河源，估计一个也不肯回去了。唉，人生这东西，有时真是说不清楚。

☞ **作者手记**

2010 年 10 月 28 日。我来到了惠东稔山镇新村村采访。

　　新村村距稔山镇 4 公里，距惠东县城 15 公里，是一个移民村。1958 年由新丰江水库库区搬迁而来。目前有村民 451 户 2 372 人，耕地 1 057 亩，山地 2 000 亩，全村设 7 个村民小组。新村村离深圳、东莞、惠州等经济发达城市很近，远的 2 小时车程，近的不到 1 小时车程。

　　进入新村村，首先映入眼帘的，是一座巨大的牌坊，上面写着斗大的"新村"二字。村中一排排小洋楼，像一幢幢别墅，整洁美观。新村村党支部书记古雪贵介绍，从 2003 年广东省水库移民实施省人大议案和 2006 年实施国务院后期扶持政策以来，新村人在县移民办的帮助下，艰苦创业，脱贫奔小康，建起了这座新型的村庄。新村村已经发生了翻天覆地的变化，由原来一个落后的小山村，一跃成为闻名全县的富庶文明的示范村。

　　我在新村村采访了老移民古笠金先生。老人精神矍铄，十分健谈，对于新丰江水库的移民往事，他娓娓而谈，如数家珍。目前，古笠金老人家每人有 1 亩多的土地，都是水田。以种水稻为主。上半年种花生，下半年种水

惠东县稔山镇新村村
新房

惠东县巽寮管委会大
湾移民村村民新房

稻，冬天种土豆。两个女儿早已出嫁。一个儿子在外打工。一个女儿生了小
孩也没搬走，因为这里将来会有更大的发展，所以连他的外甥也在稔山镇入
户了。

　　据古笠金老人透露，前不久，稔山镇的水库移民们，又一次大规模地回
到了河源。这是怎么一回事呢？

　　呵呵，原来，这次回去，是大伙自发组织的"探亲团"活动。老人小
孩，包了两辆大客车，一起回河源，专门去看新丰江水库，活动旨在通过重
回故乡，感受家乡的乡土气息，回忆过去，了解现在。老人们站在水库边，
指着湖中的几个山头，对孩子们说："我们就是从那里走出来的。"

卷二：陌生的土地

一个水库移民的前世今生

山高水远

银坑村移民史

一个水库移民的前世今生

一 益塘水库·万子村的故事

2010年10月19日，在五华县水库移民办陈思国的带领下，我和助手曾文凡走了很远的山路，来到一个偏僻的山村：华城镇万子村上寨小组。这是一个风景如画的美丽的山乡。

村子西高东低，南北各一道山岭，山上林木森然，青翠欲滴，一条小溪自西向东从村庄中穿过，典型的两坡夹一沟的山乡风貌。这里空气清爽，没有一丝的污染。

穿过小村，路已尽头。眼前的山峦、林木、翠竹掩映着一座普通的客家民居，望之，整洁、清爽，房前屋后，柚子树蓬蓬如盖，已是硕果累累。

我要采访的对象，就是眼前这户客家民居的主人，名叫张金增，今年70岁。不知道是山间的空气养人，还是这世外桃源般的生活让人身心愉悦、无牵无挂，张金增怎么看都不像70岁的老人。他面色红润，坐在我面前侃侃而谈，思维十分敏捷。他说："我这一生，已是日落西山，离黄土不远了。但是我不会忘记我有一个水库移民的身份。我是益塘水库的移民。但是，我的这个水库移民身份，不是一开始就有。一直到1980年，才好不容易确定下来的。"

关于益塘水库，我原来并不知道。根据五华县水库移民办提供的资料，对益塘水库的大概情况，有了初步了解。

张金增、蔡兰英夫妇与孙子

五华县内，有一条五华河，源于龙川县回龙镇，向西南流经龙母镇后转东南流，经铁场进入五华县河子口、华城、转水，于水寨镇城北大坝注入梅江。长105公里，流域面积1 832平方公里。

　　益塘水库位于五华河流域，在五华县西北部的转水镇。于1971年10月动工兴建，1974年建成蓄水，库区淹没耕地3 646亩，迁移人口2 456人，总工程费1 585万元，其中国家投资1 260万元，群众劳动投资折款500万元，完成土石方604.4万立方米。水库设计灌溉面积5.1万亩，1987年有效灌溉面积3.25万亩，防洪面积5.9万亩。

　　但是，我听了张金增老人的话，感到奇怪。我问："益塘水库1971年就已经开始动工兴建。水库都修好几年了，1980年才落实你的移民身份，这期间，隔了将近十年时间。这十年间，你在哪里？是什么原因让你这个'水库

水库移民来到五华县后，一直住在这样的民居里。有些民居至今仍有人居住

五华县潭下镇上围村，水库移民在废弃的桥上种植蔬菜

移民'迟来这个世上的?"

张金增是个爽朗的老人。他笑着说:"我的真正水库移民身份,诞生于1980年。1980年之前,将近四十年的生命,就成了我的水库移民身份的前世生涯了。我今年70岁,再过十年,80岁,前世今生各40年,正好组成了一个完美的人生。"

我说:"张老伯,我祝您寿比南山,长命百岁!"张金增表示感谢。他说:"你们能来看我,我心里高兴。我们这个村子很偏。很少有外面的人进来。你们来了,我可以和你们说说话,了解一些外面的情况。我已经很少出门了。平常也没什么事,不出门。最多到华城镇去逛逛。又不敢骑自行车,走一趟来回,要耗去大半天时间。"

张金增说:"你别小看我们这个山村很偏僻,可是大有名堂呢。你们知道一个叫古大存的人吗?"

我说:"知道啊,他是红军第十一军的军长,新中国成立后曾任广东省委书记。"

张金增说:"是啊,他的老家就在我们南面,很近的,叫梅林镇。有机会你们去看看。"

我没想到大名鼎鼎的古大存就出生在这里。怎么忙也要去拜谒一下的。我说:"那你们这里一定有很多关于古大存的故事。"

张金增说:"关于古大存的故事太多。我们这里没人不知道的。什么智取张谷山,活捉李寿眉,打击张九华的故事,实在太多。就是我们这个万子山,还是古大存改的名呢。原来叫粄籽岗。"接着,张金增就给我们讲了这个万子乡的来历——

万子乡原名粄籽岗,现在的名称是五华县华城镇万子村。大革命时期,五华县农会会长古大存亲自到粄籽岗一带开展农民运动,粄籽岗是远近有名的穷山村,群众基础好,在他领导下建立了农会和农民自卫队,会址设在石桥村的瓦窑下。

当时粄籽岗有很多村民参加了农会,年轻人参加了农民自卫队。古大存建议,把粄籽岗改名为万子乡,意思是,我们都是农民的儿子。于是,周围的山川河流,都命名为"万子"。

当时古大存声势浩大,土豪劣绅胆战心惊,双方就在我们这个万子乡展开了较量。反动势力为了把革命种子消灭在摇篮中，派地主武装进犯万子乡，在万子乡战斗了几次。双方为了争夺地盘，打得很激烈。后来古大存又转战到潭下圩与地主武装打了几仗。

在这些战斗中，万子乡的损失也很大，房屋被烧，牛猪财产被抢，牺牲了很多自卫队员。

后来，农军退出万子乡，到八乡山建根据地。

我没想到，这么偏僻的小山村，还隐藏着如此惊人的传奇。我不由得站起身，走到门外，看了看远处的山岭。莽莽苍苍，静默无言，只有风在林间传出呜呜的声响，像在诉说一个久远的往事。

张金增告诉我，他来万子村整整30年。他一直喜欢这个地方，从未离开过。

我对张金增说："我很想听你前世今生的故事。"张金增说："我的前世，为了一个移民身份，吃尽了苦头。可能说了你都不信，从益塘水库开挖，至今，我没有得到一寸土地。当然，这也不能全怪政府，也有我自己的原因，错综复杂，这其中经历了很多的周折。但在县水库移民办的帮助下，我终于被确定为一个水库移民。在我心中，水库移民是光荣的一个称谓。因为移民是要离开故土迁往他乡，为了国家建水库，舍小家，为大家，为国家建设，顾全大局，这是多么高尚的情怀！所以，我需要一个水库移民的身份。我觉得光荣。得到水库移民的身份之后，哪怕没有一寸土地，我也没有怨言。我感觉上苍待我不薄，我要好好活着。而且，后来党和政府给了我很多荣誉，那也是我没有想到的事。"

我问："为什么到1980年才确认你的水库移民身份？有什么特别原因吗？"

张金增说："这事说来话长。如果你不嫌我啰唆，我愿意把我复杂而动荡的前世生涯说给你听。"

二　郑塘大队，一个富农的少年时光

张金增少年时期一直生活在五华县的兴林公社，郑塘大队畲上小队。五华县实行土改时，他才十来岁。很不幸的是，他家有15亩地，于是他家的成分，被划定为富农。根据1950年6月30日中央人民政府颁布的《中华人民共和国土地改革法》规定，所谓富农，意思就是拥有一定数量的土地，然后雇用部分长工，自己也参加劳动的那部分人（不参加劳动的就是地主）。

张金增就这样被定为富农。因家里人口较多，田地和房屋都保留住了，已算是万幸。但是，扣在他身上的富农成分的帽子，却让他一直抬不起头来。土地改革基本完成后，为了避免两极分化，发展农业生产力，国家又开始了走合作化的道路。

张金增因为成分不好，在村子里一直受人歧视。他想改变自己的命运，唯一的出路就是用心读书，他想靠自己的勤奋，改变别人对他的看法。于是，他刻苦用功，终于考上了五华县初中。那时县初中很难考，整个郑塘大队没几个学生能考上。但张金增考中了。

考上初中的张金增更加用心。但是，他很害怕回家。平时住在学校。一到放假，他就愁得要命。因为一回去，村里人看他的目光都是鄙视的，因为他是富农。他想了个办法，不回去，留在学校。于是他向学校的领导要求，利用假期帮学校做工，只要管饭，不要报酬也行，学校同意了他的要求。学校每学期，都要利用假期修课桌板凳。张金增就帮木匠打下手。这样，尽管没有报酬，但他是很开心的。因为不用回到村里受人欺负。

然而，张金增越是不想回到村里，村里就越是要找他麻烦。

有一天，村里派了两个人来到学校，不由分说，就把他往回拖，要他回去。张金增不知是什么事，不肯回去。然而，来的是村里的两个大男人，一人架住张金增的一只胳膊，硬是把他拖回了村里。

晚上，劳动了一天的村民，围坐在昏暗的油灯下，开始了每日一次的评工分——按照劳动力的大小，给每个社员记工分。工分的事结束了，张金增被人拉到屋子中间，开始接受苦大仇深的贫下中农教育。大家你一言我一语：

问："张金增，现在学校放假了，你跑哪里去了？"

张金增答："在学校帮助做工。"

问："你为什么不回来参加劳动？"

张金增答："我在学校一样的参加劳动。"

问："你知不知道你是富农分子？你过去剥削我们，现在还要我们劳动给你吃吗？低头！"

张金增答："我年龄这么小，怎么会剥削你们。我在学校劳动，是想自食其力……"

虽然张金增家的成分被划分为富农，但是，他的父亲早已去世，家里只剩下母亲和四个哥哥。张金增年龄最小。哥哥们早就成了家。只有他还未成年，就临时住在大哥家里，和大哥一起生活。生活很艰苦，一家十一口人，挤在五间房子里。大哥听人说弟弟被村里的贫下中农再教育，立即赶过来，拉着张金增给大家赔不是。唯唯诺诺，说小孩子家不懂事，回去之后一定好好教育，一定接受贫下中农的教育。

就这样，张金增被大哥强行拉回家。

这就叫"办班"。这样的办班，实际上就是合法的批斗、挤兑。这个生产队，那时一共有280多人，一共有八个姓氏，如李、钟、覃、张、王等。那时有一个很坏的风气，就是姓与姓之间，形成了帮派体系，大姓欺负小姓。这种批斗会毫无原则可言。大姓人多力量大，而他们张家，是个小姓，就成为村里人欺负的对象。正好划的成分又是富农，那些大姓人氏就有了欺负张家的合法理由。

还有就是，很多人的子女没有考上县初中。这也是他们恼火的原因之一，就把这团火，发在了考进县初中的张金增身上。

若干年后，发生了一件事，张金增从此远走他乡。

比张金增一家更倒霉的，畲上村里还有一户人家，蔡姓。这户人家很不幸，成分被划分为地主。地主是什么？地主就是比富农拥有更多的土地、剥削贫下中农的罪行比富农还要深一级的那部分人。新中国成立前，他们拥有相当一部分土地，雇人来干活，或把地租给别人耕种，收取地租。

在那个年代，地主、富农分子，在广大贫下中农充满仇恨的眼里，如同蔫叶一般。平常走路，都要低着头，前面路上有人走过来，地主或富农要退让到一边，双手垂立，等人走过去之后，才可以继续走路。这种现象，不只是针对地主或富农的主人，还针对他们一家老少。于是，有一天就出现了这样一幕——

村中被划分为地主成分的人家，主人姓蔡名大明。蔡大明被划分为地主成分，几个子女也跟着倒霉。凡是地主家的女人，不论大小，贫下中农一律称她们为"地主婆"。蔡大明家的几个子女中，有一个女儿叫蔡兰英，16岁，长得亭亭玉立，出落得如花似玉，但因为家庭成分是地主，平常走路做事，都小心翼翼，像受惊的小白兔，大气也不敢出。村里很多贫下中农们看到他们那种低三下四的模样，特别来劲。

一天，蔡兰英想到镇上去一趟。刚走到村头，有几个年轻人拦住她的去路。蔡兰英本来就胆小，像秋天的一片落叶，吓得瑟瑟发抖，什么话也说不出来。几个年轻人毫无顾忌地开始对蔡兰英动手动脚。就在他们要施暴的时候，富农分子张金增出现了。

此时的张金增，已经是23岁的小伙子。他强忍怒火，盯着那几个家伙，喝道："你们要干什么？"那几个家伙说："她是地主的女儿。"张金增："地主的女儿怎么了？"他们说："地主干咱们的女人，我们就干他的女儿！"张金增问："他家哪个人干过你们的女人了？"

没人回答。可那帮人不甘心，以为人多势众，强行去拉蔡兰英。张金增厉声喝道："她是我的女人！你们敢动手，我就打死你们！"

还真有不怕死的。一个叫李四的年轻人，本来就是村里好吃懒做的泼皮，跳出来说："地主富农，你们想翻天吗？"李四推开张金增，想去搂抱蔡兰英。

张金增怒火中烧，所有的不平与仇恨涌上心头，他一把捉住李四，用脚一踹，李四踉踉跄跄往后退。谁知，后面有是一条河，比较宽，长着许多水草。李四一下子掉入水中。可悲的是他不会游泳，挣扎了几下，就被水草缠住，沉下去了。

岸上的人看到这一幕，吓坏了，没人敢下去。张金增也吓住了，心想，千万别弄出人命来。于是，立即下河去救李四。

很久，张金增把李四救上来了，可人躺在地上，一动不动。这时，村里的人闻讯赶来，贫下中农们对于富农张金增的"反攻倒算"，充满了愤怒。

而张金增也知道闯下了人命大祸，看到村里的人个个想要他的命，心想，这个村子是待不下去了。一不做二不休，一个猛子，扎到水里。他的水性很好，潜游到很远的地方。

从此，张金增离开了郑塘大队畬上小队，开始了逃亡生涯。

三　1971年，告别故乡

光阴荏苒。时间到了1971年，已经在外逃亡十多年的张金增，忽然得到一个来自家乡的消息：因为要修益塘水库，郑塘公社要搬迁了。

张金增这些年虽然逃亡在外，但还是偶尔托个熟人捎个信回家，告诉家里，自己在外一切安好。所以，这些年来，张金增与家里的联系，并未完全中断。当得知家乡要搬迁后，他下了个决心，想悄悄回家一趟，看望故乡最后一眼。那里是自己的衣胞之地，以后永远也看不到了。

终于有一天，张金增摸着黑，悄悄回到了离别十多年的故乡——兴林公社郑塘大队畲上小队。而且，他哥哥告诉他："现在也没什么事了，以前被他一脚踹到河里的李四，居然大难不死，后来又被人救活了。不过，他曾扬言要追杀你。你也不要怕，事情都过去了这么多年，而且，现在家家户户都忙着搬迁的事，估计李四也不会把你怎么样。"

张金增趁着月光，和哥哥一起来到父母的坟头，痛哭一番。月光下的坟地，显得苍白而诡异。因益塘水库，一切都要搬迁，父母的坟地该怎么办？最后，张金增与几个哥哥商量，绝不能让父母的坟地淹在水库下面，择日迁坟。不管以后他们这个郑塘大队的人搬到哪里，也要将父母的遗骨迁走，重新安葬，不能让他们成为水库下面的水鬼。

张金增呢，由于好不容易回来一趟，白天就不露面，一直躲藏在哥哥家。他哥哥就问："这些年，你都在哪里谋生？"张金增就把外出逃亡的经历，告诉了兄长。

张金增回忆（根据录音整理）：

那天，我一个猛子扎到水里，潜水到了很远的地方。我从小帮助家里捉鱼，你们是知道的，我水性好，关键时候还帮了我的大忙。上岸后，我没有任何目标，也不知道往哪里去。身上一分钱都没有。那种感觉，就像走到绝路上去了。怎么办？我忽然想起，我刚才潜水的地方，是条野河，里面有许多鱼，那鱼多得简直让人吃惊，活蹦乱跳的鲤鱼、鲫鱼、鲶鱼。我为什么不捉些鱼来卖呢？这样想着，就又折回河里，徒手捉鱼。

很多人可能不太明白，两只手如何捉鱼。其实，捉鱼的要领只有一个，动作要轻。很多鱼就待在那里。等发现你的手出现时，为时已晚，想逃跑，已经来不及了。那个下午，我捉了四五条鱼，大的有两斤多。我用柳枝串起来，前往华城镇。

但是，那时候是不允许随便卖东西的。我想了个办法：跑到华城医院，那里有许多病人，肯定有人要买鱼的。这一招还真奏效，鱼很快就卖出去了，那个家属还告诉我，以后有鱼，还可以送过来给她。

我拿了钱，一刻也没有耽搁。那时候以为是出了人命，就搭上了一辆去江西的货车，一路往北，直到第二天早上，才到了一个县城。一打听，我才知道，我已经到了江西，眼前的这个县城叫瑞金。我发现瑞金是个好地方，山林茂盛，很容易隐藏，就决定先在这里落脚，然后再作打算。

我先在县城里转了一些时日，总想着要找点零工做，不然要饿死。找来找去找不到工作。后来，我看到有许多人拿着刀和木桶往林子里去，我也就跟着去了。原来，他们是瑞金化工厂的人，去树林子里割松脂。我跟在他们后面，一边看，一边帮助他们做做下手。很快，我也学会了割脂的活。先要找到松树，不是所有松树都能割脂的。长得太小也不行。先在松树身上，用刀划开口子，成人字形，不一会，松脂流下来。天气热，松脂就流得多些，一棵树，可以流一天一夜。

后来，人家看到我很会做工，就把我当成零工，和他们一起做。这是瑞金化工厂，实际上什么也没有，主要是做松香。那些日子，我没日没夜在瑞金山上采松脂，很辛苦，有时要翻很远的山，但一想到自己正在逃亡之际，一切困难，都忍受了。好在那个化工厂是多劳多得，我拼命工作，收入还行，一个人生活，已经有保障了。

1971年，张金增悄悄从瑞金回来后，没有惊动任何人，住在哥哥家里。因为益塘水库马上就要开工，他们这个村子要全部搬出，就想在家多停留些时日。还有，就是想和哥哥们一起，把父母的坟迁一下。

张金增父母的坟墓位于村东面的一处坟场。平常很少有人到这里来。张金增戴着草帽，和几个哥哥一起来到了坟场，准备给父母迁坟。正是春天里一个晴朗的日子，蓝天白云，绿草红花，鸟儿在野地里飞来飞去，成群的蝴蝶在绿草红花中翩翩起舞，大大小小的蚂蚱在面前跳来跳去，任凭你有天大愁事，此时也会让你心旷神怡，虽然是在坟场。那一刻，张金增觉得，还是自己的家乡好，哪怕是处坟场。想着，自己正在流浪，将来，希望自己能魂归故里，终了故乡。

在当地，移坟是件很大的事。不到迫不得已，是不会迁坟的。当地人习惯于请人看风水，一个人去世之后，其坟地十分重要，因为坟地的具体位置，可以庇荫子孙后代。可是，国家要修建水库，那是头等大事，不迁是不行的。最后经过商量，先将父母的遗骨装进坛罐，然后，随迁到移民定居地，即华城镇万子村，再重新安葬。

那是一处杂乱的旧坟场，长了很高的蒿草，有很多没有墓碑，有塌陷的地方和窟窿。张家兄弟几个找到了父母的坟茔，先进行祭拜。摆上酒菜，焚香化纸，一家人跪在坟前，老大念念有词，对父母说国家将在这里修建水库，迫不得已需要移动父母大人云云。

张金增帮助几个哥哥，把移坟这事处理了。他对哥哥说，就此别过，他还要回到江西瑞金去。哥哥想了一下，也没多说什么，只是说："你在外要是觉得有难处，过不下去了，就回来，李四不会把你怎么样的。而且，现在整村移民，我们家与他家，分在哪个移民点还不知道呢。反正和李四家迟早都是要分开的。你先去江西，多多保重。"

一天，就在张家兄弟离别之际，忽然，出现了令人吃惊的一幕。在乱坟地不远的地方，出现了一个美丽的女子。张金增定睛一看，天啊，十来年没见，她还是那么漂亮啊！到如今，她有20多岁了吧？

原来，那个女子，正是当年的"地主婆"蔡兰英。由于家庭是地主成分，没人敢要"地主婆"。谁要了，谁就成了地主富农分子，是无产阶级专政的对象。虽然没人敢要"地主婆"，但是，天天对"地主婆"骚扰的人却不少。为此，蔡兰英天天过着煎熬的日子。她家的祖坟也在这片坟场，因为建水库，也要搬迁，就来给祖坟烧香化纸。没想到，她看到了心上人张金增。自从十多年前，张金增说了那句"她是我的女人"之后，蔡兰英就暗暗地喜欢上他了。日日盼，月月盼，自己也从十几岁的小姑娘，变成了20多岁的老姑娘了。20多岁还没有找到婆家，对女孩子来说，是很羞愧的事。可是，她是一个"地主婆"，谁也不肯要，虽然她长得百里挑一，漂亮得令全大队的人嫉妒。

张金增盯着蔡兰英看了半天，心里真是喜欢。外出流浪那么多年，还没见过女人像她那么美。可是，自己是个逃亡者，她会不会同意呢？如果她同意了，她跟着我颠沛流离，不是要受苦吗？

张金增和蔡兰英在坟地里相遇，真是百感交集。蔡兰英对张金增说："你带我走吧。"

张金增："我一直在外流浪，你跟着我要受苦的。"

蔡兰英："我不怕苦。这么多年的苦都吃了，还怕什么。而且，当年如果不是你帮了我，我还不知能不能活到今天呢。"

张金增不肯带蔡兰英走，而蔡兰英死活不依。她着急了，说："当初你说过，我是你的女人！"

张金增一愣，没错啊，是说过。

蔡兰英说："我现在也没人要了。全村人都知道我是你的女人。不信，你问你哥。"

张金增把目光转向他的哥哥，询问其兄，他哥哥点头说："确实是这样，全村人都传遍了，蔡兰英是你的女人，那可是你当着村里的人说的。现在，兰英确实是嫁不出去了，'地主婆'也没人敢要。你不要，可就害了她了。"

张金增没想到，当初的一场纠葛，到现在还没有结束。听大哥这么一说，又看了看蔡兰英，一副楚楚可怜的样子，张金增就把大腿一拍，说："回去收拾，跟我走！"

蔡兰英飞快地回到家，把事情的经过和家人说了一下，遂即捡拾了个布包袱，和张金增一起，远走高飞。

四　四处流浪

张金增带着蔡兰英，从家乡前往江西流浪谋生。先去的地方，还是瑞金县。虽然割松脂比较辛苦，但基本上生活是有保障的。目前没有别的出路，也只好先干着，再作打算。于是，张金增与蔡兰英一起，在江西瑞金的化工厂做临时工，每日辛苦操劳，赚点生活费。

割松脂，要有一定年数的松树。那些松树又不是种植的，都是野生。所以，生长毫无规律可言，全靠自己的双脚翻山越岭去寻找。他们每个人每一趟的任务，是割五百棵松树。这五百棵树分布在大大小小的山冈上，他们要一步一步地走过去。

割松脂也要看气候。天气热，松脂就淌得多，也淌得快。有时能淌一天一夜。天气凉的时候，就淌得慢，松脂的流量也少，有时，一两个小时就凝固了。所以，一般情况下，都是天热的时候，割松脂的人比较多。但是天热的时候，人却是要受罪，除了蚊虫叮咬之外，最怕的是蛇。当年，瑞金那些山上的植被，还是很丰富的。一到夏天，最怕的就是蛇，各种各样的蛇。时间长了，也有了对付蛇的经验。蛇是不会主动进攻人的，除非它感觉要受到攻击，才奋起反攻。所以，只要看到有蛇，轻轻地走开，一点事也没有。

这些山上的松树，并不是国有资产。山地呢，是山下的那些大队、生产队的山地。瑞金化工厂要割松脂，必须和生产队打招呼。估算一下，按每棵树付给两毛钱，这样，化工厂的人才能进山。那时候，松香的价格是9元钱100斤，一棵树一天才产一两多松脂，要将近十棵树，才能收到一斤树脂。

张金增和蔡兰英一起，翻山越岭，有时当天不能赶回来，就住在山上。两人辛苦劳作，换得一点微薄的收入，供两人日常开销。如果这样一直下去，做活虽然苦点，但总能有一定的收入，两人虽苦犹甜，这日子不光能勉强过下去，时间长了，还会有一些积蓄。

好景不长，由于张金增和蔡兰英是外地人，瑞金化工厂就以此为由，不要他俩去割松脂了。张金增打听后才知道，瑞金化工厂的人，不想把这个钱给外地人赚，就回绝了他，然后雇用自己工厂的子弟。这样一来，张金增失去了工作，可是，要想在瑞金找到工作，是多么的难啊。

他们在瑞金已经待了三年了。夫妻二人在瑞金县城里盲目地走，最后做了一个艰难的决定：离开瑞金，辗转来到了江西的另一个城市——吉安。

吉安位于江西省中部，是举世闻名的井冈山所在地。初到吉安的张金增和蔡兰英住在一个老表家里。这里比瑞金还要穷一些，找工作很困难。两人在瑞金时攒了一些钱，可以临时度过一些时日。可是，整日坐在家里也不是个事，总有坐吃山空的时候。蔡兰英说："我们回五华县吧。"

张金增说："我也想回去啊，可是现在，我们已经无家可归。益塘水库已经开工，我们的家没了。我们回去住哪？兄长他们现在正在搬家，他们自己都没地方落脚，我们回去，不是要增加他们的麻烦吗？要回去，我们也得等水库建好了以后再回去。"

蔡兰英说："那我们怎么办呢？这样待下去总不是事啊。"

张金增说："要不，我们就在吉安，把婚事办了，再作打算。"

张金增见她不说话，知道没意见，就托房东老表一家帮忙张罗。房东是一脸的不可思议，原以为两个人是结了婚的。当然，也足见他们两个是把婚姻看得很重，再穷再累，也是要举行个仪式的。张金增说："举行个仪式，主要是以后过日子，心里踏实。"

蔡兰英问："有什么不踏实的？"张金增说："你那么漂亮，我怕被别的男人拐了去。有了婚约，我就套住你了。这一辈子，你只能跟着我。"

蔡兰英心里想：我跟定你了。

结了婚之后，他们作出了一个惊人的决定：离开吉安，前往新疆谋生。蔡兰英虽然不是很愿意，但也没有别的办法。说不定在那里会闯出什么新天地呢。

经过了反复的周折，张金增与蔡兰英来到了遥远的新疆石河子，进入了农八师进行劳动。

农八师的全称是：新疆生产建设兵团农八师，系新疆生产建设兵团下辖师之一。农八师地处天山北麓中段，古尔班通古特大沙漠南缘，水资源较为丰富，北部沙漠区蕴藏有石油，南山拥有煤矿资源。1950年2月，遵照毛泽东的指示，王震司令员率领中国人民解放军22兵团、26师及25师一部，进驻这片荒滩，一手拿枪，一手拿锄，开始了"铸剑为犁"屯垦戍边的伟业，创建了石河子垦区。1985年6月，正式成立石河子市人民政府，农八师和石河子市实行一个党委的领导体制。

然而，北疆的寒冷，让张金增倍感失望。他和蔡兰英一直在岭南长大，骨里都是带着亚热带的气息。在家时，冬天最冷也在四五度以上。而石河子呢，一到冬天，寒风刺骨，有时零下十多度。这样的气候环境，根本不适宜南方人的身体。就像榕树与木棉树一样，到了北方无法存活。张金增和蔡兰英在北疆只做了三个多月，实在无法忍受那里的奇寒，就有了离开的念头。当时，部队有个连长，看到他们小夫妻俩实在可怜，就介绍他们到湖北。说那里正在修铁路，需要很多民工去帮忙。就这样，张金增和妻子蔡兰英离开了新疆石河子，来到了湖北的襄樊、十堰打工。

那时，中国的铁路还都是由铁道兵施工建设的。铁道兵来之前呢，则招募民工进行前期工作，比如，先清理路基上碎石块，然后搭棚，作为后续铁道兵入住时生活与休息的地方。

至今，张金增还不时提起给他介绍这个工作的农八师连长。首先，张金增的基本生活有了保障。同时，他也学会了许多以前没有学到的技术，比如修桥补路。没想到这样的基本劳动，为他以后回到水库移民点生活，提供了极其丰富的经验。张金增说，他非常感谢这段流浪生活，即使现在回忆起来，有很多细节都是很值得味的。

五　1980年·万子村

1980年，在外漂泊了十多年的张金增，带着妻子回到了五华县，临时住在华城镇万子村。这个村子是益塘水库的移民点。自己的几个哥哥，也都各奔东西，很多村庄，都是后来重新组成的新村。那个李四，也不知搬到哪儿去了。历史进入了改革开放的年代，以前的恩怨，也早已湮灭。张金增看到万子村风光迷人，决定在这里安家落户。

第一步是住房。他上无片瓦，下无立锥之地。可以先在村里租两间房子，这都不是难事。现在他面临的首要问题是，他没有土地。当时，一个农民没有土地，除了外出打工，很难生存。可现在张金增感到，在外漂泊很累，不想再出去流浪，只想种几亩地，在此安顿。更重要的是，他们有了孩子。大女儿张远珍，已经6岁了，下面还有两个儿子。张金增想给孩子们一个安定的家，不要再风餐露宿。

张金增的计划是，先把这个漂泊的家安顿下来。他在村边找了几户人家，空房子很多，就选了三间，作为临时的家。安顿好家室之后，他开始考虑恢复自己的水库移民身份和土地问题。

他去和万子村的干部商量，自己回到这里来，能不能分些宅基地和农耕地。宅基地用于建房，耕地当然是为了以后的生活，能有个保障。村委会的干部们面对张金增的出现，有些不知所措。首先，土地包产到户，已经分完了，已没有土地可以再分。不要说土地，就是宅基地，也没办法分。因为所

华城镇乡村村景

有的土地都分到个人。分田到户时，他没在家，就没留他的。

村委的干部们面面相觑，一时不知该怎么办才好。对张金增说，这个事比较棘手，还是向上级反映吧。村委的干部说，当初，大家不肯搬来，是政府好说歹说，好不容易移民到这里来的。那时，1972年搬迁，许多人是等水淹到门框时才离开的。现在得了土地，死活不肯让出来。

所谓上级，是华城镇。张金增也觉得，村委们很难办。地都分完了，哪户哪家肯让出来呢。于是，他来到了华城镇。

华城镇的领导，第一次遇到这样的难题，也觉得行不通，办不了。就对张金增说："要不，你到县里去问问？"

不能怪村、镇的这些基层领导。张金增所面临的麻烦，真的不是他们所能解决的。看来，只有到县里去了。张金增把所有的证明材料都准备好，来到了五华县委办公室。最后，一名吴副县长接待了他。

张金增就把他的经历，前前后后说于吴副县长听。吴副县长说："首先，这是历史遗留下来的问题，请放心，我们一定帮你解决。你先回去，我准备召集几个部门研究一下你的情况。一有消息，我会马上通知你。"

张金增听了吴副县长的话，很高兴。不管怎么样，政府对自己的事，没有不管。而且，吴副县长已经表态，历史遗留问题，一定能帮助解决。张金增觉得，有这样负责任的政府，改革开放就有希望。

这个世道还真的变了，一切变得生机勃勃，让人如沐春风。也只是一周的时间，吴副县长就派刘秘书来到了万子村，专门协调张金增的土地问题。

县、镇、村、组四级领导坐在村里的会议室，就水库移民张金增的土地问题，商讨解决办法。刘秘书说，张金增的水库移民身份，已经得到了县政府的确认，从现在起，他就是水库移民，将享受各项水库移民政策。关于土地问题，还是由村里自行协商解决。村长、组长都发表了意见，说实在是没有土地了，分到户的土地，没有人会让出一厘地。土地是农民的命根子，哪个会轻易把土地让出来呢，那不是要他们的命吗？

张金增的土地问题，开了一整天的会，没有任何结果。一句话：分田到户，没人肯让。

刘秘书也觉得，讨论一天，什么结果也没有。事实就是这样。看来，在村里解决土地的办法，基本上行不通。刘秘书回到县里之后，把村里的实际情况报告给吴副县长。

面对这样一个难道题，看来已不是乡镇政府所能解决的。吴副县长会同几个部门商量了一下，最后作出一个决定，张金增的土地要求，是个历史遗留问题，本着对水库移民高度负责的态度，决定给张金增一家五口人发统销粮。至于宅基地问题，可以采取向农民买地的方式，也用不了多大的地方。费用由县移民办负责解决，华镇城政府负责协调。

最后，刘秘书问张金增，这样解决，是不是满意。

通过这些日子的协调处理，张金增看到了政府各级部门为了他这个普通水库移民所做的一切努力。他亲自到县里，对吴副县长千谢万谢。从此，张金增心里充满希望，也充满了对生活的感激。

所谓统销粮，广东和全国一样，从1953年秋季开始，实行了粮食统购统销，粮价长期保持不变或少量变化。

粮食统购统销之后，由于粮源价格都由政府控制，不仅实现了长期价格不动，而且对城镇居民的每一个人口，在办理了户口登记后，每一个人都能取得一份口粮，由国家粮食部门发证到户，凭证供应粮食。按照劳动力、年龄大小进行供给。

张金增虽然不是城市户口，但是也享受了城市户口的待遇。一家五口人，有了一个粮油本，这是其他农民没有的。有了这个粮油本，就可以买到价格极便宜的统销粮。这是农村人做梦都想不到的好事。

粮食问题，很圆满地解决了。可是，再便宜的统销粮也是要用钱去买啊。钱从哪里来？张金增觉得，再去找吴副县长，就有些太麻烦人家了。于是，他想到了县水利部门。

面对张金增这样的特殊情况，五华县水库移民办的工作人员，也还是第一次遇到。张金增说："我是水库移民，我没有一寸土地，只能找你们帮助想个法子。"

水利部门经过协商，照顾到张金增的特殊情况，决定让他做万子村的农田水利管理员，简称水管员。水管员是做什么的呢？有两个任务：第一，管理水渠，开闸放水；第二，管维修。哪里塌方了，哪里渠道堵塞，都由张金增一个人解决，并由水利部门提供相应的劳动报酬。

张金增没想到，事情解决得比预料的好。他本来就在湖北修桥铺路，这点水利上的事情，对他来说驾轻就熟。

就这样，张金增虽然没有一寸土地，但是党和政府对这样一个流浪的水库移民，给予了特别的关照。张金增也想，一定要做出一点名堂，来报答政府的关怀。

六 1982年，万子村造屋记

张金增觉得，老是租别人家的房子，很不划算，不如自己造屋。张金增在外的这些年，虽然生活风雨飘摇，夫妻俩却能精打细算，居然有了一些积蓄。张金增决定，用这笔积蓄，把房子造起来。首先要解决的问题是，购买宅基地。宅基地买下来后，一切都好解决了。关键是，谁家愿意把土地卖给你呢？

一开始，张金增挨家挨户走访，游说村民卖给自己一块宅基地。然而，等他走遍了全村，却发现没有人同意他的要求。询问原因，都说土地是下蛋的母鸡，哪一年都有收获。如果一次性卖给你，岂不吃亏？

张金增一想，也有道理。只要有土地在，地里的庄稼就会生生不息。

既然如此，哪个又肯卖地呢。就在张金增为宅基地发愁的当口，村里发生了一件事。

小寨村，是个很小的自然村。村中没有大路通向外界，唯一的一条村小道，只容两人相错而行。村里的孩子们要到外面去上学，都要经过这条小路。有一天，村里有个叫张大明的中学生，骑自行车上学。因为走得迟，心里急，就匆忙赶路。那天早上有雾，张大明正骑着车往前，雾中出现一条黄牛，躲闪不及，连人带车掉入旁边的河里。张大明不会游泳，在水里拼命地挣扎。牵牛之人，也是本村村民。见状大惊，立即呼救。

张金增租的房子，离这里不远，听到呼救后，立即飞奔赶来。张金增水性好，当年就是凭借娴熟的水性逃离故乡的。

张金增赶来之后，毫不犹豫跳入水中，将落水的张大明救上岸来。幸好张金增及时赶到，张大明这才安然无事。等张大明的父母赶来，望着张金增，心里有说不出来感激。当然，他们很清楚，张金增要买宅基地，求遍了人，也没买到。要想真心感谢他，那就帮他把宅基地的事解决。

张大明的父母商量了一下，对张金增说："老张啊，知道你现在的难处。宅基地的事，我们帮你。村西头的那块地，我们卖给你了。"

张金增说："也不能因为这事为难你们。"张金增与张大明的父母，互相客气一番。最后，张金增就接受了。在华城镇政府的监督之下，张金增付出了宅基地的款，拿到了合法的宅基地。这是张金增一家所拥有的唯一的土地。

张金增买到村民的宅基地，接下来的事就是要"大兴土木"了。张金增回忆：

> 那个时候，建个房子，实在是困难重重。因为你是白手起家，从土地开始，一砖一瓦都要买。那时村里又没有公路通到外面。买个普通的钉子、窗布之类，都要走五六里路，到村外的一个小杂货铺里去买。好在以前在湖北做铁路民工的时候，有了一些积蓄，钱的事，也就不那么操心了。可是，盖房子用的各种材料，每一根木头，每一颗钉子，都是要到外面去买的。尤其是一些大的木料，要到13公里外的华城镇去买。买好之后，一车一车运到村头。再从

泥巴小路上，人挑肩扛，一根一根运到村里。

　　我是客家人，建房子也是我们客家人常见的"上五下五"的那种普通民居。你来到我们五华县，在很多乡村都能看到客家人的围龙屋。家家户户都是采用传统"上三下三"或"上五下五"的样式。这其中的"上三下三"又称三堂屋，"上五下五"又称五凤楼。我在外漂泊那么多年，住过很多房子，从来没哪种房子像客家人的围龙屋住得舒心。你到我们村里看看，那些水库移民户，白墙青瓦，背靠青山，门前绿水，年底呢，我们这山里还有玫瑰色的杜鹃，开得像火一样旺。所以，我无论如何，也要回乡来定居。在外面漂，总是不习惯。

　　前后花了半个月时间，张金增在万子村的房子建好了。若干年后，我坐在张金增当年建的这座房子里采访，心里别有一番滋味。我站起来东张张西望望，一切都那么安静。但我仍能感受到当年张金增建房时的艰难与欢欣。毕竟，有了自己的家。中国人最讲究安居乐业。有了家，一切才有了希望。

七　小寨村·七公里村道

　　张金增有了自己的家。虽说没有土地，但政府周到的安排，他已经很满足。平常没有地耕种，就专心当好他的水管工。这里地形特殊，每下一场雨，总会有地方塌方，冲垮渠道，这时，张金增就会带上一帮人，紧急抢修。当然，费用由县水利部门负责。

　　就这样，张金增怀着一颗感恩的心，一心一意做着平凡而又琐碎的工作。一晃几年过去了。虽然日子过得比较安稳，可一直以来，张金增心里，不知为什么，总觉得有什么不对劲的地方。他想来想去，终于想明白了。小寨村的那条小路，几年来，他总感觉如鲠在喉。

　　张金增回忆（根据录音整理）：
　　那条泥巴路，是村里通向外面的唯一通道。我从回来的那时起，就觉得不顺眼，可又没什么办法。当初我造房子，所有的材料就是从那条道上运进来的，吃尽了苦头。平常不下雨还好，一下雨，泥巴路就变成了泥泞路。村里的大人小孩，都从这条路上走过。我们这个小寨村，应该是个风景不错的地方。可就是这条泥巴路，大煞风景。

在外面上学的孩子们，都是从这条泥巴路上经过。我救过落水的张大明同学。这条泥巴路上，因雨天路滑而落下水的，每年都有好几起。幸好没出人命。令我产生想改造这条路的想法，是在村里发生了一件事之后。

小寨村的这条泥巴路，全长有7公里。走这条道的，一共有三个小自然村的一千多号人。都是益塘水库的移民。你想想，一千多号人天天经过这条路，本来就是泥巴路，哪里经得起那么多人的折腾呢。大约是1990年，邻村的一个姑娘，因爱情受挫，一时想不开，喝了"乐果"（一种农药）。等家人发现她时，还有意识，就连忙找来担架，想把她抬到镇上的卫生院。

可那天很不巧，天正下着大雨，路上全是烂泥巴。抬担架是两个人，前面的人刚走到小寨村，就不小心摔了跟头，脚扭伤了，已不能抬。当时又没别人，跟在后面的，是女孩的母亲。没办法，这位母亲只好亲自来抬。可是，她力气小，又走不快，蚂蚁似的向前一步一步移动。等走完了这段泥巴路，到医院时，太晚了，女孩没救过来。医生说，如果早来一个小时，肯定能救活。

我当时在华城镇。回来听到这个消息后，很为那个女孩惋惜。花样的姑娘，眨眼之间就没了。从那时起，我就暗暗发誓：在我有生之年，我一定要把这条路修好！

从那时起，我就开始了一个长远的修路规划。我知道，一时半时无法解决。但我会不遗余力去争取，去实现修路的计划。

我所要做的事，是从村委会开始，层层上报我的修路计划。先是村委，然后是华城镇，最后去县里，找到了水库移民办。

我的计划很详细。每到一个部门，我都受到了热情的接待，他们都表示支持和理解我为村里人所做的努力。但这些部门都有一个难处，那就是没钱。他们的意思是，你修路，我们不反对。但要想得到修路款，没有。

其实，这些情况，我也早有预料。另外，我想把我的设想，告诉村里人，希望能得到他们的支持。我先拿出自己的一点积蓄，把那条泥巴路上最难走的一段，整平了，修好了。村里人个个看在眼里，都说我是个大好人。

就在这时，县人大要选举。由于我是个乐天派，在村子里见到哪个都是笑哈哈的，和村里人没什么纠葛。而且，我还乐于助人，大家都喜欢到我这里来唠家常。所以，我在村里的人缘关系比较好。于是，村民都一致推选我做县人大代表。希望我当上代表之后，把这条村道的事解决一下。

我知道村民们的想法。所谓村村通公路，指的是行政村，而这些散落的自然村却不在列。那些自然村的道路，只能听天由命。谁有钱谁修，没钱就不修。

就这样，我从1990年开始，当上了五华县的人大代表。我的议案，就是和小寨村民的生活密切相关的那条村道。

很快，我的议案得到了通过。最后，由县交通局负责此事。按照每公里25 000元的造价拨款修路。修路的专款很快拨下来。可是，当县交通局下拨的修路款到达镇政府的时候，镇上居然要扣除10％的管理费。还有，这几十万元的修路款，按照实际情况，最多能修一半。那么还有一半怎么办？

我是人大代表，既然是我负责此事，我就必须将此事做好。还有一半款的问题，我想到了县水库移民办公室。我决定把修路的事，和他们谈谈。

我来到五华县移民办之后，受到热情接待。我说移民办就是我们移民的娘家人。我们大事小事，总是想和移民办商量。说实话，我们也知道移民办是个吃力不讨好的地方。上面有压力，下面有上访。资金又有限。到移民办来，只是说说话而已，并没有产生过太大的希望。

几天之后，我接到了移民办的电话。为了广大水库移民的利益，五华县移民办决定，对小寨村的道路改造，提供10万元的专项资金。

得到这个消息，我当时的感觉，真想率领全村人给他们下跪。这笔款子太及时了。虽然是为了村里的公共事业修路，但是，修路总是要用到村民的土地。这部分土地，毕竟包给了私人，人家提出赔偿，也不能说是毫无道理。于是，和征用的土地户不停地协商，说尽了好话，最重要的，是说明要想富、先修路的道理。也是为了方便村里人的日常生活。你看那些个学生，经常掉落到河里，大家心里好受吗？

经过我的这番鼓动，收效是很明显的，至少，村民们没有漫天要价。按照每亩一万五、一万八征地。他们收到征地款之后，也就没什么意见了。

修路的工作，一直进展得很快。可是，所有的工程款花光了，还有几里路没修好。怎么办？我该找的部门都找了。政府、水库移民办，他们都给予了很大的帮助。这最后的一段路，还得靠我自己。于是，我打起行装，开始了出门化缘的经历。

为了村里的一条小路，我经历了很曲折的过程。首先，不被村民所理解。当然，很多人都以为，我这么热心修路，是不是有什么好处。我想说的是，我一分钱没落，倒欠了一屁股债。我上广州，上深圳，去那些从村里走出去的商人那里化缘。我求爹爹拜奶奶一样，说明村里很落后，现在修路，还差最后一点钱，希望能伸手帮一把。我说得口干舌燥。

为了故乡的事，也是有老板是愿意帮助的。虽然钱不多，毕竟是一片心意，多少我都收下了，并记了账，以备将来有据可查。到后来，实在是没法了，我就以个人的名义，向村民们借。只要把路修好了，我吃点苦受点委屈又有什么关系呢。

后来还好，很多村民都能接受我的借款方法。就这样，七拼八凑，终于将村里的这条路修好了。修好的水泥路，可以直通到镇上。道路修好的那一天，我们村举行了通路剪彩仪式。县移民办、镇政府、村委会、各村的代表，都来了。放了很长时间的鞭炮，整个小寨村里都弥漫着硝烟味。政府要我说几句话，我啥也说不出来。我只说了句："我是县人大人表，我是你们选出来的。不做一件实事，我对不起你们的抬举。"

修路的事结束了。村民们走路变得很方便，而我的麻烦却一宗接一宗的来了。

当初修路，有些款项，是我以个人的名义向村民们借的。借了，就要还。于是，上门要债的人，开始接二连三地出现。特别是过年的时候，家里往往坐满了要债的人。当然，不算多，都是1 000、2 000元左右的。我呢，拿不出，只好拿出从树上摘下的柚子招待大家。我家的柚子非常甜，是广西容县的沙田柚，产量又高。那些要债的村民，知道我拿不出，不管三七二十一，装几个柚子带回去。就这样，我家的柚子，自己根本没得吃，全给村民要去了。

拿了柚子，债还是要还的。第一年过去了。第二年，我就开始躲债。每逢过年过节，我不敢在家住。我都逃到外面去。我有在外面流浪的经验，我不会饿死。就这样死撑着，也不知道这债该怎么还清。

最后，我无处可去，只在县城里转。忽然想到，再去县移民办看看，他们说不定能帮上忙呢。就急急忙忙进去了。移民办的同志热情地接待了我。我的情况，他们是最清楚的。主任问我："还差多少钱？"我说："也就是三四万元。"最后，移民办给了我1万元。这1万元，先救了我的急。急忙回去，每个债主先还了1 000元。

剩下来的债务，我一直在还，一次还一点，一直还了十年时间。最后，还是我的女婿帮助还清了债务。你说我傻不傻？为了村里人的事，自己举债筑路。

有时，自己心里很不平衡。我修路是为大伙方便，自己得到的是什么呢？是误解，是还不清的债务，是心力交瘁。如果不是女婿帮我还清债务，我真不知道日子会是什么样子。

不过，路修好之后，方便了村民们，我心里也很高兴。虽然有人不理解我的做法，其实也没关系，每个人想的，都不可能一样。我能在此安家落户，政府和村民都给予了很大的照顾和帮助，我得感恩。况且我是县人大代表。

我从1990年，一直到1995年，我当了五年县人大代表。只是，我的债还清了，人也老了。

采访结束之后，我提出了一个要求，就是想去看看张金增修的路。张金增很高兴，他说："当然好，你看，那条路修得很结实，是在我的监督之下施工的，他们不敢马虎。质量还是很过关的，至今还没有一处损坏。"

我走在那条凝聚了张金增心血的村道，心里很不是滋味。我几乎不敢走，怕践踏了什么。路并不很宽，只容一辆车通行。当然，平常也没有什么车辆经过这里。用得最多的，是孩子们上学用的自行车。此时，正好是放学时间，学生们从学校回家，正从此经过。我听到了他们开心的笑声，自行车在这条水泥路上跑得飞快。

八 "地主婆"·公安局局长

世事真是难以预料。张金增的妻子，已经63岁的"地主婆"蔡兰英家，也是益塘水库的移民。

很多年前，有一天，小寨村里开来一辆警车。当然，没有拉警报。这辆警车一边开进村子，一边打听一个人。打听谁呢，打听张金增。村里人一下子懵了。张金增平常是很好的一个人，乐于助人，好像没干什么坏事啊。

于是，就有人火速来到张金增家，心急火燎地对他说："老张啊，不好了，你在外是不是干了什么违法的事？公安局派人来抓你了，你先躲躲吧。"

张金增也吓了一跳，仔细想了想，我没做什么坏事啊，公安局抓我做什么呢？他说："不怕，我没做过什么违法的事。怕什么？"

张金增的妻子，也吓傻了，不知该怎么办才好。连忙对张金增说："不管是什么事，你先上山躲起来吧。我先来问清楚。"

张金增坚持说："我没做过亏心事，没犯法，怕什么呢？我等着。"

正说着，只听外面有人说话，声音很洪亮："张金增，你就是犯法了！"

这句话，把张金增吓得直哆嗦。心里一直不明白，我哪里犯法了？

进来了一位60多岁的老人，他身穿警服，身后还有个小警察拿着包，像是随从。此人气度不凡，像是个当官的。不可思议的是，蔡兰英年迈的母亲也来了。这是怎么回事呢？

张金增和蔡兰英被弄糊涂了，一时不知说什么才好。只愣在那里，盯着来人看。那个干部模样的人，来到张金增面前，握着他的手说："你还没有做坏事啊，你把我的女儿拐到这儿来了，你可知罪？"

那位干部的目光盯着蔡兰英，只一会儿，流下了两行热泪，一把将蔡兰英抱住，哽咽道："我的好女儿……"

不光是张金增，在场的所有人都惊呆了。

原来，"地主婆"蔡兰英，还有一段复杂的身世。而她自己，还蒙在鼓里。

从警车上下来的这位干部，是原广州市天河区公安局局长郑汉崎。郑局长很早参加革命，家中孩子又多，没人照顾，就把刚出生不久的女儿，托人送给了一个远房亲戚抚养，那个亲戚姓蔡，所以，那个女儿也跟着姓蔡，取名兰英。蔡兰英长大后，这个事情没人说，也就不知道自己的身世。

1952年土改后，蔡家被划分为地主成分，小小的蔡兰英跟着吃了不少苦，村里的贫下中农经常欺负她。例如，在当时的生产队里，没人做的活，都是要她去做，冬天那么冷，还要她下水。由于家庭成分不好，即使蔡兰英长得如花似玉，一直到20多岁都没人敢娶她。那时候，讲究根正苗红。贫下中农，是当时社会的风云人物，而地主富农，则是被贫下中农专政的对象。后来，蔡兰英跟着张金增，离开了家乡，外出谋生。

那位郑汉崎局长呢，也是有着坎坷的传奇经历。新中国成立前，他参加过东江游击队。新中国成立后，担任过公安局局长。好景不长，在"文革"中又被批斗。然后下放，到了东北的一个农场劳动改造。1982年，郑汉崎获得平反，恢复名誉，一直工作到退休。

多少年来，郑局长一直在寻找他的小女儿。后来听说女儿跟了张金增在外地漂泊，就更加不放心了。心想，希望在有生之年，要给女儿幸福。

就这样，经过无数次的辗转寻访，终于在小寨村看到了自己的女儿。而此时的蔡兰英，已经韶华不再，三个子女都已长大了。

郑局长望着自己的女儿，再看看张金增，什么话也说不出，只有不停地流泪。

当蔡兰英听养母说出自己的这段离奇的身世后，就像做梦一样，凭空从天上掉下一个当公安局长的爸爸。一时半会，她还没反应过来。养母说："快叫爸爸！"

蔡兰英哽咽好久，叫了声："爸爸……"

九　益塘水库移民的幸福生活

郑汉崎局长了解到张金增一家的生活后，提出了一个想法，想把张金增一家迁到广州去，和他一起生活。郑局长问女儿是什么想法。蔡兰英说："听张金增的。"

郑汉崎又问张金增的想法。张金增想了想，说自己的儿女都长大了，现在也没什么负担。夫妻俩在这小山村里，生活幸福。

郑局长也到周围看了看，真是个山清水秀的好地方。他说："这么好的地方，我以后养老，也希望到这里来呢。你们不愿意到广州去，我也不勉强。以后有什么困难，尽量对我说，我能帮助你们。"

然而，张金增是个倔强的人。就是在最困难的时候，在被债主们逼得回不了家的时候，都没有向郑局长开个口。他觉得自己是个男人，有能力解决问题。不然，郑局长怎么放心把女儿交给他呢。（采访时得知，郑局长仍健在，已经86岁。现住广州。）

就这样，蔡兰英没有跟父亲回广州，一直和张金增生活在一起。

县移民办按照《广东省水库移民住房改造及基础设施建设管理暂行办法》（粤水移[2003]14号），根据村里的实际情况，对小寨村的移民住房进行了建房、修房等工作。张金增家按五口人计算，他家可以拿到移民局补助的资金11 250元。他们用这笔资金，对房子进行了大规模的修缮。

采访快要结束的时候，我问张金增："现在，你没有一寸土地，水管工也基本上没什么活干了。你的收入与日常开销费用，是怎么解决的呢？"

张金增说："我虽然没有地，但是，现在村里又有了新的变化。很多人都外出打工。有的还经商，做了老板。所以，小寨的这点土地，很多人家就那么荒着。现在，你不用去打招呼，只要有力气，只管去耕地好了。自种自收，没人问你。"他接着说："现在年龄大了，只种了2亩地，也就够吃。在你看这小山村里，空气多么好，现在哪里也不想去。唯一想去的地方，就是回到益塘水库，站在水边，看看被水淹没的家乡。"1984年，益塘水库竣工，他就再也没有回去过。

☞ **作者手记**

采访结束之后，我们满足了张金增老人的要求。我们把他和"地主婆"蔡兰英一起，带到益塘水库参观。

益塘水库位于五华县西北面，水面面积1.2万亩，蓄水达1.6亿立方米。远远望去，漫浸了15座山丘，也就构成15座大型岛屿。整个库区有300多个库湾和300多个小岛，故称益塘群岛。

库区周围青山环绕，湖水澄碧，风光旖旎，景色十分迷人。湖中的岛上，种有大量的荔枝，以优质黑叶为主，还有五华细核荔枝、糯米糍、桂味、妃子笑、淮枝等优良品种。目前，20年树龄以上的荔枝树有500多亩，10—15年树龄的有7 600多亩，近年种植有1 000多亩。按正常年份计算，益塘年产荔枝200多万斤，畅销于梅州、潮州、汕头、广州、深圳、东莞，乃至福建、江西等地，经济效益十分可观。

片片果园，鸟语花香，大小岛屿与湖光山色，构成一幅绚丽多彩的画卷，在夕阳的映照下，山水相映成趣。

在我们尽情欣赏湖光山色的时候，有两个老人，在晚风中默默不语。他俩并排跪在湖边，满眼泪水，久久不愿起来。

　五华益塘水库（本图由益塘水库管理处提供）

山高水远

一 南玉之乡

时间：咸丰六年（1856）的一个夏天。

地点：德良围。

事件：那天正下着瓢泼大雨。忽然间，四周的群山之中，发出一声可怕的、震耳欲聋的响声，德良围的村民们惊恐万状。他们看见，昔日的山陵，此刻山崩地裂。

雨停歇，一切安静下来。有村民外出查看。只见满地玉石，大惊，旋即又大喜。那玉石青绿色，都是上好的玉。村人闻之，个个挎篮拾玉，归来加工制器。

从清末到民国年间，当地山民皆以原始手工作坊加工，使用铁器、河沙和石头磨制一些香炉、手镯等玉器，造型简单，雕琢粗糙，在当地圩镇铺头摊档出售。

做工虽糙，玉确是好玉。至此，采玉之人，日益增多。人们称德良围为"南玉之乡"。

德良围现在何地？今信宜市金垌镇是也。金垌，一个听起来隽永而又别致的名字，古人以为此间有金，故曰名金垌。不过后来经探测，还真有金矿，只不过还没有到可以开采的程度。金垌地处茂名信宜北部，位于云开山

脉腹地,是典型的山区,周围是高低不平的群山,是一个典型的盘地,地形复杂,丘陵绵连。所谓开门见山、开眼见山,山外有山,一直连到天边,除了山,还是山。境内山清水秀,河溪纵横,风景优美,民风淳朴,人杰地灵,是一个适宜居住的风水宝地。

金垌自古物华天宝,其南玉为中国三大名玉之一,属蛇纹石质玉石。南玉产地以金垌泗流南玉为最佳。泗流玉质柔润,质地丰韵,碧绿如翠,晶莹如冰,乃玉中上品。因中有纹理,如野云出岫,故又名岫玉。玉以淡绿为主,兼有黄、白、褐等色,质地较细腻,具油腻或蜡色状光泽,半透明。

如此美玉之乡,却也是个山多地少,自然灾害频发的地区。金垌属信宜市,信宜境内有七成多是山地,人称"八山一水一分田"。地势东北高,西南低,以山地地貌为主,境内崇山峻岭,河溪纵横,中部的高山地带和东部海拔高程1 704米的粤西第一高峰大田顶,把全市河流分为鉴江、黄华江、罗定江和金垌河四个流域区,水向南北分流。

这样的地理环境,极容易产生自然灾害。根据信宜移民办提供的《信宜水利大事记》记载,以1961年至1970年这十年为例,可以看到这片地带所发生的旱涝之灾,已经相当频繁:

1961年3月29日至4月19日,先后两次降雨100—250毫米,山洪暴发成灾,全县冲崩小型水利1 820座、河堤578处,受灾农田1.65万亩,崩屋125间,死亡12人。

信宜横石水库移民的故乡：金垌镇合垌村村景

1962年2月1日至4月29日，持续89天没下雨，全县普遍受旱，受旱面积12.2万亩。5月18日至25日连续下雨，山洪暴发成灾，全县受灾农田2.39万亩，冲崩小型水利1 681座、房屋283间。

1963年1月1日至5月3日，连续123天没下一场透雨，总降雨量108毫米，全县受旱面积18.47万亩。

1966年5月22日至31日，各地连续降雨146—250毫米。山洪暴发，全县受浸农田8.15万亩，其中重灾0.66万亩，冲崩小型水利2 518座、房屋3 215间，死亡3人，伤17人。

1967年8月3日，台风暴雨，风力7—8级，降雨200毫米，全县受灾，共崩屋8 639间，损坏1 228间，受灾作物5.98万亩。

1969年8月11日，暴雨、降雨量176毫米，山洪暴发，全县受灾农田1.45万亩，冲崩小型水利1 187座、房屋556间，死亡4人。

1970年5月2日，暴雨，旺沙降雨201毫米，金垌降雨120毫米，全县受灾农田1.43万多亩，冲崩小型水利1 410座、房屋90间，死亡1人。

二　横石水库

解决旱涝灾害最有效的办法，就是兴修水利。在20世纪六七十年代，全国开展了大规模兴修水利的热潮。到目前为止，信宜全市共有山塘水库1 504座，其中中型水库3座，分别是尚文水库、高城水库、扶曹水库；小（一）型水库3座，分别是兵营、山田、横石水库；小（二）型水库36座；山塘1 462座。①

横石水库，建于1973年。横石水库位于金垌镇合垌村委会横石村处。进库公路从金垌墟进入，经合垌村到达水库。这是一座小型水库，总库容414万立方米，设计正常蓄水库容387.27万立方米。水库坝长105米，坝高35.33米。

1968年8月，"信宜县水库移民安置委员会"改名为"信宜县水库移民安置办公室"，负责县治的水库移民安置工作。

兴建横石水库，首先受到影响的，是当地的金垌人。因为水库建成之后，他们的家园将要淹没。这样，金垌人在一夜之间，开始了身份的转换。他们由普通农民，一下子变成了水库移民。

无论思想境界多么高尚的人，倘要他离开祖辈栖息的家园，前往一个陌生的地方重新生活，这在心理上都是难以接受的事。金垌人也不例外。因为这里的山水与环境，早已与自己的生活融为一体，要想一夜之间舍弃家园，心理上怎么也无法接受。

那是1973年，全国正在开展轰轰烈烈的"农业学大寨"运动，艰苦奋斗，治山治水。另外，还有一部电影，在金垌公社的各个大队轮番放映，这就是后来被视为样板戏经典之作的《龙江颂》。

《龙江颂》讲的是个什么故事呢？ 1963年春，福建龙海遇到特大干旱，县委决定在龙江大队堤外堵江抗旱。龙江地势低，旱区地势高，如果筑起拦江大坝，挡住上游水流，逼江水改道，就可以把水送到旱区。而这样一来，

---

① 根据水库库容大小的不同，水库可分为五类：1. 大（一）型水库，库容大于10亿立方米；2. 大（二）型水库，库容：1亿—10亿立方米；3. 中型水库，库容：0.1亿—1亿立方米；4. 小（一）型水库，0.01亿—0.1亿立方米；5. 小（二）型水库0.001亿—0.01亿立方米。

龙江大队就要损失几百亩高产田。最后，为了支持抗旱，龙江大队牺牲自己、顾全大局，在家乡门口堵江截流，引水抗旱，终于解救了灾区9万亩农田。这就是被传诵一时的"龙江精神"。

金垌善良的百姓们看完《龙江颂》，感动得热泪盈眶。牺牲小我，顾全大局，这是一种豪情，一种共产主义风格的壮举。那一刻，高尚的情感在金垌人的心中产生：他们决定搬迁。

然而，当信宜县水库移民安置办公室告诉他们，即将前往的地方，是在海南的昌江县时，所有的人都愣住了，海南昌江，那是个什么地方？有多远啊？当地有个老人，年轻时曾在海南谋生，他告诉大家：昌江其实也不是太远，主要是隔了海。如果从信宜出发，你只管向西南方向直走，过了海，还是向西南方向直走。如果坐汽车，两天也就到了。那个地方很热。但是有很多芒果吃。那个芒果，啧啧，甜得让人不想回来。

这位老人说的话是没错的。昌江芒果确实很甜。早在唐宋年间，昌江已盛产芒果。如今，在昌江的山村黎寨、路边田头依然可见数百年树龄的老芒

从信宜金垌镇移民到海南昌江县十月田镇，当年的一片荒山野岭，如今有了天翻地覆的变化。图为十月田镇的红金龙芒果

果树。对于这样"随手可以摘芒果吃"的地方，更是增加了金垌人向往的念头。经过统计，横石水库需要搬迁的村民，有200多户。他们离开家乡，即将前往的那个地方，在海南岛的昌化县，地点是青山农场。

黄光成（横石水库移民，现居信宜）**讲述**（根据录音整理）：

当时我32岁，我还年轻，精力充沛。修建水库，要我们让出家园，我相信政府不会亏待我们。我们金垌，自古以来就是产玉出金的好地方。那个南玉，你知道吗？南玉就是我们金垌产的最好。说实话，要我离开金垌，心里真是舍不得。

但是，你看看人家《龙江颂》，想想也就明白了。我们这个地方，旱涝灾害，从来就没有消停过。我们都知道修水库是为了大家好。如果我们不让出地，就会有更多的人受苦受难。无论从哪一方面来说，我们都要让出土地。

让就让吧。那时候人的思想很纯正，都相信政府，要我干啥就干啥。让出土地，我们心里有一种自豪感和荣誉感。

听说海南的昌化县也不是特别差。刚刚成立的保平公社需要劳力开发建设青山农场，而金垌公社则需要土地安置水库移民。金垌人多地少，那个青山农场正需要人手。这样供需平衡了。当时我们组织了一个先锋队，四十来人，都是来自金垌公社合垌大队的村民。我们先行一步，到海南后，先把房子建起来，然后等待后面大部队的到来。

信宜的金垌公社，昌江的保平公社，这两个陌生的公社因为横石水库移民而紧密地联系在一起了。金垌公社表示，凡是去海南的移民，每人可以领取25元的交通补贴。保平公社表示，到达海南后，公社将提供必要的生产生活工具及用品。

我记得当时是辆改造过的解放牌大客车，带着我们40多人离开了信宜，前往海南。等我们到达海南之后才发现，一切并不是想象的那样美好。我们几十人被领到一间粮仓，每人发一张草席睡在地上，挤在一起连翻身都困难。

但是这样的失望很快就被海南特有的热带风光迷住了。到达

十月田镇如今是个美丽的山乡

海南后的感觉，虽然不是想象中的美好，但是那些热带植物，那些奇花异果还是让人觉得新鲜。那里人烟稀少，荒山与土地很多，只要你去开发，生活是肯定有保障的。

黄光天（横石水库移民，现居昌江县十月镇青山村，60岁）**讲述**（根据录音整理）：

我们是横石水库的移民，老家在广东信宜的金垌公社，1974年来到这里，当时听说要过海到海南，大家都不愿意来，但是没有办法。走的时候，许多老人还流泪。我是第一批来的，40多人，都是青壮年，被称为"先锋队"。当时是乘大卡车到昌江，不久还成立了青山农场。刚来时，这里一片荒凉。大家先搭起茅草屋，借种几公里外的几十亩地，种番薯和其他作物。然后，大家就开始开垦荒地。后来，老人和孩子陆续迁过来。

那时，农场的劳动非常辛苦。海南四季如夏，到了夏天更是骄阳似火，人稍有活动就浑身冒汗，更何况是在烈日下到地里干活。

那时是吃"大锅饭"，干好干坏一个样，好在场长对大家要求也不严，没多久，我们也都被海南的太阳晒得黑乎乎的。

当时最辛苦的劳动要数开荒种橡胶。场里种了不少橡胶，但周围还有许多荒山。开荒种橡胶要经过几个步骤：一是砍山，将山上的灌木杂草等砍倒，让其风吹日晒；然后烧山，把已经晒干的枯枝草叶点火烧成灰，使其变成肥料；最后是挖洞，在地里用石灰画线，按一定距离挖好洞，然后就可以种橡胶苗了。

砍山是最辛苦、有一定危险的农活。昌江雨水多，杂树长得快，刺多、藤多，好不容易砍倒一棵杂树，其他藤又和树纠缠在一起，拉也拉不动，当时大家不习惯，不少人被刺伤、砍伤手脚。

最令人讨厌的是山里蚂蚁、蝎子、毒蜂多，一不小心就会被叮伤。

烧山则是一件比较轻松的事。砍倒的柴草晒几天后，清好防火带，选个无风的时间，就可以点火了。不用片刻，干柴烈火就燃烧起来。火随风势，越烧越旺，柴草一会儿就烧光了，场面确实壮观。特别是茅草和竹子起火时，发出劈劈啪啪的响声，就好像是在燃放鞭炮。

邱定汉（黄楼河水电厂①移民）**讲述**（根据录音整理）：

我与合峒大队的水库移民有些不同。我们来到海南，是因为黄楼河水电站。我家原来在信宜钱排公社钱新大队，那是一个很僻静的小山村，叫杉树山，非常贫穷。1975年，信宜县兴建黄楼河水电站，我家的土地和房屋正好处于淹没范围，就得搬迁了。

当时信宜县的领导，来到我家做动员，说去海南，那里的生活比这里强。我们从小没见过多少世面，也不知道那海南是个什么样

① 黄楼河水电厂位于珠江流域西江水系黄华江支流的钱排河上游，是引水式径流电站。厂址坐落在钱排镇竹峒村委会。该电厂工程1973年由信宜县水电局设计，1974年经广东省计委批准列入自筹基建工程。1976年5月，第一、二台机组先后投产。接着用"以电养电"积累资金的办法兴建第三、四台机组，于1980年3月全部建成投产。

子，心里一直没底，就不太想去。可是，县领导反复劝说，最后带我去海南，实地考察，让我们看看是不是比信宜强。我想想也就同意了，先看看情况再说。县领导带着我们父子一同前往海南，去考察的地方，就是昌江县的青山农场。

那时，青山农场已初具规模，300多位信宜移民先后将户籍迁到了海南。那时候的青山农场，就相当于保平公社下面的一个大队。村里的老人和妇女下地种田，年轻的男劳力外出务工，农场也有个小学校，孩子们上学没有顾虑。我对青山农场的印象还是很深的。那里青山绿水，土地肥沃，确实比信宜那边要强。而且水稻产量很高，亩产有四五百斤，差不多是信宜山区的两倍。

就这样，我们决定来青山农场安家落户。1975年，我们家族共21口人，从信宜移民到了青山农场，和金垌的水库移民一起生活。

三 青山农场

勤劳的信宜人，背井离乡来到海南昌江县青山农场安家落户。他们凭着吃苦耐劳的精神，在青山农场进行着播种和收获。如果就这样继续生活下去，他们的日子会一天比一天红火。毕竟，有土地，有勤劳的双手，甚至，青山农场的信宜人，几乎忘记了他们是水库移民的身份——他们把自己视为海南人。这样的日子，一直过到20世纪80年代初。

十年动乱结束后，家庭联产承包责任制取代了原有的集体化农业生产体制。全国各地包产到户，农民积极性被调动起来。包括海南农村在内，全国出现了农业生产的热潮。有首民谣很形象地表现出当时的生产情形："上至七十三，下至手中搀，一家三代人，都在忙生产。"

在这样的大好形势下，青山农场的职工们却无法高兴。他们遇到了一个难题：虽然他们每家每户也都分到土地，但是却没有拿到土地使用权证。移民们心里不踏实，难道这土地是别人的？

青山农场也遇到了麻烦：此前一直按照大队进行管理的青山农场，竟然没有拿到能够证明集体土地所有权的任何证明。

几百号信宜水库移民，这才意识到麻烦来了。虽然以前也有隐隐的担忧，但是，现在才算真正明白，他们是移民，虽然户口也迁到海南来了，可与当地原居民在身份上，还是有着明显的区别。例如：

在改革开放以前，其他大队除了缴纳公粮外，没有另外更多的支出。而青山农场呢，每年要按照坡地每亩15元、水田每亩200斤稻谷的标准，向保平公社缴纳钱粮。

也就是说，在长达八年的时间中，信宜移民，一直是在租种别人的土地。可是，当初金垌公社与保平公社，到底是怎么安排这些信宜的水库移民的呢？当初户口都移到海南来了，难道就没有落实土地归属权吗？信宜的几百号移民来到海南，到底是来定居，还是来打工的？

这是历史的陈年旧账，没有人给他们答案。

后来，保平公社"撤社建乡"，成立了农工商联合公司。这个公司和青山农场重新确立了承包关系。农场的范围并没有缩小，移民们还可以继续耕种他们的土地，每家每户也派发了新的土地承包合同。合同上也注明了"坡地多少"、"水田多少"。上缴钱粮的标准没有变化，承包期也和其他地方一

海南昌江十月田镇，举行"三月三"歌舞比赛。当年水库移民生活过的保平乡，也派代表来参加活动

样，定为15年。

虽然没有土地使用权证，有这样一份合同，信宜人也就没有多想。只要有土地耕种，一切都还有希望。

分田到户，除了刺激农民生产的积极性之外，土地的价值，也日益显示出来。广大农民意识到，土地就是粮食，土地就是钱。这样一来，原来保平公社的原居民，和信宜来的移民之间，开始了对土地使用权的争夺。保平的原居民，开始向信宜的移民讨要土地。

但是，青山农场是与保平乡农工商联合公司签订的合同。当地的原住民就与乡农工商联合公司之间产生了纠纷。他们在土地问题上的矛盾日益激化，而青山农场成了原居村民们发火的对象：没有你们移民的到来，就不会出现这些问题。

移民们欲哭无泪：不是我们要来的，是国家安排我们来到这里的！

1988年，广东和海南分成两省。这时，青山农场的社会秩序和治安环境明显恶化。保平乡原居民驱逐信宜移民的活动，正在一步步升级：移民们养的猪，头天晚上还活生生的，第二天早就发现，只剩下了一堆内脏。黄光成家，陆陆续续有三头耕牛被盗。有时甘蔗地里，会莫名其妙发生大火。信宜移民若要离开青山农场外出，尽量结伴而行。农场还组织了治安队夜间巡逻，防止已经成熟的稻谷被人连夜抢收。

原居民保平十队，率先赢得了这场斗争的胜利。保平乡农工商联合公司下发通知，要求青山农场直接和保平十队签订承包合同。而早在1981年移民们同农工商联合公司签署的为期15年的合同，则成了一纸空文。

由于保平十队的"收地运动"取得成功，其他的生产队也不甘落后，他们为了取回青山农场的土地，常常集体出动，乘十几部牛车赶来，上面全是原地村民。

青山农场的土地面积日益缩小。移民们痛失土地，留在农场里，连普通农民都不如，整天提心吊胆。与其这样不明不白给人打工，不如回老家信宜，碰碰运气。这些老移民想的是，即使现在不回去，将来人口多了，土地同样不够用，还是待不下去。

20世纪90年代初，青山农场的多数移民待不下去了。他们开始陆续返迁，十分狼狈地回到了信宜老家。从1992年开始，一些移民陆续返回信宜老家。回去最多的时候，农场只剩下20来户人家。

四　故乡在哪里

信宜邱氏家族二十几口人，在1975年移民到了保平公社的青山农场，那是为家乡兴建黄楼河水电站而作出的牺牲。可是，他们在青山农场也无法待下去了。

从1990年开始，邱国祥已无地可耕，他卖掉了耕牛。

他的弟弟邱国权收下1 000元钱，就把19间砖瓦房转给了别人。

黄光成刚刚参加了民办教师转公办考试，再经过一年时间的进修，他就有机会成为国家干部。可是坚持到学期结束，他也买好了返乡的车票。他说，家人都回去了，一个人留在这里有什么意思。

当年，他们是被热烈欢送、大张旗鼓跨海来到青山农场的。可现在，绝大多数移民乘坐的，是卸下猪仔后返回广东的空车，搭便车灰溜溜地回到信宜老家。

邱国祥回到杉树山后，已是66岁的老人了，患有肺结核。他找到了当年的老宅地，他想在此建几间房子，虽然他已不是信宜的户口，但好歹也算是落叶归根。然而，曾经的老邻居却不愿意了："你好好的，回来干吗？这里已没有你的土地了。"老邻居不允许邱国祥起房子，叫了很多人来拆他的墙。

为什么老邻居没有移民？原来，不是没有移民，而是很早以前，就有一部分移民到其他地方的人，先倒流回来了。

邱国祥越想越气，在海南被人欺，回到家乡，非但没有感受到一丝的温情，连自己落脚的地方都没有，"我也不想活了，我跟你拼了吧"。邱国祥一股屈辱涌上心头，举起锄头，朝相处几十年的老邻居砸过去。

原本平静的小山村，一时间闹翻了天。邱国祥的弟弟邱国权闻讯后，迅速调集亲朋好友赶来增援，双方形成了群斗的场面。幸亏政府派警察来制止了，才避免了一场大规模的恶战。这样，邱国祥的房子总算保住了。

邱氏家族的回迁，肯定是不受欢迎的。这也是邱国祥预料之中的事。因为你离开信宜那天起，你的身份就变了。你不再是这里的一个成员。邱国祥想想也觉得理亏。可是，如果不是在青山待不下去，他回来做什么。

信宜早就没有他们的立身之地，因为老家早已把他们当作海南人了。

五　水库边的家

从海南倒流回到信宜老家的水库移民们，处于一种非常尴尬的境地。首先，他们现在是海南的户籍，这就给他们在广东的生活带来相当沉重的负担。最突出的是小孩上学。1992年，跟随黄光成回到广东的小女儿，却不能参加广东的高考，因为她是海南户口。按照广东高考政策，她不具备在广东的考试资格，这让她的一家人伤透脑筋。最后实在想不出什么办法，只好花高价买了一个广东户口，这才可以参加广东高考。最后考上粤西的一所师范学院。

邱国祥也遇到此类问题。广东省农村学生是可以享受免费义务教育的，而倒流回来的移民子女却没有资格享受这项优惠政策。邱国祥有个孙女，正在读初中，她被要求首先按照其他同学的标准缴纳226元，学期结束之前再额外补缴322元。因为她的户口也不在广东。

回到金垌的老移民，多数在横石水库边，建了简单的泥砖房。

徐溪（原金垌农业办主任）**讲述**（根据录音整理）：

过去属于金垌公社的移民，倒流回到老家合垌村，他们零零散散居住在库区周围的山腰上。有的在水库大坝上栽了果木，泄洪道也种上了菜苗。这也难怪，当年号称"中南五省样板工程"的横石水库，自从建成之后，就从来没有启用过。现在这里看起来更像是一个大鱼塘。

在"农业学大寨"这场席卷全国的运动中，各地都出现了过分追求形式、浪费农村资源、且并未达到预期效果的情况。横石水库项目的废弃，就是一个典型的例子。现在很多回迁的移民，都在水塘里养鱼。水位退下去一点，就可以种水稻。收成基本上没有保障。一旦下雨，山洪暴发，那些庄稼就要淹没。很多人因为土地少，就向村里人租一些地来耕种。

政府也曾将这些回迁移民，送回海南。可是，很多移民回到信

宜之前，就已经把海南的房子卖了。现在要他们再回到海南，恐怕
已经很难了。

☞ **作者手记**

信宜水库移民存在的问题，实际上是历史遗留下来的。当初移民海南，
因为时间的仓促，政府未能及时明确青山农场的土地所有权。这是一个重大
失误，导致了后来的移民与原住民之间的土地纠纷。

但我们知道，青山农场的垦荒史，信宜移民作出了重大的贡献。1988
年，他们因为土地所有权问题陷入了原居民、农场和生产队之间的复杂纠
纷，并由于当地人的逼迫，不得不在20世纪90年代初期，狼狈地回到信宜
老家。

可是，此时他们的户口已经变了，他们已经是海南人。

故乡信宜，最终会接纳这些从海南漂泊归来的游子吗？

银坑村移民史

一　关于银坑

　　银坑是个偏僻的小村庄。来到银坑之前，我并不知道这里曾经发生过令人恐怖的事件。我到惠州之后，市移民办安置科的戴少奇科长对我说："我带你去银坑看看吧。那个水库移民村，是所有移民村当中最令人揪心的一个。"我问："发生过什么事吗？"戴科长欲言又止。想了一下，并不回答，只说："去银坑看看就知道了。"

　　我很喜欢"银坑"这个地名。随手翻开地图，我一下子能找到五六个叫银坑的地方，说明很多人都喜欢。银坑的原始含义，多因当地富含银沙而得名。此外，"银坑"二字能给人们带来的，是吉祥如意、和气生财的美好愿望。我问戴科长："这里的银坑，是不是有也有什么来历？莫非这里过去是什么银矿？"

　　几十年来，戴科长一直做惠州的水库移民工作。成天和移民们打交道，心中有本活地图，哪里有移民村，哪里有移民点，在他心里一清二楚。戴科长苦笑了一下，说："这里不光产银，还产'金'呢。"

　　我说："很好啊，这里的村民岂不是坐在金山银山上？"

　　这不过是一句轻微的调侃。奇怪的是，车上陪同的几个人，都一下子变得沉默不语。其中还有惠州移民办安置科的两位漂亮女士，刚才还有说有笑的，面色一下子变得很严肃。（顺便说一下，我此次采访用车，是由移民安置科的两位女士赖舒渝、黄慧婷提供的私家车。是她俩开着簇新的车子带着我走完了惠州的4天行程。）

后来才知道，我当时说那样的话是多么不合时宜。我在银坑采访了十几个水库移民，从他们断断续续的叙述中，我才知道了一个惊天的恐怖事件。他们死里逃生，惊魂未定。

昔日所谓的"银坑"，哪里是什么金山银山，哪里是什么吉祥如意、和气生财，原来是一座令人毛骨悚然的鬼村。

二　银坑村的地理

银坑是个自然村，位于惠州市惠阳区淡水镇东面，现属于淡水镇新桥管理区。这里距淡水镇并不是太远，十几里路就到了。新桥村东面与沙田

原银坑村老村长刘运麟

镇桔子浪交界，南面临大亚湾，西面与东华村为邻，北面通古屋村，辖区总面积约7平方公里，耕地面积约3 000亩，下辖22个自然村。银坑只是新桥村的一个自然村。2006年，银坑村整体搬迁到常春新村时，共有村民120多户。

老村长刘运麟回忆（根据录音整理）：

虽然银坑村距离惠州城不远，但地广人稀，平常也没什么人来，显得特别冷清。当初，也就是1980年、1981年，我们迁移到这里时，感觉还不错。主要是没什么山地，有很多水田，大伙挺高兴的。有水田，吃饭就不成问题。还有，到城里也方便。骑自行车，十几分钟就能进城。

还有，我们这里的地下有泉水，不停往上冒。村里人洗衣洗菜什么的，都挺方便。我们一村人，也就百来户人家，都是同村的人，一起移民过来的，身在异乡，都知道要相互团结。邻里之间，几乎没有什么矛盾。家家户户除了水田里的生产，村里的旱地上也都种上蔬菜，自给自足，反正，已经开始过温饱的生活了。

你问我移民与当地人之间的关系？

怎么说呢，这里四周，很少有人住，那就谈不上什么关系了。我当时很奇怪，为什么这里没有当地人居住呢？有田有地，为什么没人来种？这个问题，自从我搬来之后，经常会想到，可就是想不明白。

我们正式搬迁到银坑来，是在1981年。我们从惠东搬来的时候，全村有550号人。到现在有30多年了。我们这个不起眼的小村庄，在这30多年里，就像惹了鬼一样，现在，出嫁的不算，只剩下了480多号人。

在刘村长缓缓的叙述中，我特别注意到了一个数字。当初全村550多号人，短短的30年间，生生不息，村里的人数，只有壮大，虽说也有外出或出嫁，怎么会一下子少了60多人呢？

我问刘村长："这60多人哪里去了？"

刘村长不动声色地说了三个字："全没了。"

我头皮发麻，浑身打了一个寒战。

三 新庵公社·我们家乡好地方

事情要从头说起。银坑村的这400多个水库移民，全部来自惠东的白盆珠水库库区。他们原来生活的地方，在惠东县新庵公社高布大队。现在，这片土地已经沉入湖底。我们唯一可以看到的，是库边还残留着一些村庄的墙基，从那些墙基可以看出当年房屋的布局。1980年之前的新庵公社高布大队，虽然很贫穷，但房屋还是建得有模有样。在惠阳采访移民时，他们对于故土的怀念溢于言表。

惠阳理工职业学校教师刘仁宝回忆（根据录音整理）：

移民之前，我家住在惠东县新安大队。我是客家人，我们那个村大部分都是客家人。水库移民之前，我们住的房子，很多都是围屋。那种围屋，只有我们客家人才有，所谓"上五下五"。很多人没听说过"上五下五"，其实就是指客家民居的一种形式。其基本结构是这样的——

在围墙内的空地上分别建造两排距离相等、横竖一致，每排各五间泥砖木质瓦房，每间瓦房均为"上五下五"。所谓"上五下五"即在中轴线上分上厅和下厅，中间隔有天井，上下厅的左右，各设两间住房，天井两侧各建一个厢房，实际上每间"上五下五"结构的房子，就包括有上厅、下厅、上四房、下四房、一个天井和两间厢房。

一般情况下，客家围屋前必有一个半月形小池塘，以备饮用和灭火。可是我们那里没却没有。这是什么原因呢？据当地老人介绍说，在很多年前，有条小河正好从围屋的前边流过，也就是20米左右。后来不知什么原因，河流改道，河流像长了脚似的，离我们村子越来越远。与老屋的距离，竟有了两三里路那么远。

以前，围屋里面没有水井，我们吃水都是门前小河里的水。

后来我们吃水就很困难，要到越来越远的那条小河里去挑水。老人们开始沉默不语。后来，不知是谁传出消息，那条河原是保佑村子的一条小龙。龙走了，绝不是个好兆头，一定会有什么大事发生。

后来，村里人觉得挑水吃太辛苦，就在村边挖井。结果，刚把井挖好，就传来消息，这里要修建水库，全村要搬迁，一语成谶。老人们说，挖井挖坏了，挖断了村里的龙脉。

再后来，政府说要搬，就真的搬了。那些围屋全部拆散，能带走的，只是些木料。如果你去白盆珠水库边旅行，一定还会看到许多围屋的遗迹，有很多一半在水里，一半在岸上。

当然，惠东的客家围屋也不止这些。如果你来惠东，还可以看到许多客家围屋，比如多祝镇就拥有像皇思扬村、田坑村等一批保存较完好的客家围屋群。这些围屋，一直"养在深山人未识"，我相信以后一定会有人发现的。

惠州市民俗学家刘本禹讲述（根据录音整理）：

惠东当然是好地方了。其实，不止你所说的新庵那些地方。整个惠东地区的民俗内容都很丰富。我再说个惠东著名的待客之礼：咸茶。这个你一定没有听过。新庵那一带最常见。

惠东县客家地区的人，都喜欢用咸茶招待客人。除了本地人，很少有人吃过这种咸茶，风味很独特。独特的风味，必然有独特的制作。

先说用料。咸茶的主要原料是爆米。用饭干炒，也可用爆米花。配料则有红豆、黄豆、乌豆、花生、芝麻、胡椒、小茴、香菜、茶叶等。豆类可多可少，也可用其他豆类代替，如蚕豆、豌豆等。而花生、芝麻、香菜则不可少。花生炒熟，捣碎。

再说煮茶。先将爆米及豆类煮熟。开始煮时，要放入适当的盐。待差不多煮好时，再和上芝麻、胡椒、小茴、香菜和少许茶叶等配料。然后放入花生粉、油麻、香菜，也可放入少许胡椒粉、茶叶，将味道调好，这样，咸茶便制成了。除此之外，还有另一种制法，称为泡茶，将爆米、花生粉、麻油和香菜同时放入碗里，再加少许食盐，冲入开水即成。

惠东客家人除以咸茶待客之外，遇到红白事，皆用咸茶。例如，媳妇生了孩子，主人家在第三天，一定要煮一桶咸茶，宴请亲朋邻里，此谓"三朝茶"；孩子满月时，又煮"满月茶"；建新屋上梁，要煮"上梁茶"；住进新屋，要煮"居茶"；男女婚事议定后，姑娘的母亲第一次到男方家里，男方要请"亲家茶"；等等。

据《惠东文史》记载："咸茶，食之容易消化吸收，对人体具有和胃健脾之功效，能充分发挥各种食物蛋白质的互补作用。"

凡饮品过咸茶的人，都觉得这茶吃起来很亲切，也很随和，再陌生的人，也在这咸茶中消除了隔阂。为什么会有这种感觉呢，因为这种咸茶既可当茶饮，又可当饭吃。所谓，惠东人叫吃茶，而不是喝茶。

教师刘照国（白盆珠水库移民）**回忆**（根据录音整理）：

白盆珠原来不叫这个名，原名叫白朦珠。由于该地四面环山，中间为盆地，远看像个聚宝盆，1958年才改称白盆珠。你看看，这么好的名字，谁不喜欢啊，吉祥啊。我们心里喜欢，村里的老人们更是说改得好。人民公社化时，白盆珠属新庵公社管辖，1983年废社设区，从新庵公社分出，改名双金区，1987年撤区建镇时，新成立白盆珠镇。圩镇紧挨白盆珠水库下面，傍依西枝江。

我们那地方有许多西枝江的支流，本来就是个聚宝盆，物产十分丰富，因为环境好，有得天独厚的生态环境，光是鱼类就有很多。除了四大家鱼外，还有鲇鱼、坑鳗、娃娃鱼、甲鱼、桂花鱼等各种鱼类。你没尝过西枝江的桂花鱼，嫩滑嫩滑的，鲜美无比。只是现在吃不到了。

打工者刘巍（白盆珠水库移民）**回忆**（根据录音整理）：

我在新庵高布的时候，年龄还小，也就是十二三岁吧。你问我对那里还有什么记忆，说实话，多年来的打工生活，我已经忘了。

我一直没回去过。只有我父亲偶尔回去两次，我不知道他回去做什么。（大概）望着一湖水发呆。

你问我的印象，实在想不起来了。不过，我记得村里有眼温泉。对，现在城里人不是时髦洗温泉浴吗，我从小就洗温泉，你说我是不是很幸福。要我说对新庵的记忆，只剩下那眼温泉了。

我们村的男女，一年四季都用温泉洗澡。大家很爱护。逢单日是男人去洗，双日女人洗。我们村的人从来不生病，你说奇怪不奇怪？还有，我们村里的女孩，都长得水灵，一个比一个漂亮。我曾经在心里爱上了一个女孩，我一直暗恋她。有一天，我突发奇想，我想跟踪她。谁知，我怎么也没等到她。好多天之后，我得知，她家早已搬到惠阳去了。

现在想起来，我们一村的人没有病，没有痛，身体健康，一定和那个温泉有关。后来，水库淹了。那眼温泉，就沉在湖底，永远消失了（刘巍以手拭泪）。

☞ **作者手记**

我在惠东县，还采访了许多从新庵公社迁移出去的人。他们当中，有作家，有医生，也有伙夫与打工者。很多人回忆起被淹没在白盆珠水库库底的故乡时，常常泣不成声。白盆珠库区淹没耕地2.34万亩（其中水田1.84万亩），迁移人口2.13万人。其中，有的开始了他乡的移民安置点生活，还有相当多的一部分人在外漂泊，至今都没有回去过。不是不想回去，是因为回去之后什么也看不到，只剩下一湖清水。那种感觉，恍如隔世。

四 西枝江·故土难离

白盆珠水库在惠东县城东北34公里处。东江流域中上游，已建成的大型水库有3座，分别是：位于支流新丰江的新丰江水库、位于贝岭水和寻邬水汇合口处的枫树坝水库，还有就是白盆珠水库。

根据《惠东县志》提供的资料，西枝江常常泛滥，直接威胁到惠东、惠阳、惠州市人民的生命财产安全，还威胁到平潭的军用机场。这是国家决定整治西枝江的主要原因。《广东省自然灾害史料》一书中，关于西枝江历代洪灾、旱灾的记载，比比皆是。新中国成立后，县志中有这样一段记载：

1979年9月25日，西枝江遭遇150年一遇特大洪水，正在建设中的西枝江水利枢纽工程最高洪水位47.4米。此次洪水冲损了一批施工设施，损失达90多万元。

9月22—25日，惠东县遭遇"79.13号"强台风和"9.25"特大洪水的袭击。平均风力10级，阵风大于12级140米/秒，日降雨量490.3毫米，过程降水779.1毫米。

9月22—23日，下特大暴雨，两天降雨量800多毫米。暴雨中心地区山洪暴发，酿成惠东县历史上罕见的特大洪灾。西枝江平山（县城所在地）水位达24.45高程，洪峰流量7 200立方米，水位平均每小时上涨24厘米，最大幅度时速为62厘米/时。

9月24日深夜，多祝陈湖村因山洪暴发，致使聚居当地的畲族同胞21人被山泥伏埋遇难。

9月26—27日，广东省派飞机20多架次空投炒米、饼干等食物，救济被洪水围困的灾民。

全县有8个公社被淹成汪洋大海，受灾人口12.99万人，共计死亡120人，其中有3户全家遇难，共19人，受伤905人，倒塌房屋2 049间。崩缺口海堤11处、长9 015米，冲毁堤围135处、长3 114米，损土石89 529立方米，毁坏盐田面积6 900 000平方米，溶盐1 450吨。

惠阳在历史上一直受到东江和西枝江的浸扰。尤其在新中国成立前，惠阳人民一直生活在水深火热之中。被誉为"东江骄子"的革命先烈阮啸仙，在他撰写的《惠阳经济调查》中，对民国时期惠阳人民的苦难生活作了详细的调查，记下了他们的苦难史——

　　他们生活非常艰苦，衣服不完，最好的如自耕农亦不过到了过新年的时候，做一件粗的土布衫撑持一下面子。居住多属几百年遗下的秃墙破屋，还有编茅为屋的。至食料则以薯芋为主，每年逢时节或什么喜庆的事，或有三五餐真的米饭作食……普通佃农生活统计：每家约5人，最多能耕2石（折合16.66亩）种的田；每石种

的肥料25元,谷种10元;犁耙、铁搭、蓑衣、禾镰、笠帽、箩筐
(添置或修理)5元;牛租5元等,以上约支出45元。每石种的租
谷(纳给田主)要2 500斤(折合1 250公斤),每石种的田可收获
3 500斤(1 750公斤),每百斤谷值时价4元,每石种除纳租外可得
谷1 000斤,值银40元,出入相抵不敷5元。……所有蒙馆(私塾
学校)多是自耕农起而提倡设立,佃农们就低头不敢说了。因此,
各农村粗能写字者仅得3%而已。

——摘自民国十四年(1925)阮啸仙《惠阳经济调查》

当然,造成1949年前惠阳农村生活困难还有水利设施差等其他原因。
因为新中国建立前,全县仅有几条高1—2米的防洪堤围,故"频岁告淹",
"民以艰食",惠阳终于成为历史上有名的洪灾区。

白盆珠水库又名西枝江水利枢纽工程,位于珠江水系东江流域第二大支
流西枝江中上游的惠东县白盆珠镇白盆珠村的峡谷处。水库工程始建于1957
年12月底。

工程于"大跃进"年代的1958年底动工,几经周折,历经了下马、复
建、再下马、再复建多次反复,总历时达28年之久,几经反复,历尽艰辛,
至1987年12月竣工验收后,交付管理单位——广东省惠阳地区白盆珠水库
工程管理局使用。

白盆珠水库移民安置材料(由惠州市移民办提供):

白盆珠水库移民搬迁从1978年开始,1986年结束。安置到惠
阳区(现惠州市辖区)的移民有3 851户21 338人(其中居民190
户1 057人,农业户3 661户20 281人)。安置在全区21个镇、72个
村民委员会、160个村民小组。其中惠东县安置2 557户14 140人
(含居民186户1 025人),惠阳市安置637户3 508人(含居民2户
19人),惠州市(后改为惠城区)安置412户2 285人(含居民2户
13人)。

移民安置共完成复建房屋40万平方米,人均18平方米,共征
用给移民耕地23 400多亩、人均1亩多,山地10万亩、人均4.6亩。

同时还兴建了一批生产、生活、交通、卫生、学校等公共设施，初
步解决了主要生产资料问题。

银坑村的100多户人家，就是被政府安置在惠阳区的那637户移民当中
的一部分。

当初，他们拖家带口、扶老携幼从新庵来到银坑的时候，也许没有多少
崇高的想法。他们所想到的是，国家修建水库，防洪、灌溉、发电，都是为
人民服务的大好事。国家要求搬迁，那也是无话可说。可是，自己祖辈栖息
的家园，故土难离，有些想法，也很正常。因为他们不知道将去向哪里，新
家园位在何方？

1979年秋天的一天，新庵公社召集所有大队的大队长开会，传达上级文
件，落实惠东县革委会《关于白盆珠水库移民安置若干具体问题的规定》的55
号文件，开始了水库移民搬迁的宣传与准备。高布大队也去了人。然后是一层
一级传达。高布大队的干部回来后，继续开生产队会和社员代表大会，作最后
的动员。当时的高布大队，共有5个小队。事实上多数人不愿意搬迁。高布有
熟悉的环境，祖祖辈辈生活于此。此外，这里还有山林、果树、竹子、鱼塘、
祖坟、金斗（当地习俗，是指人去世后，家属将逝者遗骨装瓮另葬）等。

白盆珠水库淹没地区的情况（惠东县移民办提供资料）：

白盆珠水库位于广东省东江支流的西支江上游，最大库容为
12.4亿立方米。设计库内土地征收线为5年一遇洪水相应坝前水
79.7米，移民线为20年一遇洪水线81.9米。按20年一遇洪水的回
水影响，库区淹没及受影响的有新庵公社大部分（包括公社所在
地的圩镇和高岽、宝口公社小部分，共有14个大队，400多个生产
队，3 915户，20 022人，包括递增到1982年的人口）。受影响的
（即淹了部分土地而不淹房屋，或淹了部分房屋而不淹土地）16个
生产队2 048人，还有外出人口3 738人。

原高布大队村民刘泽钊回忆（根据录音整理）：

我记得那次几个生产队的干部和社员代表，将近20多个人在

大队部开会，一直开到夜里。当时点的是汽油灯。会场上很沉闷，只听见汽油灯丝丝响。你们没有见过汽油灯是什么样子吧。外形和马灯差不多，但要大得多。汽油灯烧的是煤油，而不是汽油。使用时，要向底座的油壶里打气，以便产生一定的压力，使煤油能从油壶上方的灯嘴处喷出。汽灯没有灯芯，它的灯头就是套在灯嘴上的一个石棉做的纱罩。汽灯由于是汽化燃烧的原因，照射出来的灯光是白晃晃的，亮度非常高。普通家庭用不起。（20世纪）六七十年代，通常是夜里大队召开全村群众大会的时候，会场上才高高悬挂汽油灯。

以前说故土难离，没什么感觉。因为有故土在，还可以回来。现在可不是。我们如果离开，就没有了故土，一辈子回不来了。说实话，当时整个村里都是一片愁云。为了国家，舍弃小家，道理大家都懂，多数人也是能接受的，可是我们将移民到哪里去呢，新地方谁也没见过。当时，新庵公社和大队部都曾派了代表，前往移民点查看，听说银坑那地方很荒，周围也没什么人。大伙心里就更不愿意去了。

尽管多数村民不意思离开故土，可在那样的大环境与大背景之下，淳朴的新庵人还是听从了政府的话。他们相信政府会给他们一个安稳的新家，会给他们带来一片崭新的天地。

为保证完成水库移民这一艰巨任务，惠东县成立了县、社、队各级办事机构，在各级党委（支部）的统一领导下进行工作。根据工作需要，惠东县移民办设立了相应的部门：

（1）人秘组：专门管理行政事务、文书档案、人事秘书、审批协议，随时掌握情况，完成领导交办的任务。

（2）财会组：统管移民经费，调拨使用资金，帮助社队执行用款计划，保证移民经费专款专用。

（3）物资组：采购移民所需物资，按计划调拨供应，同时做好保管工作。

（4）基建组：帮助指导移民建房，调查设计水利、公路、桥梁等工程项目，检查督促实施。

（5）安置组：在库区内配合公社、大队做好宣传教育和组织发动工作，在库区外协助公社、大队搞好安置的规划，解决好点上的具体问题，组织和带领移民代表看点定点。

公社移民办不设组，但各项工作有专人负责。除领导外，一般设有业务员、财会员、施工员、保管员、采购员等。

另外，有接受安置的大队，有一名专管员负责。惠东新庵公社高布大队的这部分水库移民，即将前往的安置点，是惠阳县淡水公社新桥大队。根据大队里前去探访的人员回来说，那地方总感觉荒野了些，但地还是有的。如果去了，生产队都能有土地耕种。有土地还怕什么呢？

五 千山万水，不如淡水

从新庵公社到淡水公社，大约130里路。如果是今天的高速路，一个多小时就到了。在当时是个什么概念呢，骑自行车，也要四五个小时才能到。凭良心说，这点路程即使在当时，也并不算很遥远。如果和其他库区的移民们相比，白盆珠水库移民们确实是幸福多了。惠东县宣传部门强有力的宣传攻势，终于看到了实效。白盆珠库区的移民们决定舍小家为大家，毅然踏上迁徙的路程。他们拖儿带女、扶老携幼前往一个叫淡水公社新桥大队的地方——银坑生产队。

刘亦峰（白盆珠水库移民，现为常春新村副村长）**回忆**（根据录音整理）：

"千山万水，不如淡水。"当初移民干部这样告诉我们。淡水公社真的是那么好吗？移民干部没有对惠阳淡水公社（作）过多的描绘，但这句"千山万水，不如淡水"八个字，却是一句顶一万句，给了我们比任何描绘还在丰富的联想。

我们这个村，是1980年冬天开始确定到淡水移民点的。1981年开始了正式的搬迁。我们离开村子的那天上午，村子里很热闹。虽然说故土难离，可是那么多人聚集在一起，前往一个陌生的地方，感情上就有了一种新鲜感和对新生活的一种向往。大家吵吵嚷嚷，多少显示出如同出门旅行时的一种兴奋。只有村里的老人们，默然不语。

不知为什么，天忽然下起了大雨。可是，房屋已经拆了，我们已无家可归。一些老人们老泪纵横，从他们仰望天空异样的眼神，我似乎明白他们不愿意在这样的天气离开。但是一切如离弦之箭，想缩回来已无可能。我们登上县里派来的汽车。村里的很多人都没坐过汽车。他们一上车，对故乡离别的愁绪很快被嘟嘟响的汽车吸引。他们都相信，这么先进的车子，将会带领他们走向天堂一样的地方。银坑，这名字多好啊。白盆珠落银坑，各得其所，是个好兆头！

然而，谁能想到，等待他们的不是天堂，竟是一处令人毛骨悚然的地方。在此后的二十五年间，移民到淡水公社新桥大队银坑生产队的很多人，包括许多年轻壮实的小伙子，甚至，一些刚刚出生不久的幼儿，开始走向了一条不归路……

就这样，全村100多户人家，陆陆续续从惠东新庵公社高布大队，搬迁到了惠阳淡水公社新桥大队银坑生产队。在当地政府和移民办的帮助下，高布人转换成了银坑人。

但是，房子还是要自己想办法筹建的。政府给予了一定的补助金。1981年，政府按照每平方米补助65元。材料呢，自己去找。也划分了土地给银坑生产队，实现了承诺。

虽然是泥砖房，总算有了一处遮风避雨的地方；虽然划分到的是一片贫瘠的土地，没关系，新庵人一直以勤劳著称，只要勤于耕作，汗水不会白流，总会等到丰收的时候。既来之，则安之。虽然他们现在的身份很特殊，是水库移民，但不管怎么说，他们现在是银坑村这片土地上的主人，这一点已毋庸置疑。

事实上也是这样。1980年9月，中共中央发出当时著名的75号文件，对"包产到户"的形式予以肯定。大包干，大包干，直来直去不拐弯，交够国家的，留足集体的，剩下全是自己的。

包产到户之前，生产队里每个劳动日不到8分钱。由于"包产到户"从根本上打破了农业生产经营和分配上的"大锅饭",使农民有了真正的自主权,因此受到中国各地农民的广泛欢迎。到1981年,家庭联产承包责任制已经在中国农村绝大部分地区推广。农村包产到户的改革开放春风,也吹到了淡水公社(后来改为淡水镇新桥管理区)银坑村。移民们开始发展多种经营,并开始迅速摘掉贫困落后的帽子,逐步走上富裕的道路。

刘继禹(原银坑村水库移民)**回忆**(根据录音整理):

包产到户,真是个好想法。以前,我们生产队也是半死半活的一种劳动。干好干坏一个样,干多干少一个样。干活没有积极性。以前我们种了几十亩甘蔗,每亩产量不到1吨。后来呢,搞了包产到户,每亩产量可以达到7吨半。这么一搞,原来年年甘蔗长得稀稀落落、瘦弱弯曲,一下子变成长得粗壮整齐,你说说,包产到户多么神奇。

那时,我们家五口人。分到手的土地,水田有八分地,两分旱地,平均每人一亩地。山地没有分,属集体所有。从此,我们银坑村的移民,已经能解决温饱的生活了。后来,我们改种水稻。年年稻花香,稻子丰产,我们心里开始相信那句话:"千山万水,不如淡水。"好像真的是这样。

六 "被诅咒"的村庄

当初,他们都想,把白盆珠搬到银坑,也算是锦上添花。就在银坑村的百姓们从温饱生活开始奔赴小康的过程中,有人体力不支,开始掉队。大约从1990年开始,银坑村的村民中,常有人觉得身体不舒服。农村人,都是以务农为生,干的都是体力活,吃得多,干得多,身体应该是很强壮结实的。即使是偶有不适,都以为是伤风感冒之类,喝喝凉茶,很快就会好起来的。

刘亦锋回忆(根据录音整理):

那时,谁也没在意(生病)。人食五谷,哪有不生病的。一般来说，躺在家里，休息几天，都能扛过去。再不行，到淡水镇的凉茶铺里喝几杯凉茶，基本可以做到立竿见影，很快能康复。

记得村里有个叫刘三的人，在家躺了两天，没见好，就到淡水镇去了。好在路不远，骑个车也很方便。说是去喝凉茶，当时谁也没有在意。但是，过了几天，村里人没见到刘三回来。一问他的家人，才知道，刘三住到淡水镇医院去了。

村里人虽然有些吃惊不小，但也没往深处去想。只是有疑问，壮壮实实的刘三，怎么会住院呢，生的什么病啊？刘三家人没回答，只说医院正在检查，应该没什么大不了的。

再后来，村里人就很长时间没见到刘三。问他家人，说还在住院。村里人很奇怪，住院哪有住那么长时间的？都快两个月了。村里人对刘三不放心，都到淡水医院去看他，不去不知道，一去吓一跳，已经认不出刘三。刘三已经成瘦成皮包骨头，完全没了人形。大家都急切地问刘三妻子到底是怎么回事。他妻子说，医院没查出来是什么病。

再后来，村里的人得到消息，刘三永远走了。

虽说生老病死是生命常态，但刘三还年轻啊，才40岁左右，他还有很多大好的时光没过完啊。刘三的离去，村里多数人想，也许是个案吧。村里人都去帮助刘三的妻子处理刘三的后事。家中的田，也有人帮助种。总之，我们银坑村人，是很团结的。因为都是水库移民，我们不团结，就没人帮我们。

大家都以为，刘三的离去，虽然给大家落下了某种悲哀的情绪，可日子还得照旧过下去。大家力所能及帮助刘三的妻子和孩子，生活又重新走上了各自的轨道。

然而，事情并没有结束，更可怕的事还在后面。

我无法想象刘亦锋所说的"更可怕的事"是指什么。这年头网上的恐怖电影大把多，很难有特别的感观刺激了。唯一不同的是，电影毕竟是电影，一些电影人凑在一起，弄些玄虚，没事找事做地把大伙糊弄一下，也就完事了。

可现在却是活生生的现实。历史的洪流已经进入了现代社会，我想象不出这里还会有什么更可怕的事。唯一有可能的，会不会是出现了黑社会？刘亦锋摇摇头说："黑社会倒不可怕。有党和政府，怕什么？"

我一听，更加疑惑了。刘亦锋接着说——

刘三离世之后，不到两个月，村里又有人生病住院。此人名叫刘庄生。当时，大家也没太多注意。乡下人生个病住个院，没什么奇怪。

然而，就在大家并没有把刘庄生住院当回事的时候，医院传来消息，刘庄生已不治身亡。

消息传到村里，大伙惊呆了。为什么？因为此人才30多岁，而且是和刘三的病一样，是个怪病，医院里查不出来。又没钱到大城市去看，就放弃治疗。

这一回，村里人都把矛头对准了刘庄生的老婆韩氏。因为什么？因为她放弃治疗，把刘庄生的命送掉了。

韩氏在村里平时不怎么说话，现在，被村里人指责，几乎抬不起头来。最后，不知道是不是真的觉得自己错了，还是受不了村里人的冷眼，打起包袱，一气之下回了娘家。

大家都以为，生老病死，也没什么好说的。只是，怎么离去的两个都是年轻人呢？这才是让村里人弄不明白的地方。

这下，村子里该安宁了吧？没有。

不久，村民钱桂兰身体出现了刘三、刘庄生同样的症状。这回，钱桂兰的老公吸取了刘庄生的教训，直接把病人送到了惠州市人民医院。毕竟是大医院，很快，钱桂兰的病查出来了，癌症。终于不治，离世了。

消息传到了银坑村，联想到刘三、刘庄生相同的症状，短短的一年时间里，就相继有三个年轻人离世，村民们不寒而栗！

从此，银坑村就像被上了一道魔咒一样，开始变得不安起来。村里一有人生病，马上就会变得恐惧，害怕那种恐怖的魔咒降落到自己身上。然而，命运就好像故意和你作对一样。你越是害怕，那种怪病还真的就来了。

　　有时，一年当中，就有五六个得病，基本上没有生还的可能。就这样，整个银坑村，被一种非常恐怖的阴云笼罩着，人心惶惶。村里人就是想不明白，平日里，大家都是循规蹈矩，从没做什么出格的事，也没得罪过哪路神仙啊。

　　我采访刘亦锋的时候，是在他的家里。他缓缓地说，我静静地录音，不想打断他的叙述。只是，我越来越有一种浑身发冷、头皮发麻的感觉。他怎么像在说一个恐怖故事？也许，刘亦锋看到了我的某种不安，停了一下，对我说："你以为我在说故事吗？不是。事实就是如此。"刘亦锋接着说——

　　村里的老人们开始传言，我们是从新庵公社来的。我们原来住在那里，什么事也没有。为什么，因为我们有佛祖保佑。现在，我们远离新庵，来到这里，也没修什么庙，佛祖怎么会保佑我们呢？

　　老人们的这个说法，马上得到了几乎是全村人的认同。这不是迷信。因为我们家乡新庵，还真的就有一座千年古刹，名叫西来庵。这在我们当地是赫赫有名的佛教圣地。众生求子问财，无不灵验。佛祖显灵，信奉者无数，有时，连广州、惠州城里的人，都到西来庵烧香供佛呢。

　　这么一想，似乎有点道理。银坑村的人，只要家里一有人生病，不是马上去医院，因为他们对医院不太相信了。失去信心之后，唯一的求生希望，就寄托在神灵身上。于是，村中前往西来庵烧香的人，络绎不绝。

　　你问后来有没有灵验？你说这世上哪有什么神仙的事。神佛不过是人自己想出来的事，自欺欺人而已。村里的人，不管是有病的，没病的，都想去烧香拜佛，求菩萨保佑。结果呢，非但菩萨没有保佑，因为病人不去医院，耽误了治疗时间，到1990年前后，将近十年的时间，银坑村查明原因或没有查明原因的死亡人数，达

30多人，且其中许多人是青壮年，男女都有。

一时间，银坑村里人心惶惶，都不知道这个村子怎么了，就像一个看不见的魔鬼，它随时可以进村，只要一伸手，就能随便拉个人进阎王殿，而且特别喜欢年轻人。

不知何时，村里开始流行一则传闻。说有人去问过附近村庄的村民，得出的结论是，银坑这里，在过去，原有个张姓的大户人家住在附近。银坑呢，则是那个张氏人家的祖坟地。大约是1938年冬，日本军由于其他地方兵力不足，从所占领的淡水、惠州、博罗等地撤退调防。离开淡水的时候，对银坑村张家进行了疯狂的洗劫，一家几十口人，男的被斩，女的被凌侮。最后一把火，烧了村庄。

后来，有人说这里阴气很重，就一直没什么人来居住过，成了荒野。

我们村是个小村庄，与外界接触不多。出了那么多的事，再加上这个故事说得有鼻子有眼，没法叫人不相信。最起码，全村的一大半人都相信，相信了，也就有了行动。村里人集体凑钱，买了一头大肥猪，在村边的一处荒地上，设了祭坛。如此这般，折腾了整整一天。当然，还有很多村民家里，请了道士，贴了纸符，整个村里是一片古怪与恐慌。

你问有没有好转？设祭坛，这本来就是个无稽之谈，怎么可能有好转呢。非但如此，那种可怕的魔咒，好像越咒越紧——村里不断有年轻人生病，然后不治而亡。村民们已无心生产，惶惶不可终日。

这噩梦般的日子，还仅仅是移民们来到银坑之后的十年间所发生的事。噩梦还远远没有结束。魔鬼对银坑村人变本加厉的折磨，还在后头。银坑村开始有了一个恐怖的名字：鬼村。

七　鬼村

说到这里，刘亦锋停了一下。他望着我说："你也在别的地方采访过许多水库移民，可是，一定没有哪个移民点有我们这个村这么让人恐怖。很多

情况下，多数移民的情况大同小异，如离家、迁徙、白手起家，等等。但是像我们银坑村这样，由银坑变成了鬼村，那是给人一个天堂、一个地狱的感觉，而且开始远近闻名，谁也不敢到这里来了。哪里还扯淡什么发展生产招商引资。就像一团浓厚的乌云，黑压压的让人窒息，喘不过气来，乌云把整个银坑村的天空都遮住了。村民们的眼睛里满是惊恐与不安。当时的鬼村悲惨到什么样子，我说给你听听——"

刘亦锋回忆（根据录音整理）：

从惠东新庵搬来的前十年间，死亡30多人。这么多人当中，多数人死因不清。这和当时的医疗条件有关。后来的十年，有的村民受不了这种恐惧的折磨，开始外迁，远离银坑村。原来100多户人家的村庄，现在剩下85户，共485人。后来的这十年间，即从

1991年到2000年，银坑村共死亡村民51人。其中被查明原因的，有31个村民死于癌症，占死亡人数的60.8％，而相当一部分人是45岁以下的青壮年，甚至少年。

死亡的暴发期，集中在1996—2000年左右，每年都有好几个青壮年离世。那时的银坑村，真可谓"千村薜荔人遗矢，万户萧疏鬼唱歌"，那是真正的人间地狱。村里每隔一段时间就有哀号的哭声。银坑村自从惠东新庵搬来之后，似乎从来就没有平静过，多数人家是白发人送黑发人，很多支撑一个家庭的顶梁柱瞬间倒坍，那么，这个家也就基本上完了。女人改嫁，孩子或随身带走，或交给老人。那些哀哭声撕心裂肺。（略停。刘亦锋拭泪）

我有几个要好的哥儿们，刘潭荣是一个。我们从小在一起长大，一起从新庵移民到银坑来。我们曾经一起外出打工。他的身体很好的。后来，我回乡创业，他也跟着我回来，说一起干，他还打算开个饭店什么的。他说，银坑很多地方可以种蔬菜，我们一起做个绿色蔬菜基地，不打农药，不施化肥，只用农家肥。他还在自家的地里种了各种各样的菜，进行试验。他说曾到惠州、惠阳等地做过市场调查，认为卖绿色蔬菜，大有市场。他说如果做得好，都有可能供不应求。

我当时也在考虑找什么项目进行创业。经他这么一说，我也动心了，我们还一起去了惠州市农科所，准备请专家技术支持。潭荣对我说，让我专门负责管理生产和技术，他呢，专门去跑市场，当时，潭荣雄心勃勃，他的计划是先占领惠阳的市场，然后再向惠州进军。就在我们紧锣密鼓进行创业的时候，忽然有一天，他也病倒了。

当时，我就有一种很不好的预感。因为在我们村不能生病，一旦生了病，就会条件反射似地让人往坏处想。往往生了病的人，大部分走上了不归路。我希望潭荣只是伤风感冒，他的身体那么壮健，我怎么能往坏处去想呢。

我尽量不去往坏处去想。可事情的发展，远远出乎我的预料。1996年，潭荣没挺过三个月，就永远地走了。那年才36岁。36岁啊，正是人生的黄金时光，假如不死，我相信凭他的坚强和毅力，做绿色蔬菜的理想，肯定能实现。可是，他就这样走了。留下了年轻的老婆和两个幼小的儿子。这一家三口，没了顶梁柱，这往后的日子，该怎么过？（略停。刘亦锋拭泪）

刘百宏的一家更惨。简直是惨得有些离奇、骇人听闻！

也是在1996年，刘百宏37岁。刘百宏家里，原来有父亲，老婆，一个女儿，三个儿子。最先离世的，是他的父亲。死于癌症。紧接着，他的女儿也去世了，才10岁啊，花朵还没来得及开放就谢了。再接着，刘百宏也没了。就这样，在短短的两年里，这个家庭，三代人，各有一个相继离世。

恐怖气氛笼罩全村。你说这世上还有比这更恐怖的事吗？

有人会问，一家三代人同患癌症，会不会是家族有遗传病史。我可以肯定地说，完全没有遗传原因。因为，刘百宏与他的父亲之间，没有血缘关系。刘百宏是抱养的，不可能是家族病史。

不光是人，村民们养的鸡鸭，也出现了不正常现象。有的鸡鸭就像得了软骨病一样，走路都走不稳，然后很快就死亡。

你可能要问，村里那么多的人遭到厄运，我家里情况怎么样？

我家也没那么走运。我的一个侄女，还没上学，就离世了……

（刘亦锋流泪，哽咽不能语，采访暂停）

八　拯救

就在银坑村的百姓快要陷入绝望的时候，大约从2000年开始，银坑村的几个党员、村长、副村长等，开始向各级政府报告银坑村出现的大规模不正常死亡情况。

当时银坑村的村长赖佛钊、副村长刘新华、干部刘运麟等，他们依次向淡水镇政府、惠阳县政府、惠州市政府、广东省政府，包括各级移民办公室，上报了发生在银坑村骇人的恐怖事件，请求政府出面，前往调查事件真相。他们哭诉："你们救救银坑村吧！再不去，一村人就彻底死光了！"

刘亦锋回忆（根据录音整理）：

当时，我还年轻，基本上都是我带着村长和副村长开始了一层一级的上访。

从2000年开始，我们该去的地方都去了：淡水镇、惠阳、惠州、广州，来回也不知跑了多少趟。我相信党和政府，相信发生在银坑村的恐怖事件，最终会水落石出。

很快，我们的上访有了回音。最先来到我们村的，是现任广东省移民工作局的曾建生局长，当时，他是省移民办的副主任。他看到了由惠州移民办呈送给他的《关于银坑移民村发生重大非正常死亡事件的报告》，非常震惊！他以一个优秀共产党员的高度责任心，意识到事态的严重性，立即放下手里的其他工作，在第一时间，火速赶到了我们银坑村。

曾局长来到银坑村之后，看到村里满目疮痍，一片凋零的景象。他挨家挨户进行走访，看到那些被病痛折磨的移民们，这位堂堂汉子，潸然泪下。

后来，曾局长把我们银坑村的异常情况，写成书面文件，以急件形式，火速上报给广东省委、省政府。最后，促成了省委省政府下达指示，由省移民办牵头，派出由省环保局、省卫生厅组成的专家组，前往银坑村，调查大量村民非正常死亡事件的真相。

专家组来到村里，开始了分头行动。他们先到每个家庭里进行走访，看看村民们的生活习俗和饮食习惯，有什么异常。结果没什么发现，大家吃、穿、用，并无不良习惯。

后来，专家们又到村子周围查看，是不是有什么化工厂之类的企业排污而污染了村庄。

这一条也被否定了。因为村子周围，根本没有企业。

☞ **作者手记**

专家们的调查，通过排除法，一项一项进行否定。最后，专家们把所有的目光，都集中在饮用水上。

那么，罪魁祸首，是不是饮用水呢？水，无论从哪方面讲，都是最大的嫌疑了。因为世界上许多怪病，都是由于饮用水被污染而引起的。例如，有一个震惊世界的事例：

1953年，日本南部沿海水俣市，发生了一种可怕的"怪病"，数以千计的患者表现出类似的症状：他们口眼歪斜，四肢不停地抖动，走路东倒西歪，手拿食品无法自行送到嘴里，到嘴的食物难以咀嚼和吞咽，精神迟钝，呆若木鸡。严重者不时有癫痫大发作。短期内死亡百余人，有明显症状申请待诊者，有近3 000人。

更令人恐慌的是，有一批出生不久的新生儿也发生了这种怪病，他们往往在生下三个月左右就出现了症状，不少孩子因此夭折。成活下来的孩子，大多发育不良，全身肌肉萎缩，骨瘦如柴，在死亡线上挣扎着。

原来，这次轰动全世界的事件，其根源就是水污染。日本专家经过了大约十年的调查研究，"水俣病"的元凶才真相大白。原来，在水俣湾畔，有一家生产氮肥的公司，将含有甲基汞的废水源源不断地排入湾内，污染了湾内的水源，经过食物链的途径，有毒的甲基汞聚集到了鱼、贝的体内，人食用了这些鱼贝而引起中毒。事隔近半个世纪了，然而这次事件仍令日本人及全世界的人记忆犹新，心有余悸。

那么，银坑村是不是也是这样的情况呢？按照排除法，水被污染的可能性极大。于是，专家组又对全村的饮用水进行了重点排查。

但是，关于水被污染的猜测，又很快被否定了。

原来，在1989年之前，银坑村人全部吃的是井水。银坑村一共有五口水井。这五口水井分布在村里，没有一定规律。而且，村里人对于水井，很爱护，那是全村人的生活用水，哪能不保护好呢。

另外，医务专家用现代科技手段，对银坑全村人的家族遗传病史进行了详细的调查，也未能发现异常情况。

那么，让银坑村变成鬼村的真正元凶，到底是什么？

九　揭开银坑村的死亡之谜

2002年，经过广东省专家组长时间的艰苦努力，通过对银坑移民村的环境质量、环境放射性水平、村民健康情况、死亡原因等进行了联合调查，取

卷二：陌生的土地

得了突破性的进展，并最终揭开了银坑村的死亡之谜。

经广东省专家组实地检测和科学论证，最终确认四大元凶：铅、锌、镉、砷。

原来，在银坑村的耕作土壤和灌溉渠泥土中，铅、锌、镉、砷含量严重超标，不适宜种植作物。银坑村根本不适宜人类居住。

那么，为什么银坑村的土地上，会出现这"四大元凶"？

专家组经过详细调查，弄清了事情的原委。原来，在距离银坑村不远的地方，有一个小山坡。很多年前，也就是在他们从惠东新庵移民到这里之前，有人在这个山坡上开山炸石，建起了一座矿石厂。后来，因经营不善而倒闭。而那些被炸开的碎矿石，也就没人处理，长年累月暴露在外面。经过若干年的风吹雨淋，矿石中的重金属元素不断流淌，蔓延到银坑村村民们耕作的土地上。

土壤重金属污染，是一种不可逆的污染过程。由于重金属污染不仅对粮食作物的生长造成影响，还通过食物链在人体内积聚，引发癌症和其他疾病。

银坑村移民的悲惨遭遇一经披露，立即引起了社会各界的同情和极大关注。

广东省专家组的这份关于银坑村事件的调查报告，在最快的时间里，呈送到了当时的广东省委书记的办公桌上。

时任书记当即批示，凡在银坑铅锌矿毒区居住的村民："非迁不可，一家不能留！"

☞ **作者手记**

为贯彻和落实广东省委书记的批示，也为了银坑村人民摆脱恶魔的梦魇，由广东省水库移民部门起草的《银坑村择地重迁实施办法》很快印发。

在银坑村的整体搬迁过程中，广东省水库移民办围绕着帮助银坑水库移民解决实际困难和问题的原则出发，从主任到科长，多次深入银坑村移民村，了解移民们的需求，召开群众座谈会，认真倾听人民群众的呼声。为从实质上尽快帮助群众解决问题，广东省移民部门主动承担了组织和落实解决该村问题的责任，并安排在2003年的"一村一策"计划中，拿出专项资金，

惠阳淡水街道办常春新村（银坑新村）

用于银坑村移民们的搬迁。

按照《银坑村择地重迁实施办法》，符合安置条件的移民，每人安排宅居地30平方米，人平建筑面积18平方米。统一设计、统一建设，设计框架结构三层，由政府帮助建好一层，有能力的人家自己加高楼层。

为了安抚银坑群众的生活，惠阳区和淡水镇政府，每月共拨给银坑村群众生活补助款6万元，从2003年3月开始，每月增至10万元。

2006年1月25日，住在银坑的村民，终于搬离了地狱般恐怖的鬼村，逃离了多年来缠绕在他们心头的噩梦。

新的水库移民村，距离银坑村有10多里路，取名为常春新村。而恐怖的银坑村，则永远消失了。

卷三：湖底故乡

黄洞村

麻蔗背村

新丰江的儿子

黄洞村

题记：黄洞村位于惠阳区良井镇的南面，依山傍水，面积约为4平方公里。内有良井镇最大的水库，库容量约570万立方米。黄洞村风景秀丽，空气清新，是一个美丽的移民村。

黄洞村目前共有上角、南塘下、旱岭、万成、就合、蔡屋6个村民小组，123户416人，有旱地300亩、水田250亩。在广东省各级移民部门的帮助下，每家每户都新建了住房，人均住房面积达18平方米，人均年收入3 780元。

一 黄洞水库

2010年10月27日上午，我抵达惠州，即将前往惠阳的良井镇黄洞村采访。那里是黄洞水库移民点。惠州市移民办安置科戴少奇科长，黄慧婷、赖舒渝，以及惠阳区移民办副主任杨东胜一同前往。

对南方的这个城市——惠州，我仰慕已久。惠州给我一种特别的感觉：一湖碧水，赋予这座历史文化名城以灵秀之美。900多年前，苏东坡贬谪惠州，一待就是3年，写下了20多篇诗文。著名的诗句"日啖荔枝三百颗，不辞长作岭南人"，就是在惠州写下的。此外，苏东坡还想终老惠州："已买白鹤峰，规作终老计。"

以前一直以为，这些诗句是苏东坡的自嘲，或者是无奈之中的自我安慰。但是当我来到惠州，驱车前往黄洞村时，我才发现理解错了。原来，苏东坡以为粤东的惠州是蛮荒瘴疠之地，谁知下车伊始，一看山川风物，美不胜收，不禁高声赞美"海山葱茏气佳哉"！

我在前往黄洞村的路上，一边看着窗外的风光，一边想着惠州的山水往事。惠州山水风光之秀美远胜于江南。"荔子几时熟，花头今已繁。"惠州山野之间多荔枝树，灌木丛、蕉林、大王椰等。路上行人稀少，树木青葱，丘陵起伏。900年前的惠州，那一定是草木森林，负氧离子含量丰富，人居其间，神清气爽，焉有不喜欢之理。

黄洞水库移民点黄洞村，就掩映在这片翠绿的山野之中。三面青山环抱，一面湖水荡漾，南及淡水，北眺惠州，东临惠东平山，西望双栋峰、尖笔峰群山。

黄洞村就掩映于如此秀丽的山野风光之中。环境清雅秀丽，山、林、田、湖、泉集于一体。我惊异于黄洞水库周边生态环境如此完好，未受到破坏。眺望水库，烟波浩渺，成千上万只白鹭结队飞翔，或栖息于绿树枝头，或翱翔于碧水蓝天之间，正是："花开红树乱莺啼，草长平湖白鹭飞。"

但是，在黄洞水库修建之前，这一地区的水利条件很差，当时，一无水库，二无水电，三无机电排灌设施，旱涝灾害频繁。1958年，全国开展"大跃进"，大搞水利建设。在普通百姓看来，修建水库，是前人栽树后人乘凉的善举，利国利民。在那个激情燃烧的时代，水利是农业的命脉，领导者的决策造就了成百上千的水库工程。兴修水库当时虽属于政治任务，但无可否认的是，确实是利国利民、泽被后世的功绩。当年兴建的许多水库，至今还在发挥着重要的作用。

据惠阳区移民办副主任杨东胜介绍，黄洞水库属于小型水库，目前由良井镇政府管理，主要用于水库周边的时化村、松元村、矮光村、黄洞等村庄的农田水利灌溉。黄洞水库水面面积为1 204.5亩，总库容为600万立方米，周边配有8 285.7亩良田和9 400.8亩林地，是一处极具生态农业、观光旅游开发的山水佳地，前景非常可观。目前，每逢周末节假日，来黄洞垂钓、欣赏乡村风光的惠州市民越来越多。这里主要是空气质量好，没有任何污染，负氧离子丰富，让人行走其间，倍感清新舒畅。

二 移民叶东发

我在黄洞村采访的水库移民，叫叶东发。叶东发住在水库边不远的黄洞水库移民新村。这里苇藕蒲鱼，洲渚纵横，山坡间芭蕉林立，杂花生树。

惠阳区良井镇黄洞村叶东发老人

叶东发今年72岁。土生土长的黄洞人。他经历了黄洞水库从无到有的整个过程。现在，他住上了惠阳区移民办帮他建造的房子。移民局拨给他14 350元，自己凑足了2万多元，建成了自己的家。现在的住房面积达到72平方米。家里收拾得整洁卫生，我们的采访，就是在他家进行的。从叶东发老人的言谈之中，我感觉到在他身上，除了岁月的沧桑之外，内心想表达的，是对生活变迁的感慨。他反复告诉我，这世道变得真好，他想活100岁。

良井镇黄洞村叶东发老人自述（根据录音整理）：

我们叶家是个大家族。我们祖先叫叶权，几百年前从五华县迁到了良井黄洞村。黄洞不是原来的地名，原来叫桂花岗。因为后面的山坡上，长满野桂花，春秋两季都能开花，香满村庄，所以叫桂花岗。我们叶家祖祖辈辈居住在这里，枝繁叶茂，家族壮大。我就生在黄洞村。而生我的那个村子，已经淹没在水底了。

我先给你说说我的父亲。他是我们黄洞村的骄傲。有什么值得骄傲的呢？因为我的父亲是个抗日烈士。在抗日战争中，他牺牲了。

1938年10月下旬，日军从惠阳登陆，随后广州沦陷。占领广州、中山后，日军把枪头瞄向了江门。广州失陷后，在中国共产党的领导下，于11月间，在广东惠阳一带组织了第一支游击队，以后逐渐发展壮大。1939年成立了惠（阳）宝（安）人民抗日游击队。后来又成立了东江纵队，建立了东江根据地。

1939年，我父亲参加了抗日游击队。在一次伏击日军的战斗中，英勇牺牲。那时，我刚刚出生。没有想到，到我两岁那年，我的母亲又思念父亲，整日里郁郁寡欢，最后忧郁而去。家里只剩下我和祖母。没过多久，我的祖母又离世了。我成了孤儿。最后，是我的叔父收养了我。

那时，我们的黄洞村，那可是个世外桃源的好地方。你想想，我们叶家几百年都住在这里，不肯搬迁到别处去，就说明这地方好。虽然我是个孤儿，但是我从小吃白米饭。我没有觉得生活有什么过不去的地方。我小时候很顽皮，下河摸鱼捞虾，那是常事。

当时的黄洞村，有500多人。家家户户过得很殷实。就拿我叔父家来说吧，家里有叔婶，两堂哥，加上我五个人，有七间房。那时的房子很结实，与泥砖房不一样，用灰沙做的。一间大约有15平方米。我叔家的七间房，除了四间人住之外，还有厨房一间，牛栏一间，草料一间。草料间放柴火与牛草，过冬用的。

黄洞村的房子，都是一排一排建起来的，一排有十间。村里的人都住在一起，三户人家合为一个组。村里人的家庭情况，大体上都很相似。我们村基本上都是种水稻，年年有米饭吃，喝的水是山上流下来的清泉。要说我们这里是鱼米之乡，也不为过。

现在，很少有人知道我们这个水库下面，几十年前曾是惠阳的米粮仓。因为水土肥沃，产出的稻谷粒粒饱满，煮出来的米饭香喷喷的，是远近闻名的黄洞米。

这其中是有原因的，因为我们这个黄洞村三面环山，山上的溪水从山沟里流到地里，水源充足，稻子长得很好。不但颗粒很饱满，吃起来特别香。那时，一亩水田的稻谷能碾出480市斤的大米，产量比周边的村要高出一倍。那时我们的稻子真是个宝啊，稻穗沉甸甸的，打个比方，黄洞村的稻穗饱满结实，拔出一株向外扔，比其他村的都要扔得远。

解放初期，黄洞村的一担谷子可以卖到7元钱，而且供不应求。人家只要听说是黄洞村的大米，没有卖不出去的，甚至愿意多掏一两元钱也要买下来。

后来，到了"大跃进"的年代，公社为了解决良井的灌溉问题，就决定在我们的黄洞村建造一座水库。这个消息一经传出，我们全村人都不能接受。现在回想起来，那种心情是可以理解的。一个将近几百年的古老村庄，祖祖辈辈的栖息地，而且是个鱼米之乡，就这么淹了，我们心里不好受啊。这事搁谁的心里都不好受。

当时，全村人坚决不肯搬。公社里又不断派人来做思想工作。我们很清楚，一旦搬走之后，很难找到像黄洞村这样丰饶的村庄了。也就是说，我们曾经的好日子，温饱的生活就没了。结果搬迁工作还是做不通。

那个年头，公社干部的权力是很大的。什么事件都可以与政治挂钩。渐渐地，我们黄洞村的搬与不搬，成了一个政治问题。全国都在大规模搞水利建设，如果我们不搬迁，将是很严重的政治问题。为了让黄洞水库按时完成，良井公社开始对顽固不化的黄洞村民进行强制措施。在全村百姓中，逮捕了四个骨干分子，因为这四个人一直要全体村民不要搬迁。

那四个人抓去之后，每个人获判三年牢狱。后来，其中一个村民死在里面，再也没有回来。

抓走了四个人之后，群龙无首，黄洞村的村民们这才开始了搬迁。政府给我们安排的去处是时化村。那个村子距离黄洞村并不远。后来，我们全体黄洞村人，就迁移过去了。我们村有600多人，只分给我们150亩土地。这点地，哪里够耕呢？

那时候政府给我们盖了房子。但是，那个房子是临时建起来的，质量很差。差到什么程度？这么说吧，那墙体的裂缝，你用根棍子，都能从外面捅到里面去。这还不算，有的房子，住了一两年，就开始倒塌。三年过下来，基本上没法住了，大部分倒了。

怎么办呢，我们没有任何办法。房子倒塌，土地稀少，还有，与时化村的人时有纷争，为了土地的事，经常闹矛盾。在这种情况下，我们开始回迁。那时候，黄洞水库已经建成了。我们原来的大片良田，已经完全淹没在水底。从1960年开始，就有人开始回迁。一直到1963年，从黄洞村搬到时化村的人，又全部倒迁回来了。

迁回到黄洞水库边上，我们开始了一种原始的生活。自己搭建简易的房子，到荒山上开发土地，到水库里打鱼为生。打鱼之后，拿到良井镇上去卖。好不容易赚了一点钱，就开始建泥砖房。那个时期的泥砖房，到现在还在村里。

后来到了2005年、2006年，国家开始对我们水库移民进行住房改造工程。由移民办补助我们家一部分钱，我们自己凑一些，这新的砖瓦房就建起来了。当时的住房面积，是按照一个人18平方米计算。我家建了72平方米。

因为我父亲是抗日战争时和日本鬼子打仗牺牲的，是烈士，国家照顾我，每个月我可以拿到补助金800多元。一年下来，可以拿到1万块钱。我们这个地方，也没啥消费，钱是基本上够用了。另外，看病有合作医疗，国家可以报销大部分费用。我们这里山清水秀，空气质量好，我活到72岁，身体还是很棒的。这主要是政府关心我。另外，这山里的空气养人，我们吃的水，都是山上的清泉。这样的日子，我现在很满足了。

三　黄洞村的传说

在黄洞村采访时，村里的老人们都喜欢回忆水库下的老黄洞村。那个老村，是他们一生的记忆和梦想。他们说那是个世外桃源，村子里没有纷争，没有矛盾，大家勤于劳动，安居乐业。村中一切事务都是由族长做主。叶家族长是村里最有威望的老人，他的话一言九鼎，什么事只要他开了口，没有人不服从的。对于修水库之事，族长强烈反对。他一直坐在村里的祠堂里，不肯走。那时大约70岁了。公社里的人反复劝说，他根本听不进去。他说："你们修水库，我的这些祠堂怎么办？我如何对得起列祖列宗？"

直到有一天，良井公社里来了几个人，把族长强行架出祠堂，这才开始了黄洞水库的动工。

和全国其他水库的建设一样，黄洞水库虽然偏居一隅，一旦建设起来，却也是热火朝天的场面。当时，良井中学的全体师生也来参加水库建设，他们步行到黄洞，人拉肩挑。修建黄洞水库的民工，主要是黄洞村附近的几个村庄的人。村里的男女青壮年都要参加挖水库，一块平地上，要挖出一个大窟窿，上千亩地，你说那有多大的工程量？现在想都不敢想。一大早，几千人拿着铁锹箩筐来到水库边，热火朝天地劳作。当时的人们以劳动为光荣，争先恐后。中午，男人们打着赤膊，排队吃大锅饭。晚上呢，大伙儿就在水库边搭帐篷，一天的劳累，使他们很快进入梦乡。

也有个老人，一边摇着芭蕉扇，一边说黄洞村的掌故，他的周围围着几个青年男女。而现在村中还在述说的几个故事，就是从那时候流传下来的。这里摘录两则，可以窥见水底黄洞村当年的风采。

1. 美丽泉

原来的黄洞古村落，规模很大。在村口，原来有一口小潭，其水清澈如镜，名曰美丽泉。

相传远古时候，村里来了一个老人，他手拄拐杖，坐在村口。谁也不知道他从哪里来，又到哪里去。

村中有个小姑娘，叫叶花，从家里端来一碗水，请老人家喝。老人接过碗，对叶花说："你长得真漂亮啊。"叶花说："村里人都说我长得丑，说我长大了嫁不出去。"原来，这个小叶花生下来之后，又丑又黑，大伙都嘲笑她。所以，她一直在家里自卑。但是她心地善良。村中的孤寡老人，她觉得很可怜，就常常去照顾他们。那一日，她在家里看到门口的榕树下，坐着个老人，就端碗水来给他喝。

原来，这个老人是附近的山神。他天天看到叶花姑娘去帮助孤寡老人，觉得她天性善良。可是她却因为自己长得又黑又丑没人喜欢而烦恼，老神仙决定去帮助她。他告诉叶花，这个大榕树后面有一眼泉水，只要是勤劳善良的人，每天早上用这个泉水洗脸，就会越长越漂亮。

叶花听了老人的话，就到大榕树下去看。果然有一眼清泉。她很疑惑地问："我天天在这里，怎么以前没见有呢？"老人说："那是你没有看到。有的泉水，是随时可以冒出来的。"

叶花就没有再多问。她天天早上来到泉水边洗脸。果然不出所料，叶花越洗越白嫩，越洗越美丽。家里的门口，常常站着的求爱的男子。上门提亲的媒婆，都踏破了门槛。

叶花呢，并没有因为变得漂亮就忘了那些孤寡老人。她仍旧天天去做好事。

村中原来许多美丽的女人，见叶花越长越漂亮，就向叶花打听有什么秘诀。叶花呢，人也老实，就实话实说，告诉她们，榕树下有口泉水，越洗越漂亮。

村中的许多女人都争着去洗脸。奇怪的是，有的人越洗越漂亮，而有的人越洗越难看。原来，这个泉水，对于懒惰、毫无同情心的人，会越洗越丑。如果要想变美，只能勤奋劳动，乐善好施。

后来村中的人都知道了这个秘诀，女人们变得特别勤快，而且，她们成为方圆几十里最美丽的女人。

大家都变得这么勤劳、美丽，那口山泉，就渐渐失去作用，最后消失了。只留下了一块刻有"美丽泉"三个字的石碑。

2．神马

抗日战争时期，一股800多人的日寇准备进犯黄洞村。当时黄洞村叫桂花岗。村民闻讯后，皆惊慌失措。族长建议大家，扶老携幼进山躲藏。

日本人是开着军车来的，速度很快。奇怪的是，桂花岗是个小村，没有中国军队，没有军事设施，这股日寇为什么要到这个偏僻的山村呢？

答案只有一个，那就是粮食。桂花岗的大米，闻名惠阳，日军嗅到了这个信息，便派军车前来抢粮。

由于黄洞村人行动迟缓，拖家带口，一路往山里躲，哪里有鬼子的军车快。很快，鬼子就要进村了，并且看到了老老少少的一队人。于是，鬼子开车追赶。

家山何处——岭南水库移民迁徙实录

村民们好不容易进了山谷（具体位置在今天黄洞村自己修建的一座小型饮水库边上，这座小水库由惠城区移民办出资修建），鬼子的军车也来到了山口，却因为无路可走，一队人马下车走路。

鬼子端着枪，叽叽呱呱从后面跟了上来。眼看就要追到村民，这时，忽然间天昏地黑，一阵狂风吹过，正在危急时刻，峡谷之中，有一匹高头白马从山后疾驰而至，马上之人，却是古代的一员武将，他从村民身边闪过，拦住了鬼子的去路。他的身上好像没有带兵器，他也不说话，勒马横挡于路道中央，神情威风凛凛，令人畏惧。

日寇端着枪，对着古代武将凝望半天，不敢贸然前行。这时，山谷之中，忽然鼓声四起，战马嘶鸣，呐喊声由远而近，给人千军万马的声势。

这群鬼子吓得魂飞魄散，不知发生何事，以为此山有神灵把守，不敢进村，立即跳上军车，逃回惠阳。而黄洞村民，由此躲过一劫。

后来，村中人遂以此山为神山，凡山下村子，皆有山神庇佑。为纪念山神，村人在进村的路边，立碑以示敬怀，并为其取名"公王"。至于传说山谷中时常有奇怪的千军万马的奔腾之声，老一代的移民都曾经听到过。最大的可能是，在古代，这里是一处战场。

如今，这块公王石碑还在，位于黄洞村小学旁，由于村民悉心养护，保存尚好。

四　浮出水面的村庄

黄洞水库如世外桃源，有着迷人的风景和谜一样的历史。每当水库蓄水时节，会有游客来到这里戏水游玩，享受着宁静而惬意的乡村生活；而当每年的枯水期来临，水库水位下降时，黄洞水库才显出鲜为人知的一面，一座犹如城堡的古村落遗址浮出水面，同时显露的还有那段被水淹没的历史。

每逢枯水期，黄洞水库都会因为水位下降而浮现出一大片古村落。走进这片水底村庄，大部分的建筑主体已经坍塌，只有少数墙体屹立，这样的残垣断壁，让人觉得这个村庄经历了一次战乱与浩劫。

其中的晒谷场、围墙等，还相对保存完整。当地老人们说，这些是当

年修建黄洞水库时，无法迁移而留下的房屋，是古黄洞村的旧址，至今已有400多年历史了。

明朝万历二十八年，即公元1600年，叶氏第一百零五世，名叶权者，由五华县迁居良井黄洞村开基。这里就是古黄洞村旧址。

黄洞村76岁的老移民叶正强讲述（根据录音整理）：

我们这个古村落，最兴旺的时候，曾经有上千人居住过。从良井镇的松元村路口，沿着村道一直走，经时化村，到明德学校向左拐直走，大概走5分钟，就到达黄洞水库。如果遇上枯水期，那个古村庄就会浮出水面。

原址的黄洞村，由桂花岗、田光、陈屋、曾屋四个小村构成。这四个小村现在都在水库下面。只有枯水季节，我们叶姓所住的桂花岗才会露出水面。20世纪70年代末至90年代初，我担任过黄洞村的村支部书记，所以，对黄洞村历史比较了解。在水库建成之前，我们这里水源充足，鱼虾肥美，土地肥沃，庄稼茂盛。所产双季稻，品质好，产量高，口感好，一直是惠阳人喜爱吃的。他们有的从城里到我们这里来买大米。

你看看这四周，群山如金城环抱，是藏风聚气的风水宝地。那些被水浸泡了半个世纪古村庄，你可以看到那些城墙多么坚固。虽然已是断壁残垣的民居，但晒谷场、围墙、水井等仍保存得较为完整。一些夯土砌成的墙壁，经过数十年的浸泡，依然耸立不倒，坚如磐石。那个鼓状的石墩，还裸露于干枯的泥土外。

整个浮出水面的村庄遗址占地约4 000平（方）米。残存的大多是用石头砌成的房屋围墙，从围墙的数量来判断，有近100间房屋，每间约5平（方）米，如今可见的围墙最高的约1米，最矮的也有半米高。在民居的旁边有三块面积各约10平（方）米的打谷场，轮廓非常清晰。在地上，还随处可以看到家用器具的碎片，如瓷碗、瓷缸以及打磨的用具。

这些房屋是用砂石石灰夯实而成，有的墙体还加入了一些粗糖和糯米汤，所以十分牢固。村民搬迁后，原先的房子大多被拆掉，但是部分建筑因建筑材料太坚固，无法拆除。那些残存的围墙是叶氏祖先在清朝的时候就建起的，建筑材料主要由石灰、黄泥、沙子等混合而成，坚硬如石。

抗日战争时期，日军的几颗炸弹突袭村里，不少建筑物被摧毁，但那些石砌的围墙则安然无恙。

20世纪50年代，我国大兴水利，我所在的村落被规划建成黄洞水库，从此就淹没于水下。修建黄洞水库时，我才24岁，虽然过去了几十年，但我仍清楚地记得过去生活的那个地方。

那时候生活很艰苦。父亲早就去世，剩下我和母亲相依为命，母亲在地里干活，我就去帮人放牛。当时的黄洞村有1 000多亩地，种水稻、麦子、番薯、梅菜等农作物。水库建成后，大家就搬迁到附近的时化村、松元村等地居住，也有部分人不愿意远离原来的村庄，就在现在的黄洞水库旁边建起了新居，后来移民到其他地方的村民，大多数又回迁到这里来了。这就形成了现在的黄洞村。

当时，我的家人不愿搬得太远，就在水库边建房住下。每逢干旱少雨，黄洞水库水位下降，水底古老的村庄就会浮现出来，我会忍不住跑去看看。这里曾经有过我们的美好生活，还有难忘的一草一木，有时就像做梦一样。

☞ **作者手记**

我在黄洞村采访很顺利，主要是因为有村长叶景秀的大力支持。如今的黄洞村，移民新居林立，从山外进入村中，都是平坦的水泥马路。整个黄洞村群山环抱，移民们安居乐业，这一切，都与黄洞村的当家人叶景秀分不开。

叶景秀，20世纪60年代出生于山清水秀的黄洞村，先后从教、经商10余载。由于叶景秀为人善良，踏实肯干，1999年选举村委会主任时，大家一致想到了叶景秀。当时，他已在淡水经商多年。组织上希望他能回到村里，带领村民脱贫致富。

面对着家乡父老的殷切希望，叶景秀不顾家人的反对，毅然回到了黄洞村担任起党支部书记、村委会主任。

叶景秀首先修通了黄洞村的乡村公路。接着，着手改变移民村的饮水和灌溉问题。经过他与惠阳移民办商量，在村南边，建设一座小水库，以解决黄洞村移民的灌溉和饮水。

1996年，项目论证通过。叶景秀和惠阳区移民办一起，多方筹集资金，终于在黄洞村南部的山谷间，筑起了一座大坝，黄洞村容量为10万立方米的水库顺利竣工。甘美的山泉一直流淌到村民们的家里。

叶景秀带着我来到这座大坝前参观。我们从黄洞移民村，一路走到大坝，有五六里路。这一路上没有任何居民，只有铺天盖地的绿色植被。我惊异于这里的生态环境如此之完好。我问叶村长："这里的山谷怎么这么幽静？"叶村长说："这里就是那个'神马'传说发生的地方。"曾经有很多村民，听到过这片峡谷中有千军万马的厮杀声。我一直怀疑，很久以前，在古代，这片峡谷里曾经发生过一场战争。那些声音，被周围的山石记录下来，也未可知。

灌溉问题解决之后，叶景秀鼓励村民多种经济作物，把可利用的土地都种上果树、姜、芋头等，他告诉我，现在村里的经济作物面积，比几年前多了2/3，村民的收入也增加了，人均年收入上升到3 700元。

黄洞村是一个移民村，移民们从时化村回迁到黄洞村后，一直住在破旧的泥砖房里。那是20世纪60年代建的房子，已经很破了，可很多移民还居住其中。叶景秀决定，彻底解决移民的住房难问题。他与惠阳移民办多次协商，筹划推动黄洞村的危房改造工程，最终得到了惠阳移民办的大力支持。

2006年，全村将近130栋房子全部建成。并且在房屋改造的同时，既兼顾了今后发展旅游的需要，也解决了村民住房问题。困扰黄洞村的危房难题，彻底解决了。

目前，黄洞村的基本情况是：占地面积4 000平方公里，共有130多户，500多人，全村有党员17人。2009年，村集体收入达到4万余元，村民以种植业为主，如今已发展成为新农村建设的示范村。

对于黄洞村的未来，叶景秀说："平常来我们黄洞村旅游的客人，都是水库丰水期，到这里钓水库鱼，吃水库鱼的。现在，我们发现，枯水期也有了一个新的旅游去处，那就是寻找400年前的古村落。"

独特的地理位置和优越的生态条件，加上一段段耐人寻味的传说，使得黄洞水库周边一带的村落居民，形成了朴素自然、带有客家风情的生活习俗。目前，很多城里的市民都是自发前来享受这里的天然美景，在感受库区秀美山水的同时，也常常醉心于那一段段令人神往的客家往事与传说。

麻蔗背村

一 鸡心石水库下的古村落

2009年2月10日，惠阳区文化广电新闻出版局接到了一个奇怪的报告。首先说明的是，惠阳区文化广电新闻出版局，是惠阳区的一个文化部门，负责全区的文化工作，这其中也包括文物普查。从2008年5月开始，惠阳区正在进行"第三次全区文物普查工作"的田野调查登记。那天，正在秋长镇的文物普查员报告说，在鸡心石水库下面，发现了大片的古村落遗址。

要说惠阳区境内，那些散落于民间的古村落遗址，可谓比比皆是，不胜枚举，你随便走进哪个山村乡野，都可以看到几十年前、几百年前，甚至上千年的古村落。但是，在水库下面发现古村落遗址，却是很少见。

那是个什么样的古村落？为什么被淹到水底？为什么又重见天日？带着一时解不开的疑问，惠阳区文化部门的相关人员，立即赶往现场查看情况。

发现古村落遗址的地方，在惠阳县的秋长街道办事处周田村。惠阳文化部门工作人员来到现场，便立即展开调查。果然看到一片断垣残壁，如同劫后废墟。

该古村落位于秋长周田村，四面环山，地形独特，村落遗址轮廓清晰可见，覆盖着厚硬的淤泥。水库底部外露，淤泥已变硬，呈干裂状态，人可在上面行走。

沉埋于鸡心石水库下的古村落遗址露出水面，属于典型的客家村落，约有300年历史

水库中央，有3座民居遗址呈三角形分布，民居各相距100米左右，河道从3座民居间穿过。其中一座民居前有一个石制的舂米容具、一个半月池，后方有小山坡、树木残骸及几座古墓。民居残存高约1.5米的墙体和部分地基外露于淤泥上，在残存墙体上，有黄泥、河沙、鹅卵石等。因为客家人在建房时，在所用的三合土中加入石灰、黄糖、糯米等材料，即使被水浸泡了半个世纪，可墙体表面依旧光滑，十分坚固。

这是一组明显具有客家民居风格的建筑。经过普查发现，古村落周边仍存有多座清朝年间的古墓葬、古石桥遗址，其间有不少石刻雕刻精美。

文物普查队初步鉴定后，认为淹没于鸡心库底的古村落是半世纪前的麻蔗背村。该水下古村落遗址约有300年历史，为惠阳首次"出水"的古建筑遗址，是典型的客家古村落，具有很高的历史价值和人文价值。

那么，麻蔗背村怎么会淹没在水中的？还有那些坟茔为什么没有迁移？原来生活在这里的村民，他们到哪去了？

这是一个不解之谜。按照客家人的习俗，再苦再累，时间再仓促，无论如何不会把祖先的坟茔淹没在水中。因为在客家人看来，祖先的坟地，其地理位置在很大程度上决定了子孙的"运"，包括财运、官运等。所以，一旦有人去世，只要家中财力许可，皆要请地理先生勘探风水，寻找穴道。

当初，在麻蔗背村，究竟发生了什么事，连祖坟都不要了？为什么走得如此匆忙？这个麻蔗背村的人又去了何处？

为了解开鸡心石水库下面的这一个个谜团，2010年10月27日，我来到了周田村，寻找半个世纪前麻蔗背村迁徙的真相。

二　移民新村·名将故里

麻蔗背是个移民村，当年因修建鸡心石水库而搬迁。

为了找到麻蔗背村，我花了很长时间。在惠阳时，问很多人，根本不知道。但几乎所有的人都知道秋长镇。秋长镇的名气很大，和淡水镇一样，在惠阳人心中有重要地位。首先是"秋长"这个地名很好听，很容易让人想起"秋水共长天一色"那样的诗句。其实，秋长之名，是由秋溪乡和长兴乡两地名称各取一字而成。

以前，秋长是个"路不通、灯不明、信不灵、水不到"的落后小山村。而现在，地理位置优越，四通八达。秋长镇位于惠阳南部大亚湾畔，总面积为145平方公里。东南与淡水镇相连，离惠州港14公里，北距惠州市区35公里，东北靠永湖、良井镇及惠州机场，西与新圩相邻，西南与深圳特区接壤，西北连陈江、镇隆镇。

等到了秋长镇再一打听，有人说，麻蔗背是个自然村小组，在周田村。我们沿着宽阔平坦的将军路前行，穿过一片繁荣的现代工业园区。这里有宽阔的街道。道路两旁，生长着南方特有的小叶榕树，然后是南洋松。渐渐进入了满眼碧绿的田野，群山环抱中，我们来到了周田村。

秋长镇还是著名的革命老区和历史文化名镇。周田村呢，则是惠阳人最为骄傲的地方，大名鼎鼎的北伐名将叶挺将军即诞生于此。周田村也是"吉隆坡王"叶亚来的出生地。叶亚来是吉隆坡的开埠功臣。1837年，叶亚来出生于周田村。

麻蔗背村仿佛是个世外桃源。这里风景优美，看不到高楼大厦，也没有林立的烟囱，放眼望去，村庄里郁郁葱葱。田野里，村民们在辛勤劳作。村子里，偶尔窜出两三个小孩，相互追逐，一忽儿又不见人影。整个麻蔗背村，被大片大片的香蕉林包围。我们穿行在香蕉林里，如同置身热带丛林之中。

三 修建鸡心石水库

长久以来，东江、西枝江常常泛滥成灾，有时又久旱无雨，使得惠阳百姓流离失所。新中国成立后，惠阳地区的党和政府为了改变当地落后的水利状况，开始了一场大规模的水利建设。其中，周田村的鸡心石水库，即建于此时。

根据惠阳区水务局移民办提供的《惠阳水利大事记》记载，鸡心石水库的移民准备工作于1963年4月开始，9月正式动工兴建，采用水中倒土筑坝法施工，1965年7月建成。集水面积22.2平方公里，总库容1 321万立方米，设计灌溉面积1.53万亩。装有2台发电机，年发电量25万千瓦时。工农业生产和生活用水年供水量39万立方米。

秋长镇地势东北高，山岭连绵，中部、西南低，有小块平地，属丘陵地带。在20世纪60年代，全国都在大张旗鼓地兴修水利，秋长镇共修建5座中小型水库，分别是鸡心石水库、正径水库、石门潭水库、白水寨水库、锡坑水库，总库容2 248万立方米。鸡心石水库属惠阳中型水库，位于秋长街道周田村、淡水河左岸的支流双田河出口处。

原惠阳县委书记、离休干部骆平讲述（根据录音整理）：

我今年87岁，在惠阳工作、生活将近50年，亲自参与了解放初期惠阳的建设，亲眼目睹了改革开放惠阳的变化。可以说，我的人生，大部分是在惠阳度过的。

我是1958年3月从龙川调到惠阳的。刚开始是在惠东工作，当时惠阳、惠东是两个独立县。1958年下半年，因人民公社化运动，惠阳县、惠东县统一合并为惠阳县，1958年11月我正式到惠阳上任，任惠阳县委书记处书记。刚到惠阳，我就遇到了惠阳地区洪水与大旱两大天灾，我和当时的县委领导班子，带领人民与天斗，创造了天灾中无一人死亡的奇迹。

那是1959年6月16日，当时西枝江水位高达17.4米，高涨的洪水漫过河堤，河水如猛虎一样，直向田地、农庄、房屋侵蚀，惠阳到处一片汪洋。当时，惠阳80%地区遭受洪灾，倒塌房屋数万间，数十万人受灾。县委紧急布置任务，让领导带队驻扎村子，开展防洪工作。

我负责永湖、良井、平潭、马安、水口等地工作。洪水浸泡了三天，因江水的消退，浸泡的洪水也消退了。洪水到来时，我和当时救援的军队，开着船在洪水中，在不同的村子里穿梭，指挥群众转移到位置较高的山上，力保人民群众的生命安全。

1959年，惠阳人民好不容易过了个丰收年。1960年春季，又遇大旱。受旱面积达70%，当时农作物都被旱死，一年之计在于春，如果春季种子不能顺利播种发芽，农民一年收成就将无望。我亲自到河堤，带领全县人民在西枝江、东江堵河拦水，开展抗旱斗争。当时全国上下都在开展"大跃进"和人民公社化运动。在这三

鸡心石水库

年时间里，遇到了全国罕见的三年自然灾害与经济困难时期，再加上1960年惠阳遇大旱，惠阳经济几乎崩溃。

水利是农业的命脉，那时的惠阳地区没有变电站、没有水库。我和地区领导及水利专家，长期跑基层，勘查地形，调查研究，做出消除水旱灾害的工程规划和年度计划，在哪里能建水库控制，哪里可搞截洪排洪工程，哪里建电力抽水排涝等规划设计——上报省里。功夫不负有心人，在我们的努力下，两年时间，我带领村民在惠阳整修加固7个库容量为1 000万立方米的中型水库，新建了4个500万立方米的小（一）型水库，数十个小（二）型水库。

鸡心石水库，坐落在惠阳秋长镇，叶挺将军的故乡。鸡心石水库在当时算得上是比较大型的水库，修建场面也很壮观，我当时任总指挥。水库建设，首先解决的水库周边居民的移民问题，虽然当时迁移的人数不是很多，但要做通移民的思想工作，离开生活了几十年的地方，也并不是那么容易，并且当时移民部门，并没有为拆迁户建好房子，一切只能靠他们自己，难度更大。我带着公社干部

165

亲自到迁移户家，与他们掏心窝子地聊天，那时人们淳朴，很快迁移工作得以解决。

鸡心石水库建设，有几千人参加，历时3个月。其间，我主要是县城、秋长两头来往，关注修建进度、监督施工质量。同时，在建设现场，我亲力亲为，为群众起带头作用。在水库现场，群众经常看到县里干部亲手推着手推车来回走动，在这种带动下，群众的干劲非常大。当时，缺吃少穿，可现场几千民众都是自发组织过来参加劳动。大家对修好水库，农田的旱涝保收充满着信心。

现在惠阳，当年修建的水库还起着很大作用，可以说，现在惠阳、惠城以至惠东的大多地区，人们的生活用水还是离不开当年修建的水库。除鸡心石水库外，黄沙、沙田、大坑、黄洞、石鼓、石头河等地水库也起着很大作用。那时我的工作主要在基层，没有一天能够安稳地坐办公室。整天在下边跑，现在的惠阳，许多水库、变电站我都参与了规划建设。搞农业说到底靠的就是水利，水利搞好了，农业就有命脉。

由惠阳市移民办提供的资料：由于鸡心石水库建设于20世纪60年代，运行至今将近半个世纪，库体劳损过度，需要进行大规模的维修。更可怕的是，鸡心石水库大坝，出现了大量的白蚁。白蚁是水库的大敌。

白蚁是个能工巧匠，它能够修筑白蚁隧道，工艺精致，堪称巧夺天工。白蚁隧道完全像现代人工隧道，地平，上拱，而且它会用最好的黄黏土进行批荡，既结实，又光滑美观。所以，它能修筑上百米远的蚁道。有一次，在鸡心石水库大坝发现了一个大的蚁穴，就采取了水泥灌浆法，将大量的水泥往白蚁的巢穴里灌，结果呢，怎么灌都灌不满。

很多人觉得奇怪，原来，这里面有一条很长的白蚁隧道，在这头灌水泥浆，又从隧道另一头的坝坡上冒出水泥浆，全长在百米以上。

鸡心石水库的大修计划是：主要对水库安全加固。此项工程于2008年11月开工。工程设计防洪标准为50年一遇。

就这样，鸡心石水库安全加固工程开工后，库区泄水，露出水库底部，半个世纪前的古村落也得以重见天日。惠阳区文物普查队的负责人称，古村

鸡心石水库附近的老樟树

落遗址表层虽覆盖着厚厚的淤泥，但其客家古民居风貌尚存，这对了解当地历史文化提供了实物证据。

四　麻蔗背村

其实，半个世纪前的麻蔗背村的村民，并没有走远。他们采取了移民方式之一"后靠"，即往后面的高坡迁移。后靠之后，聚住在现在的麻蔗背村。只是，他们的身份改变了，由原来的普通村民，转变为水库移民了。

鸡心石水库惊现水下古村落遗址的消息，很快传遍了麻蔗背村。他们知道，那是他们的家。全村男女老少，个个来看这座半个世纪前的家园。很多老人热泪滚滚，他们望着浮现在水库中间的古村落长跪不起。那些房子，那些墙壁，那条河流，多少年来映入梦中，现在又真实地出现在眼前。那是他们固有的家园。很多人在此栖息，娶妻生子。他们生于斯，长于斯，没想到，这一别就是半个世纪。

在麻蔗背村，多数年轻人都外出做工，村中只剩下老人和孩子们。和这些留守的老移民谈家史，他们个个如数家珍，都很熟稔。秋长镇是客家人的聚居地，本地主要语言为客家话，属纯粹的客家人。

麻蔗背村原村民、78岁老人叶杜强讲述（根据录音整理）：

我们是客家人。麻蔗背这个地方，几百年来，都是风水宝地。怎么讲呢，先告诉你，我们这个古村，曾经是个举人村。我们村的历史，如果真说起来，就很长了。

我们这里的人，都是姓叶的子孙。族谱曾记载，叶氏第一百世祖先叶喜林，从东莞茶山镇茶园村迁居秋长周田村。在此落地生根，枝繁叶茂，成为当地一个庞大的家族。在麻蔗背村开枝散叶的人是叶氏第一百十一世祖叶树本，叶氏子孙在麻蔗背村居住已逾六代。一个大的家族，能够生生不息，不断壮大，最重要的一点是文化的力量。没有文化，就没有我们叶氏的延续。

整个秋长一带，文风昌盛，人才辈出。清康熙以来，考取进士的有4人，进入翰林院的有3人，国子监3人，考取举人15人，秀才不计其数，进入仕途的有清明远将军叶任才、两广水师总督李万荣等。所以，我们这个村，又叫举人村。

几百年来，麻蔗背村的村民善耕好读，至今还流传着"兄弟举人"的故事。这个故事的发生地，就在麻蔗背村。清朝乾隆四十四年（1779），叶树本的侄子叶芳考中举人，次年，叶树本次子叶希恒又考中举人。一家两兄弟连续两年中举，这在我们村里是大喜事，一直被村里人津津乐道，传为千古佳话。

后来，鸡心石水库开建，麻蔗背村搬迁，叶芳的举人牌匾，被后人带走安放在如今麻蔗背新村的祠堂里，而叶希恒的举人牌匾则下落不明。"文革"时期，叶芳的举人牌匾曾被人扔在村外，险些砸烂，好几个月没人理会。幸好村民叶挺生的祖母捡起并收藏，叶芳的举人牌匾才得以保存，一直安放在叶挺生家中。每当有朋友聚会，聊到麻蔗背的历史变迁，叶挺生都会展示这块记载荣耀的牌匾。

如果你在我们周田村转一圈，你就会知道，我们这里，无论是水里的这座古村，还是岸上的民居，都是典型的客家村落。麻蔗背村地理位置，都是很多风水先生看中的地方。这里四面环山，流水穿过，地形独特。再加上山清水秀、风光旖旎，我们怎么会移到别处去呢？

客家村落，在我们秋长镇有80多幢围屋，这些围屋相对集中在将军路和惠淡公路沿线，其中将军路沿线最多。现在住围屋的人很少，有的围屋甚至无人居住。

这些年来，惠阳区移民办为我们广大移民，做了许多实事。最大的一件事，就是帮我们移民造了房子。让我们告别了原来的泥砖房，住上了小洋楼。所以，那些原来的围屋，基本上闲置了。

那些水中的客家围屋，虽然是断垣残壁，但原来的风格，还是保存着。我们客家人建围屋，都是以封闭式为主，如方形的、圆形的，还有马蹄形。不管是哪一种，屋前都有月池、禾坪，后有花台，四角设碉楼。

你看那个围屋的内部格局，基本上是以"三堂两横"为核心，

村庄附近的古碉楼

呈对称式布局。这种风格,与闽西土楼和粤东围龙屋相比,其好处是内部家居单元相对独立,私密性较强。

此外,建筑材料比较讲究。外墙材料多为三合土,少量以生土夯筑,厚重朴实,具有较强防卫功能,内部主体建筑则为砖木结构,有的还有精美的木雕彩绘。建筑内部,生活系统也很完备,有水井,有排水沟。

我们这座水下的古村,20世纪60年代,惠阳建设鸡心石水库时,因属于库区蓄水范围,村民全部向后迁移,古村落从此被淹没在水中。

1962年冬天,鸡心石水库开建。当时的麻蔗背村,一共有20多户村民。那个时候,大家都是响应国家号召,为建水库搬家,也是没办法的事。不肯搬也不行啊。结果,麻蔗背村村民全部搬离。

当时我和妻子,带着3个儿女,最大的女儿才6岁,搬离了麻蔗背村,心里充满不舍。搬离麻蔗背村时,很多村民把祖居的房子拆了。部分建材,如麻石条、石窗、墙砖等,搬到了如今的麻蔗背新村，用作新房子的建造材料。我家大门的门框，就是用原来的麻石条建造的。现在的家已住了近50年了，每天从大门进出，看到那些麻石条，就会想起被淹没的麻蔗背村。

现在，麻蔗背新村约有30户人家。除外出务工收入外，耕种和出租田地是村民们主要的经济来源。如今，麻蔗背新村的村民大多住上楼房，只有少部分村民还住在迁出水库后所建的旧房子里。

至于水库底下的那几座祖坟，当时的情况比较复杂。首先，先忙活人的事。拆迁，找地方，盖房子。那时简直乱了套。活人的事都忙不过来，哪里还顾得上那些祖坟呢。但是，村里的老人们还是郑重其事地开了会，讨论祖坟怎么办。商量来商量去，大家一致认为，祖坟是祖先请风水先生勘察而定的地方，而且，不是一般。怎么回事呢？

原来，水库下面的那座祖坟，是个很特别的地方。据老辈人传说，那块地方非常奇怪——下雨的时候，那片地方却是干的，没有一滴雨。这事很神奇。后来请了风水先生来看，风水先生很惊讶，说："这么好的地方！这就是龙穴啊！只可惜，太小了。"

原来，风水先生们勘察地理，主要是找龙穴所在。大面积可置阳宅，小的可做墓地。但是，这寻龙认穴，实际操作起来费时费力，难度很大，在这个行当里有句老话，"十年寻一穴"。

由于风水先生认为龙穴面积太小，只好做了祖先的坟地。

那么，后来建造水库，大水压顶，怎么又不搬迁了呢？除了大家忙碌之外，还有一个更重要的原因，那就是又一个风水先生的阻止。这事说来奇怪。大家正忙着准备迁坟，来了一个风水先生，谁也没请他，他也什么都不要，坚决阻止叶氏家族迁祖坟。这位风水先生说："这个地方是了不得的一个龙穴，不要轻易放弃。所谓龙穴，随便你火烧，还是水淹，也奈何不了这里。"

最后呢，村里的族长相信了这位风水先生的话，将先人重新装入金埕。

就这样，祖坟就没有迁移，最后沉入鸡心石水库的水底。一晃，50年了。

五 迁坟

半个世纪前的麻蔗背古村落出现在库底之后，叶氏家族的男女老少，都来到古村落的遗址跟前，此情此景，令人感慨唏嘘。其中，大家关注最多的，是他们叶氏祖坟的问题。是迁坟，还是继续水淹，再次引起了叶氏家族的讨论。

如果迁坟，则要抓紧时间，因为水库修好了，就要蓄水。如果不迁，则祖坟将永久沉入库底。

最后争论的结果是，所谓风水，都是迷信。祖坟一直压在水库下面，不是长久之计。多数人的意见是迁坟。

住在麻蔗背移民新村的叶挺生说，快50年了，对先祖扫墓时，只能隔水遥遥拜祭，做梦也没想到，如今还能够见到祖坟。他决定亲自动手，把祖坟迁出水库，葬到其他地方，好让叶氏子孙缅怀先祖。

一天上午，鸡心石水库上空的云层有些阴沉，工人们正忙着水库的除险加固。叶挺生和妻子、兄弟等一行9人来到鸡心石水库，带着蜡烛、香等，划着一条小船（水库里还有部分积水），来到水库中央，踩过淤泥来到一块墓地前。他用锄头把墓地上的淤泥清走。

叶挺生用手摸了摸墓碑，上面写着"皇清国学生显考显妣谥"，旁边还有一行小字，刻着墓地主人儿子的名字"庚子科举人希恒"，落款时间是：咸丰七年（1857）丁巳岁秋吉旦修。

叶挺生拿着香，点燃后，和其他亲友一起，向墓碑深深三鞠躬，然后把香插在石碑前。

叶挺生说，这是他第一次见到先祖的墓地。水库修建时，他才两岁，当时麻蔗背村的场景完全没有印象。所有的回忆，都是他父母和村里的老人告知的。他说，坟地后面数十米远处，还有两栋大房子，分别是叶希恒的故居和叶挺生祖父叶秀英建的房子，还有部分积水，现在还看不到。

拜祭完毕，叶挺生和亲友一起，用铁棒撬开坟地的灰砂，虽然泡在水中半个世纪，灰砂土仍然坚固。他们小心地用铁棍等物把墓地的石碑取了下来，用红纸包好。然后用锄头把泥土里的金埕挖出。叶树本及夫人胡氏的遗骨保存完好，浸入水中半个世纪而不变色，也是奇事一桩。

叶挺生说，先祖之墓，能够沉入水底50年后，重见天日，也是祖上积德行善的结果。他要把祖坟迁移到其他地方，略尽作为子孙的一点孝心。

☞ **作者手记**

根据惠阳区移民办提供的消息，广东省城乡水利防灾减灾工程项目之一的鸡心石水库安全加固工程，总投资1 859万元，2010年底竣工验收。

然而，麻蔗背古村落，就像昙花一现，带着叶氏家族的无数往事，无可避免地再次沉入水底。

而对于我，既有幸看过半个世纪之前的水底古村落，又参观过麻蔗背移民村。忽然产生一种不可思议的穿越感，就像做了一场轻梦。醒了之后，看到鸡心石水库风平浪静。很难相信，那碧波之下深藏着如烟的客家往事。

带着对麻蔗背村移民们的深深祝福，我和助手继续赶路，奔赴各自的生活轨道。

新丰江的儿子

2010年10月13日，我来到东源县。

这一次，我要采访的人是肖伟中。这两天，我一直在新丰江库区采访。我听到库区的许多移民说起肖伟中的故事，那些故事很传奇。最初听说，肖伟中常常走访移民户，新丰江库区里，没有人不认识他的。那些水库移民说起肖伟中，就像是在说自己家的兄弟。而肖伟中对移民们是哪家哪户，什么情况，也都很熟悉。能不熟吗？移民事无巨细，都要来办公室找他。

肖伟中

听了移民们讲述的那些传奇故事，我决定追踪采访。但是，肖伟中是个大忙人。一直到13日晚上，我才逮住一个机会。我问他："新丰江库存区的移民们，怎么和你那么熟呢？"肖伟中想了一下，他说："因为我是新丰江的儿子。"

一　第一次搬迁

肖伟中的家，原来居住在河源市西北边的南湖区青溪乡。未建新丰江水库前，青溪是个鱼米之乡，地势平坦，土地肥沃，常年雨水充沛，气候宜人如春，耕地面积辽阔，是河源县粮食、豆类、水果的主产区。

此外，还有丰富的森林、石灰石等矿产资源。南湖圩镇的商贸活动也相当活跃。当时群众的生活虽说不上小康，但也能知足常乐，安居乐业。

新丰江水库建成之前，河源市区及东江下游的惠阳地区（现惠州市）、东莞、宝安（深圳）等地每年都有洪涝灾害，加上当时是新中国成立初期，百废待兴，国家建设需要电力。为了实施国家的第二个五年计划，广东省政府决定于1958年7月，动工兴建新丰江水力发电站，并要求在设计水位116米以下的居民全部搬迁。

当时，肖伟中还没有出生。当年8月，他的父亲响应政府的号召，从南湖区青溪乡，搬迁到本县的蓝口公社派头大队长江头生产队。后来，肖伟中的父亲做了派头大队的支部书记，从此，很多移民都称他为肖支书。

这次是肖伟中家的第一次搬迁。

蓝口公社基本情况：蓝口镇位于东源东部，东江中上游，现在是省定中心镇之一，辖22个村委会2个居委会，面积196.5平方公里，总人口近4万人。土壤和气候风土人情，与老家青溪差不多，原来以为，可以在这里能安定下来的。

蓝口镇山村村景

但是到了蓝口以后，人生地疏，移民群众一时难以适应。当时的主要原因有：（1）生活习惯不同；（2）当地的土地资源不是很丰富，分给移民耕种的土地面积有限，土地质量相对较差；（3）生产工具缺乏（如耕牛等），粮食产量较低，想解决温饱问题都很难；（4）由于部分当地群众歧视移民，打架斗殴等时有发生，给移民群众的生产生活带来很多不安定因素。

当时，移民群众的思想波动很大，觉得这样生活下去困难重重，不如早点打道回府。于是大家决定倒迁回原籍，时称"移民倒流"。还在蓝口公社的时候，1962年农历八月十九日，肖伟中出生了。

别的移民都倒流回去了。肖支书也带着不足两岁的肖伟中，跟着离开了蓝口。那时是1963年8月。

可是，说是倒流回去，能回到哪里呢？因为原来家乡的土地和房屋已被水淹，既没有房屋住，也没有土地耕种。

在这种情况下，肖支书只好搭茅棚居住在水库边，靠开荒种点农作物来维持生计。当时，肖家的人口多，肖支书夫妻俩、子女3人，加上姑母、外婆、祖母共8人。肖支书在县食品公司工作，家里只靠肖伟中的母亲和姑母劳动，人口多，没有土地，那样的生活，其艰难可想而知，吃不饱穿不暖是常有的事。

肖支书出门在外，工资又低，不但自己过得不好，又照顾不了家庭。于是，肖支书于1964年辞职回乡，置办了一条小船，可装1 000多斤，还有几张渔网，靠捕鱼来帮贴一下家用。这种艰难的库边生活，过了5年多时间。

二 第二次搬迁

1969年春，政府看到倒流的移民没有土地，生活十分困难，就再一次动员肖伟中家作为移民进行搬迁。

这次，肖家没有随集体搬迁，一家人选择了插户移民（当时的另一种移民安置方式，即零星的移民，安插到另外合适的村庄），没想到的是，这一次插户回到蓝口公社派头大队上巷生产队，是原来第一次来的长江头生产队的邻队。

然而，来到上巷生产队时，在建房问题上，与生产队产生了矛盾。因没有房子住，政府补助了一点建房款，但生产队呢，又想打这点建房补助款的主意，想让肖支书家的建房款，归生产队统一建房。

肖支书不同意。后来，肖支书又重新选择距离生产队五六里路的一座山边建房。

房子建好了，又碰到了一个大难题。当时屋后山坡上有一座坟地，坟地的主人常常带十几个人来闹事，说肖家房子距离坟地太近，一定要拆掉肖家的房子。

事态越来越严重，肖家就一级一级向政府反映情况。后在当地政府的强力干预下，肖家的房子终于保住了。

这个上巷生产队，只有肖家一家插户到这里。人少姓单，举目无亲，受到当地人的打压和歧视，成为家常便饭。家里养的牲畜，常常受到侵害。有几次，肖家养的鸡，不明不白全部死光，后来发现是被人毒死的，说是肖家的鸡到他们的稻田里吃谷。投诉无门，欲哭无泪，肖家人只好忍气吞声过着日子。

肖伟中那年9岁。为减轻家庭负担，他已经成了一个小劳动力，当时读三年级。那时学校放农忙假，农忙假期间遇到生产队插秧，肖伟中就与母亲一起去插秧，一起挣工分。

当时生产队以工分分配粮食。记工分是以插了多少秧来计算，每盘秧放一个记工分牌，收工时，记工员点数记分。

除了农忙假帮母亲去挣工分外，9岁的肖伟中每个星期天都到相邻的曾田公社乌石大队当挑夫，主要是挑木炭。

几十里的山路，早上7点钟出发，到烧炭的山上已是正午12点多。当时，肖伟中和其他挑夫是带着米进山的，到了山上，借烧炭人的锅具煮好饭，吃饱后再挑着炭往回赶。赶到当地木炭收购站，天已经黑了。

那时挑100斤才有2元工钱。肖伟中只能挑40.5斤，一天辛苦下来，也就挣得不足一元钱。这点辛苦钱，正好用来交学费。

这种生活，一直过到了1974年下半年。由于与当地人矛盾日深，举步维艰，肖支书决定，第二次打道回府，再一次从蓝口倒流，回到老家的水库边。

三 黑人黑户

然后，倒流回来后的日子也不好过。因为倒流回乡后，移民都被当作黑人黑户，既不上户口，也不分田地，更无房可住，当兵、读书都受到限制。那年，肖伟中的哥哥初中已毕业，按学习成绩，完全可以考上高中的。但当时上高中不是考试招生，而是推荐招生。肖家因倒流回乡，成为黑人黑户，当时大队就没有推荐他上高中，从此，肖伟中的哥哥正式做了一个农民，一个才15岁的农民。

尽管这么艰难，日子还是要过下去。

肖支书带着几个子女上山割茅草，砍木头，盖了几间茅草房。又到七八里远的两条山坑间，开荒造田，有三四亩，种上稻谷、番薯、花生。

当时没有犁，没有耙，只用锄头。没有牛，就用人拉。有一次，正值种花生季节，因肖家没有牛，又要赶农时，肖支书只好扶耙（像把梳子样，梳齿是铁齿，梳背安有一个框，好用来扶手），肖伟中和哥哥当牛拉耙，即用一根绳子，一头绑在耙上，一头绑在扁担的中间，兄弟俩用手抓住扁担的两头，像蜗牛一样艰难地拉着。

就这样，肖家硬是在这山坑间种出了稻子，打出了粮食，解决了温饱。

1978年7月，肖伟中高中毕业。政府也没安排什么工作，回到家乡，也和哥哥一样，成了一个农民。

起初，肖伟中跟着父亲打鱼，每天天黑前，把网放进水里，天亮后收网捞鱼。

此外，肖伟中有时间也去钓鱼，父子划着一条小船，吃在船上，住在船上。打到鱼，也高兴不起来，因为卖鱼更难。当地人生活水平不高，很少人买鱼，只好把打到的鱼送往市区去卖。

当时，肖家距河源县城有五六十公里路。既要过河渡桨（30里水路），又要走30多里陆路。

有一次，肖支书和刘姓父子俩（其子叫刘扬贵），钓有10多条鱼，小的四五斤，大的十几斤，大约有120斤。一大早，肖伟中和年龄相仿的刘扬贵，用一条小船载着鱼，划了两个多小时的船，才到了相邻的杨梅村，上岸。然后从杨梅村，两人各担60多斤鱼，走了30多里山路。

一路上又饿又渴，走到距县城10多公里时，才有人居住，刚好看到有人卖冰棍，两人用1角钱买了两根冰棍边吃边行，赶到县城时，已是下午3时。

把鱼卖掉，又买些油、米、菜往回赶。赶回杨梅村，已是晚上8时。又饿又软，再也走不动了。

幸好杨梅村有个肖伟中的高中同学，两人这才有了落脚的地方，借宿在同学家里。天刚蒙蒙亮，两人又早早起床，划着船往家里赶。

这还不算什么，既打到了鱼，又买到了米菜，又安全回到家里，心里也是高兴，就是再苦点也值。

但是，行船走水遇到强风暴雨，那就危险了。

有一次，肖支书夫妻到河源卖鱼，划船往回赶的时候，到中途遭遇大暴雨，一层层的巨浪向小船扑来，一下子，整条船装满了水，慢慢地往下沉。

谁知，肖支书夫妻俩都不会游泳。危急时刻，也顾不了那么多，把船上的米、网具等都扔到河里，以减轻船的载重量，幸好木船沉不到底，两人扶着船篷，水浸到齐胸，船也不再往下沉，就这样，一直被风浪推到岸边，死里逃生。

四 山上生活

稻子即将成熟的时候，肖伟中每天都要到田里赶野猪，因为肖家开荒的稻田，距离其他的人家较远，又在山坑里边，当时有很多野猪出没，专门在稻子即将成熟的时候来吃稻谷。

为了保护稻子，肖伟中在山边搭了一个茅棚。每天天黑后，他都带着火药枪，要走五六里路，住在半山腰茅棚里。夜间还不时起床来喊几声，目的是吓野猪，使其不敢下田吃谷。

有一次，肖伟中天亮回家，与邻村几个赶野猪的人一起走。因夜里下了雨，路很滑，每人都扛着枪，前面走着3个人，肖伟中走在最后。突然，在他前面的那个人，因路滑跌了一跤，扛在肩上的枪一跌一碰，走火了！轰的一声，枪响了。

当时枪里的弹药没有取下米，幸好前面扛枪的人是横着扛，如果直着扛，正好对着肖伟中，后果不敢想象。

1979年，肖支书因年老多病（患有哮喘病），不能去打鱼了。肖伟中改在山上割松脂，也叫钩松香。这里山区松树较多，没有田地，经济来源很困难，为了解决温饱，很多农户都上山采脂。

那时松脂100斤收购价为七八元，如果肯吃苦，每期（20天）可采1 000多斤松脂，可以收入近百元，相当于现在的几百元了。一年中大约有半年时间可采脂。

采松脂是很辛苦的事，每年春末、夏初，都要先到山上开好路（比较简易的路，能行到每棵松树就可以了），然后打好壳，将采脂口周围的松树皮削薄，以方便钩铲入木，因松树皮有一层鲮壳，故叫打壳。

需要小心的是，打壳只能削去表面较厚的松树皮，不能削到树肉，否则松脂不能集中流到一处，会四处流溢。

开好路，打好壳后，又要安装竹筒（盛松脂用）和导脂涧（竹制，较短

采割松脂

的有一两寸长）。导脂钩呈倒人字形，导脂涧插在倒人字的尽头，即两条导脂涧的结合处，从此处把脂引到竹筒里，方便松脂收集。

采松脂方法也很讲究，通常使用两种工具：一是钩子，钩口半月形锋利；二是铲子，铲口V字形。两种工具都装上木柄，采脂口较低位置的，用钩子按"V"导脂涧往上钩；如果脂口较高位置，则用铲子往上铲。不论使用钩或铲都不能过于用力，不能削去太多树肉，削得太深，松树容易死亡，但又不能削得太薄，削的太薄松脂产量就会较低。

每棵松树大约只能采两年，头年，松脂口放得较低，用钩子钩，第二年采脂口放得较高，用铲子铲。如果第三年继续采，产量就很差，树也可能会死亡。采脂的人每天都要在每棵树钩一下或铲一下（除了下大雨）。正常一个人一天能作业五六百棵树，如山地较平，最多能作业1 000棵左右，所以说采脂是很花费时间的。

采脂的人，早上6时起床，煮好饭吃过后，7时前出发到山上，下午三四时下山，在山上都无中午饭吃，只带一壶水。因此早上要吃得很饱才能坚持一天的工作，那时，肖伟中每天早上都能吃1斤米做的饭，没有什么菜，只是咸鱼、青菜或一点豆类。

当竹筒装满了松脂，就要用一根较长的铁拍（条状）从筒里挖出来，装在桶里，担回家。回到家里，还要搅碎，拣净树屑，然后才能卖。

那时，因为交通不便，松香厂建在县城，路途较远，又没有交通船只，也无陆路可走，收购部门安排了一艘收购船，每20天就派船到各村岸边收购。

钩香除了辛苦外，有时也会遇到危险，如在山上突然遇到雷雨大风或蛇之类的东西。有一次，村里有一采脂者，在山上钩松香，突然电闪雷鸣，当他在一棵树作业完后，刚走几步，身后的那棵树已被雷劈成几节，倒下了。想想多么可怕，差点惨死山头。

肖伟中也曾遇过惊险。有一次，上山钩松香，因为路熟，眼睛不太看路，只看每棵树的采脂口，一到树旁就铲，铲完就走。当走到一棵树前，被脚下的树根绊了一下，整个身子扑倒，双手趴在地上。突然，肖伟中感到手下黏糊糊的，一看，不好，双手趴在蛇身上。顿时，肖伟中一跃而起，将铲子用尽全力带过蛇身。再看，蛇不能动弹了，铲子也断了。

肖伟中惊魂未定，急急下山回家。但是，为了生活，第二天还得照样上山。

五　移民老师

20世纪90年代以前，村里办有一间小学，班级有一至五年级，学校不足百人。因为交通不便，外边的老师不太愿意进来，因为学校缺老师，当时村里有文化的人也不多，大队领导考虑到肖伟中在当地也算是一个较有文化的人，于是1980年9月，聘请肖伟中为代课老师。

进了校门后，肖伟中雄心勃勃，一心想为家乡的教育事业出一份力。因为他知道，在这里读书的，都是移民子弟。如果没有文化，他们的生活将会更加贫困。为了教书育人，肖伟中爱校如家，尽管学校距离家里只有一两里路，但他都坚持吃住在校。自己是新手，没有经验，就边教边学。通过努力，教学的业务水平不断提高。

当时肖伟中担任小学五年级（小学毕业班）的语文、数学，并担任班主任，因有强烈的责任心，一心用在教学上，学生也积极学习和配合，师生关系融洽，全班学生成绩也很好，因此每年中考（升初中）都能取得好成绩，并全部能考上初中。因此每年升中考试，都被教育办调去改卷。为此曾被公社评为先进教育工作者。

肖伟中把广大移民子弟当成自己的亲人。因为在他们身上，看到了自己童年的影子。要让他们摆脱贫困，就要好好教书育人。肖伟中认真教学，得到了学生和家长的好评。

到了1984年的夏天，放暑假的时候，肖伟中听说公社（当时已改为区公所）有考试，要招聘干部（现改为招考公务员），他想去一试。这样，他带着大队开的证明，来到区公所报了名。

六　征程

肖伟中听到干部招聘考试的消息，是同村的一个同学告诉他的。开始那个同学说是说某月某日考试，鼓动他去参加。

到了那天，肖伟中和几个人划着小船，到邻村的斗背村靠岸，然后走了20多里路，到了区公所。一打听，当天不是考试时间，而是报名时间，考试是另外的时间。报了名以后，再回到斗背船靠岸的地方，已是天黑。

当时，正是月黑风高，天上乌云密布，看到这种情形，肖伟中说，暂不要开船，待风停后再开船回家吧。

但是同去的几个人年轻气盛，根本不怕。于是在伸手不见五指的情况下，冒着大风，船离岸了。

当船驶出几公里的时候，电闪雷鸣，强风加力，大雨滂沱，无论怎么划船都把握不了方向。一层层巨浪向小船扑来，人人胆战心惊，几个巨浪扑来，船很快被推到岸边的一个石岩下。大家都急急上岸，躲在石岩下面达3个多小时，风雨才停止，然后重新划船回家。

由于水路较远，只好划到较近的同学家里住了一夜，然后爬山路回去。

经过这番折腾，肖伟中回去后，浑身开始不舒服，发冷发热，一直病了10多天。生病期间，肖伟中也不敢怠慢，边吃药边复习。因为竞争很激烈，那是"文革"以后第一次通过考试招聘干部。当时全镇有大约300人参加考试，只招3人，并且要通过两轮考试，一轮是在本镇从几百人中筛选9人，第二轮到县里考试选出3人。

功夫不负有心人，肖伟中考中了，并且是第一名。

1984年10月1日，肖伟中到镇上（当时是区公所）赴任。从此，肖伟中开始了新的人生旅程。

（补记：肖伟中现任河源市东源县新丰江库区移民办公室主任。）

卷四：隐秘的乡村

红星村

高岭土事件

青溪村·斗牛记

樟溪村

红星村

一　神秘的包裹

我在惠州采访的时候，住在市区的金华悦酒店。在即将离开惠州的那一天晚上，有人敲门。透过猫眼，外面很安静，走廊的灯光也很明亮，奇怪的是，我看不到人影。迟疑片刻，我决定打开房门看个究竟。

走廊上空无一人。我意外发现，门边有只包裹，外面是牛皮纸，像包着两本书。我捡起来看，上面写着几个字：朱千华老师收；落款：水口红星村水库移民。

我想象不出是谁给我这个包裹，又是谁知道我的行踪。这些日子，我带着助手曾文凡，行走粤东大地，接触到无数的水库移民，他们饱经风霜的脸庞，孤独的神情，欢乐或愤怒的眼睛像流星一样在我眼前飘忽闪过。我每到一处都能听到他们内心深处的渴望与诉说。很多水库移民已经成为我的朋友，我喜欢倾听他们的生活和际遇。他们知道我是一个写书的人，都希望把快乐和我分享，把一些困难和焦虑说与我听。那么，这只包裹，将要告诉我什么呢？回到房间，我拆开包裹，里面有九张光盘，四个信封，一叠材料。其中有一封信，是写给我的——

朱老师大鉴：

我们是惠州市惠城区水口街道办上村村红星村民小组的水库移

民。1971年，我们故乡龙川县因建造枫树坝水库的需要，由政府安置我们到惠阳县水口公社上村大队（即今上村村）程高岭安家落户。本来，我们在政府安置的土地上平静生活。但自2004年以来，上村老村村民开始对我们的土地强行侵占，他们放火烧山、砍伐树木、挖塘养鱼。七年来，我们一直向上级政府和有关部门申诉维权，但矛盾至今未得到解决，而且还在不断加深。

我们得知您是当代著名作家，正在走访广大的水库移民，特别希望您在百忙中对我们这个近乎绝望的小移民村的艰难处境给予垂注，如果方便，请到我们这里来，了解一下泥井村侵占我村土地的事实真相。我们随时恭候您的采访。

惠州市惠城区水口街道办事处上村村红星村民小组（公章）

家山何处——岭南水库移民迁徙实录

像这样关于水库移民的求助信与电话，我接过很多。有时，我不知道该怎么安慰他们。虽然他们也知道单凭我个人的力量几乎不能有多少实际的帮助，可是他们很信任我，仍然不停地找到我并向我诉说，告诉我他们在生活中的无助、困惑与创业的艰难，或者讲述他们成为水库移民之前的家乡是多么美丽。也许，他们就是想让我听听心里话。而我并不能为他们做什么，唯一可做的，是可以成为他们最忠实的听众。

但是，我很快发现，这个水口上村村水库移民的邀请信非同一般。因为我把光碟插入笔记本电脑之后，我看见了一个个令人痛心的画面。一个是水库移民村，一个是当地的原居民。为了土地，两个村的村民之间大打出手，原居民砍伐了山上的老树，并放火烧山，强行侵占移民的土地，已经到了肆无忌惮的地步。

这是两个村之间的土地纠纷。我看到了红星村村民无助与痛苦的眼神。在那一刻，我决定推迟离开惠州，无论如何也要去水口上村村了解一下事情的原委。

在我面前，摆放着上村村红星组给我的一份材料:《向上级政府和有关部门要求维权的次数列表》。这个移民小村，为了土地的纠纷问题，从最初的2004年10月25日开始，一直到最新的2010年10月12日，他们向上级政府和有关部门要求维权的次数，已达180次之多。

我非常好奇这180次的经历。我想，在我写完这部书之后，我一定会写这个180次上访的故事。我相信这180次的踢皮球的功夫，完全可以进入世界杯N强，至少要比学者应星撰写的《大河移民上访的故事》来得更有趣。毕竟，应星所写的移民上访，最后还有政府出面来"摆平"这种官民正面遭遇的经历。而叶村长的这180次上访，却不见各级政府来"摆平"。比如，材料中，有一页是《国家投诉受理办公室[2010]17591号》函件，内容如下：

叶振忠同志：

　　您好！您所提出的投诉事项，已交由广东省信访局调查处理。根据《信访条例》第十六条和第三十三条的规定，对正在办理期限内提出的重复投诉，不再另行受理。特此告知。

国家投诉受理办公室（章）

二〇一〇年九月二十日

问题非但没有被"摆平"，而且愈演愈烈。到底在上村村存在着怎样的天大的问题，拖了6年之久，仍然得不到解决？我特别想知道。

二　水口·上村村

2010年10月31日一大早，我和助手小曾包乘一辆出租车前往水口街道办事处的上村村。从惠州出发，沿120省道向东北行驶约12公里即到。一路上，我们询问了很多人，都不知道有个红星村，但我一说找移民村，多数人都知道。上村村的红星村民小组位于一条刚刚竣工的马路边。这条刚刚完工的水泥大道经过村前，跨过村边的石桥后，直通一座庞大的工业园区。

和许许多多我所见过的移民村一样，初见红星村，规划整齐，家家户户沿着街边，都是两层小楼房。纵观红星村的地理位置，正处在城乡一体化的中心。可以预见，将来这个小村即使土地不被征用，仅凭借贴近工业园区的优势，也具有潜在的商业价值。比如，楼上的空屋可以出租给打工者，楼下

枫树坝水库移民新村：惠城区水口街道办上村红星自然村

呢，无论是开小餐馆或经营百货，都是很理想的地方。

我到达红星村的时候，正是中午时分，站在村前眺望，远山葱茏，野水弯弯，古桥独卧。如果不是村前宽阔的水泥路，这里也算是个宁静的山野乡村。

然而，我很快发现，明媚的阳光下，整个红星村宁静得出奇。狗儿安卧在门边，见到生人，也懒得叫唤，只象征性地抬抬头，又无力耷拉下去。我偶尔见到一两个老人，也都是满脸愁云，心中仿佛有挥遣不去的阴霾。虽然此刻阳光正好，可我总觉得这个小村庄被一种压抑的气氛笼罩着。

红星村不大。靠近水泥路边是一排崭新的楼房，楼房后面是灰暗陈旧的泥砖房，已经很少有人住了。马路对面是一片丘陵山地，种满香蕉。村边有条河流，与水泥路交叉而过。村中很少见到人，多数楼房大门紧闭。最后，我走进桥边的一户人家。

主人姓叶，名道成，59岁。对于我的贸然来访，叶道成有些惊异。他说："除了惠城区移民办的同志，已经很少有人到这个村来了。"我问："为什么？"他说："各级政府的人都怕来。主要是这里的事情比较棘手，不好处理，或者说怕麻烦，就不来了。"我问："是土地纠纷吗？为什么不向上级部门反映呢？"叶道成说："从2004年开始，向上级各部门反映180多次，至今也没得到解决。"

2010年10月31日，作者（左）在红星村实地采访水库移民叶道成、叶永林

　　经过初步的闲聊，叶道成知道了我的来意。他显出十分高兴的样子，又是泡茶又是递烟，又让他的女儿去买菜做饭。我说我们只做采访，然后回惠州。叶道成说："现在吃饭已不成问题，房子也解决了。可麻烦事却一件一件的来，弄得全村人一个个噤若寒蝉。有本事的村民都搬到城里去住。年轻人都外出打工，村里只剩下老弱病残。"

　　听说我们在这里采访，一个叫叶永林的村民也进来了，他今年（2010年）55岁。叶永林气愤地说："泥井村的人仗势欺人。我们是水库移民村，人少，势单力薄。他们放火烧山，长了几十年的果树也被砍了。现在，又开始在我们的香蕉林里搭棚子。"我问："他们搭棚子做什么呢？"

　　叶道成说："这样吧，我把我们红星村的移民史，还有这些年来红星村和泥井村之间的矛盾恩怨说给你听。原先，我们在故乡龙川的村庄可不是这样的，那里村与村之间很少有矛盾，人与人和谐相处。还有，我们那里山清水秀，稻花飘香，喝的都是山上的清泉，人喝人美，养猪猪壮。漫山遍野长满

191

板栗树……"

三 1970年·龙川·东江

在我手上，有一本《龙川县志》。翻开这本沉甸甸的志书，我在《大事记（1970年）》中看到了这样的记载：

> 7月，枫树坝水电厂动工兴建，全县抽调大批民工，支援工程建设。1973年12月底，第一台机组开始发电，1974年11月建成投产。
> 是年，因建枫树坝水库，地处库区的车田、麻布岗、赤光、贝岭、细坳、新田、上坪等公社的2 919户、17 595人陆续移民，分别迁至县内各公社及惠阳、博罗、东莞、惠东等地。

2010年下半年，我在广东采访的日子里，有幸见到了1970年枫树坝水库移民中的一些人，他们谈起那次迁移，很多人眼中闪着泪花。在惠城区水

龙川岩镇附近的枫树坝水库，淹没了许多村庄，部分村民迁往惠州的惠阳区

家山何处——岭南水库移民迁徙实录

口红星村的叶道成、叶永林等村民，说起龙川故乡，总是满脸的兴奋，他们因为有龙川那么美丽的故乡而骄傲。叶道成说："龙川是风水宝地，不然两千多年前的赵佗南下，怎么会一眼选中了这个偏僻的小地方作为县治？"

说到龙川县，赵佗的名字可谓家喻户晓。赵佗简直是龙川的代名词。即便是最不识字的村妇老妪，对于赵佗的许多异闻传说，也都能讲得绘声绘色，说得头头是道。

龙川虽然是粤东北山区，在枫树坝建成之前，却是有名的山林之乡。龙川盛产毛竹、茶叶、板栗，此外还有油茶、甘蔗、木薯等。尤其是森林资源丰富，覆盖率达71.3%。龙川人自古就有植树护林的优良传统。在贝岭镇，一户农家的晒谷场上，至今竖立着一块石碑。此碑刻于清朝，这是一道民约村规，上面有175个村民联名倡议。此碑名《三乡遵示谕禁碑》。碑上有8条禁令，其中，有3条是禁止村民乱砍滥伐、破坏山林植被。

在清代，龙川人就有了保护山林树木的意识，这在全国也是罕见的。龙川百姓希望通过这样的村规来约束自己的行为，让子孙后代亦同样能够享受这片青山绿水。事实上，我在龙川采访时，就已感受到龙川山林茂盛，毛竹森森，是个非常美丽的山乡。

然而，穿越龙川的东江，是条桀骜不驯的水龙王。它每隔一段时间，总要掀起滔天巨浪，让东江流域特别是下游两岸的百姓，饱受洪灾之苦，承受着噩梦般无休止的纠缠。仅举一例：据《广东省自然灾害史料》记载，民国十三年（1924）——

> 东江。自前月22日起，连下大雨三天，势若倾盆，于是雨水潦水同时并涨，由石龙溯流东上，所有蓁兰、马嘶铁岗、礼村、苏村、广和圩、铜湖、博罗、枚湖，以迄惠城，沿江淹浸，平地达至三四尺或丈余不等。所有河渠湖沼田亩，被水淹浸，远望一片汪洋。

当年《大公报》（7月15日）报道东江水灾事态较为详尽：

> 此次东潦……以增城县之增城，连之博罗属一带为最惨。……事后调查，增城属之福都、茅田、田尾、上棚等村，被

水冲击过半，下岳、大田、杨屋、隔岭等村，即被冲荡净尽。其云都之高车、官田、燕岗、张水、牛囚栏、打石楼各大村，所剩亦无几。统计溺毙人口千余，漂没禾田牲畜家具不可以数计，塌屋5 000余间。

这仅仅是历史上东江无数次水患中的一次。为了摆脱东江暴虐的梦魇，为了东江流域百姓的生命财产安全，对东江进行控制已经势在必行！于是，1970年，在龙川这片古老的土地上，开始了一场轰轰烈烈的大规模水利建设。建成后的枫树坝水库，像一道紧箍咒，紧紧套在东江巨龙的脖子上。

四　龙川·岩镇公社·岩镇大队

惠城区水口红星村的水库移民，多数姓叶。他们迁来惠州水口镇之前，一直居住在龙川县境东北部的岩镇镇。此地位于东江上游，是个历史悠久的小镇。在宋朝末年，岩镇属广信都。如今的岩镇镇，为1993年设立。北与兴宁罗浮接壤，东、西、南三面为省属枫树坝水库所环绕，与本县新田、赤光、车田、麻布岗毗邻。

当年建枫树坝水库，水线以下的村民都必须搬走。岩镇大队红星生产队的叶氏家族也在迁移之列。村民叶道成，那年才20岁不到。他说，接到公社革委会主任宣布搬迁的命令之后，一时懵了。他无法相信自己生活的这个小山村不久就要淹没水中，而自己将远走他乡。

中学教师叶开鑫回忆（根据录音整理）：

我们岩镇是座古镇。因镇北有一巨大岩壁，倾斜高耸，悬空陡峭，有惊无险，故名岩镇。

镇周边群山环抱。这一带的山，泥层很厚，用当地老百姓的话说是山肉特别肥。山涧长年流水潺潺。小镇依山傍水而建。村中有座古老的青石桥横连接着老街和新街，长满青苔的石桥下有条山溪，我们镇的人都叫它美人溪。为什么叫美人溪？原因有二：一是因为这溪水是山泉，清澈见底，长流不息，像条美人的胳膊，绕着老街缓缓流淌；二是这条山溪很神奇，只要是饮用此山泉的人，男人面色红润，女子艳若桃花。我们岩镇的姑娘很漂亮，远近闻名，就连龙川城里的小伙子，也都想来岩镇找媳妇。很多岩镇的老辈人说，主要是那条山溪，水好。镇里的人很爱惜这条山溪，从不在溪水里洗污秽之物。所以，家家户户都饮用此水。

这里枫树特多，一棵棵，一片片，家家户户的房前屋后，都有几棵。枫树的形体很美，亭亭玉立，千姿百态。树干最高的有三四层楼那么高，树冠覆盖面积达也有10多平方米。美人溪边，有好几棵百年古树，枝繁叶茂，掩映着傍水而筑的山村小舍。每到深秋季节，枫叶开始泛黄转红，色彩斑斓。霜降以后，漫山遍野的枫叶红了，红得鲜艳，红得发紫。你该知道为什么我们这里的水库叫枫树坝了吧，可谓名副其实。每当枫叶垂落，地上花团锦簇，灿烂无比。枫叶染红了山头山脚，映红了美人溪。但也不是单纯的红。红星村里有更多的常绿的木荷、栗树、松柏等穿插其间，红、黄、绿三色相错，仿若一幅浓墨重彩山水油画。只可惜，修了水库后，枫树叶和美人溪就像一场梦一样，永远消失了。

村民叶建山回忆（根据录音整理）：

我从小就生活在岩镇，最远就去过县城龙川。那年，大约是11月吧，龙川县委、县革委会正响应省革委作出的号召，进一步开展农业学大寨的群众运动。并且雄心勃勃，作出在两年内把龙川县建设成"大寨县"的决定，还制订出"学大寨，赶昔阳"的十条规划。

不能否认，那年头是个疯狂的年代。我去龙川县城，看了县革委会举办的"红太阳展览馆"、"毛主席去安源展览馆"和"路线教育展览馆"，后来县城举办路线教育学习班，我也参加了，然后组成了大约有200人的宣传队，走村串户，深入到各公社、各大队帮助开展路线教育运动。

当我回到红星生产队的时候，就听到了关于搬迁的命令。那时，整个生产队的人都不肯搬。社员们集合在一起，议论纷纷。

整个红星生产队笼罩着一股愁云。这里是叶家祖祖辈辈居住的地方。叶家的祖坟也在这里，突然要搬迁，搬到哪儿去也不知道，前途渺茫，尤其是村里还有许多行动不便的老人，哪个也不愿意搬啊。

村民叶恩波回忆（根据录音整理）：

那时，岩镇虽不富裕，但生产队种的粮食除了交公粮之外，分到自己家的还能勉强够吃。岩镇本来就是以农业为主的小山村，主要种植水稻、番薯、黄豆、玉米。那时，红星生产队还没淹的时候，有田地100多亩，山林9 000多亩。山坡上有许多野生的板栗，

青溪板栗树

成熟的板栗

每年秋天成熟，很多社员都用竹竿打板栗。一杆下去，长满尖刺的毛板栗哗哗的，像下雨一样落下来。我们龙川的野板栗特别香甜，就是生吃，也是甜脆脆的。

有一天，我听说我们这个村子将要被水淹没，我以为是说笑。可公社的喇叭里天天播放着县革委会的通知，我不得不信。那一刻，我的心都要碎了。不为别的，我刚刚和赤光公社的一个女子相了亲，双方家长也都满意这门亲事。说实话，那个女子，要模样有模样，真是俊俏，我打心眼里喜欢。觉得一辈子有这样的女子在身边，守着这个偏僻的山村，再苦再累，心里也是个甜。可现在，整个村子都要被水淹没，要搬到别处去，你说这事弄得，我该怎么向人家交代呢？

岩镇公社革委会的人，还有宣传队不断来鼓动，做村民搬迁的思想工作。眼看着搬迁的时间越来越近，我的心就越是紧得慌。女方也似乎知道了要搬迁的事，就来问情况，怎么处理。我无言以对。我前途渺茫，搬到哪里都不知道。人家姑娘怎么办？难道要跟着我背井离乡吗？

我面临两难的选择：一是我离开喜欢的姑娘，踏上移民之路；一是离开红星村，前往姑娘的所在地赤光公社，做上门女婿。可我家里有父母，我如果离开他们，他们怎么办？我有两个姐姐和一个妹妹，我是叶家的独苗，姐妹们迟早都要嫁出去的。我能离开父母吗？我心里很不甘。那么好的姑娘，难道要我放弃吗？

经过深思熟虑，我决定连夜逃走。先躲起来，再作打算。我从岩镇出发，前往龙川。然后去了河源，在外面流浪了一年多，原以为没事了，就悄悄跑回家。结果，被县革委会的人看到，一下子抓起来，五花大绑，在公社里对我进行"路线教育"。最后，我家的一个远房亲戚是公社革委会的成员，让我承认错误，既往不咎。就这样，才把我放了出来。

把我放出来后，我无路可走。托人去赤光镇，向女方退了亲，踏上了移民之路。移向哪里，对我来说已不再重要。因为我最重要的已经失去，其他对我而言，无足轻重。

五　寻找家园

龙川县革委会对于水库移民，也有一套措施。首先确定了哪些村庄要搬走。然后，在村里选十来个村民，带着县革委会的介绍信，让村民们自己去寻找落脚的地方。那时的人口还不像现在这样拥挤。广东的许多山区都是荒芜着，空无一人。所以，广大水库移民可以有一定的选择余地。但是，再怎样选择，毕竟最适宜生存、土地肥沃的地方，多数被人占领。而剩下的，只有荒山野岭了。

村民叶道成回忆（根据录音整理）：

我们岩镇村也派出几个村民，前往广东各地寻找红星村水库移民落脚的地方。那时交通很不方便。我们也没出过远门，就在河源附近的几个县实地寻找了几个月。先是去的紫金，然后相继去了河源、博罗等地，也没找到合适的地方。因为好的地段，好的山地都已经被别人占有，哪里还有合适的地方等你去呢。

最后，由政府出面，在惠州的水口镇找到了一块山地。我们都来看了，虽然土地少，但周围的山坡上还是荒着，只要勤劳，开垦荒坡，安置我们一个红星村应该没有问题。

由于搬迁时间紧迫，也容不得我们有太多的选择。就这样，由政府安置，我们一村人，从龙川县岩镇公社岩镇大队，迁移到了惠阳县水口公社上村大队的程高岭安家落户。当然，也不是一次性搬来的，很多人的思想工作还没有做通。还有，库区也没有完全蓄水。从1971年开始，一直到1973年，整个红星村才陆陆续续搬来了。

村民叶永林回忆（根据录音整理）：

我们红星村的村民，开始陆陆续续走上了移民之路。说实话，我们也不知道即将前往的惠阳县水口公社上村大队是个什么样子，村里很多人都没去看过。县革委会要我们搬，我们也觉得，修建水库，是利国利民的好事，搬就搬吧。如果我们不搬，水库就建不成，那样，东江下游，还不知有多少人、多少个家庭要遭受洪水的灭顶之灾呢。虽然我们村里人都很朴素，有的人大字不识，可大道理，我们懂。

所谓搬迁，我们没有什么东西可以搬。土地、树木，都是生产队的。房子呢，都是泥砖房，下面是泥砖，上面是青瓦。那时，村里人基本上没有什么私有财产，一切都是生产队的。如果说有什么值钱的东西，那就是屋梁上的几根圆木和椽子吧。谁也不知道那个遥远的上村是个什么样子，建房子有没有材料。全村人合计着，反正房子都要淹了，就把房子拆了，瓦不好运出去，路途太远，能运走的，只有木料。

那时很少有汽车。走公路又不方便，经过商量，走水路，沿东江放排。于是，成捆的木料聚集在岩镇的东江河道，然后顺江而下，经过龙川、河源、惠州，最后抵达惠阳县。

龙川县岩镇公社的水库移民，共有四个村，分别安置在水口的上村、三联、骆塘三个村。其中，骆塘安置两个移民村。叶道成和叶永林，都被安置在上村村。而村名也依照原来在龙川的村名，叫红星生产队。关于移民村的命名，多数地方都是沿用迁移之前的原住地的村名。这样也有个纪念意义，好让子孙后代记住，自己的根在哪里，是从哪里迁来的。

可是，当红星村生产队的村民来到水口上村时，看见这一带尽是丘陵山地，土地稀少。更主要的是，这里的许多土地上，都已经有了主人，他们是原居民，好山好水好地方，都让他们先占有了。这让红星村的村民心里有了一丝的不安：他们是主人，我们是新来的外乡人，他们对我们会是什么样的态度呢，是热情好客，还是为难我们呢？

六 外乡人·原乡人

惠阳水口上村村，让新来的红星村村民不安的情绪，很快就得到了友好的回应。首先，在1970年至1973年期间，土地还没有分田到户，都是集体所有。上村的原居民对丁远道而来的红星村民，虽然没有进行什么欢迎仪式，但也没有什么故意的刁难或排斥，最起码在表面上还没有。好像是说，你们来就来吧。当然，村里的土地是不会让出来的，虽然属于公社生产队。那么，作为外乡人的红星村，除了建房用地外，还需要大量的生产用地，怎么办呢？

好在政府也在为这事想办法。土地是农民的命根子。建房重要，找到土地更重要。如果没有土地，这个红星村的村民，就会面临绝境。尽管是"文革"时期，水口公社还是对远道而来的移民们进行了安排。在土地方面，公社决定，由上村11个生产队统筹划拨，其中有四季垄、潭尾、牛轭岭、电排边、大古地、三坪洋、黄牛墩、白鹤应、程高岭等十几个不同地方的土地。而且这些土地，都是那些生产队让出来的，东一块西一片，很杂乱。

这样杂乱无序的土地，为以后外乡人与原乡人之间的矛盾纠纷埋下了导火索。因为较散杂，最先出现的问题，就是水田的灌溉。当时，上村有九个生产队共几千亩的土地，都是由大队的一个电排站灌溉。红星村的土地散乱，要灌溉，必然要挖水渠，这也是合情合理的，但是，挖水渠，就必然妨碍到原居民的田地，就这样，红星村与原居民之间的摩擦，由此产生。

与红星村紧密相邻的，是泥井村，他们是原居民。对于红星村民挖渠引水妨碍自己生产队水田的做法，甚为不满。但是，那时是生产队的田地，虽有不满，却也想到，人家毕竟是外乡来的移民，也不容易，况且，土地是生产队的，除了生产队长，几乎没有人愿意和红星村的人过不去。除了偶尔有些小摩擦之外，还没发生过大的争执。

七　红星村·土地

红星村虽然有了土地，但这些土地都是很零散的，不方便灌溉，不方便耕作，本来做农活就很累，还要看泥井村的人脸色做事，弄不好，双方村民就抬杠。好在政府对这些刚刚从远方搬迁而来的移民，并未不闻不问，放任不管。红星村土地零散不易耕作的问题，终于在1973年得到了解决。

1973年，惠阳县委常委、副县长卢学明来到了水口公社，负责检查移民安置工作。他来到红星村的移民中间，询问他们的生产与生活情况。红星村的村民对这位县领导并没有多少信心。因为卢副县长来到这里，他像老熟人一样和泥井村的村民打招呼。红星村民心想，我们是外乡人，有什么问题，你会真正帮助我们吗？

很快，卢副县长看到红星村村民欲言又止的神情，似乎有什么事想说又不想说。卢副县长觉得这里面有名堂，决定把问题找出来。他也不着急，决定到移民家里走访，也许能发现什么。当他来到叶道成的家里，看到他手臂上缠着纱布，便询问是怎么回事。这时，叶道成觉得没有必要隐瞒了，就把土地凌乱分散和当地原居民之间的摩擦的事，一一说给卢副县长听。叶道成说："泥井村的人，看在我们刚搬迁来的移民身份上，并没有和我们过多计较。可是，随着时间的推移，日后两村之间，为了土地闹矛盾的事，会越来越多。"

卢副县长听完叶道成的话，当即叫来水口公社的干部，还有上村大队的干部，说："这些水库移民，是我们的朋友和亲人。他们为了水库建设，舍弃家园，移民到我们这里，我们应该感谢他们。没有他们的牺牲，我们这里，就会经常饱受洪灾的袭击。现在，我要求你们，必须重新调整土地，让这些移民能安下心来生产生活！"卢副县长的这番话起了很重要的作用，当即，公社，大队，红星、泥井生产队的干部们坐在一起，商量解决红星村的土地问题。

八　新土地·新地界

在卢副县长的主持下，水口公社和上村大队的干部立即开会，对红星村的零散土地进行调整。调整的原则是：尽量方便红星村移民的耕作与管理。这样一来，红星村的土地，就有了新的地界。除黄牛墩、白鹤应、一条龙三处土地外，其余的土地，重新调整到红星村的房前屋后。经调整后，红星村的土地有：牛扼岭、潭尾、猫头、四季垄山（含20多亩旱地）、牛栏背等地。

调整后的土地，大部分都在红星村的周围，也就是在移民们的家门口。但新的问题又出现了。调整后的土地，大部分集中在四季垄的低凹田，很容易受涝。村民把这个情况再次向卢副县长反映。卢副县长说："你们不用怕，政府会关心你们的。这个问题一定会解决。"

后来，移民办拨款10多万元，帮红星村修筑了防洪坝，并在四季垄四周挖了一条环形山沟，而且还建了一座排涝站。

土地重新划拨了，红星村的村民心里松了一口气。他们从心底里感谢这位干实事的卢副县长。当然，整个红星村的村民并没有闲着，他们知道，分给村里的土地，实在太少，怎么办？村长想出了主意，开垦荒地！红星村的村民在牛扼岭对面的河堤上，开荒了10多亩耕地。这样，红星村共有耕地200多亩。

这次调整土地的时间，是1974年。当时，参加红星村土地调整的人员有：水口公社副社长谢兰，水口移民办主任周锡文，会计陈北胜，上村大队书记陈启行，副书记陈吉新，大队长陈日友，以及红星村生产队长吴添焕，副队长叶石清、叶观金等人。

当时，红星生产队的吴队长心里很不踏实。他觉得土地虽然划拨了，可无凭无据，万一哪一天泥井村的人提出土地要求，该如何是好？于是，吴队长对在场的土地调拨人员提出一个要求，希望把划定的土地地界，签立字据，以防止以后产生土地矛盾。

吴队长的这个提议，实在是有先见之明。如果当初在场的这些干部都立字为凭的话，也就没有了以后红星村与泥井村之间的土地争夺战。

但是，这样一个具有先见之明的提议，在当时并未引起足够的重视。当时，卢副县长是这样表态的："字据就不用写了。潼湖、陈江、平潭等公社，以及全县移民都没有什么契约。……"卢副县长怎么也没想到，因为他的这几句话，一个重要的土地契约就没能留下来。因为没有契约，泥井村的村民才有胆量，一步一步向红星索要土地。

根据移民办提供的材料，土地划拨给红星村后，上村大队的领导觉得有些亏，认为政府把移民安置到上村，客观上造成了人口增加，土地相对减少的局面，遂向县里提出要求，要求减免公粮上交的任务。上级批准了上村大队的要求。此外，县里还将21立方米的杉树拨给上村大队，作为他们划给移民山林的补偿。

就这样，红星移民村有了属于自己的土地。调整后地界为：

东：从新河堤至牛扼岭八队田边到姚村沥边；

南：从姚村沥至潭尾、猫头、四季垄山口；

西：从四季垄山口沿山顶分水为界，直至北边五队鸡场新河堤；

北：从五队鸡场新河堤至牛栏背本村井头直至牛扼岭新河堤（包括程高岭山）。

九 程高岭·荔枝园

有了土地之后，剩下来的事就全靠自力更生了。红星村人白手起家，开垦荒山。红星村人有一个优良传统，就是喜欢种树。他们看到这里到处都是荒山野岭，觉着可惜。1972年，在生产队长的带领下，红星村民在程高岭荒山上栽种了桉树、松树、茶树等。

作为广大移民的娘家人——县移民办公室，对于红星村大力发展生产，更是责无旁贷，给予了大力的扶持。程高岭上，如今林木森森，果实累累。这一切除了红星村民的辛勤劳动之外，更有惠阳县移民办几十年如一日的倾情关怀。帮助广大移民发展生产，是所有移民工作的重点。惠阳县移民办对于这些异乡人在政策允许的范围内给予了最大的帮助。

村民叶道成回忆（根据录音整理）：

对于县移民办的同志，我们红星村的广大移民从内心充满感激。他们是我们移民的娘家人，我们在生产与生活上的困难，事无巨细，都向他们反映。而他们对我们的各种难处，各样的处境都给予了关心和帮助。因为我们故乡龙川的山上有很多经济林木，（我们）也有丰富的栽植果林的经验，遂产生了在程高岭上也种果树的想法。我们把这个想法向县移民办的同志作了汇报，很快得到了同意。

1974年，县移民办为了增加红星生产队的收入，推广果树种植，拨出100棵荔枝苗，分别送给村民叶玉华、叶亚众、叶国华、叶丁伟、叶东仁5户人家，每户20棵苗，在程高岭山坡上，先进行试点栽培。同年，还有许多村民，从龙川老家带了油茶树籽，也在程高岭山坡上种植。

这样，一直到1982年，家庭联产承包责任制开始实行，为了方便管理，鼓励村民们发展经济，红星村决定，把程高岭的山林分产分户。程高岭已成为名副其实的荔枝园。

　　后来，县移民办又拨来桉树籽、松树籽进行种植，如今木已成林。

　　改革开放之后，惠阳县移民办加大了对红星村广大移民发展生产的扶持力度。

　　1986年，惠阳县移民办拨来600棵荔枝苗、2 000棵菠萝苗，分给各户村民在程高岭种植。

　　1987年，惠阳县移民办拨来资金5万元，在石凹山塘引进水源，在程高岭屋后山南面，修建了一个蓄水塔，此水塔用了将近十年，后成为备用水塔。

　　1988年，由红星村各户申报，惠阳县移民办拨来800棵荔枝苗在程高岭种植。这批荔枝粗壮高大，年年丰产，是村民们重要的经济来源。现在荔枝的树冠直径，已达到7—11米。

　　1995年，惠阳县移民办拨来资金8万元，在程高岭屋后山北面重建了一个蓄水塔，一直使用至今。

　　就这样，红星村的土地自从调整之后，就再也没有和别的村发生过矛盾与纠纷。大家在各自的土地上耕耘。至今已耕种了30多年，其间没有发生过任何争议。勤劳的红星人在惠阳县移民办的帮助下，通过自身的艰苦创业，生产不断发展，生活不断改善，如今已成为水口街道办事处上村村的一个自然小村。

　　村长叶水清是个充满活力的年轻人，他并不满足红星村村民们的温饱生活，他想利用当地的山地资源，大力发展经济林木，让红星村的移民都过上小康生活。

　　红星村由当初的荒山野岭，现如今已变成了苍翠碧绿的果园，荔枝果实累累，龙眼缀满枝头。整个红星村，变成了风景如画的美丽山乡。如果红星村人的生活，按照叶村长设计的美好蓝图继续发展下去，我们有理由相信，他们的小康日子在不远的将来，一定能实现。但是，这样一个朴素美好的愿望，在一个秋天被打破了。

　　红星村的移民怎么也没想到，在全力奔赴小康的道路上，等待自己的不是平静而安宁的美好生活，而是无休止的梦魇。他们的生活中，出现了火光、尖刀、斧影、电锯。

这一幕幕骇人的情景，真实地在红星村上演。

十　四季垄輋

我问叶水清村长："什么是四季垄輋（shē，读音同'奢'）？"

叶村长告诉我：这里的一座小山，当地人都叫四季垄山。四季垄輋，就是四季垄山脚下有泥土的一整块地方，可以种植花生、豆类、番薯之类农作物。半山腰以上呢，泥土、水分较少，就种植树木，有松树、桉树等。此山丘距红星村也就几百米远。

在叶村长的带领下，红星村的移民们靠一双勤劳的双手，日子一天天好起来，家家户户开始有了一定的收入。叶村长就和大家商议，红星村是1973年移民时建筑的房子，多数是泥砖墙，年久失修，很多已成危房。现在大家手头宽裕了，不如把房子的事彻底整一下。他说："外地人到我们村来，见到这样的破房子，我们红星村的脸上也挂不住啊。再说了，村里到了婚龄的男女开始增多，看到那些破旧的房子，哪个家庭肯把媳妇嫁到我们这个村来呢。"

叶村长说出了一个很实际的问题。很快，村长的建议得到了移民们的响应。惠阳县移民办也积极配合旧房改造，给予村里每人3 600元的建房补贴。红星移民村准备舍弃原来的旧泥砖房，另起炉灶，重新规划，争取建一座崭新漂亮的移民新村。

说干就干。红星移民村的村民们怀着满腔的兴致与喜悦，开始了热火朝天的造房工程。第一步的计划，是取土，用来做宅基地。

2004年10月24日，红星村的村民开着拖拉机，前往四季垄輋地取土。

挖着挖着，忽然听到身后传来一声重重的咳嗽声。红星村的人转过身一看，原来，不知何时，身后站了几个人，为首的是一个六七十来岁的老人。只见他手扶拐杖，面色凝重地注视着这一切。他的手有些微微擅动，不知是因为心中有什么怒气，还是因为身体本来就有症状。

红星村的人看清了，这是邻村泥井村的陈大爷。红星村与泥井村，左右相邻。虽说平常鸡犬相闻，但也还没有到那种老死不相往来的地步。只是这位陈大爷此时出现，还带着几个人跟在后面，究竟是何来意？红星村民们放下手中取土的铁锹，还是很礼貌地问："陈大爷，您有事吗？"

可以看出，这位陈大爷在泥井村中是个举足轻重的人物。他挥了挥手中的拐杖，说："你们必须马上停工！这是我们泥井村的祖业，这是我们的地方！"

陈大爷的话，让红星村的村民们目瞪口呆。怎么会呢，他们在这里生活了整整30年，这山上的果树林木，哪一样不是他们移民栽植的？怎么一下子就变成了泥井村的土地呢？

陈大爷根本不听红星村民的解释，他只是不停地说这是他们陈家祖传的基业，任何人不得动土。

红星村的人心里想：也许，在我们移民来这里之前，这是你陈家的基业。可是，后来政府安排我们来到这里，通过土地划拨，这块四季垄羍地已经划归我们红星村了啊。

在僵持一段时间之后，红星村的人作出了让步。因为自己是外乡人，也许，这里曾经是人家的祖业，当地人对于风水很迷信，认为破坏祖业就会给后人带来不祥。红星村的移民认为，既然来到这里，要尊重当地人的习俗。于是，红星村的村民，停止在四季羍地取土。

平心而论，如果仅仅是因为"祖业"、"风水"问题，泥井村提出停止取土的要求，也不算过分。而红星村的村民马上答应了停止取土的要求，这也是为了尊重当地泥井村民的风俗，做法得当。如果双方就此相互理解，事情也就算是过去了。然而，后来泥井村的做法，却有些过头。事实证明，当初陈大爷说停止取土，是因为祖业与风水问题。那么后来他们的做法，就是摆明了动机，想赤裸裸地强占这块四季垄山地。

2007年3月2日，泥井村村长陈××，带领村民在红星村四季垄羍地上，强行栽种上千棵果树。这一幕，让红星村的人措手不及。他们怎么也没想到，泥井村说祖业风水是假，想霸占四季垄山地是真。

明明是划拨给红星村的土地，现在又被人家强行霸占。红星村的村民们坐不住了，他们开始把这个情况向上级部门反映，希望上级部门能主持公道，把泥井村强占的土地，归还给红星村。

从2004年10月25日开始，到2008年元月8日止，红星村为了两村的土地矛盾与纠纷问题向上级各有关部门反映情况，一共81次。本来，这也不算是个什么难办的事。只要有哪个部门牵头，双方开诚布公，依据历史与实际情况作出裁决，谁是谁非，很容易弄清楚的。而且，还可以制止泥井村人进一步的行动。令人遗憾的是，不知是什么原因，这些部门对红星村与泥井村之间的土地矛盾并未引起足够的重视。

没想到，初次得手的泥井村人并不满足，更疯狂的举动还在后面。

十一　牛轭岭·一触即发·四万棵果树被砍伐

2008年3月23日，泥井村的村长陈××带领村民，开着两辆汽车，浩浩荡荡来到了牛轭岭。汽车上装满果苗，他们准备在属于红星村的牛扼岭上抢种。

牛扼岭在红星村的前面，很容易就被红星村的村民发现了，全村老少前来牛轭岭进行阻止。红星村人手拉手，组成人墙，挡住了泥井村人的去路。

见种树不成，陈××很恼火，带了一帮人来到红星村村长叶玉华家，进行威胁和恫吓。他说："你们移民在我们牛扼岭，已种了三十多年的果树、桉树，现在，我要求你们自行销毁。"叶玉华村长据理力争："四季垄、牛轭岭都是政府划拨给我们的山地。你也承认我们种了三十多年的果树、桉树，现在却来提出收回的要求，没有道理！"

两个村长怒气冲天，互不相让。而此时，红星村和泥井村的村民倾巢出动，纷纷聚集在一起，形成了对立的两派。双方情绪激动，每人手里都握着棍棒、斧头、砍刀，已经到了一触即发、万分危急的关头。眼看着一场血腥的群体性事件即将发生，就在这时，有人报了警。就在最为紧急的时刻，水东派出所和上村村委的干部及时赶到，遣散了双方的村民，这才避免了一场可怕的恶斗。

然而，红星村的土地纠纷并未就此结束。因为他们是移民村，本来就不是这里的主人，他们是外乡人。一时间，包括泥井村在内，当年所有划拨土地给红星村的其他村民小组，几乎都开始通过非正当方式前来索要自己曾经的土地。

十二　火光冲天

2010年5月2日凌晨，红星村的村民们还都在睡梦中。忽然听到有人高喊："不好了，着火了！"很多村民在梦中惊醒，纷纷开门，想看过究竟。他们来到外面的空地上，看到远处程高岭山林火光冲天。这样的大火把村民们吓坏了，谁也不敢前去救火。谁都知道，那样的大火，谁也救不了。程高岭山上的荔枝树，有碗口粗，直径冠影都达到十二三米，年年大丰收，一直是红星村的主要经济来源。

红星村村民叶丁伟回忆（根据录音整理）：

程高岭、四季垄是我们村后面。早上七八点钟，那场大火竟然熄灭了。我立即和村民叶月华前往火灾现场巡视情况，发现泥井村的村民陈××，正带领着20多人，拿着铁锹、锄头，在冒着余烟的山地上挖坑，栽种果树。我上前问："你们在这里做什么？"

陈××回答："此程高岭山，一直是我泥井村所有。现在，村里已将山分配给我们几户人使用……"

我说："在30多年前，政府就将这片土地划拨给我们使用了。而且，你们放火烧山，天理难容！"

泥井村民人多势众，却反咬一口，说是我们红星村的村民放火烧山。并且，发出恐吓，扬言说再不离开，就把我们打死在这里！

泥井村的村民手持铁锹、锄头，我们赤手空拳。他们见我们不离开，就拿着铁锹追在我们身后。我们立即将他们放火烧山、抢占程高岭的事报告了街道办及上村村委会。书记赶到现场后，泥井组村民竟异口同声诬告说是移民放火烧了他们的山，并再次扬言要殴打我们移民。

以泥井村村长陈××为首的上村原居民，从2004年以来，多次以极其野蛮、粗暴的手段侵占我们红星村的土地，损毁我们的果林，给我们的财产造成了巨大损失。我想问一问有关的职能部门，你们对此破坏社会稳定、破坏移民财产的行径，就不能睁开眼睛管一管？

不错，我们是移民，是外乡人。但你们也不能这么欺负我们吧？要不是国家修建水库，我们龙川那里的山水风光，要比你们这里强一百倍。要不是为了国家，我们会成为移民吗？我们会到你这个荒山野岭来吗？我们是移民，就注定要受你们的欺负吗？

十三　土地的证词

为了解决土地纠纷问题，红星村相信，当初惠阳县政府对移民们的承诺，不会因为时间的改变而产生变化。他们将两村之间的矛盾上报给各级政府。希望政府出面调停。从2004年开始，一直到2010年6月，红星村的村民向上级反映土地问题多达180次。可问题依然如故，矛盾依然存在。我相信很多人都无法明白这个奇怪的现象：究竟是多大的事，拖延了六年得不到解决？

那么，引起如此大规模矛盾的土地，当初都是由哪些人经手划拨的？红星村村长叶水清向我提供了一份当时经手划拨土地的人名清单。兹列如下：

卢学明：原惠阳县委常委，副县长

刘月冲：原惠阳县移民办领导

谢　兰：原水口公社副社长，主管移民工作后，调任惠阳县移民办任副主任。住址：（略）

周锡文：原水口移民办主任。住址：（略）

陈北胜：原移民办会计、主任

陈启行：原上村大队书记

陈吉新：原上村大队副书记

陈日友：原上村大队队长

（另有本村干部：吴添焕、叶玉华、叶道成、叶石清、叶观金）

此外，我还看到了两份证词，是由上述列表中的周锡文、谢兰提供。证词如下：

红星村土地、山林使用权的情况说明

自一九七二年冬开始，水口镇安排有四个移民队。当时我被分配抓移民安置工作。其中红星队安排到上村大队。当时既要安排建房用地，又要规划移民耕作用地。在安排耕作用地时，是根据各队移民人数，按每人二亩左右规划。而各大队要划的土地面积，再由各生产队抽调调整相对集中的。红星队的耕地面积最初大部分在七井片（望牛墩、白鹤应）。到一九七四年、一九七五年，县领导下来了解移民生产、生活时，认为该队土地太分散，建议调查整集中点，才方便耕作。还认为把四季垄全片划给移民，耕作就方便多。于是，经上村大队与各生产队协调后，红星队大部分土地都集中在门前屋外，一小部分耕地在一条龙附近。为了减少自然灾害，经上级同意加修条堤围，开环山沟，修筑建水塘等整治工作。

山林水域：东面从新沥堤至牛轭岭，那八队田边到姚村沥止；南面，由姚村沥至潭尾，猫头直至四季垄山口止；北面，由五队鸡场新沥堤至牛拦背，本村井头至牛轭岭新沥堤止（包括程高岭山）。统一调整给红星队所有使用。

以上是当时土地、山林划给红星队的具体情况，特此证明。

证明人：周锡文（名字上按有指印。——引者注）

2007.5.8

关于红星村土地、山林使用权的情况说明

一九七二年红星生产队移民到水口上村时，当时由政府安排给移民耕种的田地东一块，西一块，耕种相当困难。到了一九七四年、一九七五年，惠阳县委常委、副县长卢学明提议，要水口移民办将分给移民村的散田碎地给回当地村民，再将四季垄整片土地使用权划给移民耕种。当时的四季垄是十分干瘦的烂田烂地，当地人

的公余粮、水利粮亦得到减免。因此当地村民十分高兴。因为他们不用再交公粮、水利粮。

程高岭的山，包括东面的牛轭岭，南面桃村沥至潭尾，猫头至四季垄山口，西边由四季垄山口沿四季垄西面山顶直到五队鸡场为止，北边由五队鸡场新沥堤至牛栏背，本村井头至牛轭岭新河堤止（包括程高岭山）集中统一调整给红星队耕种使用。当时调拨给红星队的田、地及程高岭屋前屋后的山没什么契证，只是政府给予上村减免公余粮、水利粮就是了。就是说四季垄的田地及所属的山林是政府按移民政策调拨给红星村的。历史事实正如上面所说，特此证明。

证明人：谢兰（名字上按有指印。——引者注）

2007.5.8

我在叶村长的办公室里看到了周锡文与谢兰的手迹。在采访中得知，很多当年的知情人都年事已高。比如当年的知情人谢兰，已有80多岁高龄，如今瘫痪在床，行动不便。幸好还有这些当年的见证人，用自己的良心为红星村的移民们提供当年的实情，写出证词。但是，如果没有这些证词，红星村村民就没有那些土地、山林的使用权了吗？

十四　真相

看到这里，很多人都会在心中产生一个疑问：2004年之前，红星村与泥井村相安无事，为什么从2004年开始，一直到今天，泥井村的人会连续不断地向红星村的人发难，争夺山林土地呢？难道红星移民开垦的昔日荒山，隐藏着什么宝贝不成？我问叶道成，是不是红星村的人无意之中占了泥井村的土地，造成泥井村的人报复呢？

村民叶道成讲述（根据录音整理）：

我先说个故事。村中有个女子，长得很丑，村里的男孩，没一个瞧得上她，都不理她。后来，她嫁给一个倒插门的外乡人，夫唱妇随，经营得当，小日子红红火火。此外，那个丑女人意外地得到了一大笔遗产，过几辈子都不愁。全村男人都傻了眼，后悔当初没娶她，并且愤愤不平……

我们红星村的人，自从移民到这里，谨小慎微，就怕稍有不慎而得罪人家，从来都是老老实实、规规矩矩做人。我们一直只在政府划拨给我们的土地上耕种，从来不敢越雷池一步。我们也不敢去侵占人家的一分一毫土地。因为我们是外乡人，整个村子，也就二十几户人家，所有的人加起来，至今也不过百来号人。而且，很多年轻人都外出打工挣钱，我们骂也骂不过人家，打也打不过人家，怎么会去招惹别人呢？

泥井村的村民之所以如此强占土地，无非是因为这块土地将要被征收。这就是所有矛盾的根源。

一条惠泽大道从我们新村门前通过，加上工业园的开发，我们村成了最有利地势。建设公路要征收土地。土地上哪怕是一根竹子，都能得到补偿。比如，根据竹子的不同类型，泥竹10元/根，黄竹6元/根，刺竹2元/根。竹子如此，可以想象果林树木的补偿费就会更大。

让泥井村民没有想到的是，当初被荒废的山岭，划拨给红星村后，红星村民广种果林，荔枝、龙眼等，已成为红星村民的主要经济来源。现在，政府将要征收这片山林土地，那些几十年的果树，光是补偿费就让人眼红了，更不用说还有不菲的土地征收费。

闹来闹去，真相大白。这时，我忽然觉得，真正让人怜悯的，是泥井村的人。也许，那些山林，本来应该是属于他们的，只是，在红星村移民来此之前，一直荒废着，谁也不会多看一眼。如果那时泥井生产队在山上栽满果树，后来政府也许不会划拨给红星村。就是这样的荒地，划拨给红星村之后，政府还是给了泥井村应有的补偿：减免上交公粮、水利粮，还补偿了杉木。当时，泥井村的人一定觉得，一块荒山坡换来这么多的好处，心里觉得赚大了。哪里想到，风水轮流转，昔日的荒山后来竟会被国家征收呢？这样想着，泥井村的人，又一定后悔死了。

一旦有了悔意，就必然会生出事端。只是这种事端生得有些意气用事，谁也没有料到30年后是这样的一种情形。

十五　告别红星村

一直到中午时分，我在红星村的采访结束了。叶道成说："我的这个家，到对面的马路，也不过20米的距离。这片空地，一直是我经营，栽种果树。可你仔细看看，我种的果树下面，还有许多果苗，而这果苗，却不是我的，是泥井村的人乘我不在家的时候种下去的。我的土地上，未经我的允许，你擅自来栽种果苗，这让人听起来简直就像个闹剧。"

这样的闹剧越演越烈。叶道成带我穿过马路，对面是一片香蕉林。叶道成指着香蕉林中搭建的棚架说："那也是泥井村的人搭建的。在我们的香蕉林里，你来搭棚架，这算哪门子事？"

上村红星自然村村民望着蕉岭一筹莫展

我问："泥井村的人为什么要搭棚架呢？"

叶道成说："搭了棚架，意思就是这片土地就是他们所有。而我们种的香蕉林，将要被铲除。你说这是什么逻辑？不就是欺负我们是外乡人，是水库移民吗？他们人多势众，我们势单力薄，怎么斗得过他们呢？有时，我们红星村的人，真想离开这里，回到龙川故乡去。我们那里的人，再怎么样，也是通情达理，绝不会胡作非为的。即使地了纠纷，我们都是讲道理，以理服人。可在这里，理是行不通的。"

我行走在那片蕉林里，亲眼目睹了那片蕉林里的一座座棚架。我心目中，一直认为南方最美丽的植物，就是香蕉林。可现在，我感觉到那些棚架像一个个怪物纠缠着美丽的香蕉林。我无法知道这片土地的最后归属，但可以肯定的是，如果相关部门继续推诿，红星村与泥井村之间的矛盾，将会进一步恶化。正如叶道成所说，红星村人势单力薄，他们唯一可以信赖的，是政府。他们相信政府终将会主持公道解决问题。虽然已经向上反映了180次，但他们并不灰心丧气，仍然对未来抱有哪怕是一线的希望，比如，他们不知从哪儿找到了我。

可我能为他们做什么？说实话，当我了解整个事件后，我的心情是愤怒的。不是对泥井村，我对泥井村的村民并没有多少意见。在利益面前，每个人产生一点自私的想法，我不觉得有什么奇怪。我感到奇怪的是，有关职能部门在长达五六年之久的矛盾纠纷中相互推诿与不作为，这才是很可怕的事。我从心底里为红星村的命运而担忧。

我希望红星村民的心灵不要再次受到伤害，希望他们不要因为是水库移民而孤独自卑，希望他们的土地矛盾能够得到圆满解决——应该相信政府有解决这个问题的能力——而不是满怀受辱的怨恨，一气之下回迁到故乡龙川去。

高岭土事件

题记：在革命老区广东化州新安镇，曾发生过一起严重侵占水库移民土地的重大事件，震惊全国。2010年4月22日，梅子坑村50多名水库移民，冒雨在化州市政府门前长跪一个小时，要求市领导接受其"还我土地，还我活路"的投诉。事件经报道后，全国舆论一片哗然。广东省委、省政府对此案高度重视，要求彻查。经调查，发现引发这次事件的主要人物，竟是当地的知名企业家、原化州市人大代表刘玉德。7月19日，涉恶犯罪团伙头目刘玉德被抓获，6名骨干成员同时落网。

一 水库移民村·美丽如画

化州曾是中共南路特委机关所在地，众多革命烈士在这片土地上留下了光辉的足迹，众多仁人志士为革命事业抛头颅、洒热血。据不完全统计，化州市在战场上为革命牺牲的烈士有848人，参加革命活动的有数十万人，被杀害的革命群众近1万人，损失的财物更是难以计数。

革命战争时期，化州是整个南路地区革命活动最活跃、斗争最激烈、参军参战人数最多、从事革命活动群众和牺牲人数最多的地区之一。

新中国成立后，化州被批准为广东省七个一类革命老区县之一。新安镇

新安镇村景

即在化州境内。

新安镇地处化州市西部丘陵山区，是个革命老区镇。下辖15个管理区，1个居委会，总人口48 000人，曾有"化州西伯利亚"之称。这里虽是老区，但物产丰富，历史文化底蕴深厚。新安镇是著名的水果之乡，水果种植面积5.4万亩。有远近闻名的榕树茶，是名扬天下的化州橙的发源地，十月橘、黄皮、番石榴等传统水果也久负盛名。目前，新安镇初步形成了优质水果、香蕉、蚕桑、山地鸡养殖四大主导产业。

此外，新安镇还有河茂铁路贯穿其中，拥有五大商贸集市和全市唯一镇级火车站。境内山清水秀，旅游资源丰富，琉璃井、封诰楼等名胜古迹与自然景色融为一体，堪称奇观。

这里原是个美丽的小村庄，每天晚上7时左右，成千上万只燕子会准时飞到这里。燕子飞来的时候，像一块在天上飘的乌云。平静的天空中，能看到成千上万只燕子从远处而来，它们几乎布满了整个天空。燕子在飞行过程中，还有吱吱的叫声，那场面很壮观。它们在这里过夜，第二天早上，大约6时就离开。

出现在我面前的，的确是一个美丽的乡村。因为如此美丽的自然风光，深厚的历史底蕴，英勇的革命事迹，我对这里的一切充满了崇敬之情。村庄宁静，丘陵起伏，田野里稻浪千重，怎么看都是一个世外桃源。

化州市新安镇大坡村委会梅子坑村，是1958年兴建鹤地水库时，后靠搬迁的水库移民村，原搬迁户33户144人，至2006年6月，已发展至74户327人。由于地理环境差，经济欠发达，该村大部分农户过去一直居住在残危的泥砖房里。由于当时搬迁条件所限，该村移民普遍存在着住房难、行路难、饮水难、孩子上学难的问题。为解决该村水库移民在生产生活上存在的突出问题，省、市水库移民部门将梅子坑移民新村建设，列入水库移民后期扶持计划项目，实行"统一领导、统一规划、统一报建、统一图纸、统一施工"。

2009年12月23日，化州市新安镇梅子坑水库移民新村落成，59户327名水库移民终于告别陈旧的泥砖房，喜迁新居。那一天风和日丽，原本偏僻宁静的梅子坑村里锣鼓喧天，高朋满座，家家张灯结彩。梅子坑水库移民新村落成暨乔迁仪式在这里隆重举行。市领导来了，市水务局、水库移民办的领导也来了，还有各方代表，共500多人前来祝贺，共同见证了水库移民新村的落成。梅子坑村里充满了喜庆的气氛。

整个新村建设得井然有序，清一色的红砖房四平八稳整齐排列，通畅的道路十字交叉贯穿新村南北。梅子坑村还修建了引水工程和1.5公里的泥石小路，并规划有运动场，供、排水等配套设施。通过统一规划建设，昔日遍地土黄色泥砖房的梅子坑村村容村貌焕然一新，村民长期以来的居住难、行路难和饮水难等突出问题得到了解决，村民的居住条件达到或超过了当地群众的居住水平。

本以为，梅子坑村的百姓，从此可以一心奔小康，过上安稳、快乐的生活，但是没有，一个可怕的噩梦开始了。

事情的原委，还得从很多年前修建鹤地水库说起。

二　鹤地水库·雷州青年运河

雷州半岛虽然三面临海，自古以来，却是个十分干旱的地方。当地的百姓一直把找到水源作为生息的头等大事。

新中国成立后，百废待兴。而兴修水利，改变干旱面貌，已成为饱受旱魔之苦的湛江人民迫不及待的头等大事。原中共湛江地委也注意到了湛江百姓的强烈愿望，正在酝酿湛江历史上最大规模的一项工程：修建大水库，开凿贯通半岛南北的运河，从根本上治理雷州半岛的旱灾。此宏伟计划原定在第三个五年计划期间，即1967年之前开工。

那时，全国正处于"大跃进"时期，在那种狂热的形势推动下，人们有着冲天的热情与干劲，这项修建水库的大工程提前动工。

1958年5月15日，原湛江地委作出《关于兴建雷州青年运河的决定》。

上图：鹤地水库

下图：雷州青年运河遂溪段

工程包括两大部分，拟计划建设蓄水量10.3亿立方米的鹤地水库，开凿174公里的青年运河。拦截九洲江，筑坝建水库在廉江市河唇镇鹤地村，故名鹤地水库；运河工程艰巨，此项重任交由青年一代完成，故命名为青年运河。

雷州青年运河工程，是中国水利史上的伟大工程之一。饱受旱魔之苦的雷州百姓奔走相告，无须过多的动员，大家的积极性就已经高涨，纷纷捐款捐物表示全力支持国家的工程。

营仔包墩社张炳南等5户农民，无偿献出家中养的5头大肥猪；同社的5名妇女，将祖传的50两银器献给运河作资金；开工不到一个月，廉江县就献粮18.6万斤……工地指挥堆满了各地送来支援的物资和粮食，耕牛7 120头，木材6 500立方米，茅草1 800吨。

来看看当年雷州半岛百姓对于开挖运河的热情吧：村中常常可以看到父子齐上阵，夫妇同劳动。就连老、少也不示弱，争上工地。不少人推迟了婚期，赶着当先头部队。横山大岭社规定，喂奶的妇女不用上工地，可妇女们却坚决要求到第一线，村中的老人们受感动，主动到工地办托儿所照看孩子。

73岁的徐益老人，通过比手腕力，花了九牛二虎之力，才竞争到建运河的名额。后来还被聘为青年突击队顾问。

14岁小女孩吴云英，个子小不够条件，硬跟着大人到工地。没铺盖，拆下房子的门板当床板；家穷没有粮，就向村人借10斤米作自筹粮。她与争上工地的同龄小孩组成红孩子班，贡献不亚于大人，被评为运河的特等功臣。

就这样，建运河的30万民工，由县委第一书记带队，自带粮食、自带工具、自带铺盖、自筹资金，浩浩荡荡在75公里的运河规划线上，搭棚扎寨，摆开战场，要高山低头，要河水让路。"日食工地，夜住山冈，风吹只当摇羽扇，雨淋免了洗衣装，荒野当床草当席，拿天当蚊帐。"广大民工不论严冬烈夏、雷电交加、狂风暴雨，夜以继日地忘我奋战。

在开挖运河的建设中，雷州半岛人民不是孤独地在战斗，各地的支援纷至沓来。驻湛部队来支援了，共出动1万多名指战员，由军长陈明仁上将、政委王振乾少将率领，来到运河最困难、最艰险的地方。这当中有红军长征时威慑敌胆的大渡河连，有抗日战争时名扬中外的狼牙山连。

湛江地区管辖的高州、化州、电白、阳江、阳春、茂名、雷南等县市非受益区的农民，派出最优秀的代表组成强有力的远征队，奔赴工地。地直机关抽出1 500名干部，与民工同吃、同住、同劳动。铁道部门为工地铺设运输专用铁轨；交通部门免费派来汽车运送材料；农垦部门调来大批推土机、碾压机参加施工；省卫生厅和广州7所卫生学校，组成700人的医疗队伍，在工地跟班服务；各地民工斗志昂扬地进入工地。

经5万军民14个月的奋战，封江筑坝37座，成功截拦九洲江，建成鹤地水库。水库建成后，民工挥戈转战开挖运河，高潮期达30万人。

近半个世纪以来，鹤地水库和青年运河，福水泽湛江，改变了雷州半岛的干旱状况。运河灌区从九洲江以南到南渡河以北，158万亩农田实现自流灌溉，沿河城乡一年四季源源不断得到供水，百姓的生活得到了很大的改善。雷州半岛的百姓形象地把他们的生命之泉——鹤地水库，称之为"大水缸"。

清澈的甘泉流进千年沉睡的雷州大地，湛江人民亲切地称运河是母亲河。1964年2月，时任国家副主席的董必武亲临鹤地水库视察，并为鹤地水库题诗一首：

> 鹤地水为库，雷州旱不忧。
>
> 渠分四干引，江截九洲流。
>
> 老少齐努力，女男乐同休。
>
> 河山已易色，跃进势仍遒。

三　天下农民一家亲

九洲江的源头，在广西陆川县沙坡镇秦镜大队牛云肚茶亭。全长162公里，在廉江市境内89公里，集雨面积2 137平方公里，为廉江最长和支流最多的河流。它从廉江市北部的石角镇入境，由东向西斜贯全境，将全市分隔成西北与东南两大片，最后，分别经安铺、营仔注入北部湾，直接流入九洲江的一级支流有武陵河、沙产河、陀村河和长山河。

九洲江水系分布广泛，全市有18个镇从中用水受益。长期以来，九洲

夏日傍晚时分，大人、小孩畅游于鹤地水库

江对廉江工农业生产、航运和发电都发挥过重要作用，被廉江人誉为"母亲河"。

九洲江流经广东廉江市河唇镇时，被拦腰截断，上游即为鹤地水库，下游成为雷州青年运河。

鹤地水库是雷州青年运河项目中最重要、又是最艰巨的工程。水库库区位于两山之间，面积110平方公里，跨广东廉江、化州和广西博白、陆川2市2县。封江建库要淹没广西4个乡，广东3个乡。鹤地水库建库时共淹没土地183 900多亩，其中，耕地80 667亩，包括陆川县16 727亩、博白县5 886亩，廉江市48 905亩，化州市9 149亩。原定移民搬迁安置水位线为42米高程，涉及搬迁移民41 182人，其中，广东31 542人，广西9 640人。淹没耕地8万多亩、房屋5 800间。

这些地区农民是非受益区，他们响应政府号召，支援运河建设，无私地献出自己世代赖以生存的土地，离别祖辈生活的家园，为运河建设作出了巨大牺牲。无论是广东还是广西的库区农民，为了广东农民今后能过上好日子，不讲条件，不讲索赔，按两地政府协议作出的规定，在短时间内完成搬迁任务。

鹤地水库的库区移民，在搬迁过程中，呈现出"我为人人，人人为我"的动人场面。廉江石角曲江社321名代表联名写信给县委，要当搬迁工作的先锋。负责接收安置曲江村民的河堤海陆社，表态要当安置工作的模范。他们大公无私，献出最好的土地、最好的位置。

"天下农民一家亲"，是当年搬迁安置工作中最流行的一句话，它推动了搬迁工程的顺利进行。庞大复杂的搬迁工作，从1958年4月8日动员，到1959年10月，仅一年半时间就基本结束，促进水库提前动工，也提前竣工。广大水库移民为运河建设作出了重大的贡献，功不可没。

但由于移民安置前期补偿标准极低，广东移民人均仅100元，广西移民人均200元包干使用。后期扶持不够（40多年累计人均不足1 200元），加上库区安置移民的地区自然资金源匮乏，基础设施落后，社会供给严重不足，使得当前11万多库区原有移民的生产已无法继续维系，生活处在极度贫困状态之中。

其中，生产资料缺乏，人多地少的矛盾尤其突出。据湛江移民办提供的材料显示，2003年，整个鹤地水库库区移民人均耕地在0.1亩以下的就有3万多人。鹤地水库分布在廉江的3.9万移民，人均耕地仅有0.23库存，水田不足0.1亩。

鹤地水库库区移民问题已存在了近半个世纪，之所以一直以来都没有得到有效解决，主要原因是受当时历史条件所限，在当年搬迁时大多数采取了简单后靠的安置模式，没有考虑移民今后的发展空间和后续发展能力的重建问题，致使广大移民无法步入自我发展的良性循环的轨道。尽管对于库区移民的补偿扶持已持续了几十年，但只能缓解移民一些眼前的困难，广大库区移民依旧贫困落后，后续发展能力缺乏。

在这种情况下，水库移民们当初分得的一点土地，就显得十分的珍贵。因为土地是他们的全部希望。

然而，在化州的新安镇大坡村的鹤地水库移民点，原来属于移民们的土地，忽然之间，遭到了邻村村民的强行霸占。是什么人，有什么理由可以强行霸占原本就属于梅子坑村水库移民赖以活命的土地呢？

四　分流水垌

梅子坑村，是个小自然村，属于新安镇大坡行政村管辖。1958年，为解决雷州半岛的灌溉和饮水问题，政府动员了几十万人，修筑了地跨广东省廉

引发梅子坑事件的分流水垌

江、化州和广西陆川、博白四地的鹤地水库。为配合水库的修建，当时梅子坑村144名村民，搬迁到如今的大坡村，至今，人口已增至360多人。360多人，仅有农田50亩。人均不到一分四厘地，人地矛盾已经变得十分的紧张。

地少人多，目前唯一解决粮食的办法，就是年轻人外出打工。梅子坑村的水库移民们，一直过着朴素简单的生活，日出而作，日落而息。就这样，虽然地很少，但多数年轻人在外打工，剩下的这几十亩地，还能保证在家务农的村民们最基本的口粮。如果日子就这样过下去，也不是难事。但是有一天，梅子坑村移民们的平静生活被打破了。

2010年5月，春耕早已过去。但大坡村梅子坑村小组的土地上，却不见动静。位于分流水垌的基本农田35亩，被人霸占了，无法耕种。但是，5月份正是播种插秧的黄金时光，如果再不及时插秧，今年就没有收成。没有收成，村里人就没饭吃。除非花钱去买米。

霸占分流水垌农田的人，是新安镇龙潭村狮子岭村小组的村民。

分流水垌，是个地名，约有30亩地，自从梅子坑村的水库移民搬来之后，一直属于梅子坑村耕种，五十年来，从来没有谁提出过任何异议。那么，狮子岭村的村民，为什么要来霸占梅子坑村移民的那一小块保命地呢？

大坡村梅子坑村小组村民李咏华回忆（根据录音整理）：

我们梅子坑村刚搬进新居不久。移民们没有什么念头，只求安居乐业。现在安居了，却没想到根本没法"乐业"。让我们梅子坑村人没有想到的是，在新村落成后不久，很多人都有一种预感，这个村子，迟早会有事情发生。究竟是什么事，当时村民们心里也没有数。总觉得，村子外面，有一双狼一样的眼睛，在暗中窥伺，死死盯着梅子坑村的一切。是2010年2月份吧，我们的梅子坑村里开始不得安宁了。

我说过，我们村总共才50亩农田，这可是我们全村人的口粮地啊。有一天早上，有人把我们的地划了一块，然后进行开挖。我们梅子坑村的人闻讯赶来，只见被划出去的农田，有13亩之多。这些人是谁呢，是邻村狮子岭村的村民。眼看着自己的口粮田被人糟蹋得不成样子，我们心里很痛惜。就上前去理论，为什么要占我们的地。他们也不说话。问急了，就说这块地本来就是狮子岭村的。

不错，我们是水库移民户，是外来人。但是，当初国家把我们水库移民安排在这里，一开始就划定了土地的。这块地自我们来就已划给我们种。而且这么多年来，都是我们梅子坑村的人在这块地上种庄稼，从来没有人说过什么。怎么现在突然提出是你们狮子岭的地呢？

但是，任凭我们怎么交涉，都是无劳而返。我们是移民村，是外来人，常被人欺负。村里的男人都外出打工，没几个人在家，我们说不过邻村，就这样，从2月份开始，就那10多亩地，就被他们抢去了。

我们村势单力薄，留守在家里的，都是些妇幼儿童。我们打不过人家，骂也骂不过人家，眼睁睁地看着自己的那10多亩土地被别人侵占，我们束手无策。我们向大坡村委反映，向新安镇政府反映，可是，各级官员们太忙了。我们这10多亩田地，在他们眼里根本不是个事。谁还有工夫处理这屁大的事呢。再说了，哪个村里没有邻里之间的纠纷呢。

就这样，本属于我们村的那10多亩耕地，就这样被邻村村民侵占了。我们投诉无门，又争斗不过他们，我们只能咽下这口恶气！我们在心里诅咒他们！

　　如果仅仅是10多亩地，我们梅子坑村忍一忍，也就过去了。我们无非是少收点粮，在其他的土地上再想办法勤快点，也是有可能把损失的这部分粮食挣回来。至于那10亩地，算你们狮子岭的人狠。

　　本来，我们梅子坑村抱着宁人息事的想法，不想把事情扩大。得过且过吧。没想到，后来发生的事，完全超出了我们的心理承受能力。那种场面，完全是把我们往死路上去逼。

　　梅子坑村民李咏华告诉我，属于梅子坑村的10多亩地，在2月份被邻村的狮子岭村民占去了。没想到，后来的事态发展，已经到了极其严重的地步。

　　2010年3月18日上午，梅子坑村小组组长张玉成，到大坡去赶集。当他路过分流水埌时，发现本村的那片30多亩的土地，正在被邻村狮子岭村的村民进行"耕种"：田埂已被推平，几块分割开的水田，已连成一片，田里已撒满秧苗。这是怎么回事？张玉成感到事情不对劲，他最先想到的是村委与镇政府。于是，他马上向村委和镇政府汇报这个新的情况。

　　2010年2月，狮子岭村已经在梅子坑村损毁13亩农田。现在，梅子坑村的分流水埌基本农田35亩，又被他们强占。梅子坑村360人，仅有50亩农田，人均不到一分四厘，现在被狮子岭村损毁、强占共48亩，360位村民的田地，如今仅剩2亩薄田，我们不知道这一村人怎么生活。这不是把梅子坑村的人往死路上逼吗？

　　在梅子坑村的土地几乎全部被人强占的情况下，这一村人将面临十分严重的后果。首先，再不插秧种稻，今年就有可能绝收，一村人将面临无米之炊。如果这片土地一直被人霸占的话，那么梅子坑村360多个村民将走向哪里，去向何方？

　　梅子坑村的百姓，并没有与侵占自己土地的狮子岭村人正面冲突。他们相信党和政府，相信各级领导。于是，梅子坑村的百姓，开始一层一级地向上反映村里土地被别人侵占的问题。他们派了村里的代表，多次到新安镇，到化州市，再到茂名市上访，寻找能说理、能解决问题的地方。

我想，梅子坑村民们把土地被邻村人侵占的问题反映到各级政府部门，如果有一个部门能认真解决的话，也就不会发生后来的一系列事情。但是，遗憾的是，我们的政府部门对于梅子坑村的土地问题，看得太轻了。他们没有任何的举措，来帮助他们解决。我也想象不出，各级政府对于基层问题的处理，究竟是怎样一种机制与态度。

让梅子坑村的村民们心灰意冷的是，对于村里的基本农田被领村侵占，他们没有从政府部门那里得到任何的处理意见。像这样关系到梅子坑村人生存口粮田的重大问题，没有人为他们说话，没有人来进行调解与处理。难道，梅子坑的村民，就这样把土地拱手相让，自己活生生地饿死吗？

大坡村梅子坑村小组村民吴秀萍回忆（根据录音整理）：

我们到过镇政府，到过化州市，甚至我们还去了茂名。我们是水库移民，从搬到梅子坑村那天起，我们知道自己的身份，是外来人口，所以做事小心翼翼，从不敢得罪人。我们女人，如果不是到了万不得已的地步，我们一般不会抛头露面。在各级政府的眼里，我们与邻村之间的土地纠纷，实在是小菜一碟，不值得惊动大驾。你想想，谁会为这点小事费神伤脑筋呢。

现在想想，我们以前在库区里的时候，是多么幸福。我们全村人都种柑橘，红红的，又大又甜。我们家的房前屋后，都有种。

我记得，要离开水库的那一天，我舍不得那几棵柑橘树，那时我还小，还是个小丫头，我就偷偷地哭。最后，那几棵柑橘树就那么被砍掉了。长那么大，我从来没那么伤心过。

现在，我家的田，被狮子岭村的人占去了。我想不明白。我们虽然不是很富裕，但只要有这几亩薄田，我们的温饱就可以解决了。

大坡村梅子坑村小组村民丘玉清回忆（根据录音整理）：

原来，我们与狮子岭村的人没有什么瓜葛。但是今年以来，我们就觉得有什么不对劲。总是看到有些人在我们的田地里晃悠。不知道他们在干什么，看样子，不像是本地人。后来就出现了2月份的占地事件。从那时开始，我们村似乎就没有安宁过。我们总在想，平日里与狮子岭村并无矛盾，他们怎么会无缘无故来占我们的地呢？

我后来把这事和村里的人说，他们也认为，狮子岭村的人，原来不是这样的。好像有什么人在后面挑唆。有一次，在路上，我正好碰到狮子岭村的人，这人我认识。我就问他："你们村的人怎么了，平常不是好好的吗，怎么忽然来占我们的地呢？"

那个人低着头，半天没说话。我就追问他，"你说话啊"。好半天，他才说："你们是水库移民，享受各种移民政策，你看，你们的新楼房建起来了，县里、市里都来人看，多风光啊。可你们不要忘记，这里很久以前就是我们祖先的地盘。你们可以享受移民政策，我们却没有，这不公平。所以，我们想要回水田。"

我听了觉得奇怪。我说："我们搬来的时候，是国家把土地划分给我们种的。如果没有土地，我们来这里干吗？如果真是你所说的那样，想要回祖宗的土地，那也要先去国家的土地部门要啊？怎么好直接就把我们的地给占了呢？"

我再问："以前没见你们来要过土地，现在却一而再、再而三的来霸占我们的土地，这不像是狮子岭村人做的事。是不是有什么人在你们村里教你们这么做？"那人急了，说："这事不要你管。"

后来，我又问了狮子岭村的几个人，他们说的都是一样，就是说，那片地是他们祖宗留下来的，他们想收回去。根本的原因，是他们不是移民，享受不到各种移民的优惠政策，所以，就想把这片土地收回去。

仔细想想，狮子岭村的人说的话，也不是没有道理。确实，我们梅子坑村，整体搬进了新居，都是簇新的楼房，很漂亮。这都是国家对我们水库移民的关怀。帮我们解决了生活中住房难的大难题，我们全体梅子坑村的移民，都会记得这份恩情。而这一切，都是在狮子岭村的村民眼皮子底下发生的事。要说他们心里没有一点意见，恐怕不现实。

但是有意见总不能和我们动粗吧。我们360多口人，全靠村里的50多亩水田为生。现在，你们把水田都占去了，我们怎么办？

为此，我们把这个情况，也向县移民办反映。两个村的土地纠纷问题，已远远超出了移民办的职能范围。移民办把这个问题，负责反映给各级政府或各土地管理部门。而我们自己也到各级政府，反映狮子岭村村民强行霸占梅子坑村土地的事件。

我们一村人都在等上级给我们的答复。上级，那是我们的唯一希望。望着被别人占去的土地，我们一村人感到了绝望。我们天天翘首盼望，希望上级部门早点来把土地的问题解决。我们是没见过世面的普通百姓，很想当然地认为，政府不会不管我们的事的。而且也不是什么大事，也不是什么难以决断的公案。只要狮子岭村把土地还给我们，我们什么也不会计较。因为时令不等人，当下的当务之急，就是插秧，这才是十万火急的事。

事情的发展，比我们村里人预料到的要糟。最终，由于政府迟迟没有解决梅子村与狮子岭村之间的土地矛盾，最终，酿成了两个村之间大规模的群体斗殴事件。

五　愤怒的土地

从2010年3月18日，梅子坑村小组长张玉成向镇政府汇报了狮子岭村村民强行在梅子坑的土地上插秧的情况后，新安镇政府方面，并没有什么动静。张玉成反复前去打听消息，请镇政府出面处理。因为这事不能拖太久，关系到插秧的大事。错过了季节，今年就没收成了。他心急如焚。

终于，在等了整整一个月后，有了好消息。2010年4月18日上午，镇政府让梅子坑的村民们到地里去，重新划定水田界限，以便重新播种。既然是镇政府下达的指示，这事也就算开始有点眉目了。梅子坑的村民们，也没想太多，只想尽快把水田里的秧苗插下去，再怎么样，今年也不会绝收。

于是，梅子坑60多名村民应约前往那片叫分流水塘的水田里，为了避免以后的纠纷，划界是很有必要的。然而，就在梅子坑村的村民们拉起绳，四处丈量土地的时候，忽然，田边出现了20多名狮子岭村的村民。他们来到分流水垌，强行拔掉了梅子坑村民插在地里的标尺与丈量用的绳子。为了避免冲突，梅子坑的村民们停止了划界，他们退回到村里，并由村小组长再次把情况向镇压里反映。

当天下午2时多，镇政府再次通知梅子坑村民，前去分流水垌重新插秧，并承诺："如果他们（狮子岭村）来捣乱，我们马上抓人。"

有了镇政府的承诺，梅子坑村民们相信，终于可以安心插秧了。

当天下午3时多，梅子坑村民再次来到分流水垌进行划界，准备插秧。没想到，在20多分钟后，狮子岭村又有40多个村民来到了分流水垌。当他们看到梅子坑的村民们正在地里插秧时，表现出愤怒的神色。他们目光凶狠，让梅子坑的村民们觉得，这一次，他们可能要惹出事端了。

梅子坑村村民程周荣回忆（根据录音整理）：

狮子岭村的那一伙人来到分流水垌，就不分青红皂白，用各种方法，把水田里的泥水泼到我们村民的身上。这些人，有的我们都不认识，有的认识，连中垌镇番昌村的"老虎七"也来了。那是中垌村的一个黑帮。老虎七是他们的首领。番昌村与我们的大坡村相邻。我们不知道，狮子岭村的人，把这些黑道上的人请来做什么。难道是用这些黑道人物来对付我们这些梅子坑村的水库移民吗？

我们曾幻想，他们请这么多人来，是不是想和我们划清界限，或者一分为二，弄一半土地，我们总是往好的方面去想，他们再怎么样，不会不留一点土地给我们吧。

事实上我们相当幼稚。这伙人来到分流水垌，不由分说，见人就打。把水田里的泥水，弄到我们梅子坑村的村民身上。当时，我们村一共有26人在地里。那一伙人就在我们的水田里，追着我们打。我们这个村，年轻人都在外打工，家里剩下的，都是妇女和老人，而他们，全是青壮年，试问我村村民又如何能反抗。

当时我也在地里，我正在插秧，这时，我没有注意前面来了一个人。我想，我不和你们动手，你总不至于把我怎么样吧。我还天真地这样想。

　　谁知，来的人二话没说，一把抓住我的头发，猛地往水田里的泥水里按，我没有注意，就这么被那个人硬生生地把头塞进淤泥里……（叙述中断，程周荣号啕大哭）

　　怒火中烧的梅子坑村民，开始了力量悬殊的反击。他们也用泥巴泥水泼向狮子岭村的人。狮子岭村的主要人物刘玉德和他的弟弟刘玉强，刚来到现场，就与梅子坑副组长李忠华等人对打起来。这是一场泥水混战，一方是水库移民，都是妇女老人，势单力薄；另一方是原居民，且都是剽悍的年轻人。为了这几十亩的水田，双方进行着力量悬殊的较量。

　　不用多说，这样的较量，其结果可想而知。梅子坑副组长李忠华不停地用手机报案，希望镇派出所和镇干部火速下来处理纠纷。然而，一直没有回音。左等右等，还是不见镇上有什么人来处理。

　　冲突中，双方村民均有人受伤。后经法医鉴定，刘玉强受的是"轻伤"，梅子坑几位村民受了"轻微伤"。刘玉德见弟弟受了伤，这还了得！认为这亏吃大了。于是立即拨通了镇派出所的电话。一会儿，终于等来了人。首先出现在村民面前的，并不是警察，而是10多个社会青年。接着，新安镇委副书记唐强和一名警察赶到。过一会，又有一批社会青年开着摩托车赶到。

　　令梅子坑村民不满的是，唐强只询问了狮子岭村民的情况，而没理梅子坑村民。在狮子岭村民的"指认"下，"社会青年"把李忠华等6名梅子坑村民押上了警车，被人将头按到泥土里、满身泥水浆的程周荣，主动请求警察带其回去协助调查，但遭到拒绝，理由是"车已经坐不下了"。

　　2010年4月19日，化州市公安局对梅子坑村副组长李忠华和6名梅子坑村民，以涉嫌故意伤害罪进行刑事拘留。

梅子坑村民吴××回忆（根据录音整理）：

　　我方拨110报警，却未见新安镇派出所出警，但是刘玉德一报警，派出所的人马上就到，此时，黑帮的人尚未停手，把我村民按倒在田里，动弹不得，还不停地进行拳打脚踢，派出所的人在现场居然眼睁睁地看着我村民被"老虎七"殴打，非但不进行劝阻，反而诬告我村民打伤刘玉强。

此时刘玉德嚣张地对我村村民怒吼:"只要是在茂名市的范围内,都没有人能奈何得了我。"

随后我村民中受伤最严重的6人被新安镇派出所强行拘留,其中的一村民当时口里还在不停地吐血,不知被拘留在何处,至今还未得到释放,生死未卜。

化州市公安局的做法,让梅子坑的村民无法接受。梅子坑村民说,"有些村民没参与争斗,怎么也被抓去了?"还有,"为什么只抓我们梅子坑村的,不抓狮子岭村的?"

对于梅子坑村的质疑,新安镇委书记姚亚新进行了回应,"是他们(梅子坑村人)先打人,狮子岭村是受害方"。

此外,梅子坑村民还有一个不明白的地方:公安局怎么会动用"社会青年"来抓人?化州市公安局梁副局长对梅子坑村民的解释是:对于犯罪事件,任何人都可以协助警察抓人。

六　化州下跪事件

狮子岭村的人,到梅子坑村强占土地,引起斗殴。警察来到之后,一共抓走了6个人。而这6个人,不是上门挑衅、无理争夺土地的狮子岭南村人,而是为了保卫自己的土地,奋起反抗的梅子坑人。

这让梅子坑村的人很不服气,感到不公平。他们觉得政府处理此事,明显偏袒狮子岭村的人。而这样明目张胆、存有私心的主要领导,是新安镇委书记姚亚新。于是,在梅子坑村6人被抓去之后,梅子坑村人开始了行动。

2010年4月19日,也就是事发当日,梅子坑村50多名村民来到化州市政府门前,拉出横幅,他们要求释放关抓去的6位村民,要求归还土地,要求新安镇委书记姚亚新下台。

当天,化州市信访局相关负责人接访了梅子坑村民代表。在听取梅子坑村民"放人和归还水田"的要求后,该负责人让村民回去"等候处理"。

2010年4月22日早上6时,未见有关部门行动的梅子坑村近百村民,从村里出发，前往化州市政府上访。在石湾街道，村民遭到警察的拦截，赶到现场的新安镇镇长李开，也给村民做思想工作，希望他们回去：“请村民回去，由镇政府处理。”

然而，村民们对他们的话已经不相信了。天空一片阴暗，似乎要下雨。梅子坑的村民们不肯折回，他们继续前行。镇长李开只好尾随在后。同时，还有一辆警车跟着。

经过三个多小时的步行，梅子坑村的村民们，终于来到化州市政府门前。他们举着横幅，要求约见化州市主要负责人。

在市政府门前站了很长时间，没有任何人理会他们。

这时，天开始下雨。很长时间，市政府也没来个人过问他们。根本没人理会，怎么办？

村民们的心里，这时候是多么的需要安抚。此时他们心中的感到绝望，他们想起了古代的包青天。这些朴实的梅子坑村民，仰望苍天，泪水、雨水交织在一起，他们在绝望中仰天呼号：“苍天啊，你睁开眼睛看看吧……”

紧急着，令人震惊的一幕出现了：全体上坊的梅子坑的村民50余人，在化州市政府的大门前，分成两排，一起跪了下去。在这个时候，善良的村民们还是想到了，不要影响别人的通行。

当时，天正下着大雨，那场面，令人愤怒，又令人揪心。

梅子坑的村民下跪一个小时之后，最先出面的，是化州市公安局梁副局长。他来到了现场，要求村民派几个代表到信访局协商。

随后，5个村民代表进了信访局。信访局有关负责人、公安局梁副局长、新安镇委书记姚亚新一起接待了梅子坑的村民。政府承诺：“下周一（4月26日），会下去调查处理问题。”既然政府表了态，而且有了确定的时间，梅子坑的村民们，似乎看到了希望，这才回到村里。

梅子坑的村民们回去之后，等啊等啊，一直等到5月12日，化州市信访局相关负责人才来到新安镇大坡村委会，召集梅子坑村民代表开会，商讨如何处理村民的诉求。

根据新安镇书记姚亚新的介绍，化州市领导对此事“非常重视”。5月12日，负责移民工作的化州市副市长把他和狮子岭村的代表人物刘玉德叫到市政府，要求尽快把事情处理好。姚亚新说，刘玉德也从来没否认分流水塘的水田是梅子坑的，而且认为狮子岭村也有错，愿意做本村村民的思想工作。

关于释放被拘的人员问题，姚亚新说，公安放人需要双方进行调解，如果梅子坑村不主动提出调解，要让受害方的狮子岭村先提出来是不太可能的。"不调解的话，只能通过法律程序来办。"

梅子坑的村民们对此十分不满。"他们先来占有我们的水田，打伤了我们的村民，怎么反而成了受害方？他们强占土地在先，再殴伤我们村民，不抓他们却先抓我们，天理何在？"由于梅子坑村民态度十分坚决，12日的会议无果而终。

也就是说，事情还是没有解决。

然而，梅子坑村的村民冒雨在化州市政府门前下跪，一个多小时都无人问津的上访事件，随着现代媒体的传播，在很短的时间里，迅速传遍网络。梅子坑村民们的遭遇，得到了全国人民的广泛关注与同情。

七　移民土地被强占的根本原因

在强大的社会舆论监督之下，化州市委、市政府不久在政府网站上作出了情况说明。令人感到欣慰的是，梅子坑的35亩土地终于明确了归属权。这是一个很好的结果。但是，回想整个事件，就会发现有个现象无法理解。

按照狮子岭村人自己的说法，这片土地，是他们的祖地，所以，他们要收回去。梅子坑村民移民到这里，也有50年了，为什么这50年来，狮子岭村从没有提出过土地要求，现在却提出来了呢？

对此，新安镇委书记姚亚新的说法是，梅子坑村土地被狮子岭村侵占，可能是"狮子岭村误读移民政策所致"。狮子岭村民认为自己也应该享受移民待遇，因此，想通过"此举"给政府施压。

对于狮子岭想加入鹤地水库移民的说法，梅子坑村民并不认可。他们认为，这是狮子岭村的借口。他们强占水田的真正目的，只有一个，那就是"想挖田下的白泥"，并且怀疑，狮子岭村村民、原化州市人大代表刘玉德是"幕后主使"。

刘玉德何许人也？据新安镇书记姚亚新透露："刘玉德是当地纳税大户，

当地优质的高岭
土资源

开办有瓷土工厂等。"

事实上，梅子坑水库移民们没有想到的是，当初移民到这里，政府划分给他们的土地下面，竟然埋藏着一片优质的高岭土矿。高岭土，俗称白泥。

新安镇大坡村，是高岭土主矿区，有一座长达17公里的长条矿带，最深的高岭土矿为27米，普遍都有6米以上深度，矿表皮最浅的不到20厘米，深的不到2米，矿源相对集中。该矿经省级地质队勘探，查明该矿属优质高岭土矿，总储量（C+D）级117.31万吨，其中C级89.38万吨，占76%，D级27.93万吨。

如此高质量的高岭土，是制作涂料和陶瓷的主要原料。

很荣幸的是，如此优质的高岭土矿，就在梅子坑村拥有的那片水田下面。

很不幸的是，如此优质的高岭土矿，被当地一个叫刘玉德的人看到了。

八 邪不压正，还水库移民一个公道

梅子坑村民长跪在化州市政府门口的上访事件，很快引起了广东省委、省政府的高度重视。省领导就事件处理作出专门批示，要求化州尽快妥善处置。化州市委书记秦刚迅速召开市委常委扩大会议，决定立即成立由化州市委副书记、市长黄从南任组长的工作领导小组，认真处理梅子坑村群众的上访诉求。

工作组经过深入细致的工作，发现了引发这次事件的根源，竟来自当地的知名企业主、原化州市人大代表——刘玉德。

　　刘玉德，当地人称其为"白泥德"，现年40岁，是化州市新安镇人。自20世纪90年代初，他便开始经营俗称"白泥"的高岭土生意，2002年注册成立化州市德英高岭土厂。据称，该厂年缴税达300多万元，资产过亿元。2006年，刘玉德当选化州市第十三届人大代表。

　　然而，在种种耀眼的光环下，工作组却收到了大量的群众举报，称"白泥德"在经营高岭土生意时，纠集地方恶势力，侵占田地，毁坏林木，破坏交通设施，肆意伤害地方百姓，独霸一方，当地群众敢怒不敢言。

　　举报线索引起了化州市委、市政府领导的高度重视。

　　根据化州市委、市政府的意见，化州市委常委、政法委书记、公安局局长黄鸿亲自挂帅任总指挥，并迅速成立了由公安局刑侦大队长为组长、治安大队长为副组长，10多名精干警力组成的专案组，随即对案件展开侦查工作。

　　为广泛收集证据，专案组进驻新安镇后，分头在新安镇政府、新安大坡村委会、新安龙潭村委会、新安梅子坑村设立举报箱，并公布举报电话，发动群众举报刘玉德的违法犯罪信息。短短的10多天，专案组便收到举报信达40多封。

　　化州市国土、林业、公路等部门也迅速行动，将他们手上近年来关于刘玉德涉嫌非法占用农地，破坏交通设施等案件整理移交给公安机关。

　　根据掌握的信息，办案民警展开深入调查，经过一个多月的连续艰苦工作，以刘玉德为首的地方恶势力违法犯罪证据日渐显露。

　　经过专案组民警艰苦侦查，以刘玉德为首的地方涉恶违法犯罪团伙的犯罪事实逐步清晰，犯罪证据也日渐充实。抓捕时机成熟，化州警方铺开天罗地网，擒凶捉恶。

　　6月19日，专案组展开抓捕行动，将团伙骨干刘玉强、陈润槐、陈献中、陈美中抓获。

　　6月21日下午，专案组获悉刘玉德的头号马仔"老虎七"落脚于廉江市红湖农场吴某某家，于是联合廉江警方迅速展开抓捕行动。民警进入抓捕现场，车尚未停稳，已成惊弓之鸟的"老虎七"闻风从二楼窗口跳下逃跑，造成其双脚骨折。

由于刘玉德是人大代表，采取刑事强制措施须经化州市人大常委会许可。6月17日，化州市公安局向化州市人大常委会呈送了《关于对刘玉德采取刑事强制措施的请示》。

6月25日下午，为了歪曲事实，混淆视听，给警方的办案制造压力，"白泥德"恶势力团伙落网的马仔家属30多人，居然串联到茂名市政府集体上访。他们上访时拉横幅、发传单，并四处散播"陈友忠的双脚受伤是警察殴打所致"的谣言。其后，在刘玉德的策划下，其家属不断向中央、省、市有关部门诬告办案单位民警及主要领导。他们还扬言，如公安机关不"放人"，将继续组织更大规模的上访人员到省上访。

6月26日，化州市人大常委会作出许可对刘玉德采取刑事强制措施的决定。

嗅到危险气息的刘玉德如丧家犬，企图逃离警方的视线。但是，警方的追踪行动一刻未止。

7月19日，获悉刘玉德正在珠海现身，警方迅速部署收网行动。晚上9时40分，在珠海警方的大力协助下，"泥霸"刘玉德在一公园内落网。

至此，该涉恶犯罪团伙连同刘玉德在内，共有6名骨干被公安机关抓获并刑拘。

据办案民警介绍，刘玉德相当狡猾，为了逃避警方的追击，不断变换逃亡路线，北京、广州、深圳、佛山、珠海、湛江，以及广西玉林等地都曾留下其藏身足迹。此外，他还不停变换联系方式，民警抓获他时，当场从其身上搜出5台手机和8张手机卡。

目前，警方已初步查明，以刘玉德为首的涉恶犯罪团伙，自1996年以来，涉嫌强迫交易，故意损毁财物、破坏交通设施、非法占用农田、故意伤害、寻衅滋事等刑事案件15宗，涉嫌治安案件30多宗。

黑色遮住的是阳光和色彩，黑社会蒙蔽的是正义和良知。丧失了人性尊严的黑恶势力，不仅让善良弱小的人们承受苦难，也无时无刻不腐蚀着社会准则与国家利益。在与黑恶势力的较量中，邪不压正，正义终将彰显。

梅子坑村的土地事件结束了。那些为了建设鹤地水库而作出贡献的移民，重新开始了日出而作、日落而息的普通生活。深深祝福他们！

青溪村·斗牛记

一　万绿湖·青溪村

先介绍一个水库移民小山村：青溪村。

青溪村是个很优美的名字，名副其实，青青的山，碧绿的溪水，很容易让人产生世外桃源的联想。事实上，青溪村真可以算得上是一个世外桃源。很不容易找到，即便找到了，也很难到达。因为青溪村位于一片茫茫的湖泊之中。

青溪村的具体位置在东源县新港镇。很多人可能不知道新港，但是一说新丰江水库，很多人都知道。新港镇就位于新丰江水库边上。新丰江水库建成后，因为库区四季皆绿、处处是绿，人们将之取名为万绿湖。这个湖的面积非常大，有1 600平方公里，要是绕着湖走一圈，那就要用上两三天的时间。

地理学专家曾经说过，北回归线上，贯串一线的几乎全是沙漠，干旱的草原，奇妙的是，有三个地方的地理环境截然相反，万绿湖、鼎湖山、大明山、西双版纳，专家称之为"北回归线沙漠腰带上的东四奇"，也就是说，这四处地方具有得天独厚的特殊地理环境，拥有一片绿色。

万绿湖的景美，更美的是她的水。这里有天然的优质水源，万绿湖的水甘美无比，可以直接饮用。

2010年10月13日，我从新港镇码头出发，乘快艇进入万绿湖中。碧波荡漾的湖水，由近到远，渐次转淡：墨绿、深绿、浅绿、淡绿。万里晴空倒映水面，"船在水上走，人在画中游"，整个人仿佛置身于绿色的海洋之中。更奇妙的是，湖水会随着太阳照射角度、光线的不同，在一天时间里产生几种不同颜色的效果。万绿湖上布满了大大小小的岛屿，湖四周延伸的山丘绵延起伏，并不很高，大多在海拔千米以下。

370平方公里浩渺碧水，1 100平方公里绵延青山，360多个绿色岛屿在蓝天、白云、朝霞、夕阳的映衬下，如梦如幻，仿若仙山琼阁，展现出一幅幅迷人的山水画卷。这些岛屿的形成，是在新丰江水库建成之后。水淹了很多山，没淹的，浮在水面上，就成了岛。库区内的村民们，从此改变了身份，他们成为水库移民，或外迁，或投亲靠友，还有就是后靠。所谓后靠，就是"就近后移"的意思。水位线以下的，往水往线以上的地方搬，但基本还在原来的行政范围里。

而青溪村，就是在这湖中的一个岛屿上。

新港镇青溪村党支部书记肖雄添介绍：青溪村，是个水库建设移民村，现有人口500多人，共产党员26人。因不通公路，无学校和卫生院等基础设施，生活环境恶劣。目前，大部分村民均外出打工。但该村山林资源丰富，可种中草药、板栗、油茶等。

二　南湖岛

南湖岛是万绿湖中的360多座岛屿之一。浩渺的湖水下面，淹没了一座乡村，叫南湖乡。这里山清水秀，人杰地灵。

根据河源市移民办提供的资料：建设新丰江水库，新丰江流域的人民群众为此付出了很大的代价。新丰江是东江水系的最大支流，发源于新丰县七星岭，自西向南，经河源市区流入东江，全河长163公里，集雨面积5 813平方公里。蓄水时，淹没面积390平方公里。有23 091户94 311名群众迁移到韶关、惠州及河源的其他村镇，同时，有15 524人虽未移民，但土地被淹没而从山脚迁到山腰居住，至今，新丰江库区内仍遗留有6个镇，共7万多移民。清库时，共淹没山林283.33平方千米，稻田120平方千米，号称河源

远眺南湖岛

"鱼米之乡"的地方——地处新丰江流域上的南湖，变成了万顷平湖。湖区移民因缺乏生产、生活条件，生活上与非移民地区的群众比仍有较大差距。近年来，不少移民群众参与或从事万绿湖区的旅游活动，已成为他们脱贫致富的有效途径之一。

为了纪念已被淹没的鱼米之乡——南湖，现在已将附近的一座小岛屿命名为南湖，隶属青溪村。这座岛原有一些水库移民，因为交通不便，有些人就搬出库区，到了新港镇的其他地方居住。现在，南湖岛上已没有几户人家。

因为岛上没有多少人住，这里的生态环境竟是出奇地好起来。岛上青山绿水自不必说，草木繁茂、四时鲜花更是开得旺盛。岛上至今不肯迁移出去的居民说，这里水好，空气好，没有任何污染，想吃菜，自己种，想吃鱼，新丰江里有的是，自己可以养鸡、养牛。城里人不是讲究宜居吗？青溪村就是最宜居的地方。这么好的环境，怎么舍得出去呢？

还有，这些年来，东源县各级政府和县水库移民局的工作人员，对于库区的移民们给予了特别的关注，鼓励他们进行生态农业的发展，养牛，养鱼，养蜂，种树，栽竹。现在的南湖岛，就是一个环境优美的绿色生态岛。

本来，如此美丽的地方，岛上的居民们远离城市污浊的环境，在青溪村这样的青山绿水之间生活，何其的幸福，虽然生活还没有达到很富裕的程度，但是他们生活环境却是令人羡慕的。原先有很多人因为这里贫困，搬出了南湖岛。现在，有的人又开始返迁回来了。因为这个南湖岛的前景，将是一个环境优美的生态岛，前来旅游的人，会越来越多。

正当岛上的几户居民筹划着准备开发南湖岛的生态旅游的时候，不知从何时起，岛上居民们的平静生活，一下子被打乱了，村子里开始笼罩着诡谲不安的气氛。大白天的，村民们都不敢随便外出；晚上呢，更是胆战心惊，紧闭门户，绝不外出。

是什么让村民们变得忧心忡忡？

三　野牛岛

原来，不知怎么回事，原本宁静的青溪村南湖岛，忽然出现了一大批野牛。它们在南湖岛上成群结队，无人管束，强劲剽悍，视南湖岛为自己的领地，平日里纵横山野，横冲直撞，如入无人之境。有时，这些野牛白天睡觉，晚上出来闲逛。有时，它们发现有人的时候，还会追着跑，把村里的人吓坏了。

新丰江库区的野牛岛

很多人知道野牛，是从电视上知其勇猛。在南非的克鲁格尔国家公园，曾经上演一场惊心动魄的狮牛大战。一头小水牛被几头狮子围攻，然后被拖进一个水坑，水坑里的一条鳄鱼毫不犹豫地扑向这头仍在挣扎的猎物。这时候，一群水牛出现了，欺负小水牛的几头狮子最终还是不敌数十头水牛，其中一头水牛甚至用牛角将一头狮子抛向空中。那头小水牛最终得救，回到牛群中。

能够与猛狮较量的动物，也许只有野牛了。虽然野牛笨拙，没有狮子矫健灵活，但是，野牛有强悍的力量，靠一双坚硬的牛角，成为能与狮子对抗的少数几种动物之一。

青溪村南湖岛上的这批野牛，它们体形庞大，力量惊人。通常都是在林木葱郁的地方栖息。南湖岛因少有人居住，环境清幽，野草丰茂，每日又有甘美的万绿湖的水畅饮，这批野牛乐此不疲，整日里游荡，甚是逍遥。

这群野牛快活了，可苦了南湖岛上的这几户水库移民。他们原想在此安居乐业，现在却频频受到野牛的威胁。这群野牛在这个水库移民岛上晃晃悠悠，已非一时半日。它们有时很温驯地吃草饮水，有时发起野性，一路狂奔，岛上的村民每日里战战兢兢，无论是外出还是劳动，总要先窥探一番野牛的踪迹，然后才出门。如果远远看见了野牛，则绕道而行，或者等它们吃饱喝足，看着它们离开。

现在村民们都说晚上都不敢轻易出家门，白天要是碰到这些牛都躲得远远的。南湖岛上出现成群的野牛的消息，很快就在新港镇传开了。大家都在纷纷议论，这些野牛是从哪儿来的？怎么会成群结队出现在偏僻的孤岛上呢？

有一天，青溪村的南湖岛上，来了一个人。他叫肖新兴。他从新港镇来到岛上之后，不仅不想躲避野牛，相反，他却在山里四处寻找野牛的踪迹，并且扬言要想方设法去抓获那些野牛。

这是怎么回事呢？偏僻的青溪村，平常就很少有外人来，这个村子里平白无故从哪里跑来这么多的野牛？为什么肖新兴要去抓它们？难道他就不怕被野牛群撞伤？这些野牛和他有什么关系呢？

四　水库移民们的回忆

我租了一艘快艇，从新港镇出发，前往湖中的水库移民村采访。大约15分钟后，到达南湖岛。岛上湖光山色，草木葱郁，非常宁静。岛上散落着五六户人家，以打鱼为生。关于岛上出现许多野牛的情况，村民们显得有些不安。他们在岛上的生活，原本很宁静，现在却被这群野牛给搅乱了。我们来到南湖岛上，村民们纷纷诉说这些野牛的肆无忌惮与猖狂。

水库移民肖世民回忆（根据录音整理）：

我们都是南湖乡的水库移民。几十年来一直这个岛上生活。平常主要是靠打鱼为生，也养牛。我们养的都是水牛。水牛很温驯，也很听话，从来没有发生过什么事。自从村里有了那群野牛之后，人心惶惶，我们晚上不敢出门。这些牛三五成群各自为政，分散在不同的山里，四处游荡，而且经常是神出鬼没，白天休息，晚上觅食，我们在白天要是遇到了那群野牛，它们会跟在我们屁股后面追赶。有一次晚上，我骑摩托车回来，忽然听到后面有类似马蹄的奔跑声，我想，坏了，那群牛跟来了。我骑着摩托（车）拼命往前赶，那群牛是紧追不舍。我想，我也没招惹它们啊。我就把摩托车停在路边，关了灯，一动不动地躲在路边的树后。

那群野牛见没了灯光，也就放慢了脚步，游游荡荡，最后散去。那一次，真是吓死我了。我现在晚上基本上不出门，就待在家里。心想，这样也总没事了吧。哪知，这样也不行。有几次，我看到我们家的门前，有一群牛在月光下晃荡。我在屋里紧张了半天，心想，如果它们一起冲进来，我这房子也都能给踏平了。

后来，我真怕它们冲进来，每天晚上，我都会准备一些草料放在门口，希望它们吃饱了就离开。这个效果很不错。野牛们在月光下吃完草，心满意足地离去。这个办法好是好，新的麻烦又来了。因为每到晚上，那群野牛准时赶来，如果哪天没有准备好草料，它们就在门口抗议，哞哞地乱叫，最后仿佛是恨恨而去。那时，我吓得浑身发抖，就怕它们群起而攻之。

野牛在村民家门口觅食

　　总觉得这样下去也不是办法，左思右想，就想了一招，买了一串挂鞭，等到野牛出现时，就点爆。这个法子很管用。别看那些野牛平常如入无人之境，可听到鞭炮的响声后，一直愣在那里，搞不清是怎么回事，又不敢贸然前来，犹豫，徘徊了很久，最后才决定撤退。从此以后，那群野牛，就再也没有到我家门前来过。

　　水库移民刘爱琴回忆（根据录音整理）：

　　我们这里是个移民小村。平常也没什么人来。县移民办的同志常下来看看，问问情况。他们帮我们修了路，建了房，住在这里也挺好的。政府好几次要我们搬迁出去住，离开这个交通与生活都不方便的地方。可是我们习惯了这里的环境，不想离开。但是，现在岛上出现了无数野牛，弄得我们现在整天提心吊胆，出门，做事，都不安心。

　　那群野牛，可真是野了。我们家里养了几头水牛，平常都是我牵着到水边去饮水。基本上，我一看到那群野牛出现，我就躲得远远的。你来了，我让开还不行么。好的草地都是你们占领了，都让着你们，总该没事吧。

事实上，那群野牛是很有组织纪律性的。它们平常吃好玩好，基本上不会来骚扰村民的。

可是，有一天，我把我们家的几头牛牵到河边饮水。却没注意到，那群野牛正在河边的水里洗澡，忽然见到我家的牛，它们竟然从水里冒出来，和我们家的牛靠近，我当时吓坏了，它们要干什么？

我们家的牛胆小，也害怕，见到这些强悍的野牛，就想往回走。谁知，那群牛紧紧跟随在后面，紧追不舍，那些牛跑得很快，我紧张极了。当时，我不知道该怎么办，家里的牛又很老实，又没见过这世面，更不会跑。眼看着那群牛追过来了，我吓得浑身是汗，我丢开家里的牛，撒腿就往回跑。

我跑啊跑啊，上气不接下气，前面有棵老树，我停下，往后看，奇怪的是，那群野牛并没有跟在我后面。它们三三两两地围着我家的几头牛转，转来转去，我看出了名堂。原来是在向我家的牛示爱呢……

后来，我把水牛牵回来了，以后再也没有把牛牵到湖边饮水。我是怕那些野牛把我们家的牛拐跑了，或者，我们家的母牛，把那些野牛引回家来，都不是好事。现在我担心的是，如果我家的母牛怀了那些野牛的种，生下小野牛来，那可就麻烦大了。

五 寻找野牛

我从小在农村长大。对于牛的习性，略知一二。所以，当我来到南湖岛上，听这里的水库移民们说起岛上的野牛，我很感兴趣。我并没有过多的担心。根据村民们所描述的情况，我觉得这些野牛，可能并不是纯粹意义上的野牛。我询问村里的人，那些野牛平常都出现在什么地方。他们说，很多时候，在水边能看到。它们常到湖边喝水。

我来到河边，湖水青碧一色，并没有野牛的踪影。村民们又说，平常除了喝水，它们就在山坡上闲逛。每天都能看到。我告诉村民们，牛是通人性的。在印度，牛被视为圣物，甚至可以在都市放牛，车牛共道是印度首都新德里街头的独特景观。

我在南湖岛的山坡上闲逛了半天，仍不见野牛的影子。我决定到树林子里去找。村民说很危险。我说，在树林里，到处是树木野藤，野牛笨拙，有劲也使不上。如果在平地，那就很危险了。和我一道前来的东源县移民办的小李，陪着我一起走进树林。

我和小李在树林里走了半天，一只牛也没见到。

这是一个十分宁静的小岛屿。虽然偏僻，但是生态环境十分优美，因为富含负氧离子，行走在岛上，心情很舒畅。小李告诉我，这里的居民，十分爱护环境。他们说，已经是移民了，不想再做移民。他们想世世代代生活在这里。因为这里是世外桃源。

如果你没有来过新丰江水库，你无法体会这些水库移民所说的话。因为新丰江水库的风景之美，如入仙山琼阁，实在让人惊叹，说成是世外桃源，一点也不夸张。

小李说，这些年，县水库移民局十分注重对水库移民的生态保护宣传工作。只有生态保护好了，移民们的生产发展，才有可持续性。事实也是这样，移民们大力发展生态农业，他们养牛，捕鱼，推出农家乐旅游，生活一天天好起来。移民们知道了保护生态的重要性。对于破坏当地生态环境的人，他们也敢于指责，或者去举报。他们说，生态破坏了，大家都完蛋。

小李举了一个例子。2009年，青溪村的小山沟里，不知怎么忽然冒出一些黑烟。由于村里人少，那股黑烟冒了多长时间，谁也不知。那黑烟冒了一段时间，断断续续的，又不像是山火，就有村民前往山沟看个究竟。

那条山沟，当地人叫蛇坑。因为山上的蛇很多，平常很少有人来到。当村民走近一看，原来，不知什么时候，那个叫蛇坑的地方，建了一座简易的冶炼厂。有厂房，有熔炉，工人们正忙得热火朝天，只是不时有刺鼻的气味随着那股黑烟飘浮而来。

很快，小山沟里有冶炼厂的消息就在村里传开了。大家商量之后，一致认为这个冶炼厂是不能建在这里的。且不说山火对周围的山林树木构成威胁，这里的环境，万一遭到破坏，他们上哪儿吃饭去？

随即，村民们把发现冶炼厂的消息，告诉了东源县移民办公室。因为他们是水库移民，县移民办公室，就是他们的娘家，大事小事，各种问题、矛盾和诉求，都要先报告给水库移民办。东源县水库移民办对此事十分重视，立即与县环保局与县工商局取得联系。

8月4日，东源县水库移民办会同县环保局、新港镇政府以及公安、工商部门，驱车30公里，找到隐匿在青溪村蛇坑的那一座土法冶炼厂。该冶炼厂占地约10亩，厂房300平方米，拥有一座中型烧炉。环保执法人员查询情况后得知，该工厂无任何证照，以收购电镀淤泥、废弃线路板为原料，以煤炭为燃料土法炼铜，偷偷生产一个多月，已炼成成品铜约2吨。该工艺属国家明令禁止的建设项目，工商部门对该厂采取现场查封。

小李告诉我，后来，8月20日那天上午，东源县环保局联合新港镇政府、公安和工商部门一行49人，来到新港镇青溪村蛇坑这座隐藏在深山沟的土法冶炼厂。中午12时30分许，随着现场行动总指挥的一声令下，40多名执法人员分成三组，对该土法冶炼厂强行拆除。下午4时43分，由该县公安局派出的爆破组对该厂一座13米高的烧炉实施爆破。两声震耳欲聋的爆炸声后，隐藏在东源县新港镇青溪村深山处的一座土法冶炼厂被彻底摧毁。

从此之后，美丽的青溪村里又恢复了往日的宁静。却没想到，大批的野牛出现了。

我们在青溪村的山沟里转了半天，最后回来时，在河边看见了三头野

正在水里洗澡的野牛

牛。这三头野牛都淹在水里，像鳄鱼一样只露出头，对于我们的出现，并不惊慌，晃悠悠地从水里走到岸上，向我们看了几眼，不知道是对我们不屑一顾，还是不放在眼里，瞟了几眼，就往山坡上跑去。

我问小李："这哪里是野牛，是普通的水牛啊？"小李说："样子是水牛，只是牛的野性脾气是很可怕的。你看——"

刚才的三只水牛，居然像马一样扬起四蹄，飞奔起来，一直消失在丛林之中。

六　真相大白

村民们说，自从这些野水牛在岛上出现之后，原本宁静的青溪村就没有安宁过。这批野水牛到底有多少头，很多人都说不清楚。有的说有30多头，有个村民说，他曾数过，有50多头野水牛。水牛力大无比，它们夏天在湖边，冬天就跑进山上去。你想想，如果有四五十头野水牛在村子里狂奔，那将是怎样一种地动山摇的气势？谁看了都会惊出一身冷汗。

问题是，这么多的野水牛，到底是从哪冒出来的？有村民说，这些野水牛，都是肖新兴惹的祸。这是这么回事呢？

青溪村出现大批野牛之后，惊恐不安的，不只是南湖岛上的居民。有一个人，他像热锅上的蚂蚁一样，比谁都要着急。他叫肖新兴。

原来，东源县库区的移民们，都依靠当地的独特地理环境，脱贫致富，走上了畜牧养殖致富的道路。老肖也是新丰江水库的移民。看到人家靠养牛发家致富了，他也想通过养水牛改善生活，于是在县移民办的帮助下，在2000年4月，肖新兴贷款4万元，在新港镇青溪村办起养殖场，养了20头小水牛，就在这个南湖岛屿上放养。

刚开始几年，在老肖的悉心照顾下，20头水牛倒是很守规矩，有组织，有纪律，白天觅食，晚上回家。2005年，老肖挑出28头最好的牛，包括当初买的老牛繁殖出来的小牛留下，把其他的牛都卖了。后来，有朋友在外面做生意，要老肖去帮忙，老肖就搬出了南湖岛。牛呢，他也没能力去管。反正岛上就那么大的地方，干脆就那样放养吧。

后来，老肖就没有怎么管过岛上的28头牛。直到2008年，有村民跟他

青溪村悠闲自在的野牛

说，坏了，他的牛变种了！

老肖放养的那二十几头水牛，如同放虎归山，没人看管，好不自在。其数量非但没有减少，几年下来，居然又增加了二十几头水牛，而且是体格强健，剽悍无比。它们整日里在山坡上东游西荡，视南湖岛为自己的领地，而且，看到村民在岛上走动，很不顺眼，似乎不去冲撞几下，给他们以警告，他们就不知道这岛上的主人是谁。

老肖听到自己放养的水牛成为凶悍的野牛之后，吃惊不小。为什么？一来，他不知道自己的水牛数量翻倍了，这真是赚大了；二来，如果牛的野性发作起来，伤着人，或者有个什么意外，那可不是闹着玩的，把所有的牛全卖了，也不一定赔得起啊！

老肖的牛儿们不仅脾气越来越大，队伍也越来越壮大。在2009年夏天的时候，牛群纷纷来到湖边喝水时，老肖数了数，最多一次已经达到了55头。

原来，只要生态环境好，水牛的繁殖能力还是很强的。水牛是一年一胎，一胎一头，基本上两年半到三年，水牛膘肥体壮，开始性成熟，就可以交配了。为了自己的收益，更多的是为了青溪村仅有的五六户村民，老肖很着急。他急急忙忙地带了几个人回到南湖岛，想把野牛控制起来。

南湖岛林木丰茂，水牛漫山遍野地跑，老肖要想抓牛，那可真不是件容易的事情，可这牛不抓也不行啊，一来怕以后哪天伤着村民，二来这一头水牛按每头6 000元的话，这55头牛那可就是33万元，这在当地，就已经算是发家致富了。

然而，逍遥惯了的那群野水牛，哪里肯束手就擒？现在已是野性十足，要想归顺，嘿嘿，门都没有。

那些野牛仿佛知道那几个人的阴谋，只要稍一靠近，就一下子跑远了，然后再回过头来瞧瞧，如果有人跟在后面，就干脆躲进了树林里。

面对野性十足的水牛，老肖带着一帮人在山里转了半天，也没抓住一头牛。原来，经过几年放养生活，牛群们早就把老肖这位主人忘得是一干二净。老肖呢，怎么也想不通，一向温顺的牛，几年不见怎么就六亲不认了呢？

七 捕牛

几次捕牛行动均无功而返，老肖的心情很焦急。他说："唉，我现在想到这个事情就头痛。别人的钱在银行存着，我的钱在山上飘来飘去的。"那些水牛，野性很大，人一靠近，它就跑开，你几乎想象不出它有多机灵。谁说牛很笨拙的？老肖说："我一靠上去，它的眼睛就盯着我看，牛角动动，好像要攻击我。"

这天一大早，老肖请来了20多个老乡，组成强大的捕牛队，浩浩荡荡开进了南湖岛。兵分两路，一路坐摩托车，走山路，先行探路；另一组乘船出发。为了方便抓捕，老肖给大伙准备了衣服、刀、绳子，全套的抓捕工具。另外，此次行动中，还有当地畜牧局的工作人员作技术指导。

抓牛行动开始！老肖自认为是牛的主人，这些畜生不听话，要好好教训一下。老肖心里窝着一股气。虽然如此，他还是坦言有点害怕，因为水牛毕竟是野了，性子大，万一被那牛角挑起来挂着，那可不是好玩的。所以，他对前来帮忙的这些个农民兄反复关照：遇到危险，一定要躲开，牛抓不到不要紧，千万不能把身体给搭上。

这时，有探路的一队人马回来报告，发现了牛群的踪影。老肖立即带着大伙前往。拐了一道弯，果然看见有一群水牛出没，一数，共有8头。牛群没有感觉到危险存在，它们正晃悠悠地要往水里走。老肖当即将捕牛的人分成三人一组，分路包抄。

这时，畜牧局的工作人员提醒，抓牛可是个危险的活，尤其是对这些已经回归野性的水牛，大伙更是要提防。一般的牛或者其他动物，它的视力都不怎么好，相当于人的近视眼那种状态，所以，你要在接近它的时候，应该从侧面接近，不要面对面地接触。还要提前给个声音，弄出一定的响声，然后再慢慢接近，不能让它受到惊吓，否则，野牛的性子发起来，横冲直撞，没人受得了。

很多捉牛的人，都没见过这么野性的牛，都有些畏难的情绪，不敢上前。因为那些牛如果发疯的话，不知能不能逃回来。

老肖见这些人不敢上前捉牛，心里有气。独自一人走到前面。因为虽然隔了几年，这些牛中，还是有认得的老牛。他认为叫唤几声，一定会唤起牛们的回忆。于是老肖就"哞哞"地叫了几声。谁知，那些牛一看到老肖走近，似乎认出了主人，心想，主人还想把我们套回去吗，那可不干。于是，八只牛一哄而散，留下了老肖怅然若失的目光。

过了一会，又有人发现，山坡上有一群野牛在吃草。这一回，老肖觉得这20多个人还不够，又打电话，多叫来了几个人。

大约等了半个小时，有几个人坐快艇从新港镇赶来了。现在牛群正在山洼里吃草。捕牛队也偷偷地潜伏在山头上。有人出主意，大伙兵分几路，把牛群赶到水里，然后在快艇上用绳子套住水牛，在水里抓捕，这样要省力气一些，所以，首要的任务是先把牛赶到水中。

这是个好主意。大家一边吆喝，一边把牛往水里赶。老肖更是急火攻心，这几十号人都是花工钱雇来的，一头牛都捕不到的话，他拿什么给人家工钱？于是，老肖的牛脾气也上来了，他奋勇当先，憋足了劲把牛往水里赶。

但是，那些牛很机灵，似首明白了主人的意图。它们居然分成三小部分，非但没有往水里跑，却向山里狂奔。老肖一看，完了，牛一进入山里，一头牛也捉不到。他手中狂舞着套牛的绳子，跟在牛后面狂追。

然而，一切如同幻影，那群水牛又很快消失在树林丛中。这个时候，老肖才开始明白，为什么人们夸人的口头禅中，总有一个"牛"字。这牛真不是吹的。大伙的体力也消耗差不多了，只能眼睁睁地看着牛群从眼皮底下跑开了。无奈牛群实在太"牛"，捕牛者铩羽而归。看来这一次人牛大战，捕牛队是彻底败给了这些野水牛。一大帮汉子，围捕这几头水牛，无功而返，想想都觉得窝囊。

老肖呢，看到一头牛都没捉回来，窝了一肚子的火。大把的钱，明明就在眼前，可就是抓不到手。老肖觉得心很痛。

东源县水库移民办的同志对老肖的遭遇十分同情。为了帮助水库移民们早日脱贫致富，也为了帮助老肖重新建立起畜牧养殖的信心，水库移民办的同志建议他去河源市畜牧局，请教专家。无论是种植或者是养殖业，都不是盲目发展，都必须以科学为依据。

畜牧专家带着老肖来到当地的一些生态环保型畜牧养殖龙头企业参观，给他介绍一些养殖知识。最后还给他支一招：养一批母牛，重新带队。等到夏天，气温高的时候，水牛们会纷纷下山到湖里喝水时，那些野牛就会慢慢地回到母牛的身边来。听完专家的话，老肖觉得很在理，遂决定重新买5头母牛认真饲养。

但是，那毕竟要很长的时间。目前的情况怎么办呢？当初在银行贷款养牛，这笔贷款至今未还。怎么办呢？

八　悬赏捕牛

无奈之下，肖新兴想出一招，悬赏捕牛。活捉一头活牛者，付费500元！他希望有"牛人"前来帮他捕牛。肖新兴悬赏捕牛的消息，很快在各地传开了。不少人跃跃欲试。12月20日上午8时许，一支由20人组成的队伍，带着各种工具前来捕牛，其中，有些人从深圳远道而来。

这一次，捕牛者发现了正在山脚下吃草的牛群之后，悄悄围过去。当捕牛者距牛群不到50米时，几头大水牛停止吃草，发现了异常的动静，在它们的面前，出现了许多不速之客。

这时，有一个捕牛者，用捕兽工具打伤了一头大水牛，负伤的大水牛疯了似的带着牛群拼命朝山里跑，众人在后面追赶。牛群狂奔着，翻过山头往深山跑去。到下午5时30分许，负伤的大水牛没被抓到，其他水牛也不见了踪影。捕牛队再次大败而归。

次日，肖新兴得知，被吓散的10多头牛群跑到了邻近的锡场镇新岛村。他赶过去，发现受伤的大水牛左眼被打瞎。由于无法赶回这群牛回南湖岛，肖新兴只好叮嘱当地村民，不要去招惹这些牛，当心被大水牛袭击。那头受伤的大水牛体重估计超过250公斤。

此后，在老肖的悬赏之下，已有9批人前来帮他捕牛，其中有主动请缨的，也有被叫来帮忙。每次，肖新兴都要出钱请快艇载捕牛者从新港镇进湖，加上吃饭等费用，已耗费不少。肖新兴把自己所能想到的捕牛招数都用过一遍，但到现在，只抓到一头小牛。他在牛群出没的地方挖过陷阱，设过夹子，但变成"野牛"的水牛的生存能力和"智商"似乎也提高了，每次都能避过这些东西。

由于这些水牛是放养多年的，肖新兴自己估算，平均一头水牛能卖将近1万元。这次悬赏捕牛，他设了个前提，就是必须活捉水牛，不能打死水牛，不然会影响牛的价格。

束手无策的老肖，实在没法可想了。只好求助当地政府，请求警方射杀。东源县新港镇有关负责人说，当地政府部门已经接到老肖的请求，镇政府非常重视此事，已向县公安局打报告申请援助。

老肖捕牛的遭遇，引起了很多人的关注。大家纷纷献计献策。有人认为，射杀水牛，是很不人道的办法。如果实在要射杀，请用麻醉枪。

还有人想出了一个办法，说干吗要捉野牛呢？野牛不是野猪，随便猎杀太残忍，何不把岛上的村民迁出来，让野牛自由生长，然后把该岛变成野牛岛，以此吸引游客，岂不是万全齐美？万绿湖本来就是生态旅游区，这样又可以多出一个景点。

九　捉牛还贷

老肖的银行贷款到期了。近一段时间，银行频繁地又来催讨肖新兴的贷款。肖新兴说："这几天为了还贷的事情，都愁眉苦脸了好几天，家里没经济能力来偿还银行贷款，虽然有一群牛在山上，但银行的人也不敢要这群牛呀。我希望通过媒体的报道，让社会上的'牛人'出面，帮我把这群牛给制服，然后尽快把银行贷款还上。"

银行要得急了，老肖被逼得没有法子，带上几个人，准备用枪射击。几名猎手在肖新兴的带领下，来到了青溪村。

湖边，有几只野牛，正在啃草。猎手们抄起家伙，悄悄靠近牛群。但是，这群野牛成了精，非常警惕，稍有风吹草动，就知道周围藏着危险。此时，见有人靠近，急忙往山坡上移动。肖新兴阻止了猎手继续靠近，因为野牛攻击起来，人就很难跑掉了。

眼看牛群越走越远，猎手们端起猎枪，瞄准，射击，连射几枪，奇怪的是，没见一头牛倒下。牛群听到枪声后，知道中了埋伏，发怒起来，在田地里狂奔起来。猎手们一边追赶，一边瞄准牛群射击，尽管他们跑得筋疲力尽，仍一无所获。最后，牛群跑到深山中去了。猎手们解释说，由于距离较远，射程有限，杀伤力也有限，再加上牛皮很厚，即使打中了也很难把牛当场击倒。

老肖很不甘心。无论如何，要捉住一头牛，不然，这么多人的开销，也没着落啊。他让猎手们进山，继续找那群野牛。猎手听肖新兴这么一说，只得再次走进深山，循着牛群走过的踪迹继续寻找牛群。谁料，这群牛和猎手们玩起躲猫猫的游戏。找了半个多小时，猎手们终于在山顶上发现了一头牛。几个猎人，立即集中火力将其击倒。

被击中的是一头公牛，是这群野牛的头领。肖新兴说，就是这头公牛，经常带领牛群攻击人，现在把它击倒，自己也轻松了许多。

然而，牛虽然被击倒了，但是在这么高的山顶上，怎么才能将这头重达700多斤重的公牛抬下山呢？大家纷纷出主意。最后决定，现场屠宰这头公牛，然后分批将其扛下山。

老肖费尽周折，才捉了一头公牛，心里并不轻松。因为还有50多头牛没捉到。这50多头牛怎么办，令肖新兴头痛不已，毕竟用猎枪射击，也不是个好的办法，而且存在一定的危险性。

肖新兴希望社会上的"牛人"出现，能继续为他出谋划策，帮他把那群野牛悉数捉回来。

樟溪村

一 到达樟溪村

2010年10月13日上午，我和东源县移民办的李英思股长前往半江镇。

去之前我翻看地图，我们要穿过新丰江水库才能到达。我们在新港镇码头租了一艘快艇。李股长告诉我，这里就是新丰江库区，库区里还住着很多水库移民。平常下乡工作，因为经费有限，他们也只能坐普通的船。从新港

美丽的新丰江

镇坐普通的机动船，要五六个小时，才能到达半江镇。

我心里明白，为了我的采访工作顺利完成，东源县移民办的同志，给了我最高待遇。由于环保需要，现在的快艇都是燃烧液化气。从新港镇到半江镇，这艘快艇要燃烧两瓶气，中途换一瓶。我们从新丰江水库的新港镇码头出发，在碧波荡漾的万绿湖里飞驰两个小时，到达了半江镇的樟溪村。

我要采访樟溪村的一个主要原因就是，这个村几乎与世隔绝。我们想想，现在是21世纪，在我们的身边，并不遥远的地方，还有一些村落不通公路，村民们出门外出都要靠船，这多少有些让人不可思议。可现实中就有这样的村落存在，樟溪村是其一。

我们很难从地图上找到樟溪村的具体位置，也很难找到樟溪村的相关材料。快艇靠岸后，因事前有过电话联系，樟溪村委已派人在码头边等候。说是码头，其实就是水边的一道斜坡。我们上岸。迎接我们的，是一辆农用三轮车。后来才知道，樟溪村委会，距离码头还有很远的一段山路。这辆三轮车，是当地一户村民家的"私家车"，平常呢，就由村委会征用，作为迎接到樟溪村来的各乡领导的"公务车"。

樟溪村委会专门派了当地唯一的一辆车来接作者与其助手。"专车"上穿马甲者就是本书作者

同来的东源县水库移民办李英思股长说，他来樟溪村多次，都是坐的这辆三轮车。我问他，这里很偏僻，为什么会多次来呢？李股长说："越是困难的山村，我们越是要常来。他们缺少什么，需要什么，有什么需求，我们都要知道。还有各项关于水库移民的扶持政策，落实得怎么样了，我们都要进行督促和检查。你看，我们现在走的这条山道，就是县移民办根据国家对水库移民的扶持政策修起来的。"

在我们离开码头之后，由三轮车载着我们向樟溪村委会驶去。我们前面是一条平整的水泥路，弯弯曲曲通向山里。李股长告诉我，这个小山村，就叫樟溪村。我们在樟溪村的山间穿行，山上长满各种灌木与竹子，植被与生态都保护得很好。我们有一种行走在原始丛林里的感觉。

我没有想到的是，码头到村委会，还需要十来里路。当三轮"公务车"把我接到樟溪村委会的门前，村长许日红早就等在门口，热情接待。我看到樟溪村委会的门口，大大小小挂满了牌匾。村委会是幢两层的小楼房，看样子刚建不久。许村长说："建这幢小楼，县移民办帮了不少忙。如果没有他们的帮助，我们的村委会，可能至今还在泥砖房里办公。"在樟溪村委的会议室里，许村长向我介绍了樟溪村水库移民的生活情况。

樟溪村村长许日红讲述（根据录音整理）：

我们这个村，就相当于一座孤岛。水库淹了很多水田，地也没了。从村里到镇上去，还得靠渡船。一次1元，回来也是1元。原来，村里有条船，后来破了，就没再置。交通部门安排了一条船，现在正在使用，这样，樟溪村和外界的联系，就算没有完全隔绝。

如何到东源县城呢，现在好了，可以坐班车。上午一班，下午一班，对开。全程有90多公里，到河源时，要两个多小时。票价很贵，单程要27元。全是山路。现在没人坐船了，因为坐船时间长。那条山道是2007年修通的。方便是方便了，可去一趟城里，这花销也大了。在没有修路之前，我们一直都是靠船去城里的。这是我们进城的唯一通道。

没有道路的日子，那可真是苦不堪言。记得有一年，我们东源县的一个副县长来我们村里调研。他看到村里的许多男人都留着长发，蓄着胡须。感到很奇怪。想不出什么原因，就走到一个中年人那里，问他："老乡，问你个事，你头发、胡须留这么长，干吗啊？"

老乡说："理不起发啊。我们这里的人，要剪个头，要花100元钱。"

县长很纳闷，就问他："怎么会呢，哪个理发店这么黑，我让工商去查他。"

老乡说："我们这里没有理发店。要理发，都得到城里去。我给你算算：从樟溪村到新港码头，是必经之路，船费是20元。从新港码头上岸到县城，5元。这样，来回就是50元。理个发，刮个脸，洗个头，算10元，当天回不了村里，要住一个晚上，我们只住大通铺，每人算20元。吃饭呢，只吃馒头稀饭，两天加起来算20元不算多吧。这样，我理一次发，正好是100元。"

县长听了，沉思良久，就打了个电话，让城里来个理发师，免费给村里的人理发。然后对我说："你物色一个人，到城里找我，我让他接受培训，将来到半江镇开个理发店。"

我们感谢这个县长。这样的小事，也为我们操心。但是，后来很多人都搬迁出去了。原来还有学校的，因为人太少，没办下去。也有个卫生点。但真正有病，还得到镇上去看。我们这里的山上有很多珍贵的木材，可现在不能砍，是生态保护区。国家也给了我们村补助，一年30万元，人均约250元。

村里的人大部分外出务工。剩下的人，到水库里捕鱼，种竹子。竹子可以砍，加工牙签和一次性的筷子，一次性的烧烤签。笋竹不多，不好卖，加工也困难。田很少了。水田原来有200多亩的，现在只剩100多亩了，只能维持村里人的口粮。

在樟溪村，并不是所有的居民都是移民。还有一种叫稳民。根据县移民办李股长的介绍，所谓稳民，是指库区内，淹田却没淹房的那一类村民。他们不能享受国家移民补贴政策。因为房子没有搬迁，所以不能称为水库移民。

樟溪水库移民村的基本情况（由樟溪村委会提供）：

樟溪村位于半江镇西边，距镇府4公里，处于新丰江水库上游。樟溪村设置3个自然村（大黄岭村、蕉林坑村、库边村），9个村小组（蕉林坑、角弓坑、田心、新田、赖屋、大王岭、下围、新村、高简）。全村现有总户数223户，总人口1 183人，其中移民156户807人，淹田不淹屋67户376人。山地总面积3.8万亩，其中4 000亩荒山，2 000亩用来种植广宁竹，耕地面积409亩，其中水田159亩，旱地250亩。2009年集体经济收入为8万元，其中生态林提成4万元，开发区集资分红3万元，山林和房屋租金1万元，村群众人均收入为2 530元，村集体经济收入主要来源依靠入股高新区扶贫工业园分红和生态公益林补偿金，村民收入来源主要靠外出务工、移民政策扶持、灵芝栽培、捕鱼和茶果种植等。

（发布日期：2010年3月23日）

如果要我说出真实的感觉，我想，这里仍然是属于贫困地区，村中大部分年轻人都外出打工。行走樟溪村的丛林里，仍然可以看到许多未曾改造的泥砖房。

一路上，我很少看到水田或土地，但是，路两边翠竹青青，我们仿佛行走在一座庞大的竹园里。许村长告诉我，整个樟溪村，已经是生态保护区，树是不能砍了，但是，可以砍竹子。所以，村中就有不少人家，开始打竹子的主意。其中有两户代表人物。许村长带着我们到了这两户人家参观。

二 野竹鼠

距离村委会不远，约有400米远的地方，有一户农家，仍然是库区常见的泥砖墙房屋。主人名叫许志雄。1973年出生，是村里少有的几个留守的年轻人。许志雄原来是在东莞打工。前几年，世界金融危机，工厂把工资开得很低，赚不了什么钱，就回到了樟溪村。那是2008年底。许志雄回到村里，就再也没有出去过。他知道，目前的形势，到哪里打工，都是碰壁。怎么办？

樟溪村饲养竹鼠的能
手许志雄

樟溪村蕉岭坑村小组许志雄自述（根据录音整理）：

我的父母都是新丰江水库的移民。听父亲说过，1958年清库
的时候，我们家正好位于116米以下。政府要我们搬，我们就往山
上靠了。其实，我们哪里想搬呢，家里房前屋后的十几棵栗子树，
年年结果，我们哪里舍得砍呢。我母亲说，砍树那天，她躲到山上
去哭。等她回来的时候，一棵树也没留下。她哭得更伤心。

我们比别的移民，可能幸运，因为没有移民到别的地方。怎
么着都在原来的地盘，也算是很满意的了。就这样，我们家就落
户在这里。就是这间泥砖房。挪了窝，搬了家，原以为仅仅是搬家
而已，却没想，麻烦来了。水库蓄水之后，地变得少了，口粮不够
吃。那时还是人民公社。每个劳动日才几分钱。

我的父母都是老实人，像牛一样老实。心里的苦楚，从不去向

259

别人说什么。一直到1980年以后，日子才稍有好转。但是，最根本的问题是，这里山地多，田地少，分到户的水田，只有几分地。我们一家人就靠这点土地，勉强生活着。一直到后来，我长大了，没考上大学，只好外出打工。这样，家里的经济情况，才稍有缓和。

原先在东莞做工，后来金融危机，就不干了。我一直在寻找自己的出路。我一无文凭，二无一技之长，那哪儿都是打工的料。可是，就这样耗下去，我又不甘心。我想，很多做老板的人，文化程度并不高，有的连自己的名字都写不好。他们为什么能成功呢。我想，就是因为他们找对了适合自己的路子。

我一下子明白了这个道理。我决定找一条适合自己发展的路子。可是又一想，我一无资金，二无技术，就连最基本的启动资金都没有，我能做什么呢？

我待在家里，整整想了一个月的时间，我到底要做什么？想来想去，想不出一个名堂。当时，我很郁闷，浑身没劲。一个人茫茫然，也没个人帮助。我就独自走到山里去。我想让自己的思绪清一清，理出个头绪来。我在我们这个樟溪村的山头四处游荡。我不知道我的出路在哪里。忽然间，有个小动物从我的身边穿过。我一

许志雄饲养的竹鼠

看，是竹鼠，一只很大的竹鼠，大约有3斤重。我看到竹鼠肥嘟嘟的样子，我的眼里一亮，有了！

我准备饲养竹鼠。我在电视上看过这个节目，江西、湖南那边，很多人养竹鼠致富。我们这里有成片的竹林，气候非常适宜竹鼠生长。下定决心之后，我查资料，跑市场，联系种鼠。

在一个月的时间里，我基本上摸清了竹鼠的饲养与销售渠道。原来，河源市的大小餐馆，都有竹鼠这道菜。

河源的竹鼠菜的做法是，将竹鼠洗刮干净后，除去内脏和骨头，如果是散焖或者生炒，也有不除骨的，将骨头煲水与竹鼠肉一起烹制，以增加原汁原味。宰杀好的竹鼠做法有很多种，可进行焖、扣、清炖、红烧、干锅、生炒等多种烹制，可以依据客人的口味做一道丰盛的竹鼠大餐。

目前，竹鼠价格不菲，很有市场。更主要的是，目前河源的大部分餐馆的竹鼠，都是由江西、湖南的养殖大户供应货源，货源足，但是运输的成本也高了，所以价格一直降不下来。

经过考察，河源餐馆很少有河源本地的竹鼠，其原因是，河源的竹鼠养殖，还没有形成规模。为了保证货源，河源餐馆的老板，都是与外地的竹鼠养殖场订货。

既然有市场，那就更增加了我养殖竹鼠的信心了。首要的问题是种苗。我按照一些资料上提供的信息，打电话向江西、湖南的一些竹鼠养殖场打听种鼠的价格。当时就吓了一跳。一只半斤到8两的种鼠，要580元一对。天啊，十对就是5 800元。我到哪儿弄来这么多钱呢？

我绞尽脑汁，也没想出什么办法来解决种鼠的问题。我急得直想撞墙。为什么我们移民做点事就这么难呢？我再一次到山里去，走到无人的地方，大声喊叫，以泄我心中的郁闷之情。

这一声大喊不要紧，周围一下子蹿出几只大竹鼠。我一下子愣住了。这不是上天赐予我的种鼠吗？于是，我不顾一切，去捉这些野竹鼠。山上的竹鼠主要靠吃竹根生活，住在竹篷下面的洞穴里。捕捉时，可用烟熏或水灌，都能捉住。因为它们的身体肥胖，一般跑不快。

好家伙，我此次捉了两只，一公一母。都是很肥的家伙。我一下子醒悟了，没有钱，不要紧。山上有的是野竹鼠，捉不完的。就这么干。

接下来的日子里，我整个人都泡在山上。另外，我还组织了村里的几个小伙，和我一起捉野竹鼠。我按照50元一斤收购，或者100元一只，当天，我就收了8只。就这样，我开始用野竹鼠进行繁殖。

这当然是没有办法的办法。还不错，老天眷顾我。每次上山，都不会空手而归。野生的竹鼠比较难养。我就尽量让它们的环境与山上的环境相似，让它们吃竹叶。而且，在它们繁殖之后，要看管好，不然，饿急了的话，竹鼠就要吃掉幼仔的。一般来说，正常的竹鼠长到两斤或两斤半时，就可以出卖。65元一斤。竹鼠从出生到出售，大约要半年时间。

竹鼠吃得很简单。主要吃竹子，还有米和米糠。城里呢，一般做一个竹鼠菜，要280元。一只竹鼠，可以做两盘。竹鼠的饲料的成本很少，竹子，米糠，一天八分到一毛，一个月算下来，也就三四元钱。竹鼠的销路很好。新丰江水库周围，有很多农家乐餐馆，见我的是野生竹鼠，个个要来和我洽谈供货。可是，我的规模这么小，两年了，才养到了现在的80只种鼠。要满足周围餐馆的需要，还是要扩大规模。现在，我已准备货款，把野竹鼠的规模扩大。

后来，我来到了樟溪村的焦岭坑村小组，见到了许志雄和他的野竹鼠养殖场。我看到了一只只肥肥的竹鼠，都很健壮。这些竹鼠都是山上野生的种，见到人后，不停地磨牙齿，以示警告。竹鼠一年可以三胎。我在许志雄的家里，看到一只4斤多重的竹鼠。我第一次触碰这种动物，放在手上很沉。捉竹鼠时，只要拎着尾巴，它就动弹不得了。

三　竹子王国

到樟溪村库边村小组的时候，我们才见识了什么叫库边村。村子依水而建。村中没什么人。但是，可以看到水边有成片的竹签放在露天下晾晒。

我看到不远处，有个老人走过来，我去打招呼。一打听，老人姓赖，叫

本书作者在樟溪村采访水库老移民赖芦（右一）

赖芦，今年78岁，是新丰江库区的老移民。老人把我领到他自己家里。这是一套很特别的民房，说特别，是因为这套房子像个大围屋，里面分成了很多小房间。赖老告诉我，这里最多的时候，住过七八户人家。现在，大家都迁出库边村了，只剩下4户人家还住在这里。赖老是本地的老村长，是樟溪村德高望重的"长老"。

樟溪村库边村小组赖芦老人回忆（根据录音整理）：

我是个老移民。因为人很实诚，做村长一直做到退休。其实也不叫退休。我退下来之后，没去和组织上要过一分钱，我至今不知道，我这样的小村官，是不是在退休后还有一点补贴费。有没有我一点不在乎。因为这么多年过来了，这么多的风雨都过去了，我还愁什么。我目前安度晚年，吃住不愁，已经心满意足。

我是村长，又是村支书。做了几十年了。大家有事没事，都喜欢由我来裁决。我这人就这点好，不偏心，秉公办事，没有人不服。大伙都信你。我人老了，可能很啰唆，你不要见怪，我想到哪儿就说到哪儿。

你问我新丰江清库的事？记得。就好像在眼皮子底下下发生的。那时我还是个血气方刚的小伙。我老家，就在门前那片水下。当时，我们的生产队的社员，一个也不肯搬。政府就把我们几个所谓的幕后策划者，拉过去开会，连着夜开。最后公社书记亲自找我谈话。那个书记说的话，我至今还记得。他对我进行了严厉的批评。他说:"在社会主义建设突飞猛进的情况下，我们水库内仍有部分群众存在着各种各样的混乱思想和顾虑。综合起来有三类，十八种主要思想。"

我至今记得公社书记所说的三大类:第一类是严重的依赖政府的思想，比如说，要政府按原来的样子建好房，要政府全包一年的生活等;第二类是怕苦思想，比如说，移近不移远，就是说不肯到远地方去;第三类是封建残余思想。反正，这三类思想，我要一条条过关。那时，我一腔热血。很快，我的思想就被做通，反过来做村里人的思想。就这样，我们村的人，都搬迁了。有的到了惠州，有的往后靠。我呢，也得到组织上的信任。我没有到外面去打过工，一直待在村里。后来，领导让我做村里的支部书记，一做就是几十年。

清库的时候，我们已经搬到这里来了。建的是一所围屋。当时找不到石灰，就建了泥砖屋。很多人家住在一起。围屋的好处是，大家可以齐心协力，亲如一家。

房子建好之后，我们面临的问题是，土地少了，每个人才两分多地。这里都是山。我是村支书，我要想办法让大家活下去。只能依靠自己，依靠这里的山水生活。先是打鱼。我们这里，开了门就是水库，打鱼也就成了日常劳动。山上呢，就砍竹子。这里的山竹很茂盛，砍了又长。那个时候，我们用竹子做些竹筐到镇上去卖。20世纪80年代以后，我们村里开始养蜂。从那个时候起，我们的日子才渐渐好起来。

当我采访赖芦老人的时候，进来一个中年人，他也姓赖，叫赖新华。交谈中得知，赖新华是库边村唯一的"企业家"。他有一间牙签厂。他很高兴带我们去他的牙签厂参观。如果说是"厂"，有些不适合，充其量算是作坊

樟溪村村办竹器厂，
生产牙签、烧烤竹
签、棉签等产品

吧。当然，作坊里也有加工的机器。赖新华告诉我，一根竹子，从砍下来，然后制成牙签，看似简单，过程还是很复杂的。我们看到，外面的空地上，刚做好的半成品竹签，整齐排放着，在风中晾干。所谓牙签厂，不只是做牙签，品种还不少，有各种牙签，有烧烤竹签、棉签等。赖新华告诉我，他父母也是水库移民，和赖芦是一个村的。

樟溪村库边村小组赖新华自述（根据录音整理）：

　　新丰江水库清库的时候，我刚刚出生。对那些个搬迁的事，我一无所知。但是，后来也听父母亲时时说起过。我们这里是山区，村民很朴实，都相信政府的话。父母累死累活干了一辈子，也就混个温饱生活。你说我们这些水库移民，要想过上好日子，还是很难啊。后来，我琢磨了一个道理，我们水库移民要想翻身致富，光是等、靠、要，没有任何出路的。一切还得靠自己努力。

　　我很早就外出打工，干了好几个地方。最后在一家牙签厂做了两年。这两年我一直在想，做牙签的技术要求并不高，我为什么不能做呢？我们樟溪村漫山遍野都是竹子，原材料有的是啊。我在那个牙签厂，真心实意学习，苦干，把整个制作过程、技术要领，记得滚瓜烂熟。后来我辞了职，回到了樟溪村。

　　说干就干。我把家里的所有积蓄都拿出来，亲朋好友都借遍了。找镇里去贷款，能想到的办法都想到了。最后还差一部分钱。我忽然想到县水库移民办。这是我们水库移民的娘家人啊，我现在有了具体困难，他们总不会不管吧。

于是，我就去找了县移民办的同志，我把我办牙签厂还缺部分资金的事，写成了书面材料，递交给县移民办，请他们帮我想想办法，能不能解决一部分。

很快，县移民办给我答复，可以按照水库移民后期扶持政策给予补助。最后，我一共凑足了20万元，买了打磨机等设备。我的牙签厂就这样建起来了。我这个厂，有个好处，工人都是自己家的人，原材料几乎不要费什么成本，山上有的是竹子，今年砍了，明年还长。制作牙签的过程是砍、劈、磨、泡、晾等工序。由于我的牙签质量好，价格也便宜，每公斤的价格，才12元。生意还能过得去，总比在外打工，要强百倍。

但是，我在这里办牙签厂，也有交通上的不便。我发一次货，要先装上船，再搬下船，然后才能转过到陆路运输。这个成本，也增加了。所以，我们移民要做成一件事，是很难的。

往来樟溪村和半江镇的渡船

在樟溪村采访之后，我乘上村里唯一的三轮"公务车"来到樟溪村的码头。我要去的地方是半江镇。

站在码头，等待半江镇那边的渡船过来。其实，樟溪村到半江镇并不很远。站在码头边，就能看到半江镇的影子。许日红村长说，原来，村里有条渡船，专门接送村里的人往来半江镇与樟溪村之间。后来那条船破了，村里也没钱修，更没钱买，村里就没了渡船。

后来事情是怎么解决的呢？许村长说，他一级一级向上报告樟溪村与外界的交通中断。东源县交通局闻知此事，立即拨款，新购置一条渡船，供樟溪村民们使用。这条船只在半江镇与樟溪村之间摆渡。由专门的村民负责开船。摆渡一次，一人一元。这个费用，作为船民的工资。

等了半个小时，我们终于等到了从半江镇开来的渡船。

我在船上回头看，樟溪村就像一座孤岛，渐渐远去。我心里想，这么偏僻的地方，也许，一生中只有这一次到来的机会。后来我又想到，虽然樟溪村像孤岛一样与世隔绝，可我有一种预感，樟溪村如此美好的生态环境，一定会有美好的前景。

我相信，在不久的将来，那些饱受苦难的水库移民，一定会过上小康的生活。他们生活在一座生态公益林里，享受着天然氧吧，品饮着甘美的万绿湖水，吃着绿色蔬菜，我甚至想说，他们的岛居生活，会越来越让我们羡慕。

卷五：石角镇

九洲江

十八年，黑灯瞎火的生活

木马村耕山图

九洲江

一 抵达石角镇

在广东廉江市和广西陆川县交界处，有一个奇特的小镇。

1997年，国务院设置的26号省界碑，将小镇一劈两半，粤、桂两省各得一边，故当地人称此小镇为"两广街"，极具两广特色，每当圩日，更是游人如织。镇北面，属广西陆川县古城镇的盘龙街；镇南，属广东廉江市的石角镇。

石角镇是我的重点采访对象。1958年，著名的鹤地水库建成之后，拦蓄的湖水，淹没了石角镇大部分农田，也让大多数石角镇居民获得了一个新的称谓——水库移民。

2010年9月2日，在湛江市水利局副局长彭文桢的安排下，我顺利抵达廉江市的石角镇。湛江水库移民办和廉江水库移民办的3位领导也一同抵达。从他们对我此行的重视程度，我隐约感到石角镇的厚实与凝重，或者说，显示出石角镇在他们心中的位置与分量。这是我对石角镇的初步想象。我将面临一个全然陌生的石角镇。就像这个镇的名字，你只看到了尖尖一角的石头，但你无法想象隐藏在树影里的岩石是多么巨大。

事实上，在我后来的采访中，我听到了关于石角镇地名的种种传说，其中流传最广的一条是：很久以前，这里并没有地名。流经这里的九洲江里，

有一块巨大的顽石挡住去路。行船的人为了避免与顽石相撞，就让船靠岸行驶，同时也会在这里作短暂的休息。久之，这里就成了往来船只休息的地方，渐渐形成一座码头，大家又可以交换物产，就渐渐形成了商埠。地名呢，大家不约而同地以江中的顽石取名：你到哪里去？到石角。

石角镇是与鹤地水库联系在一起的。而鹤地水库又是拦截九洲江形成的。九洲江是个很大气的名字。它全长162公里，在廉江市境内89公里，集雨面积2 137平方公里，为廉江最长和支流最多的河流。它发源于广西陆川境内，一路奔腾，从廉江北部的石角镇入境广东，由东向西斜贯廉江市全境，将廉江分隔成西北与东南两大片，最后分别经安铺镇，在一个叫久受埇的渔村注入大海，汇于茫茫的北部湾。

九洲江水系分布广泛，全市有18个镇从中受益。直接流入九洲江的一级支流有武陵河、沙铲河、陀村河和长山河。河道弯曲盘旋，河水清澈透明，河中可见倒影；两岸绿树成荫，风景秀丽，成为廉江一道风景。2003年，"九洲丽影"被廉江市评定为廉江新八景之一。

石角镇给我的印象极其独特。全镇6万人口，水库移民占有六成。我在石角镇所见所闻，让我产生了一个新奇的想法。我想有意要使石角镇的故事既有乡村属性，又有地方色彩，努力使之成为一个多棱镜。为此，我特地查看了《石城县志》（修纂于光绪十八年，1892）、《廉江县志》（廉江县志编纂委员会编，1995年6月版）等地方志。

石角镇始建于清朝乾隆年间，是抗日战争时期和解放战争时期的革命老区。总面积143公里，山岭面积12.7万亩，耕地面积2.17万亩；总人口5.18万，其中水库移民2.75万，占总人口的52%。

石角镇具有复杂的地理位置，这也是石角镇社会环境复杂的根源之一。它位于廉江市的东北部，东连广东省化州市，南连廉江市河唇镇、红湖农场，西连和寮镇，北连广西博白、陆川县，是两省（区）、四县（市）的交界点。这个交界点，说白了，就是四管四不管的地带，很容易滋生一些不安定的因素。石角镇政府所在地距廉江市区39公里。鹤地水库由北向南把全镇一分为二，形成典型的库区水乡。

二　故乡九洲江

走长江，看珠江，
最美最美还是故乡九洲江。
……

天圆圆，地方方，
最甜最甜要数家乡九洲江。
两岸的红橙，红到我身旁，
四季的和风，香到你的梦乡。
……

我们到石角镇的路上，越野车里一直播放着宋祖英的演唱的《我的九洲江》。廉江市将《我的九洲江》作为市歌。歌词很煽情，加上宋祖英的深情演唱，把一条九洲江唱得浪花四溅。廉江人一直视九洲江为母亲河。在鹤地水库建成之前，九洲江是连接两广的一条重要的水上运输线。而这条运输线上的石角镇，是著名的鱼米之乡。

石角镇的繁荣，赖以九洲江的水运发达。很久以前，石角镇就是一处商埠。如今，安铺古镇有一座观音庙，这里就是古盐场。安铺的海盐运往广西，就是通过九洲江运输过去的。而石角镇是运盐的中转站。一旦有了盐运，石角镇就开始发达了，成为两广之间最繁华的一座古镇。

此外，九洲江的水是从广西陆川的山上流下来的，十分的清澈透明，沿途百姓皆可直接提水饮用。这样甘美的山泉用来灌溉，可使水稻丰产。所以，自古以来，石角曾经是湛江的粮仓。石角镇的大米，是两广最有名的。因为九洲江有丰富的水资源，早晚温差大，如此独特的地理、气候条件，使得石角大米名扬岭南。石角大米颗粒饱满，晶莹剔透，色泽清白透亮，香味浓，口感极佳。蒸煮出来的米饭色泽光亮，绵软略黏，芳香爽口，饭粒表面油光艳丽，剩饭不回生。煮粥的浆汁如乳，煮饭油亮溢香，饭味清香适口。无论是达官政要，还是贩夫走卒，只要来到石角镇，都要带上一袋大米回去。这样的大米，无须佐菜，煮着吃就行了。唇齿留芳，经年不忘。当年留下一句俗语："一餐石角米，浑忘酒肉香。"

九洲江流域物产丰富，水土养人。当年流传着这样一种说法："石角的米，安铺的女人，博白的猪。"除了石角镇的大米美名远扬之外，九洲江出海口的安铺古镇，却也是个奇异的地方。

安铺镇历史悠久，始建于明朝正统九年（1444），至今已有500多年历史。初建时称暗铺，清嘉庆二十四年（1819）改名为安铺，隶属石城县。安铺古镇出美女，凡是到过安铺的人都被一个个水嫩漂亮的女人所吸引。安铺美女名扬天下的原因，根据当地人的说法，除了九洲江的水养育之外，还有富含高蛋白的海产品，让安铺镇的女人的皮肤变得白里透红，漂亮天下。

美丽的九洲江也不总是温驯的。她常常发生暴戾。

在民国的38年当中，有35年出现不同程度的水灾。如雷州附城下河、雨田村，昔日十种九不收，遇上灾害，四处逃荒、家破人亡。有村民郭荣习一家，12口人，曾经饿死11人，惨不忍睹。1955年和1956年，广东全省大旱，小河断流，山塘和小型水库干涸……

雷州半岛干旱，而九洲江河床变得狭窄而浅，起不到灌溉的作用，反而为害较多，每逢大雨洪水期，下游经常闹水灾，人们把九洲江叫"苦洲江"，迫切希望治理九洲江。1955年，廉江发生一次特大旱灾。为缓解旱情，政府组织群众进行封江堵河，拦塞九洲江水，这样，江水倒流30里才流到廉城。

雷州半岛严重干旱，降水时间分布极不均匀，都集中在5—9月，雷州人民迫切希望解除水旱灾害。

1958年5月15日，中共湛江地委作出《关于兴建雷州青年运河的决定》。6月10日，在廉江县鹤地举行鹤地水库开工典礼，廉江、遂溪、海康（今为雷州）、湛江等7个县市16万民工参加建设。1959年4月，建成了跨越广东省的廉江、化州和广西的陆川、博白等四个县（市）、规模仅次于新丰江水库的大型水利枢纽工程——鹤地水库。

鹤地水库建成之后，生活在库区的绝大多数百姓都搬走了。当然也有死也不肯搬的。对于这样一部分人，政府也是只能采取强制措施，当水库的蓄水快要淹到房子的时候，大家迅速将房子里的人强行拖上岸边。

上岸之后，房子没了，土地没了，已经变得一无所有。这部分人当中，相当多的人被政府移民到遂溪、雷州、徐闻等地。还有一部分人，故土难移，再苦再穷，也坚守在石角镇。

目前，石角镇总共有3万多移民，外出打工人数，占到全镇水库移民的30％。他们一直处在贫困线上。石角镇人均耕地2.2亩，水田2.12亩，这么多人，依靠这点土地已很难生存。这些都是后靠移民。毫无疑问，鹤地水库建成之后，必然要使石角镇的土地减少，大批良田被淹。以此小范围的代价，换得了雷州半岛大部分人生产与生活的保障。

而石角镇的人们，已经失去土地，或者拥有极少的土地。他们在石角镇根本解决不了生存问题，只能外出打工。

当时石角镇的情况是"两面三多"。"两面"：水库建成后，石角镇分成了东面和西面；"三多"：山多、水多、穷人多。全镇164平方公里，水面积占了70％，山地占有20％，耕地只占10％。

石角镇的街头，曾经流传着这样一句话："辛辛苦苦几十年，一夜回到解

石角镇田头村村民机耕水田

放前。"这是当时水库移民生活的真实写照。

　　我在石角镇采访的过程中，荣幸地得到湛江水库移民办罗华元主任的大力支持。有关石角镇的大部分资料与信息，都来自他的访谈、手记、会议记录。此外，我们有过长达5小时的访谈。罗华元对石角镇可谓再熟悉不过了。这一点不奇怪，他在石角镇当过15年的镇长，而且当镇长之前，他一直在石角镇政府工作，更重要的是，他的老家就在石角镇附近的一个很清冷的村庄。

　　到了石角镇之后，我没有立即去休息，和罗华元等人漫步在小镇的街头。在这里，罗主任既是主人，又是向导。面对曾经耗尽了自己青春与热情的石角镇，罗主任心情十分复杂。想说什么，可是千头万绪，却又不知从何说起。我们计划明天开始到石角镇的各个村落寻访。而此刻，罗华元说，石角镇的每个角落他都了如指掌。

　　我一点也不怀疑他这么说。走在石角镇的街头，我不断看到有人和罗华元打招呼。只是石角镇的人们还是叫他罗镇长。

三 迁居佬

来石角镇之后，我受到了石角镇政府的热情接待。镇党委李家军书记单独接受了我的采访。面对如此复杂的石角镇，李书记感到前所未有的压力。因为镇上有很多水库移民，都是返迁回乡的，没有土地，没有房子，没有工作，但他们就待在石角镇，因为这里是他们祖祖辈辈的家园。这就让广东的边城小镇充满了许多不安的因素。李书记告诫我，晚上没有特别重要的事，最好待在房间里。最近镇上出现了几起飞车抢劫案。现在还未查清是广西的古城镇，还是石角镇人干的。因为是两省交界，流窜作案的情况经常发生。

听了李书记的话，我心里犹豫了一下。虽我不知道将会有什么事情发生，但是我想，我的职业是采访写作。越是这样的环境，我就越是要深入进去，只有这样，才能认识一个真实的石角镇。

当天晚上，我背着采访包，走在石角镇的街头。坦白地说，石角镇，原本就是个很繁华富庶的广东边城，两广物产在这转运，往来商旅，如过江之鲫。如果不是因为鹤地水库，这个边城小镇一定是个物产丰富、灯红酒绿的十里洋场。

而现在，街上冷冷清清，晚风送来了从鹤地水库上涌起来的阵阵凉意，这座小镇已经是一座水城。很多时候，"水城"这样的文字能带给人多少诗意的联想。全国又有多少城市在打造水城——我旅居的南宁市，已经有了一个"绿城"的美称，仍嫌不够，举全市之力，打造一座"水城"。鹤地水库轻而易举地把石角镇变成了一座水城。

我一个人行走了水库边。水库周围零星地住了一些人家，都是泥砖房，在昏暗的灯光下显得很陈旧。房子里的灯光依然是昏暗。

忽然，我听到泥坯房里有女子的哭泣声。我停下脚步，仔细听，不错，是个女子的哭泣。这样的声音总让我想到一种无助。于是我去敲门，我想知道这女子哭泣的缘由。

开门的是个老年人，看他的样子，60岁左右的年龄。我说："老乡，我是过路的，想讨杯水喝。"老人迟疑了一下，并不拒绝。在我无数次的漂泊中，有时行走在一些偏僻的乡村，我常常要向老乡借宿，讨水喝。总的来说，很少有拒绝的。

进屋之后，我一看，是一个破落的家庭光景，家徒四壁。一个年轻的女子坐在桌边不停地抽泣。我接过老人递过来的水杯，问他，"这小姑娘哭得如此伤心，是不是遇到什么难处？"

老人一言不发。可能是因为有陌生人的原因，那个女子渐渐停止哭泣。我说："老乡，有什么困难不妨说说，看看我能不能帮助你做点什么。"

老人打量了我一会，好像认为我不是个坏人，这才开口说："也没什么，她傍晚在菜市场卖菜，被人用假百元钞骗了。"

我以为多大的事呢。我说："给我看看。"老人就拿给我看。我拿在手上捏了捏，不用看，凭手感，完全可以断定是假的。我当即撕了。掏出一张百元钞，我说："小姑娘，你别哭，我给你。"

我的举动让他们俩很意外，素昧平生，给100元钱，他们的眼睛里感觉很疑虑。似乎在他们的生活中，这是根本不可能的事。他们半天没有说话。实际上，我听那小姑娘的哭声，心里难受，不就是100元钱吗？100元钱，对我可能不算什么，可对于这样一个贫困的家庭来说，却是一笔不小的损失。

老乡一时不知说什么才好。我问："你们是水库移民吧？"老乡说："是的，这周围几家都是的。"我问："那怎么住在这么偏的地方呢？"

那天晚上，在鹤地水库边的一间移民住的普通泥砖房里，我听到了一个名叫王吉祥的水库移民讲述他的移民往事。他告诉我，眼前这个女子，非他亲生，而是在很久以前，他在街边捡到的一个弃婴。如今18岁了，长得像朵花，上门求亲的人，都踏破了门槛。王吉祥不明白，现在女娃长大了，漂亮了，你们个个抢着要，早先你们哪里去了？

1958年建鹤地水库的时候，王吉祥才10岁。但他仍然记得自己离开石角镇那一幕情景。那时的石角镇虽然不是沃野千里，却一直有个"石角粮仓"的美誉。生产队里很富足，家家户户都有饭吃，是九洲江一带的鱼米之乡。王吉祥祖辈生活在这里，即使在新中国成立前，他家租用地主家的地耕种，一家人都在土地上忙碌，日子还是能过得去的。除了交租外，自给且略有盈余，至少不用为一日三餐发愁。

石角镇蕉坡村丰窝村村民小组村景

王吉祥（鹤地水库移民，现居廉江市石角镇）**回忆**（根据录音整理）：

（1）离开村庄

我10岁那年，有一天，家里人告诉我，我们要离开石角镇，去一个很远的地方。我问："还回来吗？"父亲说："不回来了。"我看到许多人把房子拆了，然后装上船，不知去向哪里。而这一切，我觉得很好奇，很新鲜有趣。希望哪一天，我们家也能够把房子拆了，然后乘船，到很远的地方去。那时，家里有父母，两个姐。我没有想到的是，那个令我兴奋的日子，真的就来了。

那一天，拆迁的尘灰弥漫了整个村庄。到处是一片灰蒙蒙的景象，还有房屋倒塌的声音。我们家的房子拆了，所有的瓦、木料、家具等都搬走。那时，我觉得这一切太刺激，有一种从未有过的兴奋。我记得，我在村子里疯狂地奔跑，到这家看看，那家瞧瞧。我并不知道这一切，将是所有苦难的开始。而且我也不知道，我的身份，从那一刻起，就开始转换成了水库移民。

俗话说："穷有三担，富有三车。"再穷的家庭，总有不少的零零碎碎家当。何况是举村搬迁，家里的家具、农具、锅碗瓢盆，还有耕牛，其他家畜……有太多的东西需要一件一件地搬到码头边的船上去。移民前的几十天里，村子里一片忙碌，没有一个闲人，大人们忙着把家里的东西扛到码头边发运，孩子们兴奋着，满村里乱跑。

我记得那时是个冬天。村里的枫树叶都红了。我们一家扛着铺盖，带着干粮，踏上了远离故乡的航行。那一天，就在我们上船的时候，天空中下起了小雨。由于走的人很多，江边的码头上很快泥泞不堪。我跟随父亲后面，紧紧拽着他的衣裳，一步一滑地向船舱走去。村子里、码头上到处是村里人别离的哭声。

我们的全部家当，都搬上了江边的一条船上。那条船早就站满了人，都是村里的，大人小孩都站满了。长这么大，我还没有上过船。所有的小孩和我一样，在船上不停地从船头跑到船尾。伴随我们欢快笑声的，是一声声哭泣。我看到江边上站满了人，他们抱头痛哭。

（2）古塘村

后来，我们一家被安排在遂溪县的城月镇古塘村。我的青少年时期，就在那里度过的。要我说出我对古塘村的印象，留在我记忆中的，就是经常打架。不是和村里的人，而是邻村的人。我们来到这里，古塘村人是很不欢迎的。他们处处与我们为难。而且，我们这个移民村的村民，不管老少，都被他们村的人称之为"迁居佬"。

我不知道"迁居佬"是什么意思。就回去问父亲。父亲说："这里不是我们的家，我们来到这里，占了他们的地方，他们当然不高兴。他们叫我们'迁居佬'，就让他们叫吧。谁让我们是移民呢。"

如果只是叫声"迁居佬"，也就算了。孩子们打架，也是常事。只是后来，两个村的大人也打起来了，也就是为了那点土地。

我从少年时期，一直到青年时代，都是在古塘村度过的。我目睹了那些老村民和移民之间的纠纷。有一天，父亲对我说："看来，这个村子待不下去了。我们移民村人少力量薄，哪里是老村人的对手。这样的矛盾，何时是个完结？我这一辈子也就算了。可是，你们怎么办？我不能让你们无休止地为了土地和老村人纠缠下去。我怎么忍心让你们受那种委屈呢？"

后来，父亲经过长久的考虑，决定离开古塘村，回到石角镇。我说："家乡都淹没在水里，我们回去，住哪里呢？"父亲说："不管怎么样，那里是我们的家乡。再苦再累，总比在这里受人家的气要好。"

父亲的意思，完全是为了我们后代，不想再与古塘村的人有矛盾。解决矛盾最好的办法，就是迁回石角镇。

就这样，我们卖了在古塘村的房子，经过千辛万苦，又回到了石角镇，在水库边上，搭建了自己泥坯房。没有土地，我们就打鱼为生，偶尔在库边种些蔬菜，自己吃，也拿到镇上去卖。

后来，我也成家了，父亲和母亲先后离世。我知道，他们离去的时候，心里多少踏实了许多。住在库边，日子虽然很苦，但是没有人际间的争斗与烦恼。前年，我的老伴也离世。两个孩子都在东莞打工，已经很少回到这里来了。

（3）王枫

给你介绍一下，小女孩叫王枫，18岁。虽然她不是我亲生的，却比我亲生的还要亲。十八年前，我在镇上的菜市上卖菜，正要收摊的时候，不知什么时候，我身边多了一只竹篮。我正奇怪，篮子里忽然传出婴儿的啼哭。我仔细一看，是一个刚生不久的婴儿。篮子里放着一包奶粉。

我立即明白了这是怎么一回事。谁这么狠心肠，把这女婴遗弃了呢？我在菜场上等一半天，也没见有人来。我只得把女婴抱回家。当时老伴还在，她虽然知道家里很穷，但还是原谅了我。她说，如果是她看见了，也会带回家来的。

这个女婴很懂事似的，不太会惹麻烦，只是饿了的时候，才啼哭。那时候，好像是（19）91年还是（19）92年，我们家的日子也好些了。子女都在外打工，家里再多个女婴，也没多大的负担。我家屋后有棵很大的枫树，我就给她取名王枫。

后来，王枫一天天长大了。一开始，王枫并不知道自己是弃婴。上小学的时候，有一天，王枫哭哭啼啼回来，说被人欺负，有个学生叫她野女子，说她是捡回来的。她就问是不是这样。

我知道，这事迟早都要知道的，还不如早点告诉她真相。我就把事情的来龙去脉说给她听。从那以后，王枫就变得很乖巧和懂事了，也不大说话。就这样，我们一直供她读完了高中。后来，我老伴走了，孩子们都在外打工，家里就剩下了我和王枫。这孩子很懂事，帮我洗衣做饭，样样都会。

现在，王枫正在一所职业技术学校，学美发手艺。我原来的计划，是想给她在镇上开个理发店。前几天刚放假，王枫就回来帮我忙，去菜场上卖菜，就发生了这事。

前年，我们家里来了两个人，他们自我介绍之后，吞吞吐吐说是王枫的父母。我不相信。我就让他们说说是怎么回事。来人说，他们也是水库移民。十八年前，他们从雷州英利镇龙堀村返回石角镇，原来已经有三个女娃，没曾想又生了一个女娃。当时家里实在是揭不开锅，就想了个办法，把娃丢在菜摊边，希望好心人能收养。最后，他们还说，如果不相信，可以去验血。

这两人所描述的，与我当初所看到的情形，完全一样，基本可以肯定，他们就是王枫的父母。可是，我抚养王枫十八年，毕竟有了感情，而且，现在王枫已经出落成一个大姑娘了，长得这么水灵，我怎么能说给他们就给他们呢？怎么着心里也不服气啊。

可是，又一想，再怎么不好，他们毕竟是王枫的父母啊。想来想去，觉得这事还是由孩子自己做主。我找了一个机会，把她亲生父母来找她的事，跟她说明了。并且告诉她，亲生父母现在很富裕，靠栽种荔枝发了财。如果回去，会过上很好的生活。

有时，我觉得生活很残酷。常常出现让人难以抉择事情。摆在王枫面前，就是这样一个难题。你说说，这让刚刚成年的王枫，怎么去选择？

然而事情出乎我的意料。王枫想也没有想，说不会回去的，十八年的感情在这里。如果回去和没有一天感情的人生活在一起，这会让她很痛苦。她宁愿过苦日子。她说，十八年都过来了，还有什么好怕的。我当时很感动。觉得这十八年的辛劳，没有白费。

王枫的父母知道了王枫的心思，觉得应该尊重孩子的选择。他们给了5万元钱，要我转交给王枫。我拒绝了。在王枫眼里，他们依然是陌生人。

☞ **作者手记**

在石角镇的那天晚上，我在老移民王吉祥的家里，听他讲述了一个普通水库移民的生活历程。这些命如蝼蚁的草民，他们的喜怒哀乐，从来都是不入正史那种宏大叙事之中的。关于水库移民的重大事件，我们可以看到浩如烟海的官方卷帙。而对于我，我只想寻找飘落在历史风烟里的那些个体小人物的蛛丝马迹，我想从这些小人物身上，去接近关于水库移民往事的真相。

四 钛白粉事件

鹤地水库建成之后，住在水库边的移民们，还有相当一部分原住民，原以为有一座大型水库守在身边，吃水的难题，总该迎刃而解。想想也是这样，建鹤地水库，其本意之一，就是供给下游充足的水源。这么大的水库，那水还不是想怎么放就怎么放。不管如何，至少在石角镇，吃水总是不成问题的。但事与愿违。让石角镇的水库移民怎么也没想到的是，水库建成之后，非但没有保证足够的水，后来发生的一连串的事，让这些水库移民们苦不堪言，出现了守着水库没水喝的荒唐事件。

2000年9月份，鹤地水库石角镇以上的河段，连续一周出现了不明原因的鱼虾大面积死亡事件。而这些大量的鱼虾，正是水库移民们自己网箱养殖的。水库移民没有土地，所有的经济来源，都源自河里的这些鱼虾。

事件发生在2000年8月底，一直延续到9月6日。根据观察，这次大规模的鱼虾死亡事件，先后发生在鹤地水库库区上游，从廉江市的石角镇，沿九洲江溯源，到广西陆川的文地镇、良田镇、大桥镇等河段。

覃飞翔（鹤地水库移民，现居廉江市石角镇）**回忆**（根据录音整理）：

2000年的死鱼事件，让我大伤元气。我白手起家，没有一分钱。那时候，我整天东游西荡，没有一个正当的营生。后来父母对我说，与其这样浪费时间，不如去搞网箱养殖，好歹能挣些钱，也好娶房媳妇。而且，现在鱼市场价格看好，养鱼也不需要太多的高技术，只要能吃苦，肯定能成。

我父母都是鹤地水库移民。我听了父母的话，句句在理。我也想好好改变一下自己的状态，先是去贷款，然后求亲拜友，总算筹集了5万多元，在九洲江边办起了鱼虾养殖场。那些鱼，寄托着我们一家的全部希望。

后来，有几次，我发现河道里的水有了一些莫名其妙的变化。当时，我的心里就有一种不安的想法。因为我很害怕。我借来的5万多元钱，全压在这里了。以前，我们这里山清水秀，河水碧绿，可现在经常发现河水会变颜色。后来，那河水就开始不断变化，色彩也变得越来越深。有时，河水会莫名其妙地变成红色、褐色，河面上还间杂有数条蓝绿的色带。

这时，我所担心的事终于发生。因为心里老想着有什么事发生，我一直睡不好。有一天大早，我急忙去看网箱。天啊，我的5万多元的鱼苗，全部浮在水面上，当时我就晕倒了。

后来，我再次来到河边，我看见河水变成了五颜六色，你无法想象那样的场面。好像整个河水遭到了一场空前的劫难，水流所到之处，疮痍满目；螺蚬类空壳漂浮，鱼虾浮白，还有一些有活气的鱼，正在水中挣扎，这是一幅令人揪心的生态遭殃图。

那天，我用船去把那些死鱼捞上来。上称一称，一共捞了500多斤死鱼。原来清碧的河水，现在花花绿绿，连水底螺蚬也难逃劫难。那段时间，河水腥臭异常，原本可以直接饮用之水，现在连牲畜都不能饮用了，更不用说是人饮了。那股怪味，会让你几天吃不下饭。

九洲江网箱鱼虾大量死亡事件，让江边以鱼为生的石角镇水库移民们痛不欲生。很快，广东省廉江市环保局接到石角镇移民的报案。鹤地水库管理局也立即把此紧急情况向上级部门汇报。

9月1日晚9时，广西陆川县环保局接到了广东廉江市环保局和鹤地水库管理区的紧急协查电话，说明在8月29日那天，鹤地水库上游的九洲江出现了大量死鱼现象，水质严重浑浊。

9月2日上午，广西环保局组织有关人员6人，会同广东环保局4人，一起深入九洲江现场调查，寻找污染原因。经过对九洲江沿岸所有可疑工业企业进行逐一排查，未发现任何异常现象，一时无法找出确切的污染事故原因。

广东方面人员离开后，陆川县环保局继续查找原因。9月3日，他们请广西玉林市环境监测站进行河流污染监测监控。根据监测数据和现场查找的情况分析，他们把可疑点集中到了陆川钛白粉厂。

同时，9月4日，广东省、湛江市水利、水环境监测专家，先后奔赴广西陆川展开调查取证。

据调查及初步分析，污染源来自广西陆川钛白粉厂。

该厂厂址位于大桥镇上游约3公里处的一个小山顶上，厂房较残旧，附近有一家正在改建中的硫酸厂和一家已停产的化肥厂。钛白粉厂露天坪场上，堆放了大量浅绿色固体废渣，是钛白粉制造过程中的生成物，成分为硫酸亚铁，每日废弃量约为12吨，该厂排污有明、暗沟各一条，污水未见任何处理。水环境监测部门对鹤地水库库心、鹤地渠道、石角、文官、大桥、陆川钛白粉厂、陆川农药厂7个采样点采取水样，进行相应项目的分析、监测，结果表明：陆川钛白粉厂废污水中几个主要化学成分均不同程度超标，从而造成相连河段水体过度酸化，致鱼类大批死亡。

最后，终于查明了事故发生的真相：8月26日晚7时半，该厂雇请的运酸车桂K85310号司机陈军仁，在仓库保管员陈琼英未到场的情况下（车间运转的一台电机突然坏停，陈琼英正忙着给调度员查找同一规格型号的电机），陈军仁疏忽大意，未检查山塘底的贮酸罐是否有酸，容量多少，便擅自卸酸，开机抽酸。由于原酸罐贮酸较多，浓酸的比重大，放酸量大于抽酸量。结果，硫酸溢出3吨多，致使污染九洲江。加上8月以来，天气炎热，未下过一场雨，九洲江流量急剧减少，致使江水酸性较大，酿成了下游鱼虾死亡事件。

事故发生后，陆川县环保局立即采取措施，加强对九洲江沿线企业的监控，对陆川钛白粉厂处以罚款，该厂也给予责任人行政罚款处理。此次事故没有造成人员伤亡，实属万幸。然而，九洲江污染事故仍在频繁发生。2001年6月6日凌晨，陆川境内发生了一起交通事故，车上装有13吨甲苯全部泄漏，污染了整个九洲江。结果，九洲江沿线和鹤地水库上游的移民群众，接到紧急通知，停止在九洲江及鹤地水库取水。

原石角镇镇长罗华元（现任湛江水库移民办主任）**回忆**（根据录音整理）：

守着水库没水喝，说了很多人不信。鹤地水库是特殊历史条件下的工程。它建成之后，解决了九洲江流域的旱涝问题，惠及雷州半岛百姓生活、生产。然而，这样的大型水利枢纽工程，却由于原设计标准偏低、工程施工质量也存在一定的隐患，再加上库区的移民安置遗留问题，并不能按设计要求正常蓄水，一直在低位运行，水库效益未能充分发挥，水资源浪费严重。其中的水库移民的生产、生活问题，尤其显得严重。那时，由于水库的上游，广西那边，有很多的工厂，它们把污水排到九洲江，这对广东这边，尤其是我们石角镇的广大水库移民，深受其害，是非常不负责任的。

你不要看一个大水库在那里，石角镇的移民吃水很难。当时我在石角当镇长。我们镇里的所有干部加起来近百人，这么多人要喝茶,要饮水,怎么办?当时又没有自来水,水库里的水又没法喝。我就请人在镇政府里打了几口井。

但是,那个水也是没法喝的。含铁量超标200倍,如果把茶叶放下去,用那个水冲泡,全部是黑色的,像墨汁一样,这不是夸张。镇里有些干部,患有肾结石,严重的有五六个人。我们政府的水都是这个样子,那些水库移民吃水就更难了。九洲江河道经常被污染,有时很严重。主要是广西陆川,排污全排到江里,然后再流到水库,当时是那样,现在虽然有所好转,但还是不能杜绝。

为了给移民们找到水,我还是采取了打井的办法。我计划给村里多打几口井。

当时,我去联系了水库管理局的同志,请他们帮助寻找打井队。面对我们水库移民的用水困难的情况,打井队的同志,十分同情,要求很简单,只要我们提供伙食就行了。他们免费给我们勘探,打井。我们镇政府只负责管饭就行了。我们不用出人工,他们也不要我们的机器的油费。

原以为,这么一搞,移民们的水的问题可以解决的。后来,让我没有想到的是,搞一个多月,一口井都没搞起来,没有合适的。也就是说,居然一个多月,都没找到合适的井位。那个地方的水质,都不符合标准。我们是典型的看着水库没水喝。

但是,我是镇长,我要想办法解决这个事。移民没水喝,那是很大的一个问题。我就去省里找移民办。我把石角镇移民用水困难的情况,向省移民办的同志作了汇报。

石角镇广大移民用水困难的情况,很快引起了省移民办的高度重视。经过研究,打井的办法被否定之后,解决移民饮水的唯一办法,就是建自来水厂。经过省移民办的协调与部署,决定给石角镇的广大移民建自来水厂。

最后,广东省移民办拨款20多万元,用于石角镇的自来水厂建设,我自己筹款有10多万,然后再四处化缘,最终把自来水厂建起来了。我当初建的这个自来水厂,一直到现在还在使用。

五 "94·6" 大水灾

1994年6月8—10日,廉江市遭受百年一遇强热带风暴袭击,降雨量为676毫米(历史上最高纪录为469毫米)。全市23个镇3 300个村庄受淹,442个村庄被洪水包围,受困群众达23.78万人。全市倒塌8.8万间,"全崩户"11 063户,造成5.2万人无家可归,直接经济损失18亿元。

廉江"94·6"特大水灾,前所未有。如此重大的灾难,牵动着全国人民的目光。

驻湛江的海、陆、空部队派出大批人员、车辆、快艇迅速支援灾区抗灾抢险。经过10天的奋战,终于把犁头沙等处被洪水冲垮的海堤围修复。

"94·6"特大洪水,给廉江人民的生命财产造成了巨大的损失。在廉江龙湾镇,共有12个水库移民村。大水灾发生之际,6月9日凌晨,有个移民被无情的洪水卷入了漩涡之中。当时,龙湾镇三脚墩管理区的党支部副书记郑权明,看见移民在洪水中挣扎,立即奋不顾身跳入激流之中,最终因体力不支,英勇献身,时年50岁。

更可怕的是,这次特大水灾,造成了副霍乱病传入廉江市,波及12个镇和1个农场的62个管理区91个自然村。

20世纪70年代以来,廉江市出现过两次霍乱流行,第一次为1978—1981年,共611例。第二次为1988—1989年,共133例。1994年6月上旬,廉江市遭受3号强热带风暴和百年未遇特大洪水的袭击,灾区饮用水源和环境受到严重污染,导致全市近十多年来的第三次霍乱。

6月13日,横山圩发生首例霍乱病人后,6月14日营仔镇又出现病例,并进入全市呈流行状态。

6月份全市共发生9例,其中营仔镇在4天内连续发生6例,占6月发病数的66.7%,进入7月以后,主要疫区转移至河堤镇,其他镇病例也随之增多,形成全市发病高峰。

1994年,全市发病共131例,带菌21例,病死1例。

如果此疫情得不到控制,一旦漫延起来,后果不堪设想。情况万分紧急,广东省人民医院,广州军区医院,海军422医院,陆军196医院,广东医学院附属医院,省农垦中心医院,湛江市中心人民医院,湛江市第一、第二中医院，湛江市卫生防疫站等各级防疫专家，组成了大规模的医防队，立即开赴廉江各乡镇，紧急支援。由于各方通力协作，防治措施落实有效，终于将霍乱疫情及时控制。

但是，百年一遇的大水灾，对于九洲江流域农业生产的影响是致命的。灾害发生后，九洲江水利管理处灌区的4万多亩早稻几乎绝收。房屋倒塌，早稻倒伏受淹，甘蔗被拦腰折断，木薯被连根拔起，正值成熟期的龙眼、荔枝、香蕉等果树多数被折断，鱼塘、虾塘被洪水冲毁达3万亩。

原石角镇镇长罗华元（现任湛江水库移民办主任）**回忆**（根据录音整理）：

那时，我还在石角镇做镇长。我从来没有遇到如此重大的水灾。说实话，当时千头万绪，很乱。上面有领导来指导救灾，下面又有百姓来找你要饭吃。那时不管是水库移民，还是原居民，个个都来找我。我理解他们。我是一镇之长，面对百年一遇的特大洪水，他们的无数良田被淹，不找我们政府，他们又能找谁呢？如果我们政府坐视不管，那么这些万千灾民定然流离失所。当天，我就召集镇党委开会，强调让广大灾民有饭吃，有地方睡，这是当前工作的主要任务，是我们每个党员干部必须完成的政治任务。

鹤地水库的正常水位是40.5米，大水灾之后，为了保证下游群众的生命与财产安全，鹤地水库水位持续上涨，一度超过40.5米，达到41米多。整个石角镇当时是一片汪洋。镇上所有的粮食都分发一空。当时没有（的）吃，大片水稻田被淹，道路又不通。真是苦不堪言。让我没有想到的是，水库移民们的愤怒情绪已经到了极点。一场大规模的、可怕的事件正要发生，这件事，我至今想起来，都是一身的冷汗。

那是1994年9月，石角镇水库移民眼看着今年的水稻全被淹没，心里很痛心。他们想，如果此时把水放掉，今年的水稻或许还有挽救的余地。这种想法很快在移民中间流传。他们决定放水，挽救被洪水淹没的水稻。

于是，库区的移民们自发组织起来，浩浩荡荡，一共有3 000多人，来到了鹤地水库大堤，他们要做一件惊天大事，那就是挖水库的大坝，将水库的水放出来，解救被淹的水稻。

3 000多人啊！他们气势汹汹，群情激愤。他们拿着铁锹、锄头，来到了鹤地水库大堤，只要一声令下，这片大堤，就会很快崩溃。

如果鹤地水库的大堤缺口，那么，结果将会是灾难性的，整个九洲江下游，将会再次经受一次浩劫，整个廉江市将会遭受没顶之灾而沉入水底。

石角镇的移民们聚集在鹤地水库的大坝上，他们高呼口号："挖堤放水！放水还田！"

震耳欲聋的口号声，响彻在鹤地水库大坝的上空。

那时，我正在镇政府的办公室里。很多人得到了消息，来向我报告，说移民们正在准备挖水库的大堤，要放水还田。

我听了之后，头脑里"嗡"的一下，一片空白，魂都吓飞了。我几乎不敢相信他们说的话。怎么可能呢？鹤地水库的大堤一旦缺开口子，那不是要了下游整个廉江人的命吗？这还了得！

我是一镇之长。我目前唯一可做的，就是立即过去，进行劝阻。我发疯似的往水库上奔跑。等到了水库大坝上的时候，我的两只皮鞋，一只也没有了，我只穿着袜子。

当我来到水库大堤的时候，随后，秘书才把我的两只鞋找来了。那时候，鹤地水库的大堤上，黑压压站满了手持铁锹与锄头的移民。那个阵势，就像当初修建水库时的样子，人手一把工具，人山人海。

我拿着大喇叭，不停地对移民进行喊话："大家静一静，冷静一下，我是镇长。你们有什么要求，请跟我说。我保证能给大家一个满意的答复！"

我目前所要做的，就是立即进行对话。我必须要稳住移民们的情绪。不然，什么样的后果都能发生。而且我也知道，我自身也面临同样的危险，在他们面前，我若稍有不逊，这3 000人就有可能

家山何处——岭南水库移民迁徙实录

把我踏成肉饼。

在我的几次喊话之后，终于有两个移民代表，前来与我谈话。其实，他们的心情，我很能理解。我现在不管采取什么办法，都要把他们的火压下来。不然，这大火一旦燃烧起来，我一个镇长的命是小事，可九洲江下游的千千万万的百姓的生命与财产安全如果因此受到损失，那么成为千古罪人的，我将是第一个。

水库移民代表："罗镇长，我们挖堤放水，也是被逼得没有办法。我们一年的口粮，都指望着地里的那点稻子。现在稻子被水库淹了，你让我们吃什么？我们找谁去说理？"

我说："有什么问题只管找我。想当初，我们广大移民，舍小家，顾大家，背井离乡，离开祖辈生活的家园。现在，为了九洲江下游人民的生命与财产安全，大片水稻被淹，这样的心情，我能理解。首先，我可以很负责任地说，只要有政府在，你们就不会饿死，不会被冻死。现在，你们的水稻被淹，粮食面临绝产的困境，我请大家相信我，相信政府有能力帮助大家渡过难关。"

水库移民代表："罗镇长，我们现在就没有米下锅了。这往后的日子该怎么过？"

我说："请大家放心！我正在和外界联系这事。我向你们保证，有我罗华元一口饭吃，就有你们一口饭吃。现在，请大家回去。我们为廉州人民做出了牺牲，但是，廉州人民没有忘记我们。廉州人民知道我们的难处，他们拨给我们的新一批救灾粮食，明天就可以到达。而且，是他们自己派车运送过来的。我们要感谢他们！"

可能是这话起了作用，大家将心比心，很多人一听是廉州人送来救灾粮，大家心里又产生了说不出的感激。整个大堤上，黑压压的一片，竟然没有一个人说话。

3 000多个水库移民最终离开了鹤地水库的大堤。

我知道，石角镇的水稻，今年绝产，这将是个大问题。我一面将此情况向上级报告，一面向全国各地发出求助信。希望石角镇的水库移民们，能把今年的日子度过去。

后来，陆续有了回音。当然，都是小批量的赈灾物资。由于水稻绝产，我们的粮食供应十分紧张，老百姓又没钱买米。好不容易挨到了第二年。也许是时来运转，粮食问题，居然有了转机。我也因此松了一口气：石角镇的百姓，终于可以吃上饱饭了。那么，到底是一个什么样的转机呢？

六　赈灾奇谈

事情是这样的：

石角镇广大水库移民受到的巨大灾难，得到了全国人民的同情和支援。远在中国台湾地区的各界人士，对于大陆上的南方大水灾，表示了严重关切。

1995年，台湾慈济基金会闻讯，特地派员前来调查，了解灾情真相。他们来到石角镇后，到民间四处查访，所见所闻，让人落泪。调查人员迅速将石角镇的深重灾情，向台湾慈济基金会总部报告，并很快得到了回复，同意向石角镇灾民发放大米。于是，一场声势浩大的发大米活动，在石角镇开始了。

慈济基金会对石角镇的灾民进行了统计，其中，重灾民7 547人，轻灾民5 908人。按照计划，基金会将免费为这些灾民发放大米。原来的计划是这样:（1）给石角镇的重灾民，每人每月发30斤大米，一共发放6个月；（2）给石角镇的轻灾民，每人发30斤大米，发1个月;（3）给石角镇的灾民发放3 000条棉被以及7 000件棉衣。

这场大规模的发大米运动，从1995年10月份开始，在鹤地水库边的石角镇进行。第一批的大米发送到了灾民手中。无论如何，灾民们得到了实实在在的大米，这件事在整个石角镇引起了强烈反响，也让灾民们对这个基金会产生了好奇。

但是，在后来，慈济基金会发放大米行动，只发了两个月，就被停止了。原计划发半年的大米，为什么只发了两个月就戛然而止了呢？这事说来话长。先说说这个慈济基金会。

慈济基金会，全称是"中国台湾佛教慈济慈善事业基金会"。慈济人以"人伤我痛，人苦我悲"之情怀，超越种族、国家、语言、肤色、宗教信仰的界限，以出世的精神从事入世的志业，不仅使"大爱"成为一种共同价值，更将中华文化的精粹发挥到极致。

目前，慈济的工作项目包括慈善、医疗、教育、人文四大项目，统称为"四大志业"；另投入骨髓捐赠、环境保护、社区志工、国际赈灾，此八项工作同时推动，称之为"四大志业、八大法印"。而"国际赈灾——大爱地球村，真情肤苦难"，是其重要的项目之一。

自1991年援助孟加拉国水患，揭开国际赈灾的序幕，迄今已援助70个国家及地区。依循"直接、重点、尊重、务实、感恩、及时"等原则，对于受灾国家，除了提供粮食、衣被、谷种、药品的紧急援助外，还援建房屋、协助开发水源、提供义诊。关怀项目尽管有别，"尊重生命"的理念却是始终如一。

由慈济基金会发动的为石角镇灾民发放大米活动，即是其赈灾内容之一。

很多的石角镇灾民，欢欢喜喜地把大米领回家去。而他们在领大米之前，需要做一件事，非常简单，任何人都能做到。那就是绕场一周，双手合十，遇到人要弯下腰，说一声："感恩。"

这里的感恩，不是要对慈济基金会感恩，而是对你遇见的每一个人说，对身边的每一个人说。

我们无法知道慈济基金会关于感恩的确切含义。有一段证严法师的录像，似乎可以说明问题。摘录其中几句："让孩子学会感恩，知足，懂得尊重，懂得生活，学会生活，惜福，懂得环保。"

发放大米活动，是在第三次即将发放之前，被宣布停止的。这一停止不要紧，慈济基金会的人一下子懵了，当时有个副会长，正在联系发给灾民的大米，一听说救济活动要紧急停止，她急得直掉眼泪。因为基金为了让灾民们能早日领到准备过冬的3 000条棉被、7 000件棉衣，提前向湖南省的一个军工厂下了订购单，关键是，所有的货款都交了，军工厂那边，也是日夜加工。你说不要就不要了，粮食好办，退回去。可这加工好的1万件棉被、棉衣，该怎么办啊？

很多人都会提问，为什么停止发大米？为什么拒绝1万件棉被、棉衣？

因为有人发现不妥。有什么不妥？有人发现如下问题：（1）发放大米之前，石角镇的移民要绕场一圈，口中说"感恩"，这很不妥，我们要感恩的是毛主席和共产党。（2）发放大米之后，有的移民，手上拿着慈济基金会的大米，开始说党和政府的闲话。这种错误倾向，必须制止。（3）发放大米的中国台湾人，身份不明。（4）我们共产党有能力解决灾民的问题。

发现这四个问题的，是国家安全局的人，写成内参上报。

国家安全局的内参，事关国家大事，不能不引起党政领导的高度重视。后来，当时的广东省副省长欧广源同志视察石角镇。当他了解这一情况之后，当即表态：给石角镇拨款1 300万元，用于广大水库移民的生产生活。300万元用来买米，发展生产用500万元，其余的分期分批拨款，用来给石角镇的移民发展种果、养鱼、养牛等副业。

副省长发话了，下面办事雷厉风行。800万元资金，很快得到落实到位。再后来，广东省八届人大会议做出了"关于继续实施解决水库移民遗留问题议案的决议"，计划从1998—2002年，广东省投入资金从每年3 000万元，增加至每年6 000万元。

那么后来呢，慈济基金会订购的1万件棉衣、棉被怎么办呢？

1996年2月3日，云南省丽江纳西族自治县发生7级地震。根据公布的情况，这次地震波及4个少数民族地区，重灾民达30多万，给当地人民群众的生命财产造成巨大损失，伤亡人数达1.4万多人。就这样，慈济基金会订购的3 000条棉被、7 000件棉衣，又从湖南的加工厂，直接运到了云南的地震灾区，总算派上了用场。

七　石角镇二中

2010年9月2日，石角镇老镇长罗华元的带领下，我到了石角镇二中。学校的大门上，醒目地挂着一条横幅："热烈祝贺我校涂雅婷同学考上湛江一中实验班。"罗华元告诉我，在当地人的心目中，能考上湛江一中实验班，就如同考上北大、清华的感觉。那里曾经产生过广东省高考总分状元、湛江市高考总分状元等。这个实验班的学生，都是从各县（市）区提前录取的学生组成。如有学生进入此班学习，则是一种希望和荣誉。所以，这个涂雅婷就是石角二中的荣誉，他们要把这事公布出来，让大家知道，石角二中也不差。

这是个水库移民子弟学校。和许多我所见过的中学一样，同学们见我们走进来，很有礼貌地问候。正是下午4时多的光景，操场上一片唧唧喳喳的声音，挤满了打球的孩子们。操场后面，我看到一栋栋教学楼下挤满了孩子们。也可以看到宿舍楼，干净整洁。阳台上悬挂着学生们的衣服，摆着几盆三角梅。

来到石角中学，我看到了罗主任一脸的兴奋与骄傲，他指指这里，说说那里。原来，这个石角镇二中，从无到有，都是罗主任一手操办的。他对我说，为了这所移民中学，操碎了心。现在看到同学们在这里安心读书，心里很是欣慰。这所学校的兴建，虽说和当时"普九（指高水平、高质量普及九年义务教育）"的硬性要求有关，但更主要的是，解决了移民子弟长期失学的问题。罗主任说，水库移民是个很特殊的群体，让他们的子女接受九年义务教育，是任何一个党政领导必须做好的一项工作。这些孩子的父母，多数文化程度不高，但是，他们希望子女能有文化，有了文化，才有可能改变命运。这是普通移民的一种朴素思想。所以，广大移民们再苦再累，也要把子女送来上学的。

然而，移民的孩子要想上学，却不是一件容易的事。

美丽的石角镇二中校园

原石角镇镇长罗华元（现任湛江水库移民办主任）**回忆**（根据录音整理）：

我们石角镇，原先有一所中学，即现在所说的石角一中。但是，石角一中原来也是个很破旧的学校，因为全镇只有一所中学，石角一中再怎么破旧，仍然可以收到很多的学生，渐渐人满为患。为了改变这个状况，石角一中就提高了入学的要求。比如说，要本地户口，城镇户口，要入学考试，等等。可是，有些水库移民是返迁回来的，户口不在本地，而且这样的移民户在石角镇有很多。他们的子女就学，就成了一个难题。

当时，我是镇长，移民们有什么大事小事，都是来找我。其中找我最多的，就是他们的子女上学问题。因为石角一中人满为患，拒绝招收移民子弟。移民当中，也有很多人是决心让孩子念书的，希望他们将来出人头地。入不了学，唯一的办法，就是到镇上来找我。我是他们唯一的希望。说实话，看到那些朴实的水库移民，自己穿着破烂的衣服，把自己的孩子领到你的面前要求上学，你不可能无动于衷，除非你是铁石心肠。

当时我能做的，就是想办法把孩子插入到一中去。一中的校长是我的朋友。一次两次都没问题，可是人数太多，再这样下去，我自己都不好意思向一中的校长开口了。

更重要的是，如果这些孩子失学，"普九"任务完不成，验收不达标，那是很严重的事，那不只是我石角镇会名誉扫地，那是要拖整个廉江教育后腿的，那是要问责的。如果是那样的话，我这个镇长也别想当了。我就是想尽法，也要让这些移民的孩子能上学读书。我想来想去，忽然有了主意，我想到了一个中学。

我想到的这个中学，叫西河中学，并不在石角镇。我之所以忽然想到这个中学，是因为这个中学几乎被人遗忘，好像完全淡入了人们的视野。这座中学，位于一片茫茫的荒山野岭之中。

根据老镇长罗华元的描述，那个西河中学，似乎不是一般的荒野。但是，如果说是荒山野岭，又有一些不太确切，因为黎湛铁路经过这里，并且还设有一座四等小站——佛子岭火车站。

佛子岭站建于1956年，离湛江站86公里，现为四等小站。由于现在公路发达，到佛子岭坐火车的人，几乎很少了，而且这个四等小站，只停慢车，平常就没有什么人坐。而且，就连通过火车站铁轨的道口，都没有人看守。道口无人看守，肯定是要出大事的。

2001年2月9日下午3时30分，由重庆开往广州方向的临客23次列车，运行到丹兜村。这里的道口无人看守，一辆载有18吨磷肥的东风牌拖卡汽车正好通过道口，火车与汽车相撞，发出惊天动地的巨响。结果造成火车机车头、排障器、油箱严重破损，正、副司机均受伤。卡车报废，卡车司机姚海兴受轻伤，车主兼货主张铭元当场死亡。

从石角镇到佛子岭，大约15公里。这里异常荒僻的原因，是与广西交界，差不多属于无人管地带。原来不是这样。原来这里有一座西河农业学校，有个附属农场，大概是1975年创建，专门种植剑麻。那时，西河农场方圆几十里，都种植大量的剑麻，几乎遍地都是。

后来西河农场撤销，周围的地就荒芜了。几十里的地盘，没有人烟。蒿草满地，风声飕飕，凄冷森然。但是，那个西河中学还在。就是说，在这片茫茫的群山之中，只有这个中学还有活气。

但是，那样的房子，还能算是中学吗？门窗东倒西歪，屋檐下横着朽腐的木料，院墙有几处倒塌，学校四周长满了杂树与灌木丛，远远望去，就是一堆废墟。

来这个中学读书的，都是些什么人呢？都是水库的移民子弟。因为镇上的石角一中学生太多，都快挤爆了。很多移民就把子女送到了西河中学。从石角镇到西河中学，没有任何交通工具，除了少数的骑自行车外，多数的学生靠走路去上学。因为路途太远，只能在学校寄宿。他们周末回家，周日下午或晚上，带上米面等一周的伙食，走到学校。

西河中学的一直被人们忽视。因为地处荒野，这里却成为一些劫匪出没的地方。毫不夸张地说，这里已成为劫匪们活动的天堂。因为两省交界，这边抢了，那边躲；那边抢了，这边躲。他们连这些穷苦的水库移民子弟也不放过。每当学生们回校的那一天，那些荒山野岭之中，就会发生抢米抢面的事件。那些被抢的学生，一个个哭着，重新回到家里，然后再结伴而行。

更有甚者，劫匪对单身女学生在路上进行强奸。那些劫匪把女学生拖到荒地里面，惨无人道地进行摧残，女学生被拖到野地里，没有任何的反抗余地，叫天天不灵，叫地地不应。怎么呼救，怎么哀号，一点用也没有。因为这里四不靠，荒无人烟。当镇里的派出所接到报案赶来时，劫匪已经逃之夭夭。

越是这么荒野的地方，劫匪与黑帮势力越猖獗。派出所几乎每个月都要接收到学生在佛子岭被抢劫、强奸的案件。罗华元加强对西河中学的保护，同时，将佛子岭一带的案情，向廉江市委作了汇报，希望上级采取措施，彻底肃清佛子岭的黑恶势力，还广大水库移民一个安定的生活环境。

终于，时间到了2001年。7月6日那天，原廉江市副市长龙汉率领公安人员，来到了石角镇，决定对石角镇丹兜村的黑恶势力进行打击。

丹兜村是石角镇的一个行政村，辖潘罗、潘罗坡、佛子岭、狮子头、宝尧塘、斋社、坡仔、丹兜共8个自然村。这里与广西交界，治安形势一直恶化。

7月7日凌晨两点，廉江市原副市长龙汉现场指挥，共出动360多人，50辆车，对保尧塘村采取了清查行动。保尧塘村是丹兜村委会一条地处偏僻、恶势力横行的村庄，共有人口400多人。政府工作人员到村执行公务时，多次被村中黑恶势力百般阻挠。例如，该村的计划生育工作，一直无法开展。计生干部一来，就遭到黑恶势力的威胁与恐吓。经过突击抓捕，抓获恶势力犯罪嫌疑人2名，收缴枪支、器械一批。

那个西河中学呢，因为经常发生抢劫、强奸案件，学生害怕上学，老师不安心教书。学校破旧不堪，房屋漏雨，窗无玻璃。这样一所西河中学，基本上属于瘫痪状态。

原石角镇镇长罗华元（现任湛江水库移民办主任）**回忆**（根据录音整理）：

西河中学瘫痪之后，广大的水库移民子女，基本上处于失学状态。我是一镇之长，孩子们失学，就是我的失职。无论是从哪个方面考虑，我都要把这个学校重新恢复起来。我觉得唯一可行的办法，只有学校迁址。

说是迁址，原来学校已无任何东西可迁，基本上是一堆破碎的瓦砾。那就是说，新的学校，将是白手起家，一切从头开始。

我决定把原西河中学迁址的计划，写成报告，一层一级上报。我从镇上，跑到廉江，再跑到湛江，最后，我跑到了省里。我一层一级地给市长、省长们说明情况，希望能对于移民子弟学校给予拨款。

一次不行，两次。两次不行，三次。大约是从1994年开始吧，我就往地、市、省三级政府跑。最后，我见到了当时的副省长卢中鹤。

卢副省长在百忙中接待了我。他说话很直接，对我说："你一个小小的镇长，居然找到了我，并且让我在此与你对话，你还是有能量的嘛。"

我说："卢副省长，因为实在是没有办法，我们那个西河中学垮掉了。广大移民子女上不了学，我心里很着急。我怕他们闹事。孩子们上不了学，我们政府有责任。我想再把西河中学迁到石角镇来，一来可以缓解一中的师生紧张的情况，二来稳定移民们的情绪，只要孩子们能上得了学，他们心里会很高兴的。"

卢副省长看了我的申请报告，并立即找来教育厅的领导，经过协商，卢副省长同意了我的要求，最后批示，拨给我60万元，作为重建学校的启动资金。

然后，我又来到了湛江教育局。当时的局长苏孔大，他对我说："我见过的镇长也有很多了，没见你这么执著的人。你有这个劲头办教育，让我们教育部门的人深受感动。"

我说："既然感动，那就拨款吧。"在我的软磨硬泡的情况下，苏局长很为难地说："教育局是个清水衙门，只能拨15万元，作为学校的办公经费。"我说："15万元塞牙缝也不够啊。"苏局长说："只能这么多了，立即划拨。"

省、地都落实了，最后来到了廉江市。廉江市自己的事，当然要掏得多一些，经过汇报讨论，最后财政拨款80万元，用于新学校的建设。

省、地、市三级政府，一共下拨资金155万元，用于学校建设。这还不够，剩下来的，只能靠我自己想办法了。最后，通过各企事业单位捐款、贷款等措施，我自己落实资金200万元。这样，一个普通中学的建校费用，算是基本上筹办齐了。我把这所中学，取名为石角镇第二中学。

接下来的问题是，校址选在哪里。整个石角镇，本来就很拥挤了，那些回迁的移民，见缝插针，把个石角镇挤得满满的。要想在这里挤出一片空间，建一所中学，基本上是不可能的事。

镇里面真没有地方可以建一所中学。那些天，我骑着车，带着镇里的一帮人，四处寻找学校的校址。考察了很多地方，都没有合适的。因为学校有要教室、宿舍、操场，是块不小的地皮。小小的石角镇，哪里有这样的地皮呢？

也许是急中生智，我看到了稔子坝村。该村位于石角镇的边缘。稔子坝村有土地吗？没有。但是，稔子坝有两座小山。

我与稔子坝村的村长进行了在此建石角镇二中的讨论。村长表示，建学校，是百年大计的好事，他说他举双手表示支持。但又很为难。村里也不宽裕，那两座山，虽然长不了什么谷物，毕竟是村里的，一旦征收，周围的村民都要搬迁，问我能不能对村里做些个补偿。

这事我已想过。本来建学校的钱，千辛万苦筹来的，肯定不能为征地之类的补偿所用。我想了一个两全齐美的办法，让村长和村民们进行协商。如果村民们同意了，我们立即动工。

我对稔子坝村提出的方案是这样的：稔子坝村的这两座山，一共有60多亩。由镇政府征地，并负责移山。移山之后的土地上，将由两部分组成，一是稔子坝移民新村，一是石角镇二中。条件是：由镇政府负责给稔子坝村的32户村民，每户无论人数多少，都是按100平方米的面积，按照两层楼的标准，统一规划，统一打好地基。也就是说，镇政府不收他们的土地建设费。如果在当时，这100平方米的土地费用，每户要交纳5 000多元。这部分钱，由政府免收。

稣子坝村的村民们，连夜开会讨论。因为是关系到切身的利益，大家讨论得很热烈。我后来才知道，讨论了整整一个晚上。最后，稣子坝村的村民们一致认为：

（1）我们是水库移民村，这所学校就是移民子弟学校，而且就建在家门口，孩子上学难的问题，能够彻底解决，应该给予支持。

（2）石角镇镇政府免收我们移民的土地费用，并且统一打好两层楼的地基，合情合理，表示同意。只是有一点，希望能按照三层或四层的要求打地基，将来有钱了，可以继续加楼层。

稣子坝村的村民意见，我觉得不算过分，我就同意了他们的要求，按照四层楼的标准打地基。双方谈话终于达成一致意见，我立即开始了移山建校的工程。

1995年，石角镇二中终于建成了。稣子坝村的新村也落成了。记得那年春节，当时的廉江市市长阮日生来石角镇慰问广大的水库移民，特地参观了二中和稣子坝移民新村。阮市长很高兴，给稣子坝村的32户水库移民，每户发放一包15斤的大米、一桶油。

十八年，黑灯瞎火的生活

一　抽风电

1995年左右，廉江市的一个计划生育干部下基层检查工作，忽然发现，石角镇的计划生育工作出现了严重的问题，超生、多生的人数急剧上升，已成失控之势。而周围的乡镇，却是一如既往的平稳。

本来，这里水库移民的计生工作，好不容易才走上正轨，可石角镇的情况，为什么会突然如此反常呢？

那时，计生工作是各项工作中的头等大事，是政治任务。这位来石角镇巡视的计生干部吓坏了，不知哪个环节出现了问题。立即驻在石角镇，她想把这件事调查清楚。

经过三天的调查，也没弄清头绪。镇上的计生干部见上级领导急得团团转，又找不到原因，这才开口说话："你也别找了，还是我来告诉你吧。"

镇上的计生干部轻描淡写地说出了一番话。那位上面来的计生干部听完，目瞪口呆。

镇上的干部说："这都是石角镇停电惹的祸。我们石角镇用的是抽风电，一年365天中，每天都停电，一到晚上，漆黑一团。啥也做不成。全镇的人，唯一可做的，就是上床睡觉。在床上做那事儿，不需要电，所以，娃儿就多了。"

这是我在广东边陲小镇石角镇采访时，听到的一个故事。我没有时间去查证这个故事的真实性。但我在此听到最多的一个话题，就是石角镇的"抽风电"事件。

"抽风电"，这个词不是我发明的，是石角镇人自己说的。那么，什么是"抽风电"呢？

现在，广东水库移民大镇——石角镇闻名全国，闻名的原因是石角镇十八年的停电事件。这事对石角镇的广大水库移民来说，真有一种讽刺的意味——修筑鹤地水库，最初的目的，一是防洪、灌溉，二是发电。而为此作出最大牺牲的石角镇水库移民，自从1993年开始，便缠上了"抽风电"的噩梦，一年四季无法正常用电，家中的电器设备，如同聋子的耳朵，成了摆设。

现代社会里面，电与我们的生活息息相关，偶尔停一两次电，那是再正常不过的事。架设线路，检修设备，要停几次电，民众都能理解。毕竟，电很快就会恢复。

而石角镇的电却不是这样，基本上是每天停电。

如果每天按时停电，那也就算了，那样的话，至少大家能调整好生活，合理安排作息时间。但是不行，石角镇停电，却是没有固定时间，想停就停，没个准数，就像抽风一样，在大家看电视最得劲、最要紧的关头，嘿，电没了。那一刻，大家恨不得把电视机给砸了。

如果不按时停电，也不要紧，只要来电之后，不再停电也可以。但是也不行。石角镇的停电，那可真是抽风电，停一下，过会儿再来电。来一会，再停一下……就这么不停地来电、停电，停电、来电。最多的时候，一天要停电几十次，最少也要停十几次。这种停电方式，几乎要让人抓狂。

如果这样的抽风电，停一个月、两个月，或者停一年，再或者停两年，那也能忍受，毕竟，两年过后，就可以摆脱抽风电的噩梦了。但还是不行。石角镇的移民们，一年四季用这种抽风电，整整十八年了！

十八年是个什么概念？就是一个人生下来，从咿呀学语到他成长一个大人。如果真的有人十八年前出生于石角镇，并一直在石角镇成长，那么十八年来，在抽风电的生活中成长，他们的性格、脾气、思维，会不会因为抽风电而受到影响呢？

刘罗金（鹤地水库移民，现居石角镇石角队村）**讲述**（根据录音整理）：

我们石角镇，每日受到停电的困扰。因为电压不稳定，所以天天都会停电，白天停，晚上也停，一天中，停电十多次的情况经常发生，而且有时还会连续停上两天、三天也不一定，春节也不能例外。去年回家时，我把电脑带回去，却无法启动，我开始还以为是我的电脑有问题。后来才得知，原来是因为电压太低了的缘故，也是因为这样，我的电脑终于给搞坏了，硬盘的数据分区表找不见，整个硬盘除C盘，其他盘的内容全都没有，我辛辛苦苦整理的所有资料就此再也没有看见。后来用了半个月的时间，用数据恢复软件才最终把一些资料恢复回来，但还是有很多珍贵的资料再也没有了。

我不止一次向石角镇供电局反映情况，但得到的答复不是这样就是那样的原因，始终都没有令人满意的回答。

宋敏敏（鹤地水库移民，现居石角镇）**讲述**（根据录音整理）：

我在外打工很多年了。厌倦了找工作的辛苦与奔波。就想着自己开个小店谋生。东凑西借，好不容易筹集了一笔资金，在石角镇的街边租了一个铺面，准备开一间打字复印社。因为据我的调查，这条街上，没有打字复印店，我开店之后，独此一家，你说生意能不好吗？我专门学过打字，受过职业培训，打字的速度很快，又会排版，我在外打工的时候，就是在一家打字复印店打工的。所以打字复印店的一套程序我都会。我专门从廉江买了一整套的打字复印设备。总费用花了3万多元。

我欢欢喜喜把店开下来。没过多久，正在给人打字，突然停电。过了一会，又来电了，再过一会，继续停。

我原以为，这是偶尔的停电事故，说不定明天就好了。让我万万没想到的是，居然没完没了了，天天这样子折腾人。你说，我的电脑能经得起这样子用吗？有时，客户的普通的一点材料，几小时就能搞定的事，有时要拖好几天。我这个店，没有电万万不行，简直是寸步难行。别人家有发电机，可我哪有能力去买发电机呢？

我勉强支撑了半年时间，就撑不下去了。因为我无法忍受那种抽风电。那是一种让我疯狂的感觉。我终于被败下阵来。我决定，卖掉设备，关掉打字店。

然而，我又想天真了。这种抽风电的地方，有谁会要这种设备呢？我就是送给人家，人家还嫌搁地方呢。居然，我的这么多设备，什么样的价格，都没人要。

你问我后来？我后来再次去了东莞打工。一直到前年，我才回到了石角镇。

肖民峰（鹤地水库移民，现居石角镇潭佰营村）**讲述**（根据录音整理）：

我是个老移民了。当年为了建鹤地水库，我们响应号召，说搬就搬。当时也不是什么思想觉悟高，因为领导们说，建水库，可以防洪防旱，还可以发电。只要能发电了，我们大家都有用不完的电，就不用点煤油灯了。

当时我们听了很高兴。想想也是，水库就在身边，发电房就在身边，那一定是用不完的电。我记得，我问一个村干部："我们用电，还要给钱吗？"村干部说："给啥钱？发电机就在我们身边，随便扯根线，就有用不完的电，你从早上用到晚上，也用不完。"

我们农村人就是实诚。既然干部们都这么说，我们还有什么好说的，那就搬家吧。二话没说，就搬走了，我们都在想，水库建成之后，房子里的电灯泡亮堂堂的，能过上那样的日子，做什么都值。

一直到1975年，廉江市石角镇才开始拉电线。而本村也在（20世纪）80年代通了电，这在当时，也没啥电器，房间里唯一的需要电的，只是个灯泡，有了电就能点亮。那时，虽然做不到24小时不间断，但大家也都很知足，灯泡毕竟比煤油灯好百倍。

真正的抽风电，是从1993年开始的。那时候，我们水库移民的生活条件，正在一步步好转。随着生活条件的改变，现在使用电器的人家越来越多，电器的品种也是越来越复杂。

到了（19）93年那年，这电就开始抽风了。一天到晚，不停地停电，来电，再停电。关键是，这个电它没个准数。你不知道它什么时候来，什么时候停。也不知道来电多长时间，停电多长时间，就这么乱搞。我们镇上的人，都说这电发"羊痫风"了。有时，它比发羊痫风更癫狂。例如，大白天的，没电。一直到晚上，大家都睡觉了，这时候，它来电了。你想想，这时候要你来电做什么？有时呢，甚至一连几天都没有电。

现在石角镇的人怎么过？已经麻木了。如果哪一天一整天不停电，人们才会感到一种不正常。镇上的人，自己想办法。发电机当然买不起，有的家庭，买了充电用的电瓶，这是最常见的解决办法。我家备了两只电瓶。你一停电，最起码，我的照明还可以用。

为什么现在电网到处都在改，作为广东省的廉江，也不是很落后，然而在这个用电方面却比不上邻近的广西。与我们一街之隔的广西，人家也是农村用电，但似乎从来都没停过电。

我这个房间里，日光灯的启辉器启动不了。电视机呢，经常是整个屏幕都是雪花状，这是由于电压低造成的。一到晚上用电高峰期时，低瓦数的灯泡也只能闪烁，苟延残喘的样子。电线残旧，电气设备久不更新，电压极不稳定，国家倡导的"家电下乡"，那也只能成为一句空话。

另外，你没有电，很多外地人，怎么会来你这里投资开厂？十八年，是个不短的时间，失去了多少想来石角镇的投资人？

钟建国（鹤地水库移民，现住石角镇旺峰岭村）**讲述**（根据录音整理）：

已经有太多的记者来石角镇采访了。在你们眼中，如此抽风电是不可思议的事，觉得稀奇。这也难怪，全国就这么一个地方有抽风电。你让我说说没电的生活？我真不知该怎么对你说。你想想，我们水库移民，为了鹤地水库，牺牲家园，结果，水库发电，我们水库的移民却用不上电，你说这事怎么会变成这样？

我现在很怀念点煤油灯的日子。一想到这个抽风电，我就要来火。你让我说让最恼火的事？我就说最恼火的事给你听：大年三十晚上，一家人团圆，想欢天喜地过大年。就在去年，大年三十，我做了一桌菜，酒也开了瓶。我说："今天是大年三十，这电总算有人情味了，现在政府讲什么以人为本，嗯，这大过年的，人家供电局以人为本，看来，今天就是以人为本，不停电，让我们吃团圆饭。不跟我们计较什么了，有什么事，过了年再说。等过完了年，你再送抽风电吧。"尽管平日里用的是抽风电，但大过年的，三十晚上，你能不停电，当时我就很感激，感激我们的供电部门能够以人为本，体察民情。怎么着，你也得让我们水库的移民百姓把年先过去吧。

我端杯，一家人干杯。还没坐下，啪，漆黑一片。

那一刻，我几乎要崩溃。我想把那个供电局的人给掐死。

同样，由于停电，2010年2月13日，石角镇的居民，在一团漆黑中，度过了又一个漆黑的除夕之夜。

李秀梅（鹤地水库移民，现居石角镇稔子坝村）**讲述**（根据录音整理）：

呵呵，你问我生意怎么样？还好啦，我开这个机电公司有十多年了。其实很多人都在石角镇开这个店。我这个铺面，花了50万元买下来。一共三层，下面做店面，上面是住房。

不瞒你说，这些年，我就靠这个抽风电赚钱。

我一开始是靠卖蜡烛起家的。我卖过各种各样的蜡烛。我进货时，尽量进一些质量好的，人家用起来，就感觉好，用得好了，就常来我这里买。一开始那几年，我的蜡烛卖得很不错，然后呢，因为点蜡烛的人多了，我就按批发价卖给镇上的居民。有时，一户买10根、20根的，我都是按批发价给。没想到，我这个做成功了，普通百姓来买，做生意的小店也来到我这里批发。你没想到吧，小小的蜡烛，让我忙得转不过身来。后来，我雇了人，有专门进货的，有专门销售的。

我做蜡烛生意的基本原则，是让利。就是说，我少赚一点，回头客就多。可以这么说，整个石角镇的蜡烛生意，我一家占了一半的销售额。

生意渐渐做大了，我就想扩大规模。我开始订购新的产品，从最便宜的家用发电机开始。没想到，我的这一招又灵了。首先，家用发电机的价格很便宜，像那个2 kW的小型家用汽油发电机，才2 000元不到。2.5 kW便携式发电机，也才2 000元多一点。这种小型发电机，进多少卖多少。石角镇上的人，停电停怕了。手机不是才一两千元么，买个发电机都是能买得起的。

卖家用发电机，我是大赚了一笔。后来，镇上的人看到我的生意这么好，也做起了发电机的生意。让很多厂家没有想到的是，平常很难卖的发电机，在石角镇卖疯了。因为别的地方，很少有停电的。有的发电机生产厂家，干脆在石角镇设了办事处。有的干脆在镇上直销。

后来，我又觉得，我的品种太单一了。我又去联系了一种风力发电机，还有太阳能发电机，这些都是不要烧油的，一下子又火了。这两种发电机，最适合农村人用。农村是个大市场。我已经有了5个业务员，专门跑石角镇的农村，推销风力和太阳能两种发电机。

呵呵，听我这么说了，你一定觉得石角镇是个很奇怪的地方吧？

黄日谋（鹤地水库移民，现任石角镇丹兜村村长）**讲述**（根据录音整理）：

我们丹兜村，地处鹤地水库腹部，是一条纯水库移民村，与广西接壤，交通不便。现有9个村民小组，786户3 999人。我们这个村有耕地895亩，山地4 583亩，水田294亩，人均水田0.07亩。是整个石角镇最贫困的村庄之一。后来，国家安排广东深圳市文体旅游局与我村结成帮扶单位，希望在他们的帮助下，我们村能够脱贫致富。可是，由于没有电，文体旅游局的同志来了，什么也做不了。比如，他们投资了10多万元，为我们丹兜村成真小学修建了围墙和校门，因为没有电，一直拖了很久才完工。

现在，深圳文体局的同志，又准备投入9万多元，为我们村的3户危房特困户建造新房，每户资助3万元。可是，没有电，你让人家怎么开工呢？

还有，深圳文体局的同志投入1.5万元，给我们村委会购置液晶电视机和DVD，至今都是摆设，没电，用不起来。

由于频繁停电及电压不稳，丹兜小学唯一的一台电脑至今无法正常使用，教育办公无纸化的要求，在我们这里只能成为一句空话，很多信息仍主要依靠传统的电话方式传达。2009年，丹兜村中，有多台电视机因为频繁停电、来电，产生超高电压而烧毁。

我们村的生产，以传统农作物为主，主要是水稻、蔬菜、番薯等。我们至今还是用牛耕作。牛是我们的命根子。一到晚上，漆黑一片，居然还有人趁着夜幕来偷我们的耕牛。前不久，大约是8月份吧，河唇车站公安派出所沿线警务区警长张化思，带领民警赵振强在黎湛线飞凤坡车站至佛子岭车站区间巡查。当巡至佛子岭车站附近时，发现下行左侧的路基边，有一中年男子在铁路边放牛，于是前往制止，并对其宣传。

当张化思用当地语言询问该男子是哪个村、为何在铁路边放牛时，该男子答非所问，漏洞百出，这一举动引起了张化思的怀疑。为证实自己的判断，张化思立即电话向附近村委干部了解情况。当问到我时，我告诉他，我们村委的潘罗坡村村民涂汝良家，昨夜有一头耕牛被盗。

经过进一步盘问，该男子供认了凌晨零时许，窜到石角镇丹兜村委潘罗坡村的一农户牛栏中盗出耕牛的事实。此男子自称是广西博白县文地镇大沙村人，34岁。问他为何如此大胆来偷牛时，他说，现在的人都知道石角镇没有电，也没有路灯，正好下手。

二　水库移民的愤怒

不是所有的水库移民都是逆来顺受。十八年的抽风电，有的人在沉默，

卷五：石角镇

继续让它抽风下去。但是，也有的人的忍耐，已至极限。那种抽风电，已经把人给逼疯了。石角镇天天停电，白天农民们在田里地里干活，天黑回到家里，还得摸黑做饭，还得忍受蚊虫叮咬，更要命的是，还得在如豆的油灯下遭受夏天酷热的煎熬。现在都是什么时代了，还过着如此原始的生活。

随着每次抽风电的发生，电企与水库移民之间的火药味，也会骤然变浓，二者之间的摩擦，在不断地酝酿与爆发。

2004年炎热的夏季，太阳火炉似的在头顶上照耀，没有一丝的风。上午，整个石角镇炎热、干燥，似乎一点星火就会熊熊燃烧。酷暑中的石角镇人再次遇上了停电，所有的电风扇、空调全部停转。

那一刻，天气的炎热与内心的怒火，一下子燃烧起来。愤怒到极点的石角镇移民聚集在一起，他们手持棍棒，奔走呼号，要向供电部门讨个说法。

愤怒的人群来到了石角镇广界路1号，这里是廉江市供电局一座35千伏的变电站。这个变电站首当其冲，成为移民们的众矢之的。在廉江市供电局提供的一份资料中，记载了那次激烈的冲突。

2004年7月3日上午10时多，鹤地水库的几百名水库移民，手持棍棒，来到了石角变电站。他们挥舞着工具，围攻变电站的大门。很快，大门被砸开。几百名群众进入变电站后，愤怒之极，喊打喊杀，气势汹汹，直闯值班室，质问值班员为什么拉闸停电。

变电所的值班员，被这样的声势吓坏了，口不能言。群众没有得到满意的答复，开始动手打砸，砰的一声，资料柜的玻璃被砸得粉碎。茶具像甩炮一样，被砸在地上。桌椅被掀翻，房屋的门、窗被砸烂。

事态进一步恶化。有人说："你们舒服地从在这里享受空调，为什么就不能给我们电？"看到空调在运转，想到家里的电扇、空调等电气设备用不起来，一股怒火涌上心头，几个人合力而上，砸毁了变电站的空调。

这时，有人说："先去把闸合上！"于是，几个人闯入了高压室，企图强行合闸供电。

11时30分，廉江市供电局接到了石角镇的求救电话，请求立即派工作人员前来石角镇供电所，商量供电事宜，以平息事态。

水库移民们听说廉江市供电局的人来到了供电所，立即从广界路1号的变电站，一下子聚集到人民路10号的供电所。他们以为是廉江的领导来了，几百人开始围攻供电所。移民们驾驶摩托车，把供电所的大门，死死堵住。

供电所的大门前，摩托车排成长龙，前后长达200多米。移民们情绪激动，要求面见供电局的领导。供电局的工作人员，问这些移民有什么要求。移民们说："没别的，你要签字保证，全天不限电。"

供电局的工作人员说："这个可能暂时办不到。"

办不到？移民们如同火上浇了一把油，拳脚加棍棒，对廉江市供电局的几个工作人员进行殴打。眼看情况危急，在劝说无效的情况下，廉江市供电局工作人员从后窗爬出，弃车逃离了石角镇。

石角镇的水库移民与供电部门之间的矛盾，在1993年、1994年、1997年、1998年、2000年至2003年均有发生，最后甚至出现了以炸坝、向水库投毒和倾倒煤油相威胁，要求恢复正常供电的极端案件。

三　抽风电的真相

石角镇的抽风电，为什么只有石角镇会发生？为什么别的乡镇却没有？究竟是什么原因造成了石角镇长达十八年的抽风电？

廉江市供电局始于1993年的限量供电措施，被公认为是石角镇频繁断电的直接原因。目前，石角镇每年实际需求电量约为1 700万度，而供电局的供应上限则只有900万度，也就是说，石角镇的电力缺口接近五成。

廉江市供电局一位负责人说，对石角镇供电实施指标限制，实属无奈之举："移民电价实在太低，我们无法承受这种巨额亏损。"

1958年，在热火朝天的"大跃进"期间，作为粤西重要水利工程的鹤地水库建成了。鹤地水库吞噬了石角镇大部分的优质农田，昔日的米粮仓，现在是一片汪洋。而大多数石角镇居民，从此有了一个特殊的称谓——水库移民。他们舍弃了自己的家园，换来的是什么呢？不是说水库的发电厂在旁边，扯根线就能用电吗？

当然，政府没有忘记他们，也想到了广大鹤地水库移民所作出的历史性的牺牲，对广大水库移民的用电，给予了最大的优惠。

在石角镇历史性迎来第一股电流之后的第三年，1978年，根据原广东省革委会指示精神，石角镇作为鹤地水库库区的一部分，开始享受每度0.045元的优惠电价。1987年，这一标准被上调至每度电0.083元。

改革开放已经过去了三十多年，人们的生活水平日益提高，经济发展加速，石角镇的用电量节节飙升。1980年，廉江市供电局向石角镇的供电总量为61.5万度；2008年，向石角镇的供电总量数字，已被改写为963.8万度，增长了14倍以上。

但是，如此巨大的用电量，并没有改变石角镇居民的电价，广大水库移民仍是在享受1987年核定的优惠电价——每度0.083元。

廉江市供电局属于南方电网。南方电网向发电企业买电，目前的购进价已达每度0.3元。也就是说，如果廉江供电局向石角镇供电，按照水库移民优惠价0.083元计算，那么，廉江市供电局每向石角镇输送一度电，就要亏损约0.2元。

经过专项审计认定，廉江市供电局1980年至2008年间，向石角镇库区供电，亏损合计约6 600万元。

一边是水库移民的优惠电价每度0.083元，一边是无底洞的亏损。这种很严重的亏损买卖，让廉江市供电局感受到了巨大的经济压力，觉得再也承受不起了，决定提高电价。

然而，提高电价的事，遭到了石角供电所的反对。其理由是：鹤地水库移民，为国家建设作出牺牲，每度0.083元的电价，是国家给予的优惠与补偿。如果擅自提电价，则会引起广大移民的不满，如果因提高电价引发大规模的群体事件，谁来负责？

廉江市供电局当然不敢说负责任。于是，上调石角镇电价的事，就此搁浅。

但是，面对石角镇的移民优惠电价，廉江供电局总不能这样无限制的亏损下去啊。怎么办？于是就有了装流量表的事件。

这个流量表，是廉江供电局为减少亏损而设置的。就是说，廉江供电局每天供应石角镇的电，有一个总量。如果超过了这个总量，这个流量表就会自动跳闸停电。

这种装流量表控制亏损的方法，彻底打乱了石角镇居民们的日常工作和生活。十八年噩梦一样的抽风电，由此形成。

四　石角镇的独立王国

看了上面的这一段抽风电的始末缘由，肯定有人说：这不能怪廉江供电局装流量表限电，要怪只能怪石角镇的这些移民。当初每度0.083元的优惠电价，现在都什么年代了，还好意思享受啊？如果想正常用电，那还不简单，按照正常的电价付费，不就完事了吗？

那么，石角镇的这些水库移民，果真是在享受每度0.083元的优惠电价吗？不是。在石角镇移民的电费缴费单上，实际缴纳的电价，却远远高于这个数字。

目前，石角镇的电价，都是由各个行政村自行定价，收取电费。高的电价达到每度1.2元，低的每度0.4元。而南方电网在粤西地区的居民生活用电价格，每度为0.63元。这就是说，石角镇的移民们所谓享受每度0.083元的优惠电价，实在是冤枉的，他们实际付出的电价要高得多，甚至超过了南方电网居民生活电价将近一倍。

是谁收取电费呢？是石角镇供电所。石角镇移民们交来的电费中，石角镇供电所按照每度0.083元，以移民优惠电价的名义上交给廉江市供电局。而石角镇广移民们多交出的那部分电费，则是相当可观的一笔数目，石角镇供电所却没有上交给廉江市供电局。石角镇供电所，为什么不把电费全部上交给廉江供电局？

说出来令人惊奇，因为石角镇供电所是一个特殊的单位。说它特殊，是因为它与廉江市其他20个乡镇供电所截然不同：石角镇供电所与廉江市供电局之间，没有任何上级与下级的直系关系。由于历史的原因，石角镇供电所，交由石角镇政府主管，镇政府才是它的上级部门。

目前，石角镇供电所按照每度0.42元的标准向石角镇各移民村收取电费。然后呢，按照每度电0.083元上交廉江市供电局，石角镇供电所每度电可赚得0.337元。

石角镇供电所用这赚得的电费，除了负担供电所29名工作人员的工资和福利外，结余部分，则上交石角镇供电所的上级主管部门——石角镇政府。

在石角镇采访时，一位离开石角镇的干部向我透露，自20世纪90年代

卷五：石角镇

313

中期以来，石角镇供电所每年至少向镇政府上交剩余电费200万—300万元。

而这0.42元/度的电价，还只是石角镇供电所向各村收取的电费。由于各村也有用电管理人员，他们的工资，从变电站至农户间产生的供电损耗、材料、设备损坏等，这些负担，则全部加在石角镇移民们的电价上，这就产生了上面所说的高电价——每度电高达1.2元。

石角镇供电所在每度0.083元的优惠电价之外，向库区的移民们收取数倍的高额附加费用，如果用在电网改造或维护上，也就罢了。可是，长期以来，石角镇的电网维护、改造投入，却寥寥无几。

2010年4月13日，石角镇的移民邓先生，打电话给广东人民广播电台的"政风行风热线"节目，向广东电网公司副总经理廖建平提出问题：

邓先生问："廖总您好，我们老家是廉江鹤地水库，向您反映廉江石角镇移民用电问题。以前我们祖辈是靠卖牛、卖树，才拉起了电网，可是，到现在已经是三十多年了，按照国家的政策，南方电网的政策，对我们库区的移民，都有什么优惠政策吧？有优惠政策的话，为什么我们那里的电网三十多年都没有改造？"

廖建平回答："从电网公司这一块，对库区移民在电价上是没有优惠政策的。但是各个水电站在建电网时有承诺给一些移民，全省现在还有457个水电自发、自供的区域，这一块还是属于比较落后的地区，还不受我们管。近期我们也打报告给省政府，希望开展电力体制改革，把这一块也纳入我们的管理范畴，彻底解决这个问题。"

既然南方电网都不管下面的电网改造，石角镇移民村的电网，就更是没有希望了。遇到电网维护问题，只能由财力更加不足的村一级自行负担。

几年前，石角镇有个自然村的变压器被盗，连续停电几日。万般无奈之下，村委会卖掉了两间公有用房，再卖了一台手扶拖拉机，才换回一台新变压器，恢复了正常供电。而这一费用，最终还是要平摊到每个移民头上，成为其实缴电费的一部分。

五　渴望光明

就这样，石角镇的广大移民，在"被享受移民优惠"每度电0.083元的时候，身上莫名地增加了两副重担：一个是石角镇供电所，他们收取电费每度0.42元；一个是村委会，他们在每度电0.42元的基础上，还要再加上电工工资、电网改造、维护等费用。平均下来，石角镇移民使用的电价，已经高出了南方电网在粤西地区的居民生活用电每度0.63元价格。多花了钱不说，居然还是抽风电。

日复一日的电荒，年复一年的抽风，已经让石角镇的移民们苦不堪言，饱受困扰。越来越多的移民都不愿再纠结于所谓的优惠电价，他们强烈希望能够尽快并入南方电网，因为抽风电，抽得人都要发疯了。

然而，并入南方电网，就那么容易吗？

石角镇移民们的用电难问题，逐渐成为社会上的一个热点话题，引起了很多人关注。而饱受舆论压力的廉江市供电局，一直在想方设法收编石角镇电网。

石角镇移民的抽风电问题，也将廉江市政府推上了浪尖，很多人开始质问：十八年的抽风电问题，至今都得不到解决，当地政府置民生于何地？十八年间，廉江市政府就没有进行招商引资，发展生产吗？

其实，早在1999年12月，廉江市政府就曾作出决定：将石角镇供电所移交廉江市供电局接管。但是，石角镇政府说，移交可以，但要有一个条件：以后每年，由廉江市供电局补贴石角镇300万元。廉江市供电局当场拒绝：凭什么要这个条件？！

石角镇政府与廉江市供电局，进行了多次谈判，终因分歧太大，最终酿成了冲突。当地的一些村干部也加入了冲突当中。他说对移民们说，廉江供电局是罪魁祸首，让他们没有电用。这样的煽风点火，无疑是给愤怒的移民们火上浇油。几百号人来到了廉江，冲击廉江市供电局，并将供电局的领导挟持。公安人员即时赶到，这才避免了事态的进一步恶化。

经过这次恶性事件，廉江市政府随之决定，石角镇供电所移交工作暂停。

那么，石角镇的抽风电事件，目前怎么样了呢？

2010年9月2日，我来到石角镇采访。当时晚上，石角镇党委书记李家军接待了我，请我吃鹤地水库的鱼，而且是石角镇著名的"全鱼宴"。李书记说，到了石角镇，全鱼宴不可不尝。尤其是"银湖鱼头汤"，这是石角镇的招牌菜，汤色乳白，味极鲜美。

他坐在我身边，为我盛了一碗鱼汤。那鱼汤雪白，在灯光下瞬间变成一片漆黑，停电了。

等蜡烛上来之时，我向李书记打听了关于石角镇供电所与廉江市供电局谈判的最新情况。

李书记告诉我，商谈还在继续。初步的意向是：为了弥补供电所移交后的损失，每年将由湛江市财政负责补贴石角镇政府300万元。

目前的分歧是：

（1）这300万元，只是针对目前1 700万度的年用电量。以后的用电量增加，怎么办？

（2）这300万元，一两年之内可以保证按时拨款。以后呢？一旦财政有困难怎么办？向谁去要？

（3）廉江市供电局只接收石角镇供电所的全部固定资产，不接受其工作人员。这也是一个大的分歧。

那天晚上，我和李书记在烛光下谈了很久。我看到他很疲惫。因为目前社会上的舆论已经把石角镇政推上了风口浪尖。甚至有人提出，审计一下这些年来石角镇供电所每年上交镇政府的200万—300万元资金的去向。

啪，电又来了。李书记抬起头来，看了看那盏闪烁不定的日光灯，他心里很明白，在石角镇上，一个电力上的"独立王国"开始土崩瓦解，光明终将到来。

木马村耕山图

一　湖底的村庄与传说

在禾塘岭的山脚之下，有一座宁静的小村庄，名字叫木马村。木马村依山傍水，真是一个美丽的山乡。村里草木丰盛，果树成林。村舍依山势从东北向西南方向延伸。村前，有大片的水田，可熟两季，总面积约有570亩。可以明显看到，这是木马村的主要耕作区。全村人的口粮，皆以此水田为主要来源。一条轻灵的山溪从村中流过，当地的人都叫它九洲江。九洲江从广西陆川县流来，一路流过，一路传说。这是廉江市内最大的一条河流。

因为九洲江的养育，木马村变成了米粮仓，周围大片的山地丘陵环布小村四面，从山上流下来的雨水、山泉，溪流淙淙，带着天然的养料，全部流入水田，土地变得异常肥沃，稻谷年年丰收。然后，九洲江的水继续流淌，向廉江流去。木马村因此成为九洲江的发祥地之一，它是九洲江源头上的一个集雨区。

有山必有坡。因为木马村偏居一隅，少有外地的人来，故村中除拥有那一大片肥沃的水田之外，周围还有几千亩荒山无人料理。荒山脚下，还有数百亩旱坡地。旱坡地多隐没于荒山之中，少有人去料理，因而灌木丛生，密林高耸，成为群鸟起落的天堂。

如此美丽的山村之中，住着一些山野村民，他们都有一个姓——罗。很久以前，罗家是个大户家族，为避山匪东迁，隐居在这片无人知晓、少有人迹的山洼里。这是个山清水秀的世外桃源，罗姓家族迷恋于这方水土，再也没有离开过木马村。

在木马村采访时，我觉得这个村名很奇怪，就询问了一些老年人，希望他们告诉我这个奇怪村名的来历。后来，我在村中遇到了石角一中的罗老师。在他的家里，罗老师引经据典，告诉我一个奇怪的事——

很多年前，我们不住这里。我们全村人，都住在西面的塘蓬圩。我们罗姓族人居住的地方，叫罗家庄。

塘蓬圩距离廉江市区43公里，东连和寮镇，西连长山镇，北连广西英桥镇，南连石岭镇。镇上有鹤地水库移民近2万人，少数民族近3万人。其中，上山村有壮族、瑶族、苗族、回族、白族等16个少数民族在此杂居，上山村因此被称为民族村。

那里有座山，叫仙人嶂，地势十分险要。此地人烟稀少，为两广交界地带。山势峭拔，乱石遍布，云霞作裳。仙人嶂地处湛江市最北的边陲山区，与广西玉林地域毗邻。因从山东南方眺之呈仙人端坐状，故名。该山神奇独特，令人叹为观止。

这个地方，在纂于民国二十年（1931）的一部《石城县志》里曾有载："（此山）其脉自北而南，逶迤十余里，皆深山密林，崎岖难进。东西两方谷口狭隘，岩石嵯峨，尤难攀登，故匪徒踞之，有负隅之势，且毗连广西，尤易出没，诚本区之要害也。"

那座叫仙人嶂的山上，有洞，名仙人洞。洞深数百米，内有石床、石桌、石椅、石屏风，一应俱齐，旧时，曾有悍匪温德一，在此驻扎，此即其大本营，住百号人。

温德一盘踞山上，为害一方。民间流传有许多相关故事。其中，对我们罗家庄一次次侵扰，一次次的袭击，已让我们这个家族苦不堪言。那个匪帮不就是100多人吗？我们整个罗家庄的男性，加起来也有200多人。族长就商量着，想和匪帮干一场。

没有料到的是，对于族长的想法，在村中形成了两个意见：一个是痛快地干一场；一个是徙移，离开塘蓬圩。最后的决定，将由族长宣布。

但是，族长第二天就病了，卧床不起。这可急坏了族人，请来远近的郎中，都不知道族长得了什么怪病，束手无策。

令人不可思议的是，族长第三天痊愈了，就好像什么也没发生过。但是，族长一言不发，族人都不知道发生了什么事。全村的人都围过来，他们都想知道，族长到底怎么了。

族长拄着拐杖，望着大伙，只说了一个字："迁！"然后，他用拐杖指了指东方，渐渐倒下身去，再也没有醒来。

没有人敢违背族长的意愿。很快将村里的一切家当装上车，按照族长指定的方向，往东迁移。最后，来到了现在这个地方，安营扎寨。那天下午，大家正要启程，忽然发现，领头的一匹枣红马不见了。大伙分散开，四处找。走了很远的地方，遇见一位采药的村民，就问他，是否看见一匹枣红马从此路过？

那个采药的村民说："没见过什么枣红马。但是，倒看见一个老头，骑着一匹木马走了。"

族人把族长的画像给村民看，问他是不是这个老头。

采药的村民说："没错，就是他。骑着一匹白色的木马。"

族人问："木马？你不觉得奇怪吗？"

采药的村民："是啊，我也觉得奇怪。可又一想，说不定那是个什么新鲜玩意呢，就没去追问。"

族人告诉他，那个老头，已经死了几天了。

采药的村民一听，吓得浑身一哆嗦，面无血色。

族人把这事告诉大家后，都知道枣红马不见，是族长冥冥中的安排，就在此定居了。而且，此地山水秀美，人烟稀少，仿若世外桃源，真是个好地方。从此，族里人就称此地为木马村。

美丽的木马村养育着罗姓家族。这里漫山遍野都是野果。什么稔子、山芒、乌梢、山蕉、江酒醉子、盐梅等，多达几十种。尤其是稔子，葱翠迷人。山稔一山接一山，无边无际，也不知生长了多少年月，有的高达2米多，枝叶繁茂，密不穿人。四五月份，山稔花盛开，变成花山花海。人在花中走，醉在美艳间。到了8月，稔子果熟了，满山都是紫色的甜稔子，任由摘食。

在木马村这片自由天地里，罗姓家族一直过着简朴而快乐的日子。他们凭着甘美的山泉和良田，在此落地生根，拓荒繁衍，迎来朝霞，又送走夕阳。

新中国成立之后，中国农村开始进入了互助合作化时代。那时，木马村的人口并不多，全村不到400口，人均水田面积超过1亩。全村人依然以村中的水田为主要粮食来源。山脚的旱坡地，种有大量的瓜、豆、薯、芋等杂粮。社员们家家户户仓廪殷实，成为石角镇一带少有的鱼米之乡。

村中更有一个神奇之处，就是山中溪流纵横，山泉久旱不涸，水质晶莹剔透，口感清甜。村中皆饮此山泉，村民因饮用此泉而多长寿者。

时间到了1958年"大跃进"时期，全民炼钢，大办水利。人们激情满怀，干劲冲天。在建造鹤地水库的时候，面对着这浩大的工程，湛江专区动员了20万民工上阵，出人出力，毫不计较个人得失，个个热情高涨，奋勇当先，因此，工程进展神速，于1958年6月动工，至1959年8月便告完成。

但是，为了这项浩大的工程，粤桂两省人民作出了巨大的牺牲，他们舍弃了美丽的家园。鹤地水库建库时，共淹没、浸没土地183 900多亩，其中，耕地80 667亩。

原定的移民搬迁安置水位线，定在42米高程，涉及粤桂两省搬迁移民41 182人。建库半个世纪以来，库区移民人口已成倍增长，据统计，库区现有移民村庄515条，移民人口已增至11万多。

就这样，昔日风景优美的村庄——木马村，成了鹤地水库内的水浸区。木马村的全体村民，从此有了一个新的身份——水库移民。

木马村的水库移民，要比其他地方水库移民幸运得多。因为他们并没有背井离乡，他们只是向后靠，即把原来居住在山脚下的房子，搬迁到水线以上的半山腰。原来的老木马村，则全部沉没于湖底。村子前原来的570亩水稻田，淹了500亩。

原先拥有一片美丽肥沃的田野、被誉为世外桃源的木马村，一下子变成了白茫茫的、烟水浩渺的世界。

二　故土难离

土地是农民的命根子。木马村的土地，基本上全被淹没了。原先的570亩，只剩下了70亩。这70亩地，还是在高处，如果做水田，则灌溉相当困难。当然，还有300多亩为旱坡地，但那是在山腰，无法种水稻，只能种些薯类杂粮。人民公社化后，木马村共有6个生产队。土地少到什么程度呢？一个生产队所拥有的土地，还没有如今库区外一户人家的责任田多。

地这么少，人口没有减少，木马村的人怎么办？

还得搬迁。这是实在没有办法的事。国家将木马村的人，安排到了雷州等地，让他们迁居到那里开荒种地。但是，在木马村这一带生活惯了，多数人不想离开家园。他们的祖辈、亲人，都生活于木马村，要想背井离乡，到那个未知的地方，心里是不忍割舍啊。

但是，木马村的实际情况，却又容不得这么多人。就那点土地，怎么够吃呢？木马人从来就是明白事理的人。他们顾全大局，毅然响应国家号召，前往雷州半岛的中部地区雷州，开拓新的生活。

此次搬迁到雷州去的，一共有30户人家。然而，到了雷州之后才发现，故乡木马村真是天堂一样的地方。木马村的人到了雷州，出现了对环境不适应的情况。因为雷州靠海，强烈的海风与故乡木马村温柔的山风，形成了明显的对比：海风吹得人脸上生痛，硬硬的，有海腥味，有鱼腥味，尤其是脸上受不了。

木马村的山风，有草木野花的气息，哪像这里的海风啊。还有，海边的水沟里，都是海水。大热天的，在水里洗一下，身上就会结一层白白的盐末，再一流汗，很生痛。对于这样陌生的环境，木马人实在无法忍受了。他们在雷州居住了三个多月后，又拖家带口，从雷州迁回了木马村。再穷再苦，还是故土难离。

30户木马村人，重新回到了石角镇的木马村。这么多的人口挤在木马村里，将仅有的一点土地都榨干了。土地不见增长，但是人口却是不停地膨胀。

让木马村人不能接受的是，他们曾经生活在一个景色宜人、丰衣足食的村庄，而现在却过着吃了上顿没下顿的穷日子。原来吃大米的，现在吃薯干。原来种水田，现在挖坡地，种苞谷，种红薯，种白薯。米饭没得吃，只能喝稀粥。

整个木马村的人，都过着这种困窘的生活。此外，困难重重的事，一桩接一桩降临在木马村的人身上。比如说，道路。大库蓄水之后，整个木马村，仿佛变成了一座孤岛。这里呢，与广西陆川的古城镇、茂名市化州的中垌镇交界。如果从石角镇来到木马村，那么要先经过广西的古城镇境内，再进入化州的中垌镇兰山村，最后才能进入木马村。

木马村的土地太少了。地少人多，这就迫使村里人去山坡上开发新的荒地。这一开发，却惹出了大事。

原来，与木马村做邻居的村庄，是茂名化州市中垌镇兰山村。虽然是两个紧邻的小村庄，却是两个地级市的分界线。兰山村的人，本来对木马村的人就很有意见。你们进出木马村，都要从我们的村庄经过，我们的路谁来修啊？让你从我们兰山村走路，也就罢了，可是，我们的山地，你们怎么来侵占了呢？

为了一块山地，两个村庄的人开始有了矛盾。而且，这个矛盾开始激化，两个相邻的村庄，竟然为这点土地开始发生冲突。

最后，两个村庄的矛盾上报到各自的主管政府那里，之后又层层上报。后来两个相邻的城市进行了调解。根据当时的特殊情况，那片有争议的土地，分成了两个部分。一部分属于茂名市化州市中垌镇兰山办事处陂口村委会，地名叫下木马村。廉江石角镇这一边的土地，叫上木马村，通常简称为木马村。

边界的争议就此画上了句号。可是，上木马村的人仍然面临人多地少的困境，就是把整个下木马村划过来，也于事无补啊。

当时木马村人均只有0.3亩的水田。全村上下穷得叮当响，饭吃不饱。姑娘家好办，找个婆家，远走高飞。村中的小伙子就麻烦了。外村的姑娘都不愿意嫁到木马村来，所以村中有一大半的年轻人打着光棍。

面对如此险恶的生存环境，已经把木马村的村民逼到了无路可走的地步。如果就这样待下去，全村人就会饿死。这时，木马村站出来一个人，他说："与其在这里等死，不如到外面走一趟吧。我们的党和政府不会对我们不闻不问、坐视不管的。你们跟着我干吧!"

三 上访专业户

在木马村面临绝境的时候,村中有个年轻人站了出来。他就是后来被称为"上访专业户"的罗兆杰。我采访罗兆杰的时候,是在他自己的家门口。此时的罗兆杰,已经58岁了。个子不高,一米六零多一点吧,见来了客人,很热情地招呼着,显出一股干练的样子。他家的庭院长了很多木菠萝树。这是南方特有的巨型水果,大的有几十斤重。一般人不易见到,也很少吃到。

作者在木马村采访
罗兆杰(左一)

罗兆杰家中庭院的木菠萝树,
硕果累累

我们坐在结满木菠萝的树下聊天。罗兆杰要摘木菠萝给我们吃。我知道这水果太难侍弄，就不想给他添麻烦。我说："我们喝茶吧，你的故事，比吃木菠萝有味。"

罗兆杰回忆（根据录音整理）：

我今年58岁，原来在水库里的木马村。现在淹水底了。后来水库蓄水，我们整个村的人后靠，住到了现在的这个地方。那时的房子很破，都是泥砖房。泥砖房你见到过吧，现在很多地方还有。泥砖房就是用地里的泥，加上稻草，和上水，有人踩和牛踩两种。把泥踩熟了，就可以做砖。泥砖有专门的木模子。就是这样简单的泥砖房，那个时候，我们家也是建不起的。家里六个人，父母，四兄弟，一共才住三间泥砖房。你想想，这么多人挤在一起，是过的什么样的日子。当时，我们村有首顺口溜是这么说的：

四面土坯垒间房，三块木板铺张床。

两口米缸空荡荡，一根绳子挂破裳。

水库把我们的地浸了之后，我们这里的地很少。当时政府给我们吃统销粮，给我们发粮票。"粮食靠统销，钱物靠救济"，日子还勉强能过得去。但是，后来把我们的统销粮取消了，这怎么行呢，你让我们村的人吃什么啊。我们每天喝稀粥，吃薯干，挖野菜。这样的穷日子没法过下去了。唯一的办法，就是向上访。我先到镇里上访。不管怎么样，我先一层一级地来。

石角镇大部分人都是移民，我们移民那点事，谁不知晓。到镇上是我自己一个人去的。我和镇长谈话，说明情况。镇长分给了我一袋米，让我先回去。

一袋米能吃多久呢。没几天工夫，米又见底了。怎么办呢，还得上访啊。这一次，我带上了村里的人，一起去廉江县，找县政府。当时还没有信访办。我们几个人从县政府的大门，想进去找县长，门卫把我人拦住了。

我对门卫说，我们要找县长。门卫说，县长不在家。我们哪里信，还是想往里冲。结果，被门卫死死拦住。我们就和门卫争吵起来。正在这时，有一辆小轿车正准备往里进，看到我们在这里闹，就停下来，问什么事。

轿车里下来一个人，我一看就知道是当官的。此人对我们说："我是县委副书记李炎，有什么事请派代表进来说。"村里人就选我做代表。那时，我没想到我这个平头百姓，还能见到县委副书记。我就跟着李炎，进了他的办公室。我就把我们木马村目前的困难和处境，跟这位李书记说。李书记一边给我倒茶，一边听我说。听后，李书记说："你们水库移民的难处，我是知道的。你们为国家建设作出了牺牲。党和人民不会忘记你们的。"

最后，李副书记打电话，叫来秘书。然后写了一张条，交给秘书。并对秘书说："带这位老乡去吃饭，还有门口的人一起去。"

秘书带着我们村的人，去县城的一个饭店，一共两桌人。桌上除了有白米饭外，还有一大盆红烧肉。我们村的人，好久没闻到肉香了。狼吞虎咽，风卷残云。总算吃了一顿饱饭。最后，秘书拿出 1 000 斤粮票对我说："这是李副书记让我交给你们的。你们先回去吧。"

就这样，我们这一次上访吃了一顿饱饭，得了 1 000 斤粮票。

但是，这 1 000 斤粮票也维持不了多长时间。没过多长时间，我们木马村的人，家里又没米了。怎么办呢，想来想去，还是老规矩，上访。这一次，我们全村的人一起出动。我们徒步来到了河唇火车站。火车来了，车站的人不让我们进。我们人多势众，把列车员拉到一边。就这样，我们强行上了火车。我们去哪里呢，不知道。这趟火车是开往广州的。那就去省城吧。

到了广州后，我们这一村的人，寻找省政府。为了找到省政府，我们用了一天的时间。找到省政府之后，门卫再次把我们拦住，不让进。我们全村的人，就围坐在省政府的门前。

我们的穿着与举止，一看就是从农村来的。城里有很多人围过来，有的打听发生了什么事。我就不厌其烦地说："我们找政府要粮食。我们没田没地，快要饿死了。"这时，省政府的门前，聚集的人越来越多。我知道这样做不好。可是我是个农民，国家把我的土地淹了，我现在没饭吃，我不找你找谁呢。如果不修那个水库，我们过的是天堂一般的日子。但是现在，你总得让我们活下去吧。全村几百口人，总不能全部饿死吧。

说实话，我们也不想上访。我们坐在省政府的门前，那么多的人围着看着，他们像看稀奇一样盯着我们，你以为我们心里就好受吗？那种丢人现眼的事，现在我都不敢去回想。可是又有什么办法呢？

这一次上访，我们在省政府拿到了5 000斤粮票。

这5 000斤粮票，总有吃完的时候。就这样，我们木马村进入了一个怪圈。没粮吃了，就出去上访。讨点粮票回来，维持一段时间。吃完了，再去上访。上访的次数多了，从省、地、县各级政府，都知道了我的名字。我的"上访专业户"的外号，就是这么来的。从此，各级政府都知道了廉江有个石角镇，石角镇有贫困村木马村，木马里有个"上访专业户"罗兆杰。

当然，还有我们村的罗明全。1966年，罗明全出任木马大队党支部书记，也是当时的带头上访者之一。不奇怪，那时候当干部，主要任务就是上访，为民请命——设法搞点儿返销粮，以解决村民一日三餐的问题。

这样无止无休的上访日子，我早就厌倦了。我心里也知道，这不是解决问题的根本办法。政府给我们粮票，只是临时救急之用。唯一的办法，是从根本上解决木马村的问题。我心里很着急，没日没夜地在木马村的山地里转，我想早日改变这种靠上访过日子的局面。

我因为上访，很多人都知道我了。我走到哪里，人家都会对着我指指点点。你以为加在我头上的"上访专业户"的帽子，就那么好戴吗？那是我一生的耻辱，说上访是好听的了，言下之意是什么？是好吃懒做，是惹是生非，是刁民，是无赖，是泼皮！

每当有些人用一种异样的眼光看我，我就想对他们大声喊，我不是好吃懒做！我不是无赖不是泼皮！事实最终证明了一切，事实证明我有一双勤劳的手，2000年，我当上了广东省劳动模范。

四　湛江红

廉江石角镇木马村的贫困，以及过度频繁的上访，引起党和政府的高度关注，并着手解决木马村的贫困问题。为了彻底改变木马村的贫困状况，大约从1985年开始，各级政府派出工作人员来到了木马村挂职，对木马村所面临的困难进行会诊。第一个来到木马村的干部，是石角镇的干部李家军（现为石角镇党委书记）。

我见到石角镇的李家军书记，是在来石角镇的当天晚上。李书记请我吃饭。他就坐在我的左边。李书记很热情，不停地要我吃菜，要我多尝尝石角镇的鱼。我问他："石角镇的移民村庄，哪里最值得去采访？"李家军说："去木马村吧，一个穷得叮当响的小村，现在成为我们石角镇的致富榜样，并且诞生过省劳模。石角村的变化，可以给我们很多启示。"

李家军讲述（根据录音整理）：

下海上山问渔樵，欲知民情搞民调。1984年，那时我还年轻，精力充沛，在石角镇政府上班。在全国来说，那时包产到户好几年了，绝大多数农民已解决了温饱问题。但是我们石角镇的很多乡村，村民们还面临饥饿的威胁。他们常常上访，有时一个村的人整体上访。从省里到市里，都知道了我们石角镇的木马村。那是个上访的专业村。当时的镇党委安排我去木马村调研。就这样，我与木马村结下了不解之缘。

其实很明显，木马村的贫困的根本问题，是土地少。我们石角镇，本来就是后靠的移民点，六山三水一分田。改革开放以前，群众长期过着"粮食靠统销，钱物靠救济"的生活。村中曾流行一句顺口溜：

木马村，木马村，吃了上顿没下顿；

老鼠进村绕着走，公鸡无力不打鸣。

意思是说，木马村没有粮食，就连老鼠也不愿意到村里来了。公鸡也吃不饱，连打鸣的力气也没有了。

经过我的调查，木马村80%的水库移民生活在贫困线以下。虽然改革开放这么多年，也早已实行包产到户责任制，问题是，木马村没有地可分。这是木马村贫困的根源。凭良心说，村里的老百姓淳朴善良，只要有地，他们就能自给自足，安心生活。

1985年5月，我作为镇政府的一名普通干部，再次来到了木马村。这次来，我就不走了，住在村民罗兆杰家里。那时候，这种下基层的工作方法，叫"三同"：同吃、同住、同劳动。

作为农村的基层干部，"三同"工作方法，行之有效。经过我的调查，当时木马村的基本状况是：木马村三面临水，一面靠山，人均水田不足0.1亩，移民的年人均收入不足300元。

这是一组令人揪心的数字。我与罗兆杰彻夜长谈。这样一个偏僻的、被人视为"穷山恶水"的地方，靠什么去发展，又如何去发展？

首先是土地问题。我和罗兆杰商量，在村里率先去开垦荒山荒坡，增加土地面积。我的想法，得到了罗兆杰的赞同。只要土地问题解决了，一切都会改变。但是，开垦荒山的事，不能就靠我们两个啊，必须全村人齐心协力才行。于是，我把木马村的人都召集起来，和大家一起探讨木马村贫穷的原因。

最后，大家一致认为，地少人多，是木马村贫困的根本原因，而不是木马村的人懒。我说，外面的传闻，都说我们木马村的人游手好闲，动不动就上访，我们现在要别人改变这种看法，就必须拿出实际行动，我们做一番事让外面的人看看，我们木马村的人不是游手好闲，我们也不笨，我们有勤劳的双手。

这是一次让我记忆犹新的全体木马村村民大会。因为这次大会之后，整个木马村开始了前所未有的天翻地覆的变化。在村委会上，村民一致同意开发荒山野岭。除此之外，木马村没有别的活路。那些未开垦的荒山，按照木马村各户人口多少进行承包。

木马村开发荒山野岭的报告，很快得到了石角镇政府的批复，同意木马村开发荒山，承包土地。

石角镇政府立即在木马村贴出同意开发荒山的公告。镇上还制订出承包荒山的优惠条款：凡属本村山头，面积不限，要多少给多少，每亩每年只收费5元，而且三年后才开始收取。这是木马村多少年来都未曾见过的大事。公告贴出的那一天，全村人都在议论，他们被饥饿折磨的脸上，终于有了笑容。木马村开始活了。

　　1985年冬的一天，木马大队部特地煮好了一大锅干饭，等着各户村民前来统一用餐，然后一齐上山划地，好让家家户户耕山开荒。由于没有经验，多数人不敢多要，一般只要个七八亩。而罗兆杰却是胆大心细，他首先报名，抢包了30亩荒山。

　　1985年冬天，罗兆杰租来了一台推土机，开进山岭，打响了木马村开山种果的第一炮。

　　二十五年前的开山放炮声、推土机隆隆的轰鸣声，早已化作一缕烟尘，成为木马村遥远的记忆。当时谁也没有想到木马村以后到底会变成什么样子。但木马村人坚信"穷则思变"这条法则没有错。1985年冬天的木马村一直在忙碌。他们把多少年来积蓄的对贫穷的愤怒、不满与不断上访时所受到的歧视与艰难，憋成了一股强大的动力，木马村人一整个冬天都在荒山上开垦。几座山头已被填平，木马村人终于有了属于自己的大片土地。

　　土地有了，新的问题出现了。这片新开垦的土地上，种什么？水稻肯定是不行了，没有水，无法灌溉。当时，木马村形成了两种意见。一种是栽种红橙。红橙是廉江地区的著名水果，这里的地理气候，都适合于种植红橙。但是，种红橙需要比较高的经验技术。这对木马村来说，是个难题。那么，种荔枝呢，这个想法，得到了全村人的强烈反对。

　　原来，很多年前，村里就有人在一些坡耕地种上了荔枝。奇怪的是，荔枝树十多年了，都没有结一个果。说种荔枝，个个都摇头。村民们不相信荔枝会两三年就结果，谁也不信。因为村头的那些荔枝树还在，一个果也不结。

　　当时在木马村挂职的石角镇干部李家军，也在为这事纳闷。你说种荔枝，那么多树，十多年不结果，如铁的事实摆在面前，怎么办？他决定去找咨询专家，寻找荔枝不结果的确切原因。

　　李家军到了廉江，又到了湛江，询问了很多农业专家，最后得出一致的结论：不结果的那种荔枝，是野荔枝。现在，荔枝苗有很多优良品种，而且现在有专家指导，种荔枝，没问题。

李家军带着罗兆杰跑到廉江找资金，找种苗。

李家军回到了木马村。他把自己向专家请教的经过，和村民们说了。本以为村民们会同意种荔枝的，却没想到，大家心里还是没有底。因为一旦把钱全部投下去，如果真的出现无法挂果的现象，那岂不是要了全村人的命吗？

在这种情况下，李家军决定与木马村委会进行商量，并对荔枝苗进行优惠供应：荔枝种苗原价每株4元，在木马村只收5角钱。

尽管是这样，还是没有人愿意种荔枝。最根本的原因，还是村民们对耕山种果缺乏信心。他们认为，山上土质差，干旱瘦瘠，把荔枝种上山上去，岂不是瞎折腾。

经过村委会苦口婆心地劝说，除了少数几户，绝大部分村民，都不愿种荔枝。

在这种情况下，李家军与村支部书记罗明全等商量，选村中的几户村民，做示范。选哪几户呢？把木马村的村民一户户排列了一下，有这么四户人，可以成为种植荔枝的示范户。他们是：

罗明全：他是村里的支部书记，自然要带头；

罗彩林：他的妻子是共产党员，又是木马大队妇女主任，这样的家庭也得带个头；

罗兆杰：罗兆杰因为带头上访，在村中颇有威望，想当初，如果不是他带头上访，木马村还不知要饿死多少人；让他带头种荔枝，肯定对村里的其他村民有很深的触动；

罗彩彬：他是木马大队第六生产队的队长，老村长、老党员，一向坚持"党叫干啥就干啥"的原则，把他拉入首批试种荔枝的行列，对村民的影响也很大。

木马村这四户敢于"吃螃蟹"种荔枝的4户人家，一时成了木马村的焦点人物。他们是木马村首批荔枝户。人们一面对他们的敢作敢为的举动刮目相看，另一方面，也密切地注视着荔枝种植，他们想知道，这4户人家最后的结果将会怎样。

木马村人首批种植的荔枝品种，是"湛江红"。采用的荔枝种苗为圈枝苗。所谓圈枝苗，又称压条苗，是将与母株分离的枝条，采用环状剥皮，外包生根基质，见长出三次新根后，即锯离母树假植，成活为独立的植株。一般有1米多高。没芽没叶，乍一看，像一堆干柴火。而且，"湛江红"种植之后，需要生长2—3年，才能挂果。

木马村的首批荔枝是1985年春天种下的。让人意想不到的是，这第一批的"湛江红"长得很健壮。村民罗彩彬家的"湛江红"，一共种了101株荔枝苗，加上他勤于果园管理，经常施农家肥，那片果园，看起来就惹人喜爱。叶子厚实，墨绿，长得特别旺盛。

但是，荔枝要两三年才结果，那么这两三年，木马村的人怎么过呢？石角镇驻村干部李家军想出了一个办法，种养结合，长短结合，以短养长。他帮助罗兆杰等村民，到石角镇信用社签字贷款种西瓜，养鸡养猪。很快，不到15天的时间，他们就在荔枝树下套种10亩西瓜，饲养了2 000只走地鸡。由于精心护理，西瓜长势非常好。当年，罗兆杰靠卖西瓜就赚了几万元。

荔枝很快进入试产期。就在李家军和罗兆杰对这第一批木马村的荔枝充满期待的时候，意外却发生了：荔枝绝大部分只开花不结果。李家军看在眼里，急在心头。他马上坐车到广州，请省荔枝、龙眼协会的专家李慕霞、潘学文来到木马村，进行把脉、会诊、开药方，并传授保花控花技术。

同时，李家军向廉江市移民办公室发出求助信号。移民办立即组织38吨水果专用肥送到了木马村。当一辆辆运载着肥料的拖拉机驶进木马村时，这个偏远的移民村一下子热闹起来，移民们发现，他们并不孤单，这世上还有很多人在关注他们。

"荔枝十花一子，龙眼一花十子。"罗兆杰在技术员的指导下，熟练地掌握了培土、施肥、修枝、嫁接、护花、除虫、洒药、放蜂的技能。经过悉心的护理，罗兆杰终于迎来了收获的季节。

1987年6月，木马村红荔似海，漫山红遍。荔园里，红灿灿的荔枝压弯枝头。这一季，罗兆杰共摘荔枝1万公斤，纯利3万多元。其他三户人家种植的荔枝，也同样取得了好的收成。在1987年的时候，3万元可是一笔巨款。罗兆杰就这样，一夜之间就脱贫了。他取得了前所未有的成功。

真金白银的事实，让木马村的人不敢相信这是真的。一时间，整个木马村轰动了。木马村首批种植荔枝的村民，为全村人作了很好的示范。

木马村的百姓穷怕了，个个抢着奔赴山头，原来没人要的荒山坡，一下子紧俏起来，他们看到了诱人的前景，满怀信心地向荒山进军，个个争先恐后，抢占山头，全村种荔枝的热潮一浪高似一浪。不几年，木马村的2 000多亩山岭，全被承包完毕，地价由原来的每亩5元，狂涨至每亩300元，仍供不应求。

全体木马村的村民深受鼓舞，悔恨当初没有一起种荔枝。尝到了开山种果的甜头，全村种荔枝的积极性再度高涨。为激发移民的种果热情，石角镇政府又出活招：挖一个荔枝穴，补5角钱；种一棵荔枝，补0.5公斤磷肥。木马村移民群情振奋，一下子就掀起了种荔枝的热潮。

1989年，罗彩彬自己圈枝育苗，扩大荔枝的种植面积，新、老荔枝共400株。后来，从1992年至1999年的8年间，荔枝升价，每斤鲜果卖到3—7元；罗彩彬的400株荔树，每年为他创造了5万元以上的效益，此外，每年还有1万元的种苗钱进账。

此后每年，木马村的山岭上荔枝红遍。全村人种荔枝，销路开始成为一村里人致富的一个障碍。李家军和罗兆杰再次为大家想办法，谋出路。他们一起坐车到广州、深圳找客商。最后，李家军鼓励罗兆杰，在村里成立一个收购点。这个提议，得到了全村人的拥护。这样，罗兆杰成立了"兄弟"荔枝代购代销点。说干就干，李家军赞助罗兆杰4条水泥杆，一座收购帐篷就搭起来了，开秤收荔枝，只要是木马村村民的荔枝，罗兆杰全部收购，然后包装好，发往广州、深圳。当时，罗兆杰最忙的时候，他每天要收购荔枝1万多公斤，请来的打包和搬运的村民有30多人。

五　蜜糖荔

罗彩辉出生在偏僻贫穷的木马村。当时住的都是1958年搬迁时兴建的泥砖房。20多年前，他和父母挤住一间20平方米的瓦房里。成家后，他添了两个孩子，瓦房再也挤不下，就借居在邻居的破房里。谈起过去的事，罗彩辉感慨万千。"泥坯屋，贫困户，荒山难耕等救助，阿哥难娶好媳妇"，这正是昔日木马移民的真实写照。

改革开放以后，木马村的罗彩辉和其他村民一样，曾种过西瓜、红橙等，但因为没有相关的技术，投入成本较大，资金欠缺而相继失败。

木马村致富能手罗彩辉

　　在湛江市移民办公室的帮助下，1987年罗彩辉进入廉江农校学习水果种植技术。

　　罗彩辉一家4口人，两个孩子。1989年7月，罗彩辉从农校毕业后，回到了木马村。而这时的木马村，可谓热闹非凡。荔枝红遍，果园满山，家家户户开始品尝丰收的喜悦。但是，由于该村种植荔枝初期，引种的果苗比较杂、村民管理技术跟不上等原因，不是每棵树都是挂满果的，有的树挂果甚少，很多村民大失所望。

　　读过农校的罗彩辉，此时是村里的技术专家了。他与种植大户罗兆杰、罗明兴等人商量："一定要攻克品种改良技术难关！"他们自费到广州、高州等地拜师学艺，将理论与实践相结合，逐渐摸索出了一套荔枝栽培管理技术，并提出了大胆的设想：对"湛江红"进行改良，希望培育出一种更为甘美的荔枝新品种。

　　1988年，罗彩辉和罗兆杰一起，着手对他们种植的"湛江红"等荔枝品种进行改良。结合木马村特殊的库区地理环境，并分析土壤、水分、气候等综合因素，采用圈枝和芽条嫁接等方法进行品种改良比较。经过几年的不断探索，终于在1995年培育出味道清甜、爽口无渣、蜜味独特的荔枝新品种，取名为"蜜糖荔"。

根据华南农业大学园艺系对蜜糖荔成分的分析报告，新的蜜糖荔品种，其果肉呈白蜡色，皮薄、肉厚、质脆，核小汁多，富含多种维生素，高糖分……抗病力强，丰产稳产，适宜在丘陵、山坡地推广种植。2004年，"蜜糖荔"获得国家绿色食品A级认证。

罗彩辉把新的技术迅速转化为生产力。他把自己的"蜜糖荔"扩大规模，建成了一个新农村的庄园。2006年，罗彩辉家的"蜜糖荔"又获大丰收，产出5 000多公斤，收入40 000多元。

取得成功的罗彩辉、罗兆杰等"土专家"，毫无保留地将自己掌握的"蜜糖荔"新技术，无偿地传授给木马村的乡亲们，在自己致富的同时，带领全体木马村的百姓致富。他们为群众嫁接"蜜糖荔"1万多株。2006年，全村荔枝大丰收，产量超过150万公斤，总收入在1 000万元以上。此外，作为村里的销售大户，罗彩辉、罗兆杰等积极帮助其他村民寻找销售渠道，每年帮助代销的"蜜糖荔"达20多万公斤。木马村的百姓，依靠种植荔枝走上了致富的道路。

除石角镇外，"蜜糖荔"技术，开始向外推广至广西、海南、茂名以及湛江雷州、徐闻等地，仅徐闻就发展了几千亩。依靠这一当家品种，石角镇的荔枝享誉海内外。

在发展生产的同时，罗彩辉积极投身于木马新村建设。他投资2 000多元修建沼气池，带领全村群众科学利用沼气。目前，木马村家家户户建成沼气池，用上了洁净的沼气。罗彩辉和木马村群众一起，仅用3个多月建成了木马村通往石角镇的水泥乡村公路，并投资30多万元建成700多平方米的村文化科普楼。

六 水库移民第一村

石角镇木马村广大移民令人感慨万千的生活巨变，时时刻刻牵系着水

湛江市廉江石城镇十字路村移民新村

库移民主管部门关注的目光。广东省水库移民局曾建生局长，曾先后数次来到石角镇等地进行调研。他对整个石角镇水库移民工作进行了总结，并对于今后的水库移民工作，创造性地提出了从"以工程为本"转变为"以移民为本"的新型水库移民管理理念。

1997开始，原湛江水库移民办主任彭文桢（现任湛江水务局副局长），特地派遣吴建中（现任湛江水库移民办副主任）前往石角镇木马村，进行驻村工作。这一住，就是整整3年！

其实，对于木马村，吴建中是很熟悉的，之前就曾来过几次。他记得到木马村的第一件事，就是帮助村里修路。当时木马村的情况是，村中基本上没有干净而平坦的道路，全是泥泞的小路。如果开车来，那么，必须先在10多里外的地方停车，再步行到木马村。

在湛江移民办、廉江移民办的帮助下，一条外界通往木马村的简易公路修通了。虽然是简易公路，却彻底改变了木马村的运输条件，大量的新鲜荔枝，即由此道运出山外。

上图：廉江石角镇水圳移民新村风貌
下图：遂溪县遂城镇山河移民新村风貌

吴建中讲述（根据录音整理）：

当初，准备在木马村种荔枝做试点，没想到遇上了很大的阻力。村里没有人愿意种植。那时，我和廉江移民办的工作人员，亲自买来荔枝苗，送到了村里来，希望村民们能来领取。结果，一个人也没来。

我们不甘心。干脆每家每户登门宣传，明确告诉村民们，我们都是免费提供种苗，希望大家能把果苗种下去。有的村民就直接拒绝。最后，我们一次次地登门，说破嘴皮，总算有几户移民答应试试。

后来呢，我们又买来了化肥，挨家挨户送，才发现，上次领回的种苗，并没有种，而是搁在家中，枯死了。

最后实在没有办法，和石角镇政府的李家军一起，做通了村中几个党员的工作，这才开始真正种荔枝。

经过二十多年的发展，木马（村）荔枝种植面积已达2030亩，人均2亩。全村已是地无一寸闲，山无一座荒，荔枝漫山遍野。

木马村的荔枝为什么又甜又蜜？这里有一个重要的原因，就是村民们都施农家肥。根据很多果农的经验，用化肥的果树，长得快，但味会变淡。更主要的是，经常使用化肥的土地，用不了几年，就板结，土壤的营养成分被破坏，最终出现不结果的严重后果。

于是，木马村人就打消了使用化肥的念头。为了获得大量肥料，他们的决定大量养猪。结果，养猪的决策又一次成功了。大量的农家肥浇灌果树，木马村的荔枝变成了纯绿色的果品，市场更是抢手。养猪还可以制造沼气，这又是一种清洁的能源，村民们可以烧水，做饭，洗澡。目前，木马村养猪超100头的村民，达到100多户。

光是养猪这一项收入，就是一笔可观的收入了。

木马村的人有了钱，房子的问题基本上不成问题了。目前，家家户户小洋楼，隐现在浓密的荔园中间。很多村民不止一幢楼了。他们发展果园，发展养殖业，一边生产，一边摸索，山上种果，果下养鸡，山脚养猪，水塘养鱼。最终，总结出了木马村的发展"四个一"模式：

山上一片果，山腰一幢楼，

山下一口塘，塘边一栏畜。

这是一种新型的立体生态种养模式。目前，木马村1200多人，已形成家庭果园180多个，种植水果2370多亩，建成了8.5公里的环村水泥村道、通往洞滨大桥的5公里水泥乡村公路,大部分村民建起了4层多高的小洋楼，村中还建起了一个占地面积2 000多平方米的文化广场，一个1 000多平方米的农民公园。大部分家庭建起了沼气池。木马村获得了"广东省移民第一村"的美誉。

☞ **作者手记**

2010年9月3日，我来到石角镇木马村进行采访。我见到了木马村的两个传奇人物——罗兆杰与罗彩辉。我分别走进他们的家中，进行了深入的交流。然后，我去看了他们的养猪场。和他们聊天的时候，他们都情不自禁地流露出将要进行大规模养殖的计划。"蜜糖荔"正在大规模在外地推广。他们的事业越做越大。

我们的越野车穿行在一个个荫郁如盖的荔枝园。但见连绵十里的荔枝园绿意葱茏，果林深处，一幢幢别墅一样的洋楼耸立其中。昔日贫困落后的木马，已然是一匹时代的骏马，奔腾在小康的大道上。

主要参考资料

黄增章：《民国广东商业史》，广东人民出版社，2006年版。

《广州市水利志》，广东科技出版社，1991年版。

广东省地方史志编委会：《广东省志·水利志》，广东人民出版社，1995年版。

《高州水库工程志》（内部文件），1988年版。

《鹤地水库库区移民问题处理对策调查》（内部文件），2004年版。

《河源市省属水库移民志》（内部文件），2010年版。

广东省文史研究馆编：《广东省自然灾害史料》，广东科技出版社，1999年版。